Sophie McKenzie

Ancienne journaliste, Sophie McKenzie est aujourd'hui une romancière incontournable de la littérature jeunesse britannique, auteur de séries policières récompensées par de nombreux prix.
Je ne t'oublierai pas (2014), son premier thriller, est suivi de *Appelle-moi* publié en 2016. Tous deux ont paru aux Éditions Belfond.

JE NE T'OUBLIERAI PAS

SOPHIE McKENZIE

JE NE T'OUBLIERAI PAS

Traduit de l'anglais
par Florence Bertrand

belfond

Titre original :
CLOSE MY EYES
Publié par Simon & Schuster UK Ltd, Londres

MIXTE
Papier issu de sources responsables
FSC® C003309
FSC www.fsc.org

Pocket, une marque d'Univers Poche,
est un éditeur qui s'engage pour la préservation
de son environnement et qui utilise du papier fabriqué
à partir de bois provenant de forêts gérées
de manière responsable.

ISBN : 978-2-266-26019-0

À ma mère

J'aimais bien les histoires, surtout celles que Maman me racontait quand j'étais petit. Ma préférée, c'était « L'Enfant pas comme les autres ». Elle est un peu bébé pour moi à présent mais avant, je l'adorais. Dans cette histoire, il y a un enfant qui vit heureux avec son papa et sa maman qui sont le roi et la reine et puis une méchante sorcière du royaume voisin arrive et emmène l'Enfant pas comme les autres en prison et le papa et la maman sont vraiment tristes, mais l'Enfant pas comme les autres a des pouvoirs spéciaux et il tue la sorcière et s'enfuit pour retourner chez son papa et sa maman.

À l'école aussi, des fois on lisait des contes. D'autres fois, on les inventait. Je me rappelle que j'ai écrit celui de « L'Enfant pas comme les autres » et que j'ai fait des dessins pour aller avec.

Maman disait que ce n'était qu'un conte, mais que, parfois, les contes se réalisent. Et que, même si la méchante sorcière dans « L'enfant pas comme les autres » n'existait pas réellement, il y avait des Méchants dans la vraie vie aussi. Et qu'on ne pouvait pas le savoir rien qu'en les regardant parce qu'ils pouvaient être tout souriants et dire des choses gentilles et même offrir des bonbons et des jouets mais qu'au fond, c'étaient quand même des Méchants.

Pendant longtemps, je n'ai pas croisé de Méchants dans la vraie vie – et puis il y a eu le Grand Roux et Dent cassée et après tout a changé. Exactement comme Maman l'avait dit.

1

Je suis en retard.

Je déteste être en retard.

Je suis censée retrouver Art à dix-sept heures et il est déjà moins le quart. Je me rue dans le couloir en direction de la salle des profs. J'ai oublié le nouveau code pour ouvrir la porte alors je dois attendre qu'un collègue arrive et me fasse entrer. Je fourre mes photocopies dans mon casier et dépose mon cahier d'appel dans la boîte. Quand j'atteins la sortie, Sami, le directeur du département des sciences humaines, me rappelle que le cours de demain matin est annulé pour cause de travaux. Je prends mentalement note puis quitte l'institut au pas de course et m'engage dans Great Queen Street pour gagner Kingsway. Le ciel est gris et maussade, les nuages sont gonflés de pluie. Pas de taxi en vue. Le mieux serait de prendre le métro jusqu'à Oxford Circus, mais, depuis les attentats du 7 juillet, j'évite autant que possible de l'emprunter. De toute façon, j'ai toujours préféré le bus. Art déteste le bus. Trop lent pour lui.

Je fonce vers le coin de la rue, malgré l'état du trottoir et une horde d'adolescents italiens. J'aperçois le numéro 8 qui descend Holborn à une allure d'escargot. Il m'emmènera à John Lewis. De là, je pourrai courir jusqu'à Harley Street.

Une fois dans le bus, je valide ma carte de transport, puis m'adosse à la barre, soulagée. La femme à côté de moi – jeune, les cheveux emmêlés – se débat pour obliger son bébé à se tenir tranquille dans sa poussette.

— Assieds-toi, bordel ! siffle-t-elle entre ses dents.

Il y a tant de colère dans sa voix que je me détourne et m'éloigne.

Il est cinq heures et quart quand j'arrive à la clinique. Art m'attend à la porte. Je le vois quelques secondes avant qu'il me remarque – élégant dans son costume gris foncé Paul Smith, son couturier préféré. Sobre, stylé. Il le porte comme toujours avec une chemise à col ouvert, sans cravate. Ce genre de vêtement va très bien à Art. Lui est toujours très bien allé. Il se tourne et me voit. Il est fatigué. Et irrité. Je le sais à la manière dont il hausse son sourcil.

— Désolée d'être en retard.

Je lève la tête vers lui et il m'embrasse. Un baiser léger, rapide, sur les lèvres.

— Ce n'est pas grave.

Bien sûr, la vérité, c'est que je ne suis pas vraiment désolée et qu'il n'est pas vraiment disposé à m'excuser. La vérité, c'est que je ne voulais pas être ici et qu'Art le sait.

Je lui emboîte le pas. Il retire sa veste en entrant dans le hall d'accueil. Sa chemise a un minuscule accroc à l'intérieur du col. Il est invisible mais je sais qu'il est là, exactement comme je sais, à la raideur de la posture d'Art, à ses bras qui pendent le long de son corps, qu'il m'en veut. Je devrais me sentir coupable.

Après tout, je suis en retard et le temps d'Art est précieux. Et cette visite est difficile pour lui aussi.

Il s'arrête devant la salle d'attente et se tourne vers moi avec un sourire, faisant visiblement un effort énorme pour surmonter sa mauvaise humeur.

— M. Tamansini était ici il y a un instant. Il est très content que nous soyons revenus.

— Tu lui as parlé ?

Cela m'étonne. Les spécialistes sortent rarement de leur cabinet durant les heures de rendez-vous.

— Il était à l'accueil quand je suis arrivé.

Art me prend la main et me fait entrer dans la salle d'attente. Le décor est très Harley Street : rangée de fauteuils guindés en chintz, avec canapé assorti ; cheminée surmontée d'un affreux tableau de style moderne, bouquet de fleurs séchées sur le manteau ; certificats, diplômes et prix d'excellence encadrés un peu partout sur les murs. Je saisis mon reflet dans la glace accrochée au coin. Mon pull est chiffonné et on dirait que je ne me suis pas peignée depuis une semaine. J'ai vraiment besoin d'aller chez le coiffeur : ma frange me tombe dans les yeux, les pointes sèches et fourchues rebiquent, informes, sur mes épaules. Avant Beth, je me faisais faire des mèches et rafraîchir ma coupe tous les deux mois. Je tire sur mon pull et lisse mes cheveux. La course m'a mis du rose aux joues, et fait ressortir le bleu de mes yeux. Avant, je suivais des cours de gym. Maintenant, je ne trouve plus l'énergie nécessaire.

— Il était à l'heure, mais comme tu n'étais pas là, il a fait passer un autre couple avant nous.

Le ton d'Art n'est que vaguement accusateur.

Je hoche la tête. Il me caresse le bras.

— Ça va ? Ton cours s'est bien passé ?

Je le regarde. Il a eu quarante ans la semaine dernière, mais il a encore des traits d'adolescent. Je ne sais pas si c'est dû à la ligne douce de sa mâchoire, à la fossette qu'il a au menton ou à ses grands yeux pleins de curiosité. J'effleure sa joue du bout des doigts. La peau est rugueuse au toucher. Art doit se raser deux fois par jour mais j'ai toujours aimé sentir sa barbe naissante. Ça le rend plus viril, plus sexy.

— Très bien.

Ma gorge se noue. J'aurais tout donné pour ne pas être là.

— Je suis vraiment désolée d'être en retard. C'est juste que… revenir ici.

— Je sais.

Art passe un bras autour de mes épaules et me serre contre lui. J'enfouis le visage dans son cou, je plisse les paupières pour refouler les larmes que je ne veux pas verser.

— Ça va marcher, cette fois. Je le sais. C'est notre tour, Gen.

Il vérifie sa montre. La même depuis des années et le verre est rayé et usé. C'est moi qui la lui ai offerte – pour son anniversaire, trois mois après notre rencontre. Ce soir-là, exceptionnellement, Art m'avait permis de l'inviter ; j'avais insisté, puisque c'était son anniversaire. C'était une soirée de printemps très douce – la première soirée clémente après un hiver qui nous avait paru interminable et, en sortant du restaurant, nous nous étions promenés le long d'Embankment et nous avions traversé Waterloo Bridge pour gagner South Bank. Art m'avait exposé ses projets pour Loxley Benson… avouant qu'il avait toujours cherché quelque chose en quoi croire, quelque chose qui soit digne d'y investir son énergie, un but à poursuivre.

— Et ton entreprise signifie tout ça pour toi ?

Art m'avait pris la main et répondu que non, que c'était moi qu'il cherchait, que notre relation était ce qu'il désirait le plus au monde.

Ce soir-là aussi, il m'avait dit qu'il m'aimait.

Je me dégage, essuie mes yeux aussi discrètement que possible. Il y a trois autres couples dans la salle d'attente et je ne veux pas qu'ils me voient pleurer. Je m'assieds et croise les mains sur mes genoux. Concentrée sur ma respiration, j'essaie de ne pas penser à la tempête qui fait rage en moi.

Art m'aime toujours. Je le sais. S'il ne m'aimait plus, il ne serait pas resté avec moi durant la longue, la terrible année après Beth. Sans parler des six tentatives de fécondation *in vitro* depuis.

Seulement, il y a des moments où je me demande s'il m'écoute vraiment. J'ai essayé de lui dire à quel point j'étais lasse de ces visites à la clinique. Des hauts et des bas de la FIV. Près d'un an s'est écoulé depuis notre dernière tentative. À l'époque, j'avais insisté pour faire une pause et M. Tam – comme on le surnomme dans les forums en ligne sur l'infertilité – m'avait soutenue. Art était d'accord – nous espérions l'un et l'autre que je tomberais enceinte de manière naturelle. Il n'y avait vraiment aucune raison pour que cela ne se produise pas – du moins, on n'en avait trouvé aucune. Comme on n'a jamais trouvé aucune raison qui explique l'échec de chacune de nos tentatives de FIV.

Il y a déjà plusieurs mois qu'Art me pousse à suivre un nouveau traitement. Il a même pris ce rendez-vous pour nous. Mais l'idée de recommencer, la perspective des effets secondaires et des déconvenues qui m'attendent me sont insupportables. Je suis passée par là trop souvent : entamer un cycle, ou gâcher l'occasion d'en entamer un parce qu'on est absent, aller chaque jour à la clinique subir un test, prendre les produits à des heures précises, à des dates précises – tout ça pour découvrir que les follicules ne sont pas assez matures ou assez nombreux, ou que les embryons n'ont pas survécu. Puis le repos pendant un cycle ou deux, la fixation sur la date de l'ovulation, de la menstruation, avant de recommencer. Et ainsi de suite. Et rien de tout cela, rien de rien, ne pourra jamais la ramener.

Beth. Mon bébé mort-né.

Je veux dire tout cela à Art, mais il faudrait que je parle de Beth et elle est enfermée à l'abri dans ma tête avec la douleur et le chagrin et je ne veux pas les faire remonter à la surface.

— Monsieur et madame Loxley ?

Art bondit sur ses pieds. L'infirmière lui sourit. Il est difficile de ne pas sourire à Art. Même avant qu'il apparaisse dans *Jugement* à la télé, tout le monde lui souriait. Tout ce charme et toute cette énergie juvéniles. Là réside en partie le secret de son succès avec Loxley Benson : sa façon de vous regarder, les yeux brillants, qui vous donne l'impression d'être quelqu'un d'extraordinaire, comme si rien au monde n'importait plus que ce que vous êtes sur le point de dire ou de faire.

Il n'y a pas que cela, évidemment. Art est intelligent. Habile. Et habité par une ambition sans bornes. Maman l'a compris tout de suite quand elle l'a rencontré. Avant qu'il fasse fortune, alors qu'il venait de monter son entreprise – une société d'investissements éthiques en ligne –, sans argent et sans garantie financière. « Celui-là, il va faire des étincelles, avait-elle déclaré en m'adressant ce sourire ironique bien à elle. Fais attention à ne pas te brûler les doigts en essayant de suivre. »

Le bureau de M. Tamansini est aussi vaste qu'un navire – le dessus tout en cuir marron capitonné, aux bords fixés par des clous en laiton. Il a l'air perdu derrière – petit homme au teint mat, au visage pointu et aux mains fines. Il presse ses doigts les uns contre les autres, comme toujours quand il parle. Il nous regarde, Art et moi, assis en face de lui.

— Cette fois, je voudrais vous suggérer d'essayer l'ICSI, dit-il lentement. C'est un procédé qui consiste à injecter du sperme directement dans les ovocytes.

— Tu vois ? fait Art en me donnant un coup de coude, comme si on était une paire de cancres au dernier rang de la salle de classe. Je t'avais dit qu'il y aurait quelque chose de nouveau.

J'observe fixement les doigts de M. Tamansini. Bizarre de penser qu'ils sont entrés à l'intérieur de moi. Mais bon, être gynécologue est un concept bizarre. D'un autre côté, j'aime bien M. Tam. J'aime son calme. Sa capacité à le rester même quand Art se fait de plus en plus insistant. Il a été mon spécialiste pour quatre des six tentatives ratées. Je suppose qu'on pourrait dire qu'on a traversé pas mal d'épreuves ensemble.

— L'ICSI n'est pas nouveau, dis-je en levant les yeux vers lui. Pourquoi faire ça ? Pourquoi maintenant ?

M. Tam s'éclaircit la gorge.

— L'ICSI est souvent utilisé dans les cas où le sperme est de piètre qualité. Bien sûr, ce n'est pas le cas ici, mais c'est une technique tout aussi utile pour les couples qui présentent de faibles taux de fécondation et de production d'ovocytes, deux situations qui vous concernent.

— Ça ne va pas coûter plus cher que la FIV normale ?

À la mention de l'argent, Art se raidit. C'est un mouvement presque imperceptible, mais je le reconnais bien. Comme quand un animal dresse les oreilles, à l'affût de bruits suspects. Je fixe le bureau de M. Tam. Les clous en laiton scintillent à la lumière. Je me demande vaguement si quelqu'un les astique.

— Si, admet-il. Cependant, cela va indéniablement accroître vos chances d'avoir une grossesse viable.

— En quoi consiste le procédé, au juste ? demande Art.

Sous le ton neutre, une pointe d'acier perce dans sa voix. Il ne va pas se laisser – ou me laisser – mener en bateau.

M. Tam sourit.

— En ce qui vous concerne, il y a très peu de différence avec une FIV standard.

Il commence à décrire le procédé. Je décroche un moment. Je sais déjà de quoi il s'agit ; je me suis renseignée sur cette option il y a plusieurs années.

— … qui fonctionne comme une plate-forme logicielle nettoyée, achève M. Tamansini. Toute prête à programmer un nouvel ordinateur.

Art éclate de rire. Il adore les métaphores de M. Tam.

— Eh bien, qu'en pensez-vous ? demande le médecin.

— Tout à fait d'accord, répond Art en me regardant. On devrait essayer.

L'espace d'une seconde, je suis furieuse qu'il ait répondu à ma place. Puis je me souviens que j'ai accepté de venir, qu'il pense que je suis prête à franchir ce nouveau pas, qu'il y a une éternité que je ne lui ai pas parlé de ce que je ressens vraiment…

— Je ne sais pas. Je veux dire… Je ne sais plus si une FIV est la solution. Voyons les choses en face, dans quelques mois j'aurai quarante ans, ce qui…

— … n'est pas trop tard, coupe Art en se tournant vers M. Tam. Dites-le-lui, s'il vous plaît, que ce n'est pas trop tard.

Le visage de M. Tam demeure impassible et professionnel. En son for intérieur, il doit se demander ce que je fais ici si j'ai tant de doutes.

— Bien entendu, madame Loxley, vous avez raison. Il n'y a pas de garantie. Mais vous avez été enceinte par le passé, ce qui est encourageant. Et quarante ans n'est pas si vieux, quand on parle de FIV. On pourrait même dire que c'est moins vieux qu'avant.

Son sourire est doux, réconfortant.

— Je ne crois pas…

Ma voix tremble.

— Je ne suis pas sûre de pouvoir faire face… à tout ça encore une fois.

Je m'étrangle et baisse les yeux sur la moquette. Il y a une tache marron en forme de haricot à côté d'un des pieds du bureau.

Pourquoi m'est-il si difficile de dire ce que je pense ? Ce que j'éprouve ? La voix d'Art est sourde, plus intense que jamais.

— Gen, il faut continuer à essayer. Tu ne comprends pas ? Si tu veux, je ferai une évaluation complète des statistiques concernant l'ICSI et je calculerai les probabilités. Si c'est prometteur, on fera en sorte que ça marche tous les deux, comme on a toujours fait en sorte que tout marche.

Je lève la tête. M. Tam a traversé la pièce et parle tout bas dans l'interphone, à côté de l'espace réservé aux auscultations. Il nous donne un moment pour nous reprendre.

Un nouvel espoir danse dans le regard d'Art. Je m'en veux de ne pas le partager.

— Je sais que c'est dur pour toi, reprend-il, avec le traitement, les visites et tout. Et je sais qu'on est déjà passés par là cinq fois…

— Six.

— Mais ça en vaut la peine, insiste-t-il. Tu ne crois pas ?

Je secoue la tête. Je l'ai cru par le passé, peut-être, les premières fois, après Beth. Mais plus maintenant, après tant d'échecs et de désillusions.

Art fronce les sourcils.

— Je ne comprends pas pourquoi tu ne veux pas faire cette nouvelle tentative.

Il s'efforce d'adopter un ton compréhensif, mais l'impatience perce dans sa voix.

— Si les pourcentages sont prometteurs, je veux dire.

Je prends une profonde inspiration.

— Il ne s'agit pas de pourcentages, ni de facteur de risque, ni de traitement.

Je le regarde dans les yeux, en espérant qu'il va comprendre.

— C'est Beth, dis-je dans un murmure.

Il est encore si douloureux de prononcer son nom à voix haute.

La perplexité se lit sur ses traits.

— Tu veux dire que c'est déloyal envers sa mémoire de faire une autre tentative ?

— Pas exactement…

— Oh ! Gen, pas du tout. Au contraire, le fait qu'on veuille tellement la… remplacer est une marque de l'amour qu'on avait pour elle.

La remplacer ?

M. Tam est de retour à son bureau.

Les paroles d'Art résonnent encore à mes oreilles. Je fixe de nouveau la tache en forme de haricot, le sang cogne à mes tempes.

— Je suppose que nous avons besoin de réfléchir encore un peu, dit Art d'une voix morne, lointaine.

— Certainement.

M. Tam sourit, je l'entends à sa voix, même si je n'ai pas relevé les yeux.

— À ce stade, ce n'est qu'une proposition. Je crois que nous devrions procéder par étapes, ajoute-t-il.

— Absolument, renchérit Art en posant un bras sur mon épaule.

Quelques minutes plus tard, nous sortons de la clinique et prenons un taxi pour rentrer à la maison. Art refuse de se déplacer autrement qu'en taxi. Maintenant que Loxley Benson a tant de succès, il pourrait avoir un chauffeur s'il le désirait mais il déteste donner l'impression d'être snob. J'ai beau lui dire que prendre un taxi est une certaine forme de snobisme, il affirme qu'ils sont une solution pratique – vu la lenteur des transports en commun et le fait que son temps est précieux.

Nous ne parlons pas. Je suis encore secouée. Soudain, je me rends compte qu'il s'adresse à moi.

— Pardon ?

— Je voudrais que tu arrêtes de faire ça.

Il me prend la main. L'ongle de mon index gauche est rongé au point que la peau tout autour est rouge et à vif à force d'avoir été mâchonnée. Je le replie. Je n'avais même pas conscience d'avoir fait ça.

Je sens la légère pression des doigts d'Art sur les miens.

— Pourquoi m'as-tu laissé prendre rendez-vous si tu es tellement sûre que tu ne veux plus de FIV ?

Derrière la vitre, un soleil rasant éclaire Regent's Park. Un disque parfait, d'un orange flamboyant qui se détache sur un ciel bleu marine dégagé, où ne subsiste aucune trace des nuages de tout à l'heure. Je me retourne vers Art. Ses yeux brillent dans la semi-pénombre et mon cœur déborde d'amour pour lui. Il est peut-être impitoyable en affaires, mais, au fond, c'est l'homme le plus gentil que je connaisse.

— Je suis désolée pour le rendez-vous. Je sais que…

Je m'interromps, les idées encore confuses.

— Tu sais que tu es dingue, hein ? me dit-il affectueusement.

Nous nous regardons un instant, puis Art se penche vers moi.

— Peux-tu au moins m'expliquer ce qui t'inquiète, Gen ? Parce que je veux seulement… enfin, tout ce que je fais, je le fais pour toi, tu le *sais*. Je voudrais seulement comprendre, parce que je ne vois pas en quoi ce serait mal de réessayer.

J'essaie de réfléchir. Comment exprimer ce qui est si embrouillé, si fragile dans mon esprit ?

— Je ne peux pas penser à « remplacer » Beth, dis-je enfin, l'estomac noué.

— C'était seulement une façon de parler, affirme Art, rejetant d'un haussement d'épaules le terme qu'il a utilisé. Bien sûr qu'on ne peut pas la remplacer. Mais on peut connaître l'expérience d'être parents, ce dont sa mort nous a privés.

— Je ne sais pas.

Il tripote son col, cherche l'accroc caché dans le coton.

— Dans ce cas, laisse-moi savoir pour nous deux.

— Et l'argent ? Nous avons déjà tant dépensé…

— C'est le cadet de nos soucis, lance-t-il avec un geste d'indifférence.

C'est vrai, encore que j'aie toujours du mal à m'habituer à tout l'argent qu'il gagne. Non que nous ayons tiré le diable par la queue par le passé : Loxley Benson marche bien depuis longtemps, mais, cette année, la société a vraiment décollé. En fait, c'est une des entreprises qui se développe le plus vite en Grande-Bretagne.

— Je ne parle pas du montant. C'est l'idée de gaspiller de l'argent pour rien…

— Bon sang, Gen, ça ne représente pas tant d'argent que ça. Quelques milliers de livres, c'est tout. Et ma participation à *Jugement* nous amène des clients chaque jour. À propos, je connais une femme qui s'occupe d'un projet gouvernemental et qui voudrait que j'y participe. Elle va m'en parler demain, à Bruxelles. La société est en plein essor, Gen, je t'avais dit que ça viendrait. On va connaître une croissance exponentielle.

— Mais…

Je me tais, incapable de dire ce que je ressens réellement, à savoir que le succès de l'entreprise d'Art me donne l'impression de ne pas être à la hauteur. C'est injuste, alors qu'il travaille si dur pour nous deux, mais ma grossesse nous avait mis sur un pied d'égalité. C'était comme si j'apportais enfin une contribution valable à notre mariage. Et maintenant, le fait qu'il gagne une fortune souligne mon incapacité à remplir ma part du contrat tacite passé entre nous.

— Il *faut* que tu le veuilles, Gen. On peut réussir. Je trouverai une solution.

Ses paroles, l'expression résolue de sa mâchoire, son attitude même… tout est extrêmement convaincant. Et l'expérience m'a appris qu'il était presque impossible de lui résister.

— Tu tiens vraiment à réessayer, n'est-ce pas ?

— Avons-nous le choix ? Tu veux adopter ?

Je secoue la tête. C'est au moins un point sur lequel nous avons toujours été d'accord. Si nous avons un bébé, il devra être notre bébé.

— Exactement.

Il se penche vers moi.

— Je veux essayer de nouveau, Gen.

Il marque une pause, et sa bouche frémit.

— Mais seulement si tu le veux toi aussi.

Une fraction de seconde, il a l'air d'un petit garçon vulnérable et je vois à quel point il a peur. Il a peur que je ne me remette jamais de la mort de Beth et que notre amour ne s'enfuie à cause de cela… parce qu'un jour il faudra que je choisisse entre renoncer à Beth et renoncer à Art.

— Je veux le faire *avec* toi, Gen, murmure-t-il. Je t'en prie, essaie de comprendre.

Le taxi ralentit et s'arrête à un feu rouge, à l'intersection de Camden High Street et de Kentish

Town Road. Art et moi nous sommes rencontrés à Camden il y a quatorze ans, à un réveillon du jour de l'an auquel j'étais allée avec Helen, ma meilleure amie. Art avait vingt-six ans et venait de créer sa société. Il avait bluffé pour se faufiler dans la soirée avec un groupe de collègues, dans l'espoir d'y nouer des contacts utiles. Moi, j'étais seulement venue pour m'amuser.

Nous avions fait connaissance au bar, quand un des collègues d'Art – Tris – avait bousculé Helen. En fait, c'étaient de vieux amis de fac qui avaient perdu le contact. Naturellement, Helen m'avait présentée à Tris, qui, à son tour, m'avait présentée à Art. Ce dernier avait offert une tournée de boissons, que j'avais pour la plupart renversées par accident en revenant des toilettes. Il avait été très gentil, offrant immédiatement une nouvelle tournée alors que – je ne l'avais découvert que plus tard – il avait à peine de quoi manger à l'époque. Nous avions bavardé. Il m'avait parlé de Loxley Benson, la société qu'il avait créée avec un ami quelques mois plus tôt, expliquant qu'il espérait surfer sur la vague du commerce en ligne et qu'il était résolu à proposer exclusivement des investissements éthiques, responsables d'un point de vue social et environnemental.

De mon côté, je lui avais avoué que je travaillais pour une revue de décoration intérieure où je m'ennuyais à mourir à rédiger des articles sur les cuisines et les peintures coordonnées, mais que je voulais écrire un roman un jour. Je me souviens d'avoir été époustouflée par son ambition. Par le fait qu'il était prêt à prendre n'importe quel risque et à affronter n'importe quel revers pour parvenir à ses fins. Qu'il désirait moins gagner de l'argent que faire une différence.

Même alors, j'avais senti qu'Art finirait par obtenir ce qu'il voulait.

Y compris moi.

— Gen ?

Il fait nuit à présent, les lampadaires commencent à s'allumer et le taxi avance péniblement dans Kentish Town Street, avec ses magasins lugubres et ses trottoirs encombrés. Si Art n'était pas mon mari, il aurait sans doute quatre enfants à l'heure qu'il est. Il devrait les avoir. Je ne devrais pas l'empêcher de les avoir.

— C'est l'espoir, dis-je enfin. Je peux tout supporter sauf l'espoir.

Art se met à rire. Je sais qu'il ne comprend pas vraiment ce que je veux dire. Mais il m'aime et c'est suffisant.

— Pourquoi ne jettes-tu pas un coup d'œil aux statistiques de l'ICSI ? Fais-toi une idée. Comme ça, on pourra prendre une décision.

Il hoche la tête avec enthousiasme et met la main dans sa poche. Une seconde plus tard, son téléphone vibre et je me rends compte qu'il a dû le garder éteint pendant près d'une heure. Je ne me souviens pas de la dernière fois qu'il l'a éteint plus de quelques minutes.

Il parle toujours au téléphone quand nous arrivons chez nous, à Crouch End. Lilia, notre femme de ménage slovaque, est justement en train de partir. Alors que je referme la porte derrière elle, je remarque le courrier empilé sur le radiateur et l'emporte dans la cuisine. Nous n'utilisons guère les autres pièces du rez-de-chaussée. La maison est grande pour nous deux.

Je feuillette distraitement les enveloppes. Il y a une

carte postale de ma mère, en vacances en Australie avec son dernier petit ami. Je la pose sur la table avant de regarder le reste. Debout devant la pile de papier à recycler, je trie au fur et à mesure, mets de côté deux factures et un pli portant le logo du notaire d'Art. Encore des dépliants, des revues, des prospectus pour des plats à emporter… Comment peut-on recevoir tant de paperasses inutiles en une seule journée ?

Art est toujours au téléphone. Sa voix sourde et insistante devient plus forte quand il passe devant la cuisine, puis s'éloigne. Je jette deux catalogues sur la pile de recyclage, qui vacille et finit par s'effondrer.

— Zut.

Il réapparaît alors que je suis en train de la reconstituer.

— Gen ?

— C'est fou, le papier qu'on accumule.

— La réunion de Bruxelles a été avancée. Siena m'a réservé un vol plus tôt.

— À quelle heure ?

— La réunion est à dix heures. Je partirai vers six heures, alors je me demandais si on pourrait aller se coucher tôt…

Il hésite, m'interroge du regard. Je sais à quoi il pense. Je souris. Au moins, nous ne reparlerons pas de FIV ce soir.

— Bien sûr.

Après dîner, je tue le temps devant des niaiseries à la télé pendant qu'Art passe deux trois coups de fil et vérifie divers tableaux de chiffres. Le bulletin d'information de vingt-deux heures commence. À la première publicité, je sens la main d'Art sur mon épaule.

— Tu viens au lit ?

À vrai dire, j'aime l'idée qu'Art ait envie de faire l'amour avec moi plus que l'acte proprement dit. Notre conversation sur la FIV me trotte encore dans la tête et j'ai du mal à me détendre. Quand il commence à me caresser, je me tortille un peu, essaie de me mettre dans l'état d'esprit, mais ça ne marche pas. Art a une approche du sexe qui n'est pas différente du reste – s'il en a envie, il va le chercher. Je ne veux pas dire par là qu'il soit infidèle. Ni qu'il soit nul au lit. Seulement qu'il était très inexpérimenté quand je l'ai rencontré, de sorte que tout ce qu'il fait à présent, c'est moi qui le lui ai appris. Et il le fait toujours exactement comme je le lui ai montré, il y a quatorze ans.

— Gen ?

Art a pris appui sur un coude et fronce les sourcils. Je n'avais même pas remarqué qu'il avait cessé de me caresser.

Je souris et replace sa main entre mes jambes. Je me force à ressentir quelque chose. Ça marche, un peu. Suffisamment, de toute manière. Art est convaincu que je me laisse enfin aller et me pénètre.

Mes pensées vagabondent. Je songe à la pile de recyclage en bas. Tout ce papier. Au fond, je le sais, ce qui me dérange, c'est que ça me rappelle tout ce qu'on écrit – les innombrables magazines et livres qui se disputent une place sur les rayonnages des librairies. Sans parler d'Internet. J'ai fait partie de ce monde-là : j'ai écrit et publié trois livres entre mon mariage et ma grossesse. Parfois toutes ces tonnes de papier imprimé me donnent l'impression de suffoquer – comme si mes mots à moi étaient étouffés avant même de voir le jour.

Art gémit, je bouge un peu pour montrer ma bonne volonté.

Ce n'est pas seulement le papier. Art est devenu très écolo et insiste pour que nous soyons ultravigilants, et qu'il y ait des poubelles pour tout : aluminium, carton, verre, déchets alimentaires, plastique…

Par moments, j'ai envie de tout balancer dans un sac noir comme on le faisait quand j'étais petite. Un souvenir d'enfance se faufile dans mon esprit. Je transporte péniblement un sac-poubelle dans le jardin, la pelouse est humide sous mes pieds. Je le traîne vers papa, qui nous rend une de ses rares visites entre deux tournées. Une odeur douce et fraîche émane de l'herbe qu'il vient de tondre, et qu'il ratisse à présent pour en faire un tas de compost. Je veux l'aider. C'est pourquoi je lui apporte le contenu de la poubelle de la cuisine. Il éclate de rire et dit que la plupart de ce qu'il y a dedans ne se décomposera pas, alors nous faisons un feu de joie à la place. Je me souviens encore de l'odeur de la fumée, de mon visage brûlant et du vent froid qui me fouettait le dos.

Art m'embrasse dans le cou en intensifiant son va-et-vient. J'ai envie qu'il se dépêche… qu'il en termine au plus vite… Dès qu'on aura fini, il s'endormira et puis je me lèverai et j'irai me faire un thé.

Il respire plus fort maintenant, ses mouvements sont plus puissants. Je sais qu'il est au bord du plaisir mais qu'il se retient, qu'il m'attend. Je lui souris, sachant qu'il comprendra ce que je veux dire. Une minute plus tard, il jouit avec un grognement et se laisse aller contre moi. Je le serre dans mes bras alors qu'il se retire. Il paraît si vulnérable, la tête nichée contre mon cou.

J'attends…

Art pousse un soupir de contentement, puis roule

sur le dos, un bras en travers de ma poitrine. Dès qu'il commence à respirer plus profondément, je me dégage. C'est un fait dont j'ai conscience mais que je me refuse à affronter : notre vie sexuelle a sombré dans la routine. Guère étonnant après toutes ces années, je suppose. Et elle est de toute façon nettement meilleure qu'à l'époque où tomber enceinte était devenu une obsession pour moi. Je sais qu'Art se sentait sous pression quand il fallait faire l'amour au bon moment, et moi aussi je détestais que l'idée de concevoir ôte à l'acte lui-même toute notion de plaisir et toute spontanéité. Il y a bien longtemps que j'ai cessé de vérifier la date de mon ovulation, mais peut-être que ma façon de vivre la chose en porte le souvenir. Ou que nos relations sexuelles sont classiques pour un couple de longue date : prévisibles, confortables, sans danger. Cela dit, je ne me plains pas. Un jour, j'aborderai le sujet avec Art comme il faut. Il écoutera, je le sais. Il voudra que ça s'améliore. Ce qui signifie qu'il y parviendra. Je ne l'ai jamais vu échouer.

L'iPhone d'Art sonne dans la poche de son pantalon par terre. Il se réveille en sursaut, puis se penche en soupirant pour l'attraper.

Je me lève et descends au rez-de-chaussée.

*

* *

À mon réveil, la place à côté de moi est vide. Art est parti pour Heathrow depuis longtemps. Une serviette humide traîne sur son oreiller. Agacée, je la fais tomber sur le sol.

Une demi-heure plus tard, je suis habillée et j'étale

du beurre et de la Marmite sur mon pain grillé. La journée s'étire devant moi. Mon cours habituel du mercredi a été annulé et je n'ai pas de rendez-vous. Pas même de café avec Hen. Pourtant, j'ai le sentiment persistant qu'il y a quelque chose que je suis censée faire aujourd'hui.

Tu pourrais écrire, me souffle une voix dans ma tête.

Je n'y prête pas attention.

On sonne à la porte. Je n'attends personne. C'est sans doute le facteur, tout simplement. Enfin, on n'est jamais trop prudent. Je mets la chaîne, entrebâille la porte et je regarde par l'interstice.

Une femme se tient sur le seuil. Elle est noire, rondelette et d'âge moyen.

Je suppose aussitôt que j'ai affaire à un témoin de Jéhovah et me prépare à la refouler poliment.

— Vous êtes bien Geniver Loxley ? demande-t-elle d'une voix douce, avec une pointe d'accent des Midlands.

— Comment connaissez-vous mon nom ?

La femme hésite. Il me paraît improbable qu'un témoin de Jéhovah possède ce genre d'information, ce doit donc être une forme de démarchage plus agressive. Tout de même, cette femme ne manifeste pas le culot d'une représentante aguerrie. En fait, maintenant que je la regarde avec attention, elle me semble plutôt nerveuse. Elle porte un tailleur bon marché en synthétique et des taches de transpiration sont en train de se former sous ses aisselles.

— Je… Je…

J'attends, le cœur battant soudain à tout rompre. Art a-t-il eu un accident ? Ou quelqu'un d'autre que je connais ? Je retire la chaîne et ouvre la porte en grand.

La femme pince ses lèvres. Un mélange de peur et de gêne se lit dans ses yeux écarquillés.

— Qu'y a-t-il ?

— C'est...

La femme prend une profonde inspiration.

— C'est votre bébé.

Je la fixe avec stupeur.

— Que voulez-vous dire ?

Elle hésite.

— Elle est vivante.

Ses yeux sombres me transpercent.

— Votre bébé, Beth, elle est vivante.

2

Je reste figée sur le pas de la porte, la main sur la chaîne, l'estomac retourné. J'appuie le doigt contre le crochet en métal jusqu'à en avoir mal.

— Quoi ?

Une voiture passe à toute allure devant la maison. Au loin, un homme crie. Ailleurs la vie continue. Ici, tout est sens dessus dessous.

— Oh, Seigneur !

La femme porte les mains à ses joues. Des mains étonnamment fines pour quelqu'un de sa corpulence.

— Oh ! Madame Loxley, puis-je entrer, s'il vous plaît ?

Je me raidis, mon instinct me hurle de me méfier. Quoi que cette femme ait à dire, elle peut le faire de là où elle se trouve. Il est hors de question que je l'invite à l'intérieur. Je tiens fermement la porte au cas où elle tenterait d'entrer de force, mais elle ne fait que se balancer d'un pied sur l'autre, de plus en plus mal à l'aise.

— Pourquoi est-ce que vous avez dit… ce que vous avez dit ? Qui êtes-vous ? Comment connaissez-vous mon nom ?

— Madame Loxley, commence-t-elle avant de toussoter nerveusement. Je m'appelle Lucy O'Donnell. Je suis la sœur de Mary Duncan. Elle est morte l'année dernière.

De quoi parle-t-elle ?

— Je ne comprends pas.

— Ma sœur travaille… travaillait comme… infirmière. Elle était à la clinique Fair Angel quand vous avez accouché. Elle m'a dit que votre bébé était né vivant et en bonne santé…

Il y a un bref silence.

— Le médecin l'a emmené alors que vous étiez toujours sous anesthésie, ajoute-t-elle. Il vous a menti.

— Non !

C'est absurde. Que s'imagine cette femme ? La colère bouillonne en moi.

— Si, insiste-t-elle.

— Non. Mon bébé est mort.

J'ai dû me faire violence pour prononcer les mots et ma colère déborde. J'essaie de refermer la porte, mais la chaussure éraflée de Lucy O'Donnell la bloque.

— Je sais que c'est un choc pour vous, reprend-elle. Je vous attendrai au café, plus bas dans la rue. Sam quelque chose ? J'y serai jusqu'à onze heures.

Elle me lance un dernier regard suppliant, puis retire son pied.

La porte claque et je me détourne, tremblante.

Comment cela peut-il m'arriver ? Et pourquoi ? Je ne comprends pas.

Incapable de rester immobile, j'arpente le couloir. Je m'arrête et je m'adosse au mur. La peinture s'écaille sur l'encadrement de la porte en face. Nous avons fait repeindre la maison du sol au plafond quand nous avons emménagé il y a six ans. Le travail a besoin d'être refait. Mon cœur bat à toute allure. Je ferme les yeux.

Lucy O'Donnell. Mary Duncan. Ces noms ne m'évoquent rien.

Je sors mon téléphone mais alors même que je compose le numéro, je me souviens qu'Art est en réunion à Bruxelles. L'appel est redirigé sur sa boîte vocale. Je laisse un message affolé lui demandant de me rappeler de toute urgence et me laisse glisser sur le sol.

Pourquoi débarquer chez moi pour me raconter un mensonge aussi monstrueux ? Histoire de rire un peu ? De gagner un pari ? Lucy O'Donnell n'avait pas vraiment l'air de s'amuser. Qui l'aurait poussée à faire une chose pareille ?

Le doute et la peur tourbillonnent dans ma tête. Une pensée me vient et je grimpe les marches quatre à quatre. Le nom de Mary Duncan devrait être facile à vérifier. Nous avons bien conservé des papiers de la maternité ? La clinique Fair Angel était un établissement privé, ultra-moderne ; Art a sûrement un dossier quelque part. Je me précipite dans son bureau au deuxième étage, une grande pièce lumineuse pleine d'étagères et de placards. Je parcours les dossiers du regard : il n'y a que des noms de clients ou de comptes. Rien de personnel.

Je m'approche de la fenêtre et regarde au-dehors. Aucun signe de Lucy dans la rue. Où avait-elle dit qu'elle allait ? Ah oui, *Chez Sam*, le café en bas de la rue. Je regarde l'horloge sur le bureau d'Art. Dix heures quinze.

J'essaie de me concentrer sur ce qu'elle a dit… que sa sœur était une des infirmières présentes lors de la naissance de Beth. Que le médecin avait menti. Que Beth était vivante.

C'est insensé. Inconcevable. Je ne me souviens peut-être pas de l'infirmière, mais je n'ai pas oublié le Dr Rodriguez, l'obstétricien aux allures de demi-dieu qui me suivait à Fair Angel. Hâlé, séduisant, irradiant un calme professionnel à toute épreuve – jamais il n'aurait commis la moindre irrégularité, sans parler d'enlever notre bébé.

J'appuie la tête contre le verre froid de la vitre. Il y a si longtemps que je ne me suis pas autorisée à revivre les jours qui avaient précédé la césarienne. Art et moi avions passé le dernier mois de ma grossesse près d'Oxford, afin d'être à proximité de Fair Angel, la clinique que j'avais choisie, comme tant d'autres avant moi, à cause de sa fantastique unité d'accouchement naturel – que, dans les faits, je n'ai évidemment pas eu l'occasion d'essayer. Au bout du compte, l'échographie de la trente-septième semaine avait montré que Beth était morte et j'avais immédiatement subi une césarienne sous anesthésie. À l'époque, j'avais cru que c'était par compassion que le Dr Rodriguez avait accepté d'agir aussi vite. Sa décision aurait-elle vraiment pu faire partie d'un plan visant à me voler ma fille ?

Je contemple les toits et cheminées de notre quartier victorien. À Oxford, nous avions loué une maison à côté de la clinique, un endroit idéal pour une femme enceinte et tout à ses rêves. Magnifique et paisible, elle possédait un parc doté d'un petit bois, et un long sentier empierré qui menait au bord de la rivière Cherwell. Le cadre était en parfaite harmonie avec mon état d'esprit. Ce dernier mois, je l'avais vécu au ralenti et j'avais coulé des journées paresseuses, ayant laissé loin derrière moi l'épuisement et les nausées du premier trimestre.

Art n'avait pas cessé de travailler durant notre séjour, mais, pour être juste, je dois dire qu'il n'allait à Londres que deux fois par semaine. Nous avions eu la visite de ma mère et celle de quelques amis. La sœur d'Art, Morgan, était venue deux fois entre deux avions : elle fait constamment la navette entre Édimbourg, où se trouve sa résidence principale, et ses bureaux de New York et de Genève. Lors de ses brefs séjours, elle s'était montrée incroyablement attentionnée. Elle avait trouvé un chauffeur pour m'emmener à la maternité et une source d'approvisionnement quotidien en raisin bio dont j'avais sans cesse eu envie durant les trois derniers mois. Elle m'avait fait livrer des fleurs et offert un vase en verre taillé hors de prix où les disposer. Pendant cette période, je voyais le Dr Rodriguez tous les quatre ou cinq jours. Jamais rien dans son comportement ne m'avait mise mal à l'aise ou fait soupçonner qu'il n'avait pas mes intérêts à cœur.

Le grondement du camion des éboueurs m'arrache à mes souvenirs. Le véhicule s'arrête, les hommes en descendent et se dirigent vers la poubelle de mes voisins. Je me secoue. Rien de ce que m'a dit Lucy O'Donnell ne peut être vrai. C'est une ignoble tentative de manipulation, voilà tout.

Je redescends, trouve mon portable et appelle Hen. Dingue, excentrique, mais farouchement loyale, elle est ma meilleure amie depuis le lycée. On avait l'habitude de se présenter ensemble, en souriant, comme un duo : Gen et Hen.

Elle répond à la deuxième sonnerie.

— Eh, comment vas-tu ?

J'hésite. Maintenant que le moment est venu de rapporter les propos de Lucy O'Donnell, ils paraissent presque trop ridicules pour que je les répète à voix haute. Je dois être complètement folle d'avoir envisagé, ne serait-ce qu'une seconde, qu'elle ait dit la vérité.

Je me jette à l'eau.

— Tu ne vas pas me croire. Une femme vient de débarquer chez moi et de me dire que Beth est vivante.

— Quoi ? Ce n'est pas possible !

Sa voix frémit d'indignation et je me sens tout de suite mieux. Je lui répète tout ce que m'a dit Lucy O'Donnell.

— Oh ! Mon Dieu. Je n'arrive pas à croire que quelqu'un ait pu faire ça.

— C'est une malade, hein ?

En parlant, je me rends compte à quel point j'ai besoin que Hen me rassure.

— Ou pire, dit-elle d'un ton sombre. On dirait qu'elle essaie de te faire sortir de la maison.

— Pourquoi ?

— Probablement pour que ses complices s'introduisent chez toi et vous cambriolent en votre absence.

Je revois la femme rondelette et anxieuse qui se tenait devant ma porte.

— Je ne crois pas qu'il s'agisse d'un truc de ce genre, dis-je, hésitante.

— Dans ce cas-là, à quoi joue-t-elle ? s'écrie Hen, élevant la voix. Pourquoi irait-on inventer une histoire aussi abominable ? Pourquoi voudrait-on te faire souffrir comme ça ?

— Tu ne crois pas que je devrais aller la rejoindre et… lui poser des questions ?

— Mon Dieu, Gen ! Surtout pas !

Je la vois d'ici, ses grands yeux pâles écarquillés de stupeur, ses mèches folles encadrant son visage.

— Ne donne pas à cette cinglée la satisfaction de penser que tu l'as crue !

Je mâchonne la peau autour de mon index, en arrache un minuscule morceau avec mes dents.

Le fils de Hen, Nathan, s'époumone en arrière-fond.

— Désolée, Gen. Il faut que j'y aille. Nat est enrhumé, alors il n'est pas allé à l'école. Hé, tu veux que j'apporte quelque chose pour la fête vendredi ?

Oh, flûte. Voilà ce qu'il faut que je fasse aujourd'hui. Art a eu quarante ans le week-end dernier, mais la soirée est prévue pour la fin de cette semaine. Je devais dresser une liste de courses.

— Non, merci. Rien.

Les cris de Nathan augmentent d'intensité.

— À plus tard.

Je repose le téléphone. Ma conversation avec Hen ne m'a pas aidée autant que je l'espérais. Je ne crois pas que Lucy O'Donnell ait voulu m'attirer au-dehors. Elle voulait entrer, au contraire.

Une pensée subite me fait tressaillir : peut-être croit-elle réellement que le Dr Rodriguez nous a volé Beth.

J'erre d'une pièce à l'autre. Le silence de la maison est oppressant. Je vérifie l'heure de nouveau. Presque dix heures et demie. Art est toujours en réunion. Je veux lui raconter ce qui s'est passé. Je veux qu'il me dise que Lucy O'Donnell m'a menti. Qu'elle cherche à m'escroquer, comme l'a affirmé Hen.

Mais ni Hen ni Art ne l'ont vue ; ils n'ont pas vu son regard nerveux, ses mains qui tremblaient, l'effort qu'elle avait fait pour paraître chic dans son ensemble bon marché avec des marques de sueur sous les aisselles.

Je suis certaine qu'elle croyait ce qu'elle disait.

Je m'assieds sur la première marche de l'escalier, la tête entre les mains. Une minute s'écoule. Une autre. Il sera bientôt onze heures. Bientôt je n'aurai plus l'occasion d'entendre ce que cette Lucy O'Donnell avait à me dire. Je suis presque complètement sûre qu'elle m'a menti, pourtant le minuscule aiguillon de doute qu'elle a planté en moi répand son venin dans mes veines.

Je me lève, attrape mon sac et mes clés. Je n'ai pas le choix. Je dois découvrir ce qu'elle croit savoir. Et pourquoi elle y croit.

Chez Sam est une épicerie-café, un de mes endroits préférés dans le quartier. Il y flotte toujours des odeurs appétissantes de fromage et de charcuterie fumée, et les étagères en bois sombre croulent sous le poids des conserves et des condiments. Je traverse l'épicerie, passe devant un rayon de confitures au piment et de gombos en saumure pour gagner le café à l'arrière.

Lucy O'Donnell est assise à une petite table ronde, bien à l'écart des seuls autres occupants de la salle – une troupe de mères et de bambins installés tout au fond. Une tasse de café au lait est posée devant elle, apparemment froide et intacte. Elle lève les yeux et cille à mon approche. Le plancher est nu, le mobilier, en bois simple et fonctionnel. Des photos de stars du cinéma italo-américaines sont accrochées sur les murs. Je m'assieds sous Al Pacino, les mains posées sur mes genoux. J'ai le cœur qui bat à tout rompre et la gorge si sèche que je ne suis pas sûre de pouvoir parler.

Lucy tend la main par-dessus la table et m'effleure le bras. J'ai un mouvement de recul.

— Voudriez-vous un café ? demande-t-elle alors que le serveur s'approche.

— Seulement un verre d'eau, merci.

Le serveur s'éloigne et je regarde Lucy. Ses yeux sont toujours pleins de gêne et de peur.

— Madame Loxley… merci d'être venue. Je suis désolée de ne pas m'être exprimée clairement tout à l'heure. Permettez-moi de recommencer.

Lucy soulève son sac à main en similicuir et le pose sur la table entre nous deux. Elle farfouille dedans un instant et en tire une photo d'elle et d'une autre Noire d'âge moyen. Toutes deux sourient à l'objectif. La seconde femme porte un uniforme d'infirmière.

— Voici ma sœur, Mary, dit-elle en me tendant le cliché. Elle était présente lors de la naissance de votre bébé il y a eu huit ans… au mois de juin.

Je regarde fixement la photo. Les traits de cette femme me disent vaguement quelque chose, mais je ne la reconnais pas avec certitude. Les moments qui ont précédé la césarienne sont restés si flous dans ma mémoire. J'avais rencontré le Dr Rodriguez à de nombreuses reprises, bien sûr. En revanche, ma sage-femme habituelle était en vacances quand on m'avait opérée et je n'avais vu les membres de l'équipe chirurgicale que juste avant l'anesthésie. Il y avait cinq ou six personnes au moins, mais j'étais tellement assommée que je ne me souviens précisément d'aucune.

Lucy me regarde avec inquiétude.

— Vous ne la reconnaissez pas ?

Cette femme est-elle folle, tout simplement ?

— Je ne sais pas.

Ma voix est rauque, presque inaudible.

— Pourtant, elle était avec vous à Fair Angel quand vous avez eu votre bébé.

J'examine attentivement le cliché de nouveau, essayant de me souvenir.

L'une des infirmières en salle d'opération était bel et bien noire. Je me souviens qu'elle me tenait la main quand l'anesthésiste m'avait endormie. Cependant je ne me rappelle pas son visage, et encore moins son nom.

— Je ne peux pas être sûre que c'était elle, dis-je en rendant la photo.

Lucy la prend et la glisse distraitement dans la poche de son manteau. Elle a un nouvel accès de cette petite toux nerveuse.

— Mary était là. Le médecin – le Dr Rodriguez – l'a recrutée par le biais d'une agence… Il a payé ses frais de voyage depuis Birmingham, où nous habitions…

Le serveur revient et pose mon verre sur la table. Une goutte d'eau s'écrase sur le bois.

— Mais il y avait beaucoup d'autres gens dans la salle d'opération. Êtes-vous vraiment en train de dire qu'ils ont tous vu naître un bébé vivant et qu'ils ont tous affirmé qu'il était mort ?

— Seulement l'anesthésiste et Mary, rectifie Lucy. Le Dr Rodriguez a fait sortir les autres avant l'accouchement.

Je secoue la tête. Toute cette histoire me semble ridiculement tirée par les cheveux.

— Comment ?

Lucy hausse les épaules.

— Je ne sais pas au juste… Mary était tellement malade quand elle m'a raconté la scène… il les avait peut-être drogués… pour donner l'impression d'une intoxication alimentaire.

Quoi ? Je la dévisage, incrédule. Le scénario qu'elle décrit aurait exigé une planification incroyablement complexe.

— Mais pourquoi ?

— Je l'ignore. Je sais seulement que le Dr Rodriguez a remis votre bébé à quelqu'un d'autre, reprend Lucy, d'une voix sourde, empreinte d'émotion. Mary a vu ce qui s'était passé parce qu'elle a aidé à mettre l'enfant au monde. Le Dr Rodriguez lui a versé l'équivalent de dix ans de salaire pour ce travail. À la condition expresse qu'elle se taise.

J'ai l'impression qu'un million de petites bombes explosent dans ma tête. Le Dr Rodriguez a-t-il réellement pu prétendre que Beth était morte et payer son personnel pour que personne ne souffle mot ? Tout cela ressemble fort à un tissu de mensonges et pourtant, quand je regarde Lucy O'Donnell dans les yeux, mon instinct me dit qu'elle est sincère.

Je tente de me concentrer, de formuler une question cohérente, d'exprimer un doute…

Et le chromosome défectueux de Beth ? Et la photo de notre pauvre bébé mort, qu'Art, lui aussi, a vue de ses propres yeux ? Et pourquoi un médecin respectable prendrait-il le risque de se faire radier en volant un bébé à une femme en parfaite santé ?

Je ne pose aucune de ces questions.

— Pourquoi me dites-vous ça ?

Ma voix tremble. Je tremble de tous mes membres, à cause du choc ou de la colère, je ne sais pas. Je fixe mon regard sur le visage anxieux et fatigué de Lucy.

— Je viens de l'apprendre, avoue-t-elle tandis que

ses yeux s'emplissent de larmes. Ma sœur… Mary… est décédée… d'un cancer. Un cancer du côlon. Il a été pris tard et elle a été emportée très vite, mais juste avant de… juste avant la fin, elle m'a raconté ce qui s'était passé… ce qui s'était réellement passé.

Elle marque une pause. Je continue à la toiser.

— Et ?

— Mary et moi, on a été élevées dans la religion catholique, poursuit Lucy dans un murmure. Mary a dit qu'elle savait qu'elle avait mal agi et qu'elle ne pouvait pas mourir avec un péché aussi affreux sur la conscience. Je ne vois pas pourquoi elle m'aurait menti… et ce qu'elle m'a raconté expliquait tellement de choses… vous savez. Par exemple, l'origine de l'argent avec lequel Ronnie et elle avaient acheté leur nouvelle maison et… et… c'est ce qu'elle m'a dit, madame Loxley, juste ça. « Son bébé est né vivant. » Elle a dit ça mot pour mot. Et puis : « Je me sens tellement coupable, Lucy, tellement coupable pour cette pauvre dame parce qu'ils lui ont pris son bébé et ils lui ont dit que l'enfant était mort. »

Mon cœur bat si fort que tout le monde doit pouvoir l'entendre. Ça ne peut pas être vrai. Et pourtant, je veux que ce soit vrai. Je le veux et ne le veux pas…

— Alors si… si vous dites la vérité…

C'est un effort de trouver les mots, de les prononcer.

— Si ce que vous dites est réellement vrai, alors où est… où est mon… mon bébé à présent ?

La compassion se lit sur le visage de Lucy.

— Je ne sais pas. Je suis vraiment désolée, mais je n'en sais pas plus. Mary était mourante quand elle m'a fait cet aveu. Elle n'a pas beaucoup parlé après, mais, pour être franche avec vous, je ne crois pas qu'elle en ait su davantage.

— Mais… pourquoi le Dr Rodriguez aurait-il volé mon bébé ? Ça n'a pas de sens. Je veux dire, si d'autres gens voulaient un bébé parce qu'ils ne pouvaient pas en avoir, pourquoi ne pas adopter ou avoir recours à une mère porteuse ?

— Je ne sais pas.

Lucy hausse les épaules d'un air impuissant.

— D'après Mary, il n'y avait que le médecin, l'anesthésiste et elle qui connaissaient la vérité. C'est elle qui a tenu le bébé pendant qu'il vous recousait.

Je bois une gorgée d'eau.

— Vous dites que l'anesthésiste était présent ?

Je cherche à me souvenir de lui, mais je ne vois qu'une paire de sourcils broussailleux au-dessus d'un masque chirurgical.

— Vous savez comment il s'appelle ?

— Non. Malheureusement.

J'hésite, essaie de mettre de l'ordre dans mes pensées.

— Bon, je comprends pourquoi votre sœur vous a raconté tout ça, mais vous, pourquoi êtes-vous là ?

Lucy rougit.

— Eh bien, je ne voulais pas plus que Mary avoir ça sur la conscience et… et puis… Bernard… c'est mon mari… il vient de perdre son travail et enfin, bon… ça semblait juste de vous le dire.

Mon cœur se serre tout à coup. Alors, comme ça, Bernard vient de perdre son travail. *Bien sûr*. C'est de ça qu'il s'agit : d'argent.

Je m'efforce d'adopter un ton détaché.

— Il avait une bonne place ?

— Oui, enfin, c'était un salaire régulier. Bernard travaillait pour une entreprise de construction, mais il vieillit, et les patrons cherchent toujours à se débarrasser des délégués syndicaux avant qu'ils soient trop près de la retraite.

Elle secoue la tête, momentanément perdue dans ses propres problèmes.

— Quand Bernard est rentré à la maison et qu'il m'a annoncé ça, avec cette pauvre Mary qui était de plus en plus mal, c'était trop d'un coup, mais après, quand elle est morte et que je lui ai répété ce qu'elle m'avait dit à propos de votre bébé, il a dit que ce n'était pas une coïncidence, que le Seigneur avait rappelé Mary pour qu'elle nous parle du bébé. Et il est allé sur Internet et il a tout trouvé sur vous – que vous aviez appelé le bébé Beth et que vous étiez écrivain et que votre mari passait dans une émission à la télé.

Lucy tend la main vers son café. Tout se met soudain en place. Elle n'est là que parce que Art a participé à *Jugement*. La série – une émission de téléréalité sur l'entreprenariat – a été diffusée pendant quatre semaines au début de l'année ; Art était un des trois membres du panel. Ce n'est pas comme si l'émission l'avait rendu célèbre. Hormis une fois ou deux durant les semaines concernées, personne ne le reconnaissait dans la rue. En revanche, dans le milieu des affaires, sa réputation en a indéniablement bénéficié. Et il a aussi acquis un solide noyau de ferventes admiratrices, encore qu'en nombre limité. N'importe quelle recherche sur Internet à propos d'Art révélerait rapidement qu'il est riche et qu'il a réussi dans la vie – exactement comme toute recherche à mon sujet m'identifierait d'abord en tant que son épouse et la mère de sa fille mort-née, et ensuite en tant qu'auteur, mais un auteur qui n'a rien publié depuis huit ans.

Lucy repose sa tasse. Elle tinte dans la soucoupe.

— Par conséquent, ça n'a pas été difficile de vous trouver, madame Loxley. Et… Oh ! mon Dieu, Bernard et moi on savait que ce serait un choc pour vous mais on espérait qu'en venant ici…

— On ?

Je regarde autour de moi. Le seul homme présent dans le café est le jeune serveur.

— Votre mari est ici aussi ?

— Il est dehors, dans notre voiture de location, répond Lucy, l'air gêné.

Elle pousse vers moi un bout de papier.

— On ne voulait pas vous intimider. Voici mon numéro pour quand vous aurez eu le temps de réfléchir à ce que j'ai dit.

Je le ramasse machinalement et le fourre dans la poche de mon manteau tandis que la réalité de la situation s'impose à moi. Un couple qui a un vague lien avec l'hôpital où j'ai perdu mon bébé a flairé l'opportunité de profiter de mon chagrin en me vendant de fausses informations. La cruauté de leur geste m'aveugle presque et, maintenant que ce terrible espoir a été détruit, je comprends à quel point j'ai désiré que Beth soit réellement encore en vie.

Cet espoir est, bien entendu, l'émotion même que les O'Donnell escomptaient éveiller en moi. En quelques secondes, ma douleur se mue en humiliation, et mon humiliation en fureur.

— Combien voulez-vous ? dis-je d'un ton sec.

Lucy paraît choquée.

— Ce n'est pas ce que nous… ce n'est pas comme ça…

— Alors, vous avez quelque chose à vendre en plus de la confession que votre sœur vous a faite sur son lit de mort ?

Lucy fronce les sourcils.

— Je ne comprends pas.

Je me penche en avant, crache les mots.

— Vous avez autre chose à me dire ?

Je ne m'attends pas à ce qu'elle réponde, mais elle se mord la lèvre. Hésite.

Elle a donc gardé quelque chose en réserve, une autre information à monnayer. Je me prépare mentalement.

— Vous voulez l'argent d'abord ? C'est ça ?

Je fulmine à présent, je serre les poings, à peine capable de contenir ma rage.

— Non, madame Loxley, c'est juste que cette dernière chose est difficile à dire…

— Plus difficile que de me dire que la mort de ma fille était une supercherie ? Qu'un médecin parfaitement respectable a pris le risque d'être envoyé en prison ?

Deux mères assises à l'autre bout de la salle jettent un coup d'œil vers nous. Lucy semble désespérée.

— Je ne sais pas pourquoi le doc…

— Alors qu'est-ce que vous savez ?

J'ai du mal à ne pas élever la voix.

— À part ce que vous m'avez déjà dit et le fait que mon mari et moi vivons dans une relative aisance ?

— Ne vous fâchez pas, je vous en prie.

Elle éloigne sa tasse.

— Je ne peux pas prétendre que Bernard et moi n'avions pas espéré de récompense, surtout quand nous avons vu que votre mari avait si bien réussi. Je veux dire, pour Bernard, ce n'est pas juste que Mary et Ronnie aient eu tant de choses comparés à nous qui n'avons rien. Eux qui n'ont pas d'enfants, alors que Bernard et moi, on en a quatre. Et les deux plus jeunes sont encore à la maison. Je vous aurais envoyé un e-mail, mais… mais Bernard m'a dit qu'il fallait que je vous parle en tête à tête. Que sinon vous ne me croiriez peut-être pas. Mais c'est vrai, madame Loxley. Et quoi que vous puissiez en penser, je ne suis pas ici pour l'argent. Je suis ici par loyauté envers Mary. Je sais que c'est ce qu'elle voulait. Sinon, pourquoi m'aurait-elle raconté tout ça ?

Je regarde Lucy dans les yeux. Une seconde, je fléchis… Elle dit la vérité, je le sens. Et pourtant, c'est impossible.

— Finissez-en et après on verra si ça mérite une récompense.

Lucy déglutit avec difficulté.

— C'est juste que…

Elle hésite de nouveau. Une mouche traverse lentement la table entre nous.

— Oui ?

— Votre mari, murmure-t-elle enfin, d'une voix à peine audible. D'après Mary, il savait. Il savait ce que le Dr Rodriguez faisait.

C'en est trop. Le souffle coupé par la violence du choc, je suis debout avant même de m'en être rendu compte.

— Vous mentez ! Espèce de sale menteuse.

L'instant d'après, je suis dehors, je cours dans la rue, je veux désespérément m'enfuir.

Rentrer à la maison.

Le jour où ça s'est passé avec le Grand Roux et Dent cassée, j'étais dans la cour. Je savais qu'il y avait un trou dans le grillage et, comme la maîtresse ne regardait pas, j'ai rampé dessous parce qu'il y avait un gros marron de l'autre côté, et en fait c'était le nôtre parce qu'il était tombé de l'arbre qui est dans notre cour. Je croyais que personne ne s'apercevrait de rien, mais ils m'ont repéré avant même que j'atteigne le marron.

Ils étaient deux.

— Hé, face de cochon, a dit le grand, celui qui avait les cheveux roux. Qu'est-ce que tu fabriques dans notre cour ?

— Ouais, qu'est-ce que tu fais là ?

Celui qui avait la dent ébréchée était petit et maigrichon et il portait des lunettes, mais il était quand même plus grand que moi.

J'ai repoussé mes cheveux en arrière et j'ai essayé de ne pas avoir l'air effrayé. Mais je l'étais. Et ils l'ont vu. Le Grand Roux a souri – un sourire mince, mauvais, tout scintillant à cause de son appareil en métal.

— Tu n'as rien à faire là.

— Rien du tout, a renchéri Dent cassée.

Il pleuvait fort, comme si quelqu'un me jetait des crayons dans la figure. Je me suis tourné pour partir, mais le Grand Roux m'a barré le chemin.

— Tu vas où, face de cochon ?

Je n'ai rien dit. J'ai essayé de passer.

Le Grand Roux m'a attrapé le bras avec ses doigts méchants. Il les a enfoncés si fort que ça m'a fait mal.

— T'es sourd aussi, maintenant ?

Quand j'ai ouvert la bouche, j'avais comme un nœud dans la gorge qui empêchait les mots de sortir. J'avais tellement peur que j'ai commencé à faire pipi dans ma culotte.

Au secours ! Laissez-moi partir ! Voilà ce que je voulais crier, mais ma voix ne marchait pas.

Et puis le Grand Roux a serré le poing.

3

Le téléphone d'Art me renvoie toujours à sa boîte vocale, alors je rappelle Hen pour donner libre cours à ma rancœur et tourner en dérision le récit de Lucy O'Donnell. Hen, c'est tout à son honneur, s'abstient de me faire remarquer qu'elle m'avait conseillé de ne pas aller voir cette femme.

Quand je raccroche, je suis épuisée et à bout de nerfs. Il n'est pas tout à fait midi mais je me sers un verre de vin et m'assieds devant l'ordinateur. J'ai un cours à préparer et je dois lire mes e-mails. Avec un peu de chance, ça va me changer les idées.

Il y a deux messages de l'Institut d'art et médias, des trucs administratifs. Un autre de mon agent, qui m'invite à un cocktail au mois de mai. Je me tasse un peu en le lisant – elle est amicale et bavarde, mais termine par un « J'espère que tu auras des nouvelles pour nous bientôt » un tantinet acerbe. Elle fait allusion à un livre, évidemment. Je commençais à planifier mon quatrième quand Beth est morte. Je n'ai pas écrit un traître mot depuis. J'ai vérifié mon contrat et rien ne stipule que je dois lui envoyer ma prochaine idée avant une certaine date. Néanmoins, étant donné que je n'ai rien écrit depuis huit ans, je ne peux pas m'empêcher de penser qu'elle va finir par se lasser et m'abandonner à l'anonymat d'où elle m'a sortie.

Le dernier e-mail vient de Morgan, la sœur d'Art. J'ai gardé celui-là pour la fin, parce que presque toutes mes communications avec Morgan me laissent l'impression de ne pas être à la hauteur. Ce n'est pas vraiment sa faute – elle est seulement si soignée, si ultraorganisée. Art et elle ont passé le plus clair de leur enfance chacun à une extrémité de l'échelle sociale, sans se connaître. Morgan a grandi à Édimbourg dans un milieu privilégié et a été éduquée dans de luxueuses écoles privées. Pendant ce temps, Art, fils illégitime du père de Morgan et d'une jolie serveuse londonienne, était élevé dans une banlieue pauvre par sa mère célibataire.

Je me force à lire l'e-mail de Morgan. Bien entendu, elle demande ce que j'ai prévu pour la fête d'anniversaire d'Art qui, comme Hen me l'a rappelé plus tôt, aura lieu ce vendredi. Je prends une inspiration. Ce n'est pas vraiment un problème. J'ai déjà invité nos amis et je comptais me contenter de faire un saut chez Marks and Spencer pour acheter de quoi grignoter. Nous avons un iPod bien fourni pour la musique et de l'alcool en quantité – Art achète du vin et de la bière en gros dans le cadre de ses affaires et notre stock est digne d'un pub.

Je devine cependant que mes maigres préparatifs ne vont pas satisfaire Morgan. Je parcours son message avec un sentiment croissant de culpabilité – et de rancune.

« Salut Gen !!! Comment va ? Je compte être chez vous vendredi en fin de matinée (je rentre d'une conférence à New York par le vol de nuit). J'espère que ça ne te dérange pas ? Veux-tu que j'apporte quelque chose pour la fête ? Je meurs d'envie de tout savoir – quand as-tu envoyé les invitations ? Je suppose que la mienne m'attend à la maison – ou alors tu ne m'as pas mise sur la liste ?! Je plaisante. Qui est le traiteur ? Quel genre de musique as-tu projeté de passer ? Tu as un thème spécial pour la déco ou tu fais seulement quelque chose de traditionnel ? Quel genre de gâteau as-tu commandé ? Y aura-t-il une surprise dont je ne devrai absolument pas parler à mon frère ? »

Et cetera. Je commence à répondre, mais je suis vite rebutée par l'impossibilité d'expliquer à Morgan par écrit que sa conception d'une soirée n'a rien à voir avec les modestes efforts qui sont considérés acceptables dans notre quartier du nord de Londres.

Agacée, je me contente de dire que je la verrai dans deux jours, puis je me réfugie sur le canapé, résolue à me concentrer sur la liste des courses. *Houmous, olives, pita... et pourquoi pas une sorte de thème années 1970, canapés au cocktail de crevettes ou brochettes de fromage et d'ananas ?*… mais mes pensées ne cessent de revenir à ce que m'a dit Lucy O'Donnell.

Elles tournent dans ma tête.

Beth est en vie. Votre mari savait.

La journée est claire, fraîche, ensoleillée. C'est le genre de journée printanière que j'adore en temps normal, mais aujourd'hui elle me laisse indifférente. Aujourd'hui, je ne peux pas réfléchir comme il faut. Je ne peux pas réfléchir du tout. Cette femme mentait… elle a tenté de m'escroquer… c'est la seule explication.

Art n'aurait jamais, jamais, été le complice d'un mensonge pareil.

Et pourtant le doute s'immisce dans mon esprit. Se pourrait-il que le récit de Lucy O'Donnell soit en partie vrai ?

La sonnerie du téléphone me fait sursauter. Je tends la main vers le récepteur à côté du canapé.

— Gen ? Ça va ?

— Oh ! Art…

Au son de sa voix, j'ai brusquement les larmes aux yeux.

— Hen vient de m'appeler. Elle m'a parlé de… cette femme, éructe-t-il. Je n'arrive pas à y croire, bordel.

— Oh !

Je suis légèrement décontenancée. Hen connaît bien Art, évidemment, mais je ne m'attendais pas à ce qu'il apprenne une nouvelle aussi intime par quelqu'un d'autre que moi.

— Répète-moi mot pour mot ce qu'elle t'a dit.

Je raconte tout de nouveau. J'hésite en arrivant au point où elle m'a affirmé qu'Art lui-même était impliqué, puis je déballe ça aussi très vite. Il lâche une exclamation à mi-chemin entre un grognement et un gémissement.

— Comment ont-ils pu en arriver là, bon sang ?

Je me redresse brusquement.

— Qui ? Art, tu sais qui est cette femme ?

Il soupire.

— Pas avec certitude, mais je suppose qu'elle a été envoyée par John Vaizey, le type d'Associated Software. On était concurrents pour l'obtention d'un nouveau contrat la semaine dernière et on les a battus à plate couture.

J'ai la tête qui tourne.

— Pourquoi un de tes concurrents irait-il prétendre que… ?

— Vaizey m'a menacé après la présentation. Il m'a insulté et dit que si je voulais garder ma boîte, je ferais mieux de renoncer à ce coup-là.

— Pourquoi ne m'en as-tu pas parlé ?

— J'ai pensé que c'étaient des paroles en l'air mais…

Art a le souffle court.

— Je n'aurais jamais cru qu'il ferait quelque chose d'aussi cruel ou… qui te vise, toi.

Je réfléchis. Après quatorze années passées à entendre Art me parler du milieu des affaires, j'ai perdu toutes mes illusions ; le monde apparemment soporifique des investissements d'entreprise génère souvent des tactiques aussi sournoises que destructrices.

— Mais… comment connaîtrait-il la sœur de l'infirmière qui était à l'hôpital ? Ça n'a pas de sens.

— C'est une escroquerie, Gen, déclare Art avec amertume. Tu ne sais pas si c'était sa sœur. Tu viens de dire que tu n'étais pas sûre d'avoir reconnu la femme de la photo.

C'est juste. Pour la première fois depuis des heures, les épouvantables allégations de Lucy O'Donnell prennent un sens acceptable. Tout ce qu'elle a dit visait à me faire du mal – et, à travers moi, à faire du mal à Art.

— De toute façon, qui d'autre ça pourrait-il être ? reprend Art. Tu n'as pas d'ennemis. Tu n'as même pas un vrai boulot.

Il y a un silence pendant que j'assimile ses paroles. C'est vrai, bien sûr – je ne travaille que huit heures par semaine à l'institut –, mais c'est un peu abrupt, même pour Art, qui ne prend jamais de gants. Il s'en rend compte et sa voix s'adoucit.

— Ce que je veux dire, c'est que tout le monde t'aime. C'est forcément lié à la société.

Je hoche la tête, désireuse de le croire. Et pourtant le visage anxieux de Lucy O'Donnell est toujours présent dans mon esprit.

— C'est juste que… elle semblait si sincère…

— C'est stupide, rétorque Art avec une violence soudaine. Ne commence pas à imaginer des trucs. J'étais là aussi, rappelle-toi. Beth est morte dans ton ventre.

J'accuse le coup.

— Comment quiconque pourrait-il prétendre qu'elle est en vie ? insiste-t-il. Il y avait toute une équipe médicale en salle d'opération.

— Lucy O'Donnell prétend que le Dr Rodriguez les a fait sortir avant la naissance du bébé ; qu'il les a intoxiqués pour qu'ils ne soient pas présents au moment où…

— Tu te rends compte à quel point c'est tiré par les cheveux ? Et le scanner qui montrait qu'elle était morte ? Pas de mouvements, pas de battements de cœur. Et les tests qu'ils ont effectués après ?

Je m'obstine néanmoins.

— On peut manipuler des images et éteindre le son. Et substituer un corps à un autre.

— Bon sang, Gen ! Le médecin l'a accouchée. Il l'a *vue*.

— Moi pas.

Beth était née si défigurée que le médecin me l'avait déconseillé.

— Non. Mais moi, si, ajoute-t-il après une hésitation.

Une voix de femme s'élève en arrière-fond. Elle a une pointe d'accent français. Elle demande à Art de l'accompagner. Art met la main sur le récepteur.

— OK, Sandrine, bien sûr.

On dirait qu'il est gêné, ce qui ne lui ressemble pas. L'instant d'après, il redevient normal.

— Désolé, Gen, il faut que je te laisse. Je suis censé être en réunion depuis dix minutes.

— Pas de problème.

— Tu es sûre que ça va ? Pourquoi est-ce que tu ne demandes pas à Hen de venir, ou à Sue, ou… ?

— Ça va bien, Art, je t'assure.

Nous nous disons au revoir et je me recroqueville sur le canapé, submergée par les souvenirs que j'avais gardés emmurés si longtemps. J'étais tombée si facilement enceinte de Beth – deux mois après avoir cessé de prendre la pilule. Je revois l'éclair de joie dans les yeux d'Art quand je lui avais annoncé la nouvelle. Je repense à ma fatigue, à la sensation d'irréalité que j'avais éprouvée jusqu'au moment où j'avais vu le bébé sucer son pouce sur l'échographie. Je ne savais pas encore que c'était une fille ; j'avais posé la question, mais il était impossible de le savoir à cause de sa position. Je me souviens des chansons que je lui chantais, celles que mon père me chantait à moi. De ses coups de pied quand j'étais dans mon bain. De la fascination et – nous l'admettions en riant – du soupçon de peur que nous ressentions, Art et moi, en regardant bouger mon ventre.

Le jour où nous sommes allés nous installer à Oxford, j'étais en pleine crise hormonale. Je pleurais parce qu'on déménageait, je redoutais d'être déracinée, je regrettais d'avoir quitté la sécurité de Londres et de l'hôpital local. Pourtant, au bout de quelques heures à peine, le charme de la maison et la présence rassurante du Dr Rodriguez m'avaient donné l'impression d'être chez moi.

Ma mémoire fait un bond jusqu'à ce 11 juin fatidique. J'avais rendez-vous à Fair Angel en fin d'après-midi pour une visite de routine. Art et moi étions arrivés en avance et avions pu faire un tour dans l'unité d'accouchement, que personne n'utilisait ce jour-là. C'était – c'est – une création extraordinaire. Un environnement en forme de matrice, conçu pour offrir à son occupante le décor de son choix : il suffit d'appuyer sur un bouton pour voir projeter un film de la mer, d'une forêt ou d'une scène de campagne – ou même, moyennant un supplément, un film apporté par la cliente – avec sons et odeurs assortis. Il y a une piscine d'accouchement, un sol doux et moelleux inclinable à volonté, des oreillers et des coussins dans toute une gamme de tailles et de textures. À ce stade, j'espérais encore pouvoir accoucher là. Art et moi avions choisi d'un commun accord le film de l'océan sous un ciel constellé d'étoiles – nous aimons l'un et l'autre le flux et le reflux des vagues, l'odeur du sel dans l'air chaud.

Détendus et heureux, nous étions allés main dans la main jusqu'au bâtiment principal où devait avoir lieu l'auscultation. Le Dr Rodriguez m'avait priée de patienter : le scanner à ultrasons qu'il utilisait d'ordinaire était en panne. Nous avions attendu près de deux heures qu'un autre appareil se libère. Le ciel s'était couvert. Art était fébrile, anxieux. Enfin, le

Dr Rodriguez nous avait rejoints. Comme le radiologue était rentré chez lui, le médecin s'était chargé lui-même de l'échographie. Je me souviens de l'avoir vu scruter l'écran, de l'inquiétude qui était apparue sur ses traits. Puis, il s'était tourné vers nous, en disant qu'il était terriblement désolé. Il dut répéter les mots trois fois avant que je les entende : notre bébé était mort.

Art et moi étions anéantis. Puis Art avait exigé que je subisse au plus vite une césarienne afin de retirer Beth. Je n'avais rien mangé depuis des heures, il n'y avait aucune raison de ne pas procéder à l'opération sur-le-champ. Le médecin avait suggéré que j'attende quelques heures – voire quelques jours – pour surmonter le choc causé par la nouvelle. Art n'avait rien voulu entendre. Quant à moi, je ne crois pas avoir émis d'opinion. Hébétée, je m'étais laissé porter par la fureur et la détermination d'Art.

Ensuite, le médecin avait proposé que j'accouche naturellement, mais, cette fois, j'avais insisté moi aussi pour subir une césarienne. Art s'était montré intraitable sur ce point. À l'époque, j'avais été reconnaissante d'avoir quelqu'un qui se battait pour moi.

Maintenant, je ne peux pas m'empêcher de me demander pourquoi il était si déterminé.

Nous avions quitté l'environnement confortable du cabinet de consultation pour entrer dans l'univers métallique et antiseptique de la salle d'opération. Avant l'anesthésie générale, j'avais si peur que mes mains tremblaient. Je me souviens des doigts d'Art enveloppant les miens, recouvrant la peau à vif autour de mes ongles. Des larmes brillaient dans ses yeux.

— Je suis là, Gen, avait-il murmuré. Tout ira bien.

Le silence de la salle de réanimation à mon réveil. Mes paupières lourdes, qui refusaient de s'ouvrir, mes yeux qui essayaient de se focaliser sur l'horloge accrochée au mur. Un instant, j'avais été désorientée, une infirmière était passée d'un pas rapide devant la salle, détournant le visage. Art était assis à mon chevet, penché en avant, les traits creusés par la douleur. Pas de bébé. Pas de bébé. Le Dr Rodriguez s'était approché… silhouette indistincte derrière Art…

— Je suis tellement désolé qu'on ait perdu le bébé, avait soufflé Art.

Prise de vertiges, j'avais sombré dans les ténèbres.

Après, tout est flou. Je me souviens de la vue depuis ma fenêtre – un saule dominant un carré herbu, à l'arrière-plan le toit en verre incurvé de l'unité d'accouchement, cruel rappel des espoirs que j'avais eus. J'avais regardé l'arbre et l'herbe et le toit en verre pendant des heures, en essayant de comprendre ce qui s'était passé. Le Dr Rodriguez avait expliqué ses doutes – confirmés par la suite par des tests effectués sur l'ADN de Beth : elle avait un chromosome défectueux. Nous avions eu les détails des semaines plus tard. Trisomie 18 totale, une maladie chromosomique congénitale qui n'est pas héréditaire et dont on peut souffrir à divers degrés. Elle a tué ma Beth avant qu'elle puisse voir le jour.

J'étais restée prostrée des jours durant, jusque bien après l'enterrement et les résultats des tests. Puis, lentement, insidieusement, le chagrin m'avait envahie. Un monstre qui me combattait de l'intérieur, où personne, ni Art, ni Hen, ni ma mère, ne pouvait m'aider à me défendre. Et, avec le chagrin, la colère. La fureur déraisonnable contre des gens tout à fait gentils qui avaient des bébés et des femmes bien intentionnées qui essayaient de me témoigner leur empathie en me parlant de leurs fausses couches.

Inimaginable, incontrôlable, cette douleur coulait en moi, s'intégrant peu à peu dans ma vie. Je voulais aller de l'avant et pourtant refusais de laisser Beth derrière moi. Pas de bébé. Pas d'écriture. La dérive. Depuis huit ans.

Je me lève. C'est encore le début de l'après-midi. Art ne sera pas de retour avant ce soir. J'entre machinalement dans la cuisine, mais je n'ai pas d'appétit, et je ressors. À mesure que la journée avance, le doute me gagne de nouveau.

J'erre dans la maison, incapable de me fixer sur une tâche précise. En fin de compte, je me retrouve au deuxième étage, dans le bureau d'Art. Je ne veux pas chercher, mais il le faut. Si nous avons encore des papiers sur mon séjour à Fair Angel, ils sont sûrement dans cette pièce.

Debout sur le seuil, je promène mon regard sur le grand bureau, les rangées d'étagères et de classeurs. La lumière dessine des rayures sur le plancher. Je n'ai pas la moindre idée de ce que je cherche. Immédiatement après l'accouchement de notre fille mort-née, Art a pris les choses en main, s'occupant de toutes les démarches et signant tous les documents nécessaires. À l'époque, ça m'avait soulagée, mais avec le recul, c'est comme si ç'avait donné le ton pour les années qui ont suivi, Art gagnant en assurance et moi de plus en plus désemparée. C'est ironique de penser que les différences qui nous ont attirés l'un vers l'autre – pour moi, l'énergie d'Art et sa détermination, pour Art mon côté créatif et imprévisible – sont celles-là mêmes qui nous ont menés sur des voies parallèles après la mort de Beth.

Les lames du plancher grincent sous mes pas. Ce n'est pas nouveau – elles avaient déjà besoin d'être remplacées quand nous avons acheté la maison. J'ai promis de m'en occuper enfin cette année. Art, je dois le reconnaître, ne s'est jamais plaint ni à ce propos ni au sujet de mes autres défaillances de femme au foyer.

Ne sachant par où commencer, j'ouvre des tiroirs au hasard. Le système de classement d'Art est parfaitement organisé, mais pas étiqueté. Il a une mémoire phénoménale et sait – ou affirme savoir – où tout se trouve. À part le placard du coin, qui est fermé à clé, tout est accessible, si bien que j'ai fort à faire. Je pourrais, bien sûr, le rappeler pour lui demander où sont les dossiers de Fair Angel, mais il ne comprendrait pas pourquoi je veux les consulter. De toute façon, il est en réunion, à l'étranger de surcroît.

Au bout d'un moment, je saisis la logique de son rangement. Les documents concernant ses impôts sont rassemblés dans un classeur, ses placements financiers dans un autre, les dossiers ayant trait à la maison et aux travaux effectués par des artisans dans un troisième… Je m'arrête devant une section qui semble plus fouillis que les autres. J'en tire quelques papiers. Des certificats. Permis. Diplômes.

Une demi-heure plus tard, j'ai examiné tous les papiers officiels qu'Art conserve ici, depuis son brevet de cinquante mètres natation (« Tu as atteint le niveau dauphin ! »), jusqu'à sa licence d'économie, en passant par divers bulletins scolaires de l'école de garçons de la City of London où il était boursier – sans rien trouver qui se rapporte à Beth.

Je recommence et regarde systématiquement chaque dossier dans chacun des quatre classeurs. Il y a des rapports d'activité de la société remontant à plusieurs années, diverses lettres de conseillers financiers. Je feuillette une liasse de documents comptables où il est question d'emprunts, de découverts autorisés, de TVA… des paperasses en pagaille, pour l'essentiel incompréhensibles.

J'arrive à une chemise portant la mention « Personnel ». À l'intérieur, une série de relevés concernant un compte bancaire dont j'ignorais l'existence. Il couvre plusieurs années après la mort de Beth et est au nom de « LB Plus ». Pour autant que je le sache, ce n'est pas un nom sous lequel opère Loxley Benson, encore que Dan, le directeur financier, ait créé plusieurs comptes d'affaires distincts. Je ne peux m'empêcher de regarder la liste de transactions, envahie par une légère nausée. Je sais qu'Art m'aime. Je sais qu'il m'est fidèle et dévoué, et pourtant, c'est plus fort que moi, je me demande ce que je vais trouver ici. Des suggestions s'imposent bruyamment à moi : des additions dans des restaurants romantiques ? Des paiements à des prostituées ? Je m'exhorte à ne pas être idiote.

En réalité, rien ne semble sortir de l'ordinaire. Le solde du compte est élevé – il ne descend jamais au-dessous de dix mille livres – et plusieurs dépenses atteignent des milliers de livres : quelques paiements en ligne à la société de spiritueux qui approvisionne la compagnie, des acomptes pour voyages d'affaires…

Un chiffre important retient subitement mon attention… un montant de cinquante mille livres crédité le 16 juin il y a huit ans, une semaine après la mort de

Beth, et la même somme, exactement, débitée quelques jours plus tard.

Pour quoi était-ce ? Le bénéficiaire est nommé comme « MDO », ce qui ne me dit rien. Je réfléchis. Il y a huit ans, Loxley Benson était déjà solidement établi et générait des revenus confortables. Des centaines de milliers de livres transitaient chaque mois par les comptes. Art et moi avions projeté d'acheter une maison plus grande peu après la naissance de Beth – un projet qui avait fini par être mis au placard pendant deux ans. Il est tout à fait possible qu'Art ait retiré cinquante mille livres sans que je sois au courant, mais si cet argent avait été destiné à une dépense personnelle, j'ai du mal à croire qu'il ne me l'aurait pas dit.

Je feuillette d'autres relevés bancaires, cherchant des paiements supplémentaires à MDO. Il n'y en a pas.

Je m'assieds sur mes talons, le cœur cognant dans ma poitrine. *Arrête, Gen, tu es idiote, parano, cinglée*. Cet argent pouvait être destiné à n'importe quoi. En tout cas, une somme pareille n'aurait pas suffi à soudoyer un médecin pour qu'il mente sur la mort d'un bébé.

Deux heures passent et je suis épuisée. Il y a là des informations sur des vacances, des voyages d'affaires, ainsi que des copies de mon acte de naissance et de celui d'Art. Mais rien sur Beth ou les journées que j'ai passées à Fair Angel.

Je me frotte les yeux. Ils me font mal à force d'avoir scruté ces caractères minuscules et j'ai mal à la tête aussi, alors je remets tous les dossiers en place et, après un rapide coup d'œil pour vérifier que rien ne paraît avoir été dérangé, je descends, monte dans la voiture et vais chez Marks and Spencer. Je passe une heure à faire des courses dans une sorte de brouillard, accumulant un stock de gâteaux apéritif et de boissons non alcoolisées. Je suis tellement préoccupée que je manque de peu de sortir du supermarché sans payer.

De retour à la maison, je grignote de petites saucisses cocktail et quelques feuilles de salade prises directement dans le sachet, puis débranche le téléphone et vais me coucher. Je n'ai pas pour habitude de faire une sieste l'après-midi, mais aujourd'hui, je me sens complètement lessivée.

Notre chambre reflète nos goûts à tous les deux. Simple, sobre et sans fatras pour moi, tout en étant agrémentée de ces couleurs vives, audacieuses, qui plaisent tant à Art. Je me glisse sous la couette, mais le sommeil ne vient pas. À la place, les souvenirs déferlent en moi comme des vagues qui se brisent sur le rivage – inéluctables.

Mon père est mort il y a longtemps, quand j'étais petite. J'ai peu de souvenirs de lui – surtout des images sans suite – pourtant, d'après ce qu'on m'a dit, Art a beaucoup de points communs avec lui. Comme Art, il était charmant, ambitieux et talentueux. Et, en un sens, il avait lui aussi bien réussi.

Cependant, Art a sur sa vie un contrôle que mon père n'a jamais eu.

Mon père était musicien – un guitariste brillant qui a joué avec tous les groupes célèbres des années 1970, de Pink Floyd aux Rolling Stones. Souvent absent, il tournait tout en fête lors de son retour. Il me rapportait des cadeaux exotiques, me faisait un grand sourire et me chantait une chanson nunuche, inventée rien que pour moi. *My Queen*, il m'appelait, feignant d'être sérieux

– ou *Queenie*, quand il voulait vraiment me taquiner. Il avait de longs cheveux bruns qui lui cachaient le visage quand il jouait et des mains qui tremblaient tous les matins.

Je tends les mains devant moi. Ma mère dit toujours qu'elles ressemblent à celles de mon père – minces, avec de longs doigts effilés. Ma bouche aussi ressemble à la sienne. Lèvre inférieure mince, lèvre supérieure charnue. Je me demande quel genre de grand-père il aurait été.

Je ferme les yeux, et me remémore l'odeur sucrée de son haleine quand il m'embrassait pour me souhaiter bonne nuit. Je n'ai compris que plus tard que cette douceur venait de la vodka. Il avait des bouteilles cachées partout dans la maison. J'en ai goûté une fois – je devais avoir à peu près six ans – à même une bouteille trouvée sous des serviettes dans le placard de la salle de bains. Juste une petite gorgée. Ça m'a donné envie de vomir, on aurait dit une version liquide de la laque de ma mère.

Ils m'ont baptisée Geniver d'après le personnage d'un film qu'ils avaient vu en Inde, où ils s'étaient rendus ensemble avant ma naissance. J'ai du mal à imaginer que ma mère – même la version jeune et hippie que je connais par photos interposées – ait pris plaisir à la liberté rustique qu'offrait l'Inde, mais j'adorais entendre mon père me raconter leurs flâneries dans les fêtes et les marchés de village, l'air humide imprégné des senteurs lourdes du cumin et de la cardamome.

Il est mort d'avoir trop bu, juste avant mes neuf ans. Il était en tournée – de retour en Inde, ironiquement – avec un groupe qui s'appelait Star Fire, tombé dans l'oubli depuis longtemps. On entend le solo de guitare de mon père dans leur seul tube : « Fire in the Hole ». Apparemment, ce jour-là, il s'était querellé avec le manager du groupe après avoir enregistré la chanson. Ç'avait été le point de départ d'une biture de dix heures au terme de laquelle il était mort étouffé dans son propre vomi, dans une ruelle devant une boîte de nuit.

On a trouvé dans ses bagages un petit sari qu'il avait acheté à mon intention. Je l'ai toujours.

Sur une impulsion subite, je me lève et me dirige vers le grand dressing attenant à notre chambre. Les affaires d'Art n'occupent même pas un tiers de l'espace. Le reste est rempli à craquer de vêtements qui m'appartiennent et que, pour la plupart, je ne mets plus – ou qui ne sont plus à ma taille.

Je farfouille sur l'étagère du bas, à la recherche de la pile que j'ai apportée de chez ma mère quand nous avons emménagé ici. Je retrouve mon uniforme des Brownies, couvert de badges, et ma cravate d'école à rayures jaune et marron. Le sari est dessous. Il est en soie rouge. Je ne l'ai jamais porté. Il n'a été à ma taille que pendant quelques mois après la mort de papa, quand l'idée de le mettre était trop douloureuse. Et si je l'avais déchiré ? Ou que j'aie renversé quelque chose dessus ? Je l'ai gardé en parfait état, comme un trésor, un souvenir précieux. Et puis un jour j'ai voulu me déguiser avec et il était trop petit pour moi. J'ai pleuré alors, en pensant à mon père mort tout seul, qui me manquait tant.

C'est curieux, je ne me rappelle pas l'avoir vu ivre. Parfois, je me demande même s'il buvait vraiment autant que ma mère aime à le dire. Après tout, les musiciens ont droit à un peu de latitude. Pour eux, faire la fête va de soi.

Une des choses qui m'ont attirée chez Art, c'est que son père aussi était absent quand il était enfant. Il comprend ce que c'est que d'idolâtrer un parent tout en pensant vaguement quelque part que, s'il n'est plus là, c'est aussi un peu à cause de nous.

Je cherche sous le sari et sors le vêtement que je sais être là : une petite grenouillère blanche. C'est la seule chose que j'ai conservée des affaires de Beth. J'ai donné tout le reste à Hen – cela semblait normal, elle avait si peu d'argent pour Nathan à l'époque.

Je la prends et la tiens devant mon visage. Après la mort de Beth, je l'ai emportée partout avec moi pendant un an, je dormais même avec. Le jour où nous avons éparpillé les cendres de Beth, je l'ai rangée. Il y a des années que je ne l'ai pas vue et, en sentant sa douceur contre ma joue, je me rends compte qu'elle n'a plus de pouvoir sur moi. Ce n'est qu'un vêtement. Jamais porté, jamais utilisé. Il me semble stupéfiant à présent que je l'aie investi d'une telle importance.

Art aurait-il pu me mentir au sujet de Beth ?

La question fait des ricochets dans ma tête.

Ridicule. Impossible. Même s'il était capable d'une telle tromperie, pour quelle raison se serait-il prêté à un complot visant à nous enlever notre enfant – notre premier et seul bébé, tant désiré ?

Je remets la grenouillère et le sari à leur place, me fais couler un bain et y reste longtemps.

Je fouille ma mémoire, j'essaie de retrouver le moment précis où Art m'a dit que Beth était morte. *Nous l'avons perdue*. Brusquement, les mots me paraissent ambigus. Perdue au profit de qui ?

Je ferme les yeux. Art a pleuré dans mes bras,

j'ai pleuré dans les siens. Mon corps indifférent nous rappelait chaque matin l'absence d'un bébé, mon ventre flasque était douloureux sous la cicatrice toute fraîche de la césarienne, du lait indésirable coulait de mes seins. Art marchait à l'aube au bord de la rivière, les mains enfoncées dans les poches, les épaules rentrées. Tout en lui criait son désespoir. Aux funérailles, il a craqué. À travers l'engourdissement de mon propre chagrin, j'ai vu ses genoux se dérober et Morgan l'aider à sortir en chancelant, les yeux rougis, du crématorium.

Il est impossible qu'il y ait la moindre vérité dans les propos de Lucy O'Donnell. Et pourtant, l'instinct me pousse à croire qu'elle ne m'a pas menti. Je me laisse glisser davantage dans l'eau qui vient lécher mon estomac, au-dessus de l'endroit où Beth a autrefois dansé en moi.

Je finis par m'endormir dans l'eau tiède. Dans mon rêve, je suis de retour dans la maison où j'ai grandi. Cachée sous le lit, enfant, je tiens la guitare de mon père comme un doudou et soudain une voix m'interpelle, celle du jeune médecin de la première clinique où Art et moi avons subi des examens au bout de neuf mois passés à essayer de concevoir de nouveau après Beth. Je ne suis pas inquiète – pas vraiment. Après tout, je suis tombée enceinte sans difficulté la première fois. Le médecin se tourne vers moi en souriant. « Nous n'avons rien trouvé d'anormal. Vous êtes encore jeunes tous les deux. Il faut du temps. » Elle me secoue le bras. « Écoutez-moi. C'est seulement une question de temps. Le bébé devrait venir. Soyez patiente. » Elle me secoue le bras. « Geniver. Soyez patiente. Patiente. Gen… »

— Gen.

Je me réveille, désorientée. Art me secoue doucement le bras. Dehors, la nuit tombe et je suis étendue sur le lit, couverte d'un simple drap de bain… j'ai froid.

— Ça va ?

Les yeux d'Art sont tendres dans la pénombre. Il s'assied à côté de moi.

Je tire sur la serviette, la remonte jusqu'à mes épaules. Je ne me souviens même pas d'être sortie de la baignoire et de m'être allongée. Je regarde Art fixement et je me rends compte à quel point j'ai été folle de laisser une inconnue me pousser à douter de lui, ne fût-ce qu'une seconde.

— Tu dois être épuisé. Quelle heure est-il ?

— Presque dix-neuf heures, répond-il avec une moue. Je n'ai pas arrêté une minute et le vol de retour était bondé.

Il se tait, se penche davantage et effleure mon front d'un baiser.

— Mais ce qui m'inquiète, c'est toi, murmure-t-il. Comment vas-tu ?

Je caresse son visage, promène mes doigts sur les petites rides autour de ses yeux. Elles n'étaient pas là il y a un an. Art vieillit. Et moi aussi. Rien n'est plus fort que le lien créé par le temps et la souffrance.

— Je suis désolée pour ce matin, Art. Cette femme m'a vraiment secouée.

— Je sais.

Art me borde alors que je frissonne.

— J'ai appelé Vaizey. Il a refusé de me parler mais je lui ai laissé un message.

Il marque une pause.

— Le salaud.

Je hausse les sourcils.

— Ne t'inquiète pas, je ne l'ai pas menacé à proprement parler, je lui ai seulement dit que s'il essayait de semer la zizanie entre nous, il ferait mieux d'arrêter tout de suite. Que ça ne marcherait pas.

Je presse ses doigts.

— Non. Ta réunion s'est bien passée ?

— Très bien, répond Art avec un grand sourire. Tu veux entendre une nouvelle stupéfiante ?

Je me redresse.

— Laquelle ?

— En fait, il y en a deux, dit-il en riant. D'abord, notre argu d'aujourd'hui a bien marché. Très bien. Le client a plus ou moins dit qu'on avait décroché le contrat.

— Génial.

Je souris, en essayant de donner l'impression que je sais de quel client il parle alors qu'il m'est passé complètement au-dessus de la tête. Tout ce dont je me souviens, c'est que la compagnie est basée à Bruxelles. Pour être franche, depuis qu'Art a participé à *Jugement*, les événements de ce genre se succèdent à un rythme tel que je n'arrive plus à suivre.

— L'autre truc génial qui est arrivé aujourd'hui, c'est que la femme avec qui j'étais, Sandrine, est membre d'une commission d'orientation au 10, Downing Street.

Art fait une pause pour reprendre son souffle.

— Au 10, Downing Street, Gen ! Apparemment, le Premier Ministre m'a vu dans *Jugement* et il veut que je fasse partie de la commission. Et ce n'est pas seulement pour faire de la figuration. J'en ai discuté à fond avec Sandrine. D'après elle, j'ai vraiment impressionné le Premier Ministre, il veut m'insérer « dans le circuit », le circuit étant en l'occurrence une réunion hebdomadaire de gens au top niveau, à laquelle le Premier Ministre est toujours présent. Lui, elle, moi et trois autres personnes, max. Tu te rends compte, Gen ? Le Premier Ministre et moi en réunion ensemble, bordel ! À partir de demain.

Il retire sa veste avec panache.

— C'est fantastique.

— Tu peux le dire, bon sang !

Il se laisse aller en arrière et défait sa cravate.

— Et le mieux, c'est que je vais avoir de l'influence sur la politique du gouvernement. Tu saisis, Gen ? Ils vont m'écouter, parce que j'ai développé la société – contre toute attente – en restant droit dans mes bottes. Avec de l'éthique, du développement durable... Ils me voient sur mon piédestal de supériorité morale et ils veulent m'y rejoindre.

Il m'adresse un sourire rayonnant.

— Ça dépasse de loin le cadre de Loxley Benson ; j'ai l'impression que toutes les portes s'ouvrent : je vais pouvoir faire une différence en matière de politique, tu essaies de retomber enceinte... hé, peut-être qu'on devrait fêter ça, acheter cette sculpture en matériau recyclé qui t'a plu, celle de Being Green ?

Je le dévisage.

— Elle coûtait presque cinquante briques.

Le paiement de cinquante mille livres à MDO surgit dans ma tête. Mon pouls s'emballe, j'ai soudain l'esprit vif et mon cerveau fonctionne à cent à l'heure. Il va falloir que je pose la question à Art. Sinon, ça va me rendre folle.

Il se met à rire.

— Bon. Dans ce cas, que dirais-tu d'un barbecue sans danger pour l'environnement ?

— En fait…

J'essaie de prendre un ton dégagé.

— Je cherchais quelque chose tout à l'heure et je suis tombée sur un versement bizarre. Le classeur était marqué « Personnel », et, dedans, il y avait un dossier avec des relevés d'un compte au nom de LB Plus.

Art hausse les épaules.

— C'est sûrement un des noms commerciaux que Dan utilise pour Loxley Benson, tu sais qu'il en a plein… Ce versement était pour quoi ?

— Je ne sais pas, mais il se montait à cinquante mille livres, et le nom du bénéficiaire était MDO.

Je l'observe avec attention. Il reste impassible.

— Quand était-ce ?

— Il y a presque huit ans. Juste après… tu sais.

L'atmosphère devient immédiatement tendue. Art prend une brève inspiration.

— Ça a quelque chose à voir avec cette garce qui est venue ici ce matin ?

— Non, bien sûr que non.

Je lui effleure le bras, juste pour lui prouver que ma question ne renferme aucune accusation.

— Je t'assure, Art, ça m'a seulement fait penser à cette période et je me suis rendu compte que je ne savais pas où ces vieux papiers étaient conservés et puis je suis tombée sur ce relevé bizarre…

Je laisse ma phrase en suspens, espérant qu'Art ne va pas me percer à jour, deviner mes soupçons.

Il recule d'un pas. Son expression est devenue méfiante.

— Je ne me souviens pas de ce paiement, mais il a sans doute été rangé dans le classeur personnel par accident. Je vérifierai.

Le cœur serré, je sens qu'un fossé vient de se creuser entre nous.

— Je suis désolée, Art, cette femme m'a vraiment secouée. C'est difficile quand quelqu'un te regarde dans les yeux et…

— … accuse ton mari d'un geste ignoble dont tu ne peux pas être cent pour cent sûre qu'il a été innocent ?

Art a veillé à parler d'un ton léger, mais la tension est sous-jacente.

— Non. Bien sûr que je le sais. C'est juste que…

Ma voix se réduit à un murmure.

— C'est juste que… notre bébé… je ne l'ai jamais vu, Art. Supposons que…

Il me dévisage, atterré.

— Mon Dieu, Gen, soupire-t-il, radouci, avant de s'accroupir à côté de moi et de me prendre la main. Tu sais pourquoi.

Je détourne les yeux. Je sais que Beth était défigurée. Le chromosome défectueux, la trisomie 18, avait endommagé son cœur et ses reins, et causé une malformation atroce de la tête.

À l'époque, Art m'avait avoué qu'il regrettait de l'avoir vue. C'est seulement plus tard que j'ai compris pourquoi, lorsque nous sommes retournés chercher les résultats de l'autopsie et que j'ai demandé à regarder les photos qui accompagnaient le rapport du Dr Rodriguez. Son visage était tordu comme de la cire fondue.

Autrement dit, j'avais eu entre les mains la preuve qu'elle était morte.

Et Art, pauvre Art, l'avait vue en vrai.

— Notre bébé… à quoi ressemblait-elle ?

Je retiens mon souffle. Nous n'avons jamais évoqué ce sujet. Art a toujours refusé de me dire exactement comment était Beth – de la décrire précisément.

Ses traits se durcissent à nouveau et avant qu'il ouvre la bouche je sais qu'il n'a aucune intention de le faire à présent.

— Je ne parlerai pas de ça, Gen.

Il se lève, va jusqu'à la porte et s'arrête, la main crispée sur la poignée.

— Peut-être que tu devrais rappeler Hen. Ou Sue. Ou ta mère. Leur demander ce qu'elles pensent de tout ça.

Je secoue la tête. Je sais déjà ce que Hen en pense. Elle ne cache jamais ses sentiments. Mon amie Sue, en revanche, sera réconfortante, pleine de compassion, et puis elle essaiera de me faire rire. Mais elle ne comprendra pas vraiment non plus. Quant à ma mère, elle ne me donnera même pas le temps d'expliquer mes craintes. Elle ne se gêne pas pour affirmer que j'ai hérité des tendances obsessionnelles, névrotiques, de mon père, « mais enfin, au moins, tu n'as pas l'air de chercher des solutions à la vie au fond d'une bouteille ». En outre, elle adore Art.

Non que cela ait de l'importance. C'est insensé de ma part de remettre ainsi le passé en question.

— Maman est en Australie, dis-je d'une voix étranglée.

— Et alors ? Ils ont le téléphone là-bas, non ?

La voix d'Art est dure, sa respiration saccadée. Il revient vers le lit, la mâchoire crispée.

— Nom de Dieu ! J'espère que John Vaizey ou

quiconque a envoyé cette femme te raconter des bobards va rôtir en enfer pour t'avoir donné de faux espoirs.

Son poing s'abat contre le mur.

Je tressaille, la gorge nouée. Art ne perd jamais son sang-froid. Je le dévisage, le corps tendu à craquer. Jamais je ne l'ai vu aussi en colère. Et puis, sous mon regard mi-terrifié, mi-stupéfait, il se laisse tomber à côté de moi.

— Je suis désolé, Gen.

Il enfouit la tête dans ses mains. Quand il lève les yeux, ils sont pleins de larmes.

— Je suis tellement désolé. Mais il faut que tu arrêtes avec ça maintenant parce que… parce que… le pire moment de ma vie a été d'entrer dans ta chambre et de te voir après la mort de notre bébé. Et je refuse – tu m'entends ? –, je refuse que ce moment-là détruise notre avenir comme il a détruit le passé.

Il se tait, visiblement ému. Un moment, je me sens coupable. Je ne dois pas oublier qu'Art lui aussi a perdu Beth.

— Je sais. Tu pourrais nous apporter un thé ?

Il y a un petit silence.

Enfin, il acquiesce.

— Mais pas du thé, du champagne, dit-il, avec une gaieté forcée. On a des choses à fêter.

Je n'ai aucune envie de boire du champagne, mais il a retrouvé son humeur enthousiaste et je n'ai pas assez d'énergie pour résister.

— OK. Va chercher la bouteille et les flûtes, dis-je en lui rendant son sourire. Je vais m'habiller.

Art hausse les sourcils, une pointe de désir dans les yeux.

— Ce n'est pas la peine, dit-il en promenant un doigt sur mon épaule dénudée.

Je souris et me dégage.

— Vas-y. Je descends dans une minute.

Il s'exécute. J'enfile en vitesse un jean et un sweat et je le retrouve dans la cuisine. Je suis un peu dans le cirage après avoir dormi tout l'après-midi. Art a déjà sorti deux flûtes. Il fait sauter le bouchon et les remplit, m'en tend une et lève la sienne.

— À l'avenir, dit-il. À notre avenir.

Je souris de nouveau et bois une petite gorgée du liquide froid et pétillant. Quand je m'assieds, Art se place derrière moi, pose son verre et se met à me masser les épaules.

— Écoute, Gen. Je sais que c'est dur, mais il faut que tu arrêtes de penser à toutes les sottises que cette femme t'a racontées. Faisons d'aujourd'hui un nouveau départ.

Les derniers vestiges de lumière venant de la fenêtre révèlent des traînées sur le bord des flûtes.

— Tu crois qu'on devrait porter plainte ?

— Pour quoi faire ? rétorque Art, rejetant ma suggestion d'un geste. Il n'y a pas de preuve. Nous ne connaissons même pas son vrai nom, nous ne savons pas où elle vit.

Je songe au bout de papier froissé dans ma poche, celui qui porte le numéro de portable de Lucy.

— D'accord.

— Je crois que nous devrions oublier jusqu'à son existence, ajoute-t-il en me caressant les cheveux. Nous ferons l'ICSI et tu vas être enceinte et nous aurons un bébé.

Il sourit.

— À l'espoir, dit-il en levant son verre dans ma direction.

J'hésite. Je sais que la solution d'Art est la seule manière logique d'aller de l'avant, mais je veux croire à l'impossible. Je veux croire que Beth est là, quelque part, qu'elle attend que je la retrouve. Je fais tinter ma flûte contre la sienne.

— À l'espoir.

4

Je m'éveille en sursaut après un mauvais rêve, la poitrine comprimée par l'anxiété. Quelque chose est parti… quelque chose manque… Beth… toujours Beth…

La sensation se dissipe et je cherche à tâtons le réveil sur ma table de chevet : 4 h 15. Zut. Art ronfle doucement à côté de moi. Il ne se réveille jamais en pleine nuit. Il n'a jamais d'insomnies. Le plus agaçant, c'est qu'il ne met jamais plus de quelques minutes à s'endormir.

Je me lève et descends dans la cuisine. Une fois que je suis réveillée, à cette heure-là, c'est la meilleure chose à faire. J'allume la bouilloire et sors une tasse, un sachet de thé et du lait.

J'ai souvent rêvé de Beth au cours de ces dernières années et elle grandit à chaque fois, elle a toujours l'âge qu'elle aurait si elle avait vécu.

L'âge qu'elle aurait… ou l'âge qu'elle a ? Cette pensée me frappe avec tant de force que j'en laisse échapper la tasse que j'avais à la main. Elle rebondit sur le plan de travail avec un bruit sec qui résonne dans l'air nocturne. Se peut-il que je rêve d'un être qui existe réellement ?

Est-ce seulement possible ?

Je m'assieds à table, écoutant le frémissement de l'eau qui commence à bouillir. Il est rare que je me remémore des détails spécifiques de mes rêves, hormis la vague impression d'un visage qui s'estompe peu à peu : d'abord un bébé aux joues roses, puis un bambin potelé et souriant, et maintenant, à presque huit ans, une petite fille au teint mat et aux boucles châtaines soyeuses, comme moi quand j'étais petite, avec les grands yeux marron d'Art.

Dans mes songes, elle est vivante et parfaite.

Je bois mon thé, retourne au lit et me refuse à penser à Beth ou à Lucy O'Donnell. Au bout d'un moment, je me rendors. Quand je me réveille, il est neuf heures et demie. En bas, Lilia fredonne en passant l'aspirateur. Je me retourne. Aucun signe d'Art, ce qui n'est pas surprenant. Il est toujours parti avant sept heures. Cependant, il y a un message sur l'oreiller. Je tends une main ensommeillée vers le papier.

J'aurais voulu pouvoir t'offrir des fleurs. Je t'aime, Art.

Aujourd'hui, je donne mes cours dans une espèce de brouillard. J'ai quatre séances de deux heures ici, à l'Institut d'art et médias, chaque semaine – toutes portent sur des aspects de l'écriture. Ce n'est pas bien payé et, comme Art me l'a fait remarquer l'autre jour, j'y passe si peu de temps que ce n'est même pas un « vrai boulot ».

À la sortie, je me fais harponner par une des femmes de la classe. C'est Charlotte West, jean de grande marque, queue-de-cheval blonde bien nette, très sûre de ses droits.

— Geniver ? Pourrais-je vous parler ?

Sa voix est cajoleuse, son accent très bon chic bon genre.

Je surveille les ascenseurs. Tous les trois semblent bloqués au premier étage, alors je me force à lui adresser un sourire accueillant.

— Bien sûr.

Charlotte s'approche davantage et je dois réprimer un mouvement de recul. Elle a une quarantaine d'années, je dirais – un peu plus vieille que moi, comme la plupart de mes élèves. Elle est plutôt bien pour son âge – mince et soignée. Aujourd'hui, elle a associé à son jean Calvin Klein un haut vert émeraude à col bateau qui met en valeur la couleur de ses yeux.

— Que puis-je faire pour vous ?

— J'ai relu *Cœur de pluie*, dit-elle, les yeux brillants. C'est vraiment génial. Vraiment un livre qui inspire.

— Merci.

Je suis gênée et pas seulement à cause des louanges de Charlotte. Des trois romans que j'ai publiés, je pense en réalité que *Cœur de pluie* est le moins bon. L'intrigue – à propos d'une femme dont le mari a une liaison avec l'épouse de son associé – présente quelques faiblesses et les personnages me paraissent désormais caricaturaux et peu convaincants. Fait ironique, il s'est mieux vendu que les autres. C'est même le seul à être encore disponible.

Je m'écarte. Charlotte me suit, m'accule contre le mur près du premier ascenseur. Je respire une bouffée de son parfum – une de ces odeurs sombres, sucrées, écœurantes, conçues pour des robes du soir en velours et des restaurants hors de prix.

— Je me demandais où vous aviez trouvé l'idée ? reprend Charlotte.

Je soupire intérieurement. C'est la question qu'on pose le plus fréquemment aux auteurs, et, à mon avis, une de celles auxquelles il est le plus difficile de répondre.

— Je pensais qu'il était peut-être fondé sur des faits réels ? insiste-t-elle.

— Non.

J'hésite, ne sachant que lui dire. Je pourrais lui avouer la vérité, pour autant que je la sache, à savoir que *Cœur de pluie* est un pur produit de mon imagination : c'est un mélange de demi-pensées et d'idées nées de la lecture d'articles de journaux, de potins entendus à l'arrêt de bus et de confidences de première main sur les cœurs brisés de deux amies.

Seulement, l'intensité de son regard me dérange et me dissuade de lui révéler cette information.

— Je suis désolée, Charlotte…

Je jette un coup d'œil éloquent à ma montre.

— Oh ! D'accord…

Elle paraît légèrement vexée à présent.

— Je suis pressée aussi. Si je manque mon train à Paddington…

— Je sais, dis-je en lui adressant une moue de compassion.

Charlotte a mentionné plusieurs fois le long trajet qu'elle s'impose depuis le West Country pour assister à mon cours. Elle « sent le martyre » à plein nez, comme dirait Hen, pas de doute là-dessus. D'autres membres du groupe font leur apparition à présent. Du coin de l'œil, je remarque que l'ascenseur le plus éloigné a maintenant atteint le deuxième étage.

— Comme je disais, j'étais curieuse, c'est tout…

Elle marque une pause, ajuste son sac sur son épaule. C'est un Orla Kiely, identique à celui que Hen m'a offert pour mon dernier anniversaire.

À l'autre bout du hall, les portes de la cabine s'ouvrent. Mes étudiants se ruent à l'intérieur. Il n'y aura pas assez de place pour eux tous, donc encore moins pour moi.

— D'accord, bon, il faut vraiment que j'y aille.

Charlotte me dévisage sans rien dire. L'expression de ses yeux verts est impossible à déchiffrer. L'espace d'une seconde, elle a l'air presque en colère. Les portes se referment, faisant plusieurs déçus. Je regarde les signaux lumineux. L'ascenseur le plus proche de moi monte à son tour. Troisième étage… quatrième…

— C'est juste que votre travail me fascine, Geniver.

Elle parle d'un ton obséquieux qui me donne envie de grincer des dents. Je fais un pas vers l'ascenseur, qui signale son arrivée par un *ping*.

— Eh bien, au revoir !

La frustration se lit sur les traits de Charlotte. Elle secoue la tête et sa queue-de-cheval blonde se balance d'une épaule à l'autre. Je me sens coupable, puis irritée. Les gens se pressent autour de nous, convoitant une place dans la cabine. Si je ne bouge pas, je vais rater mon tour une fois de plus. Je m'avance.

Alors qu'on s'entasse derrière moi, Charlotte, restée dehors, renifle bruyamment.

— Eh bien, bonne chance pour votre prochain livre, dit-elle d'un ton neutre.

J'ai les joues en feu. Deux femmes que je ne connais pas me fixent.

J'appuie sur la touche du rez-de-chaussée. Charlotte

savait-elle ce qu'elle disait ? Sait-elle que je n'ai rien écrit depuis près de huit ans ?

Depuis Beth.

Je m'efforce de repousser cette pensée et sors retrouver Hen pour déjeuner. En arrivant au restaurant, je croise une petite fille. Elle sautille, souriante, à côté de sa mère ; vêtue d'un uniforme rayé, elle a des cheveux bruns rassemblés en deux courtes couettes raides. Je m'arrête et me retourne pour la regarder. Une peur grandit en moi. De la même façon qu'on remarque des amoureux dans la rue quand on vient de connaître une rupture, je me suis dit, des années durant, en voyant des bébés dans des landaus et des bambins dans des poussettes : *Ma Beth serait comme ça maintenant.*

Mais c'est la première fois que je me demande si un de ces enfants pourrait être ma Beth.

Mon angoisse augmente. Je fais même un pas vers cette petite fille avant de piétiner mes pensées affolées. Ne sois pas stupide. Beth est morte. *Sauf que... Peut-être n'est-elle pas morte. Elle pourrait être là quelque part et tu ne le sauras jamais, Gen.*

Oh, mon Dieu ! Je m'oblige à entrer dans le restaurant. Je m'assieds, j'ai chaud bien qu'il fasse une température agréable, que la salle soit calme, aux trois quarts vide. Je chasse de mon esprit la petite fille aux couettes et commence à m'interroger sur ces cinquante mille livres qu'Art a payées à MDO. De qui ou de quoi s'agit-il donc ?

Le restaurant commence à se remplir quand Hen arrive, avec près d'un quart d'heure de retard. Elle s'engouffre à l'intérieur, son indomptable crinière volant derrière elle, son écharpe traînant sur le sol. Elle adresse un grand sourire au maître d'hôtel, qui le lui rend d'un air indulgent avant de l'escorter à notre table.

C'est Hen tout craché. Jolie, écervelée. En surface. Dessous, elle a l'esprit aussi acéré qu'une flèche.

— Excuse-moi, Gen, lance-t-elle hors d'haleine. J'ai été retardée chez Cath Kidston.

Je ne peux pas m'empêcher de sourire. S'il y a une phrase qui résume Hen, c'est celle-ci. Toujours en retard, un faible prononcé pour les accessoires féminins. Avant d'épouser Rob l'année dernière, Hen était fauchée comme les blés, mais cela ne l'empêchait pas de dépenser sans compter. Elle a gaspillé une bonne partie de sa jeunesse dans une succession de boulots éphémères où seuls son charme et son intelligence lui ont permis de tenir aussi longtemps qu'elle l'a fait. Les petits amis douteux étaient aussi une de ses spécialités – des gars à la dérive, sans le sou, dotés de sourires attachants et allergiques à tout engagement. Aucun des amis de Hen n'avait été étonné qu'elle tombe enceinte de Nat, ni que le père ait pris ses jambes à son cou en apprenant la nouvelle.

Rob, lui, a été une surprise. Il a dix ans de plus qu'elle et c'est un banquier – une race que Hen aurait autrefois fait adosser à un mur et fusiller. Rob est aussi posé qu'elle est tête en l'air, et tout en étant sûre qu'elle l'aime sincèrement, je suis non moins sûre qu'elle apprécie son argent.

Enfin, comme ma mère ne se lasse pas de me le répéter, on ne peut jamais vraiment comprendre les relations d'autrui. Et la vérité, c'est que Hen est de bien meilleure compagnie depuis dix-huit mois, maintenant qu'elle peut satisfaire ses goûts extravagants sans s'inquiéter de savoir comment payer les factures.

Elle est en grande forme. Une bonne demi-heure s'écoule avant qu'elle parle de l'étrange visite que j'ai reçue. Elle ne tarit pas sur la drôle de vendeuse chez Cath Kidston et les sorties rigolotes de Nathan. Quant à moi, j'essaie de ne plus penser à Lucy O'Donnell, bien que ses paroles rôdent comme une ombre derrière tout ce que je pense et tout ce que je dis.

— Ça va, Gen ? demande-t-elle enfin, en lissant son haut.

À en juger par la coupe élégante, le décolleté profond, les minuscules boutons en perles de culture, il a dû coûter un certain prix. Elle jette un coup d'œil à mes ongles rongés et à la peau rouge et abîmée tout autour et je souris, sachant que c'est à cela que Hen jauge mon bien-être.

Je lui dis combien Art a été peiné hier soir et puis je lui parle du paiement à MDO. Je me sens déloyale, mais il me préoccupe et je ne peux pas cacher mon anxiété à Hen – elle est trop perspicace pour ça.

— Cinquante mille livres, Hen. C'est quand même une somme énorme.

Elle hausse les épaules.

— Sauf que, d'après Art, ce n'était pas une dépense personnelle. Pour une compagnie, cinquante mille livres ce n'est pas si extravagant. Rob est constamment en train de transférer de l'argent d'un compte à l'autre. Et je ne suis pas surprise qu'Art ait été bouleversé après la visite de cette femme. Réveiller toutes ces vieilles histoires – c'est forcément stressant pour vous deux.

Je garde le silence. Beth est le seul sujet dont j'ai toujours eu du mal à parler avec Hen. Nous étions enceintes en même temps, quoique dans des situations très différentes, et nous débordions de projets pour quand nous serions mamans ensemble. Nathan est né une semaine tout juste avant Beth. Hen a manqué les obsèques pour cette raison. Je sais qu'elle se l'est reproché mais elle ne voulait pas laisser son bébé et je n'avais pas la force de voir un nouveau-né. Ç'avait été dur pour nous deux d'être séparées au moment même où nous avions le plus besoin l'une de l'autre. Durant les douze mois qui avaient suivi, nous nous étions vues moins souvent que pendant toutes les années précédentes. À vrai dire, Hen avait fait des efforts de son côté, c'est moi qui ai mis très longtemps à pouvoir les affronter, Nathan et elle. Je m'en suis voulu pour ça, mais je crois que Hen a compris. En tout cas, elle ne m'en a jamais tenu rigueur.

Et pourtant, bien que cela n'ait jamais été dit, nous savons toutes les deux qu'il m'est encore difficile de la voir mère – de me rappeler ce qu'aurait pu être ma propre vie. Au moins, Hen a compris que j'aie éprouvé le besoin d'être considérée comme une mère après la mort de Beth. La plupart des gens semblaient trouver cela absurde – comme si je n'étais pas vraiment digne de ce titre. Mais, pour moi, Beth était aussi réelle que n'importe quel autre bébé, et ne pas avoir le droit de m'appeler mère semblait nier jusqu'à son existence. Tel est le chagrin d'avoir accouché d'un enfant mort-né – plein de petites douleurs idiotes qui vous laissent solitaire et désemparée. Il n'y a pas de souvenirs auxquels se raccrocher, seulement le sentiment d'avoir perdu quelque chose qui sera à jamais hors de portée.

Hen met la main sur mon bras.

— Je sais que c'est difficile même sans qu'une abrutie vienne te raconter n'importe quoi.

Ses yeux normalement vifs et perçants sont pleins de compassion.

— Peut-être que ça t'aiderait de regarder les certificats et les papiers de nouveau. Peut-être que tu as besoin de les revoir une dernière fois pour lâcher prise.

J'y réfléchis sur le chemin du retour. Hen a peut-être raison. Le problème, c'est que j'ignore complètement où Art a rangé tous ces documents. En dépit de mes recherches, je n'ai rien vu de tel dans son bureau.

Il me faut une éternité pour rentrer. Mon bus se traîne le long de Seven Sisters Road – à l'évidence il y a eu un accident et tous les automobilistes ralentissent pour satisfaire leur curiosité. Une fois à la maison, je vérifie dans les endroits évidents – les placards de l'entrée, de la chambre et, bien entendu, le bureau d'Art, même si je sais déjà qu'il n'y a rien là concernant Beth, à moins que ça ne soit dans le classeur qui est fermé à clé.

Je ne trouve rien.

Art revient à dix heures du soir. Je l'entends qui parle dans son iPhone en montant l'escalier.

— On parle volume ou valeur, Dan ? Il faut que ça soit clair.

Il met fin à sa conversation en entrant dans notre chambre. Il y a des cernes sombres sous ses yeux et sa chemise est froissée. Il a l'air épuisé mais heureux.

— Salut, dit-il en s'asseyant sur le lit à côté de moi.

— Salut.

Je lui pose des questions sur sa journée et il parle un moment de la réunion au 10, Downing Street.

— … et puis le Premier Ministre est entré. Il est

beaucoup plus petit qu'on le dirait à la télé et, c'est sûr, il s'est fait faire des injections de Botox ou un truc du même genre. Aucune ride sur son front. Il a pris le temps de me remercier tout particulièrement d'être là. Sandrine et moi on a posé des questions sur ce fameux programme d'incitation à l'emploi, et on a parlé de l'augmentation de la productivité par le biais de mesures éthiques. Le Premier Ministre a été épaté par les chiffres de Loxley Benson, conclut-il en souriant. Il m'a écouté, Gen, vraiment écouté.

— C'est génial.

Je suis sincère, mais, en même temps, mon esprit ne cesse de ressasser toutes mes pensées de la journée. Quand il se tait, je prends une profonde inspiration.

— Art ?

— Oui ?

— Ce n'est pas que je croie un mot de ce que cette femme m'a raconté hier, mais, comme je te l'ai dit, ça a fait tout remonter à la surface. Je… J'ai éprouvé le besoin de voir l'acte de décès de Beth, mais je ne sais pas où il est, et le reste non plus…

— Gen…

Art secoue la tête, déjà tendu.

— À quoi bon ? Tu ne fais que te torturer.

Je hausse les épaules.

— Parfois, j'ai besoin de faire un pas en arrière pour pouvoir faire deux pas en avant.

Il m'adresse un sourire fatigué.

— Tu es dingue, dit-il avec affection.

— Oui.

J'essaie de sourire aussi.

— Alors, où sont les papiers ?

Je m'attends tellement à ce qu'il dise qu'ils ont

été égarés ou qu'il ne s'en souvient pas, que c'est un choc total quand Art se lève et me fait face, les traits empreints d'une sollicitude lasse.

— Dans le placard de mon bureau, celui qui est fermé à clé. Je les ai mis là parce que je n'aime pas les voir. Je vais les chercher.

Et avant que j'aie pu répliquer, il est sorti.

Je me redresse, l'estomac noué. Suis-je cruelle envers lui ? Je repense à la semaine qui a suivi l'accouchement de Beth... Je ne me souviens pas de grand-chose hormis de bribes de conversations. Art m'avait parlé des funérailles. Il voulait que le corps soit incinéré mais tenait à ce que la décision soit prise d'un commun accord. Sur le moment, ça me paraissait complètement dénué d'importance. Mais maintenant, cela veut dire qu'il n'y a pas de corps à exhumer. Pas de preuve de la mort de Beth.

Je frissonne. Voilà que je deviens morbide.

Au-dessus de moi, les planches grincent bruyamment sous le poids d'Art. Je me laisse retomber contre l'oreiller.

Nous avons dispersé les cendres au mois d'avril suivant. Sur les conseils d'Art et de Hen, j'avais consulté un psy pendant plusieurs mois et j'avais l'impression d'émerger d'un océan de chagrin, de tendre enfin le visage vers le soleil du printemps. Bien sûr, ce que j'ignorais alors, c'est que le chagrin, comme les saisons, obéit à un cycle. Qu'à peine revenue à la vie je suffoquerais de nouveau sous le poids du deuil. Peut-être aurait-ce été différent si j'avais été de nouveau enceinte cette année-là, mais cela ne s'est pas produit. Et chaque tentative de FIV m'a entraînée plus loin dans les ténèbres.

Un dernier craquement dans le bureau d'Art, le son de ses pas qui dévalent l'escalier, et le voilà revenu, une boîte à chaussures rouge sous le bras. Il la pose sur le lit.

— Tout est là-dedans, dit-il, évitant mon regard. Je vais prendre une douche.

Il disparaît dans la salle de bains. Je sais que je l'ai blessé, qu'il ne veut pas que je me mette dans tous mes états en réveillant tout cela…

Mais je dois regarder la vérité en face.

Le cœur battant, je soulève le couvercle. Le premier document est l'acte de décès. Je regarde fixement le nom de Beth – choisi dans le premier élancement de douleur pour sa consonance délicate et fragile, un nom simple, doux, presque un soupir. Beth Loxley. C'est étrange de le voir écrit. Je suis du bout du doigt le contour des mots – le nom d'une personne qui n'a jamais été une personne à proprement parler. Il n'y a pas de mots pour décrire ce qu'est Beth, pas plus qu'il n'y a de mots pour décrire la mère d'un enfant mort-né. Cette absence d'étiquette ne m'ennuie pas mais elle rend plus difficile de parler de ce qui s'est passé. De toute façon, parler n'est pas facile. Quand des inconnus me demandent si j'ai des enfants, il me faut choisir entre expliquer la situation, ce qui paraît trop intime, et répondre par la négative, ce qui me donne l'impression de nier une fois de plus l'existence de ma fille.

Je feuillette les papiers. Les voir n'ajoute pas à ma tristesse, je m'en rends compte. Ce sont surtout des formulaires administratifs, des faits et chiffres. Je trouve le certificat du Dr Rodriguez attestant que le bébé était mort-né. Art m'avait expliqué qu'il avait dû fournir ce document à l'état civil. Je l'examine de près, puis parcours les autres documents – la plupart ont trait aux dispositions relatives aux obsèques. Il y a un dépliant – neutre, discret – des pompes funèbres Tapps ainsi qu'une lettre de M. Tapps lui-même exprimant ses condoléances pour notre deuil et nous informant de la date et de l'heure de la cérémonie.

Je ne veux pas penser à ça pour le moment, mais malgré tout, le minuscule cercueil de Beth s'impose à ma mémoire… les deux lis blancs qu'Art et moi avions déposés dessus, le vide hébété de mon âme alors que je les regardais.

Dans la salle de bains, j'entends le jet de la douche. Je ferme les yeux. Qu'est-ce qui me prend ? Art était anéanti lors des funérailles. Il était à peine capable de marcher. Comment ai-je pu le forcer à en repasser par là ?

Assez.

Je ramasse la pile de papiers. Alors que je remets le tout dans la boîte, une carte de visite tombe sur le drap : celle du Dr Rodriguez, où figurent le numéro et l'adresse de la clinique Fair Angel. Dans la salle de bains, l'eau cesse de couler. J'hésite une seconde, puis, pour des raisons que je me refuse à analyser, je glisse la lettre de Tapps et la carte de visite sous le matelas. Je range le reste dans la boîte rouge, replace le couvercle et la pousse de l'autre côté du lit.

Une minute plus tard, Art revient, une serviette enroulée autour de la taille. Il fait encore de l'exercice le week-end, de temps en temps, mais les muscles de ses bras ne sont pas aussi bien dessinés qu'autrefois – et il a indéniablement un début d'embonpoint au niveau de l'estomac. Nous vieillissons tous les deux.

Parfois, le temps me fait l'impression d'une force de la nature, filant impitoyablement vers le futur, emportant Art avec lui tandis que je reste spectatrice, incapable de me joindre à lui.

— Tu as trouvé ce que tu cherchais ? demande-t-il d'un ton blessé.

— Oui.

J'hésite.

— Tu as vérifié ce qu'était ce paiement à MDO ?

— Non, grogne-t-il. J'ai oublié, mais c'était une sorte de prêt d'affaires. Je ne me souviens pas des détails, voilà tout.

— Bon.

Je me demande si c'est la vérité. Art n'oublie jamais ses relations d'affaires.

— Bon, eh bien, quand tu auras un moment… dis-je vaguement. Merci de m'avoir sorti tout ça.

Il hoche la tête puis emporte la boîte dans son bureau, redescend et se laisse tomber sur le lit.

— Je suis crevé.

Avec un soupir, il prend son téléphone et fait défiler ses e-mails. Loxley Benson mène tant d'opérations internationales simultanément qu'il y a à toute heure du jour et de la nuit des gens qui essaient de le contacter.

Je me lève. Il fait froid dans la maison, le chauffage s'est éteint. J'enfile une paire de grosses chaussettes et je descends. Le numéro de Lucy O'Donnell est toujours dans la poche de mon manteau. Je le prends et me faufile dans la cuisine. À la porte, je tends l'oreille. Pas de bruit venant du premier étage. Art doit toujours être occupé par ses mails.

Je défroisse le bout de papier et fixe l'écriture bien nette de Lucy. Les chiffres soigneusement notés font davantage penser à la main d'une institutrice qu'à celle d'un escroc. J'hésite. J'ignore pourquoi j'éprouve le besoin de lui parler de nouveau. Je ne sais même pas ce que je vais lui dire. Je sais seulement que je ne peux pas lâcher prise, comme Art voudrait que je le fasse. Si je dois pousser les choses plus loin, j'ai besoin d'autant d'informations que possible. Car enfin, supposons qu'une partie de l'histoire de Lucy soit vraie ? Pas celle impliquant Art, évidemment, mais il arrive que des bébés soient volés, n'est-ce pas ? Et une fois qu'une idée s'est enracinée en nous, on ne peut plus s'en débarrasser. Il faut la suivre jusqu'au bout.

Je traverse la cuisine silencieusement et sans allumer la lumière, et j'entre dans la buanderie. D'une main tremblante, je compose le numéro. Il n'est pas disponible. On ne me donne même pas la possibilité de laisser un message. J'attends deux minutes et réessaie, juste au cas où. Toujours rien. Peut-être que c'est aussi bien. Que me faut-il de plus pour être convaincue que cette femme était une détraquée ? Une folle. Une illuminée.

J'enregistre le numéro sur mon portable et jette le bout de papier à la poubelle. En regagnant l'entrée, j'entends grincer les lames de plancher au deuxième étage. Je m'arrête, le cœur battant. Art est-il remonté là-haut ? Sait-il que j'ai passé un coup de téléphone ? Pourquoi cela l'aurait-il incité à retourner dans son bureau ?

J'attends quelques secondes. Il n'y a plus aucun bruit. Puis je monte l'escalier et entre dans notre chambre. Art est allongé sur le lit, dans la position où je l'ai laissé. Il me regarde entrer.

— Qu'y a-t-il ?

— Rien.

Les nerfs à vif, je jette un coup d'œil autour de moi.

— Tu es retourné dans ton bureau ?

— Non, dit-il en reportant son attention sur son téléphone.

— Oh !

Mon cœur bat à toute allure. Pourquoi mentirait-il à ce propos ?

— J'ai cru entendre grincer le plancher.

— Le plancher ? Il grince quand ça lui chante. Au fait, tu ne devais pas t'en occuper cette année ?

Il sourit et tapote la couette.

— Tu viens ?

Je retire mes grosses chaussettes et me couche. Peut-être ai-je imaginé les craquements. Je suis assez nerveuse pour ça.

Art éteint la lumière et se laisse aller contre l'oreiller en soupirant.

— Art ?

— Hmm ?

J'avais découvert la maternité privée de Fair Angel au bout de quelques mois de grossesse, après avoir fait des recherches très poussées sur les possibilités d'accouchement naturel. Très vite, nous avions pris rendez-vous avec l'obstétricien qui allait superviser ma grossesse et mon accouchement.

— Tu t'es renseigné sur le Dr Rodriguez – je veux dire, sur l'endroit d'où il venait, ses qualifications, sa situation ?

— Non, avoue-t-il au bout d'une seconde. Pourquoi ?

— Eh bien, je suppose que, au fond, je me demande ce que nous savions de lui.

Art émet un rire dédaigneux et me tourne le dos.

— Rodriguez avait un CV impressionnant et un paquet de références, Gen. Il nous a montré tout ça et un tas de lettres de remerciement la première fois qu'on l'a vu. Et la clinique avait une excellente réputation.

— Mais…

— Gen, arrête.

Il se retourne, dépose un baiser rapide sur ma joue.

— Bonne nuit.

— Bonne nuit.

Quelques secondes plus tard, il dort profondément. Et le sommeil continue à me fuir.

J'ai fixé le poing du Grand Roux. Un peu plus de pipi a coulé. Ç'a été chaud d'abord, et puis froid. Je ne pouvais pas me retenir.

J'ai baissé les yeux. La pluie me piquait la nuque. Cours, je me suis dit. Enfuis-toi. Mais ils me barraient le chemin de la clôture.

— T'es nul, face de cochon.

Les doigts du Grand Roux se sont enfoncés dans mon bras.

Dent cassée m'a attrapé par l'autre poignet, serrant, tordant la peau.

Je voulais crier pour qu'ils s'en aillent, mais mes cris étaient coincés dans ma gorge. Le Grand Roux s'est approché si près que j'ai senti son haleine dans mon oreille.

— T'es un nullard moche, face de cochon.

— Un putain de nullard, a ajouté Dent cassée.

Je savais que c'était un gros mot. J'ai regardé les pierres mouillées à mes pieds et attendu que ça finisse. Le poing m'a frappé dans le ventre. Ça m'a fait mal.

J'ai fermé les yeux. Un autre coup de poing. Un autre. Et puis ça s'est arrêté.

J'ai retenu mon souffle. Les chaussures du Grand Roux se sont tournées. Celles de Dent cassée aussi. Et puis je n'ai plus vu que mes chaussures à moi. Je les ai tellement fixées que mes yeux me brûlaient. Il y avait une petite tache sombre sur le devant de mon pantalon et si quelqu'un la regardait, il saurait que j'avais fait un vilain pipi.

Dedans, c'était humide et poisseux et froid.

J'ai mis ma main sur la tache pour que personne ne la voie. Et puis j'ai rampé sous le grillage.

5

Le lendemain matin, des coups de sonnette secs et impérieux me tirent du lit. J'attrape un cardigan sur la chaise, l'enfile par-dessus mon pyjama et descends en titubant, frottant mes yeux encore ensommeillés.

Je distingue la silhouette mince de Morgan à travers la porte d'entrée. Instinctivement, je me tourne vers la glace. Mes cheveux rebiquent de partout et le maquillage d'hier a coulé sous mes cils. J'hésite, j'essaie sans grande conviction d'essuyer les traînées avec mes doigts et passe une main dans mes cheveux pour les aplatir.

La sonnette retentit de nouveau.

C'est sans espoir. Quoi que je fasse, je ne pourrai jamais rivaliser avec elle. J'ouvre avec un soupir.

Bien qu'elle débarque tout droit d'un vol transatlantique, Morgan est superbe. Elle porte un ensemble moulant noir à col en fourrure véritable, de petits talons noir et crème, une pochette en cuir sous le bras. Ses cheveux bruns et lisses sont coupés en une ligne parfaite. Deux énormes valises sont posées à côté d'elle.

— Gen, ma chérie, roucoule-t-elle en me détaillant des pieds à la tête. Tu as une mine fabuleuse.

Elle ne ment pas très bien. Alors même qu'elle prononce ces mots, je vois ses yeux s'écarquiller d'horreur. Cela dit, c'est Morgan tout craché. Elle ne peut pas s'empêcher de paraître condescendante même quand elle s'efforce d'être amicale et chaleureuse. C'est un trait de personnalité déroutant et qui explique en partie, j'en suis certaine, qu'à près de quarante-deux ans cette femme n'ait jamais gardé de petit ami plus de trois mois.

— Je viens de me réveiller. Je n'ai pas bien dormi cette nuit.

— Oh ! Non, s'écrie Morgan d'une voix radoucie, pleine de sollicitude. Je suis vraiment désolée, mais je t'avais dit à quelle heure j'arrivais et…

Elle jette un coup d'œil à son élégante montre incrustée de diamants.

— … il est dix heures passées.

— Je sais, dis-je en ramenant plus étroitement les pans du cardigan contre moi.

Une tache d'œuf s'étale sur le revers. Génial.

— Alors comment avancent les préparatifs pour la fête ? demande Morgan d'un ton enjoué.

Elle franchit le seuil, jetant un regard en arrière à ses bagages restés sur les marches.

Que ce soit chez elle, à Édimbourg, dans ses résidences secondaires, à Martha's Vineyard et en Toscane, ou dans les hôtels de luxe où elle descend habituellement, il y a des hommes pour l'aider à porter ses affaires.

— Très bien.

Je me penche et tire les valises dans l'entrée. Art pourra les monter plus tard.

Un nœud d'anxiété demeure coincé dans ma poitrine

toute la journée, mais je n'ai pas le temps de penser à ce qui m'a tenu éveillée la nuit dernière. Morgan – qui affirme vouloir m'aider – est pleine d'exigences :

— Tu n'as pas de jus de fruits sans pulpe ?... Je ne voudrais pas me mêler de ce qui ne me regarde pas, mais tu crois vraiment que tu as acheté assez de canapés ?... Je ne vois pas de sachets de glaçons dans le congélateur, on ne devrait pas en commander ?... Ça t'ennuie de me montrer où tu ranges les serviettes ? Je suis désolée mais il faut que je remplace celle que tu m'as donnée, j'ai la peau terriblement sensible...

Par-dessus le marché, le téléphone n'arrête pas de sonner. La plupart des gens qui appellent sont des amis qui veulent vérifier à quelle heure ils doivent venir et s'ils peuvent apporter quelque chose. J'erre de la cuisine à la salle à manger, où les bouteilles de vin sont empilées du sol au plafond, en essayant de décider quoi faire et dans quel ordre.

Morgan disparaît à l'étage vers quinze heures et Hen arrive peu après. Nat est invité chez un petit camarade, ce qui lui donne une heure ou deux de liberté. Pendant que je cherche une guirlande lumineuse de Noël pour l'installer autour du miroir du salon, elle va obligeamment chercher des chips dans la réserve du garage. Elle ne revient pas. Au bout de dix minutes, songeant qu'elle a peut-être trébuché sur les meubles de jardin ou je ne sais quoi et qu'elle s'est fait mal, je pars à sa recherche.

Je l'entends avant de la voir. Elle est dans la buanderie, au téléphone. Elle parle à voix basse, sur un ton de conspiratrice.

— Je sais que c'est ma meilleure amie, mais elle ne

veut rien entendre, est-elle en train de dire, avec une pitié mêlée d'irritation. J'ai déjà essayé de lui parler.

Une pause.

— Non, pas encore.

Ma perplexité se mue en colère, puis en honte. Je ne peux en supporter davantage.

— Hen ?

Un chuchotement étouffé me parvient. Une seconde après, Hen réapparaît.

— Pardon, dit-elle en levant les yeux au ciel. J'ai été retardée.

J'ouvre la bouche pour la mettre au pied du mur, puis la referme. À qui parlait-elle ? À Art ? Je ne veux pas y penser.

L'incident m'a troublée mais elle bavarde avec animation, comme si de rien n'était. Nous remplissons des saladiers de chips et accrochons la guirlande. Ensuite je me replie dans la cuisine tandis qu'elle passe une heure à disposer des bougies et à déplacer les meubles du salon dans le but d'avoir assez d'espace pour « danser ».

Je ne peux pas m'empêcher de rire en voyant son œuvre et lui fais remarquer qu'Art déteste danser.

— Ne sois pas si négative, rétorque-t-elle d'un ton qui, bien que léger, est aussi un brin mordant. Je suis sûre qu'il danserait si tu le lui demandais.

Je me sens mal à l'aise. Pense-t-elle que je suis injuste envers Art ? Son ton caustique est-il lié à la conversation que j'ai surprise, au fait que « je ne veux rien entendre » ?

Hen se rend évidemment compte de ma gêne.

— Excuse-moi, Gen, dit-elle avec un geste de la main, comme pour évacuer la tension. Puis-je faire autre chose ?

Je regarde autour de moi. Il est presque dix-sept heures et, à vrai dire, je préférerais continuer toute seule. Hen a apporté une quiche et plusieurs autres invités vont venir avec des plats, alors je n'ai plus qu'une pavlova et une forêt-noire à préparer – le thème années 1970 s'étant finalement révélé irrésistible. De toute façon, Hen laisse toujours un désordre épouvantable dans la cuisine et il subsiste entre nous une distance qui avait disparu après la première année qui a suivi la mort de Beth.

— Ça va aller. Je n'ai plus que quelques sauces à faire… Morgan pourra me donner un coup de main si besoin est.

— Ouais, sûrement, répond Hen en levant les yeux au ciel. Fais attention qu'elle ne s'écaille pas un ongle.

— Chut !

— Oh ! Tu sais bien que je l'adore, dit-elle en se tournant pour partir.

Comme pour le prouver, elle crie dans l'escalier :

— Salut, Morgan.

Pas de réponse.

— Je crois qu'elle est dans la salle de bains.

— J'ai hâte de voir ce qu'elle va mettre, chuchote Hen d'un ton de commère.

Elle désigne le col en fourrure de la veste noire, encore drapé sur la plus grande des deux valises.

— Combien d'animaux sont morts pour fabriquer ça ?

— Chut !

Je la pousse vers la porte, retourne dans la cuisine et m'affaire avec le gâteau. Avant que je m'en rende compte, il est dix-huit heures passées. Je suis en train de mettre du jambon de Parme et des olives dans une assiette, les nerfs en pelote, rêvant désespérément d'un bain, quand Morgan apparaît. Elle regarde mes ongles rongés. Je saisis mon reflet dans la porte du frigo. C'est fou, ma mine est encore plus piteuse que lors de son arrivée. Je porte toujours le survêtement et le tee-shirt que j'ai enfilés à la va-vite ce matin, mes cheveux sont remontés en un chignon négligé – et j'ai une trace de confiture de cerises sur la joue.

— Alors, comment ça se passe avec la nouvelle FIV ? demande Morgan, les mains derrière le dos. Je suis vraiment contente que tu envisages de réessayer.

Je m'efforce de cacher ma surprise. Ce n'est pas la première fois que Morgan en sait plus long sur ma vie que je ne m'y attends. Art a toujours parlé de notre relation à sa sœur ; c'est certainement la première personne à qui il a révélé que nous étions fiancés et je sais qu'il s'est confié à elle par le passé, au sujet des échecs de nos traitements précédents. Avant, cela me contrariait, mais plus maintenant. En vieillissant, j'apprécie mieux l'importance de la famille et, après la mort de sa mère, Art n'avait plus que Morgan et ses frères. D'ailleurs, bien que Morgan soit au courant de certains aspects de notre relation, je suis certaine qu'Art lui livre rarement ses sentiments à ce propos.

— Nous sommes toujours en train d'en discuter, dis-je vaguement, espérant couper court à la conversation.

— Bien.

Elle hésite, puis tend la main vers moi. Au creux de sa paume se trouve un petit paquet argenté.

— Je sais que c'est l'anniversaire d'Art, mais je voulais te donner ceci.

Elle rougit un peu et recule, se tassant légèrement

sur elle-même. Pour une fois, elle semble peu sûre d'elle, presque anxieuse.

— Euh… merci.

C'est un écrin, adroitement entouré d'un petit ruban brillant qui se déroule entre mes doigts quand je tire dessus. Il contient un bracelet, un papillon en argent sur une chaîne, tout simple et très beau. Les lettres A et G, entremêlées, scintillent sur l'une des ailes.

— C'est de l'or blanc et des diamants, explique Morgan. Je l'ai fait faire exprès pour Art et toi.

— Il est magnifique. Oh, Morgan !

Comme cela ressemble à ma belle-sœur, si brusque et si hautaine en apparence, d'être capable d'attentions aussi touchantes. Je lève les yeux, bouleversée. Morgan rougit de nouveau, se détourne à demi. Une seconde, elle paraît totalement vulnérable.

— Le papillon est un symbole de changement. J'ai pensé qu'il pourrait t'aider…

Elle marque une pause.

— Je ne veux pas être condescendante, Geniver, mais je sais qu'on peut tous être enlisés parfois, et j'ai pensé que ceci pourrait peut-être t'aider à aller de l'avant, à permettre aux choses d'être différentes. Peut-être même à recommencer à écrire.

Il ne m'est pas facile d'entendre Morgan me parler de ma vie, mais je suis vraiment émue et sincèrement reconnaissante pour sa gentillesse. Les larmes aux yeux, je franchis en hâte les quelques pas qui nous séparent et la serre très fort dans mes bras.

— Merci.

— Je t'en prie.

Sa voix a déjà recouvré sa sécheresse. Elle se dégage et je recule, devinant qu'elle a besoin de rentrer dans sa coquille. Je mets le bracelet autour de mon poignet, l'incline pour que les caractères en diamant reflètent la lumière.

— C'est vraiment très gentil à toi.

Elle hausse les épaules. Son regard se pose sur les sauces, qui, pour la plupart, sont encore dans leurs emballages, éparpillées sur le plan de travail. J'ai beau savoir qu'il y a des plats délicieux dans le frigo et dans le garde-manger, je ne peux pas m'empêcher de me sentir nulle et désorganisée. J'éprouve un soupçon de haine envers moi-même.

Morgan est l'efficacité personnifiée. Elle sillonne le monde pour assister à une réunion après l'autre, sans jamais avoir un cheveu de travers. Et pourtant, elle trouve quand même le temps d'avoir des attentions pareilles, alors que je peux à peine me lever avant midi sans une tache d'œuf sur mon revers. Elle doit se demander ce que je fais de mes journées.

À vrai dire, je me le demande aussi.

— S'il n'y a plus rien à faire, je vais prendre une douche, annonce-t-elle.

J'en reste bouche bée. Qu'a-t-elle donc fait ces trois dernières heures si elle ne s'est pas encore douchée ? Mais Morgan s'est déjà volatilisée. Quand elle redescend, ses cheveux bruns artistement coiffés en grosses boucles, un peignoir en satin passé sur ses vêtements pour les protéger, tous les plats sont prêts et au frais. Le salon et la cuisine sont raisonnablement bien rangés, alors je mets de la musique et j'allume les bougies que Hen a disposées tout à l'heure.

Art doit rentrer d'une seconde à l'autre, dans vingt minutes seulement les premiers invités vont arriver et il faut vraiment que j'aille me préparer. Évidemment, c'est le moment que choisit ma mère pour téléphoner d'Australie.

— Comment ça va, ma chérie ?

— Très bien, maman. Comment se passent les vacances ?

— Géniales, mon chou. Sauf que Doug a eu quelques problèmes intestinaux ces jours-ci et que je n'arrive plus à jouer convenablement au golf. Je me suis totalement effondrée sur le retour, hier…

Elle bavarde pendant quelques minutes. J'essaie d'écouter, mais je pense à un millier d'autres choses. La vérité, c'est que je n'ai presque rien en commun avec ma mère. Elle se passionne pour le golf, pour ses parties de bridge et la couleur de la cantonnière qu'elle veut assortir à son salon neuf. Elle ne lit jamais et juge mal élevé d'aborder tout sujet ayant ne serait-ce qu'un vague lien avec la politique, la philosophie ou la religion. Elle ne comprend pas pourquoi j'ai écrit des romans – ni non plus, d'ailleurs, pourquoi j'ai arrêté.

Elle ne l'a jamais dit mais je suis sûre qu'au fond elle pense que j'ai de la chance qu'Art me supporte. Si je lui avais donné des petits-enfants, notre relation aurait peut-être été différente. Dans l'état actuel des choses, le fossé entre nous paraît infranchissable.

Art arrive alors que ma mère me parle d'Ayers Rock et du couple charmant avec lequel Doug et elle ont dîné hier soir. Je regarde Morgan flotter jusqu'à lui. Son peignoir en satin glisse sur son épaule, révélant une délicate bretelle rouge en dessous. Il y a quelque chose de possessif dans sa manière de lui tendre les bras pour qu'il l'étreigne. Non, pas de possessif. D'autoritaire. Ce n'est pas étonnant venant de Morgan, et peut-être en va-t-il souvent ainsi entre une sœur aînée et un frère plus jeune. À moi qui suis enfant unique, les relations entre frères et sœurs semblent à la fois étranges et fascinantes. Avant la mort de mon père, j'ai passé une bonne partie de mon enfance à errer dans le jardin en m'inventant des frères et sœurs imaginaires. Mon père adorait m'entendre parler d'eux. Ma mère en revanche trouvait ça complètement bizarre.

Art donne à Morgan un baiser rapide sur la joue, mais se dérobe à l'étreinte.

J'ai l'impression d'assister à une sorte de lutte pour le pouvoir. Eh bien ! c'est logique. Art est farouchement indépendant. Peut-être cela explique-t-il que je n'aie jamais vraiment compris sa relation avec sa sœur. Ils ont moins de deux ans de différence, et bien que proche d'elle, Art a toujours paru légèrement méfiant à son égard. Il ne l'a jamais admis, évidemment. En fait il me regarde comme si j'étais folle chaque fois que j'y fais allusion. « Morgan est telle qu'elle est, Gen, voilà tout. Un peu susceptible mais pas méchante pour un sou. »

Ils parlent à mi-voix dans l'entrée. À un moment donné, Art lève les yeux vers moi et sourit à demi. Il a l'air épuisé. Morgan lui effleure le bras afin de capter de nouveau son attention, et, au lieu de la regarder, il s'éloigne un peu. Je ne peux pas voir le visage de Morgan mais son dos se raidit. Elle rejette ses cheveux bruns en arrière, fait volte-face et entre dans le salon.

— Art est content de fêter son anniversaire ? gazouille ma mère.

— Oui, je crois. Hé, au fait, il vaudrait mieux que j'aille me préparer.

— Eh bien, fais-toi belle pour Art, lance-t-elle d'un

ton éloquent. Il travaille si dur. Tu devrais faire plus d'efforts, ma chérie, pour qu'il se sente apprécié.

Que veut-elle dire ? Que je suis une épouse nulle, une ratée, tout juste bonne à dépenser de l'argent, une épouse pas vraiment à la hauteur de son golden boy de mari ? Entre elle, Morgan et Hen tout à l'heure, mon amour-propre en a pris un sacré coup. La fête commence mal.

J'ai une réplique mordante au bord des lèvres mais elle est à des milliers de kilomètres et je ne tiens pas à me disputer avec elle maintenant, alors je me contente de lui dire au revoir, je fais signe à Art et je monte.

Quand je redescends, Morgan et Art bavardent dans le salon. Je n'arrive pas à distinguer leurs paroles. Ils sont assis côte à côte sur le canapé. Art sourit à mon entrée. Par contraste, Morgan fait la moue. Toujours en peignoir, elle tient à la main deux chaussures noires presque identiques. L'une et l'autre sont fines, élégantes, avec des talons aiguilles. J'ai mal aux pieds rien qu'à les regarder.

— Qu'en penses-tu, Gen ? Art ne peut pas décider.

Ce dernier lève discrètement les yeux au ciel. Je réprime un sourire.

— Les deux sont superbes, dis-je sincèrement.

— Celles-ci sont des Manolo, déclare-t-elle en tenant une chaussure plus haut que l'autre. Mais je songeais à mettre celles-là.

Elle désigne l'autre.

— Elles viennent de chez une jeune créatrice que j'ai découverte à New York. Tu n'as sûrement pas entendu parler d'elle, mais elle se fait vraiment une réputation aux États-Unis.

Je regarde les escarpins avec plus d'attention. Le

second est légèrement plus étroit, un soupçon plus pointu, doté de talons plus minces.

— Comme je te le disais, elles sont superbes toutes les deux.

Je jette un coup d'œil à Art. Il semble m'implorer. Il porte toujours son complet de bureau. Je m'approche et mets la main sur son épaule.

— Hé, mon chéri, tu devrais aller te changer.

— Tu as raison.

Il m'adresse un sourire reconnaissant, se lève et s'éclipse.

Une seconde, Morgan paraît exaspérée – contre Art ou contre moi ? je l'ignore. Puis elle sourit et sort à son tour.

Je prends une inspiration et m'inspecte dans la glace. Mes cheveux enfin brossés tombent en boucles sur mes épaules. Ma frange est toujours trop longue et il y a encore des cernes sous mes yeux, mais je me suis maquillée et j'ai l'air moins hagard que tout à l'heure. Mon chemisier un peu ajusté flatte ma silhouette, même si Morgan doit penser que j'aurais pu choisir plus glamour qu'un jean pour aller avec.

Je me mets de profil, observant la légère courbe de mon estomac. Avant d'être enceinte, j'avais le ventre plat. Maintenant, comme toutes les autres mères, j'ai des bourrelets et de la cellulite. Sauf que je n'ai pas le bébé, évidemment. Elles seront bientôt là, toutes ces mères, la bouche pleine de bavardages sur leurs gosses. Je finirai sûrement par parler boulot avec les types ; au moins, ils n'auront pas pitié de moi. Je regarde ma montre. C'est toujours le pire moment avant une fête, quand il n'y a plus rien à préparer mais que personne n'est encore arrivé.

Est-ce que suffisamment de gens viendront ? Maintenant que j'attends l'arrivée de nos amis, je ne peux m'empêcher d'éprouver une pointe de nervosité. Je me fais une grimace dans la glace. Ce n'est pas une grande affaire. Juste une trentaine de personnes qui viennent grignoter et boire quelques bières. À la maison, c'est comme au travail : Art déteste tout ce qui fait snob.

Je l'entends qui monte la seconde valise de Morgan. Malgré moi, je me demande si elle désapprouve notre mariage. En apparence, elle est tout sourires et commentaires appréciateurs, mais, au fond, je la soupçonne de penser que son frère aurait pu trouver mieux. À bien des égards, la carrière d'Art reflète celle de son père – sauf que, en matière de femmes, il a fait un choix très différent.

D'après ce que j'ai appris dans des articles et certaines allusions lâchées par Morgan, Brandon Ryan, né à Glasgow vers la fin de la Seconde Guerre mondiale, a connu une enfance assez dure. Brutalisé par son père, il ne mangeait pas souvent à sa faim. Au début des années 1960, âgé de dix-huit ans, il est parti faire fortune à Londres et a complètement coupé les ponts avec sa famille. C'était un entrepreneur-né – en cinq ans, il était devenu millionnaire, et, à sa mort, il était milliardaire. Il a eu trois enfants – Morgan et ses deux jeunes frères – avec son épouse, une très belle jeune femme issue de la société mondaine, Fay Langham. Je n'ai jamais rencontré Fay. Art et elle ne sont pas précisément en bons termes.

Brandon et Fay se sont installés à Édimbourg alors que les enfants étaient petits, mais il passait encore une bonne partie de sa semaine de travail à Londres. À l'époque, Morgan n'avait pas encore deux ans, le premier de ses deux frères était né. Peut-être Brandon se sentait-il négligé à la maison – je devine, évidemment. Toujours est-il qu'il a rencontré Anna, la mère d'Art, qui travaillait comme serveuse dans une boîte de nuit de luxe et rêvait de devenir actrice. D'après Art, Brandon lui a laissé entendre qu'il l'aiderait à réaliser son ambition. Il a été, à ce que je comprends, aussi impitoyable concernant cette liaison qu'il l'était en affaires. C'était un homme séduisant, au regard perçant, dans la fleur de l'âge. Même sur les photos, on voit qu'il irradiait le pouvoir. La fragile, naïve Anna n'avait aucune chance. Lorsque j'ai fait sa connaissance, plus de vingt ans après, elle avait encore tout d'une victime.

Quoi qu'il en soit, Anna est tombée enceinte. Fay ayant eu vent de la liaison, Brandon lui a offert de l'argent pour qu'elle se fasse avorter, mais elle a refusé – sans doute le seul moment de sa vie où elle a tenu tête à quelqu'un. Peut-être aurait-elle pu obtenir pas mal d'argent de Brandon si elle avait géré la situation plus habilement, mais, en fin de compte, il ne lui a pas donné un sou et l'affaire a été étouffée. Fay est restée avec lui à condition qu'il cesse tout contact avec la mère et l'enfant.

Quand, à l'âge de dix-huit ans, Art a retrouvé sa trace et s'est présenté chez lui, Brandon l'a accueilli avec froideur et indifférence, refusant même de le faire entrer dans sa maison. Art déteste évoquer cette rencontre. En fait, c'est seulement grâce à Morgan que j'en ai entendu parler. Il y a eu une scène épouvantable, dont elle a été témoin depuis le palier du premier étage. Art est parti complètement humilié, et Morgan a couru derrière lui pour lui parler. J'ai demandé plusieurs fois à Art de me raconter cette dispute avec son père, mais il ne l'a mentionnée qu'une seule fois, en disant que ç'avait été le pire moment de sa vie.

À la mort de Brandon, peu après leur unique rencontre, Art a été, ainsi qu'il s'y attendait, exclu de son testament. En dépit des prières de Morgan, Fay avait refusé de reconnaître ses droits. De toute façon, Art m'a souvent affirmé que, même si on lui avait offert un legs, il n'aurait pas accepté un centime ; qu'il n'aurait pas « donné cette satisfaction à cette ordure sans cœur ». Nul besoin d'être psy pour voir dans le rejet de Brandon la source de la détermination et de l'ambition d'Art, mais il nie totalement que ce soit le cas. Il lui déplaît de penser que son père a eu une influence sur lui, quelle qu'elle soit.

— Gen ? Gen, tu as vu ma chemise noire ?

Avec un soupir, je me détourne de la glace au moment où nos premiers invités sonnent à la porte. Entre Morgan qui n'est pas à prendre avec des pincettes et Art qui tombe de sommeil, j'ai comme l'impression que la soirée va être longue.

6

Les airs de disco se succèdent, pour la plus grande joie des danseurs invétérés du groupe – Tris, Boris et l'assistante d'Art, Siena, ainsi que Dan, Perry et leurs femmes.

La fête bat son plein. La plupart des collègues d'Art sont là. Il y a quelque temps que je ne les ai pas vus, mais je les connais presque tous assez bien : Art ne se donne pas de grands airs et opère au sein de sa société ce que Tris a décrit un jour comme une « hiérarchie horizontale ».

La pièce est aussi pleine d'amis qui étaient autrefois les miens et sont devenus les nôtres ; parmi eux Sue, Hen et leurs maris. En arrivant, Hen s'est penchée vers moi.

— Désolée d'avoir été un peu à cran tout à l'heure, a-t-elle soufflé. Il faut que je te parle quand tu auras un moment.

Je me suis demandé ce qu'elle pouvait bien avoir à me dire maintenant qu'elle n'a pas pu me dire plus tôt. Une seconde, j'ai pensé qu'il s'agissait de Beth, mais, avant que j'aie eu le temps de poser la question, Hen était au milieu du salon, entourée par la moitié des types qui travaillent pour Art. Elle est dans son élément, alors que le pauvre Rob a l'air un peu raide et gêné. Il l'a suivie et se cramponne à elle comme si elle allait lui sauver la vie, ce qui est souvent le cas, j'imagine, en société. J'observe, fascinée, Hen flirter et charmer chacun tour à tour sous le regard adorateur de Rob.

Art circule, souriant et animé. Si fatigué soit-il, il ne le montrera pas en public, j'aurais dû le savoir. En ce moment, il bavarde avec un couple que je ne connais pas. Sans doute des clients. Personnellement, je n'aurais pas invité des relations d'affaires, mais Art aime mêler les affaires au plaisir. Il est vrai que pour lui les affaires sont aussi un plaisir.

Ça ne m'ennuie pas, sauf que ça veut dire qu'Art et ses collègues doivent veiller à ne pas faire de frasques. Et moi aussi, je suppose. Non qu'il y ait de grandes chances que quiconque se lâche à ce point.

— Hé, Gen, viens danser !

C'est Boris, un des directeurs de Loxley Benson et un très bon ami d'Art. Tout le conseil d'administration est présent : Boris, Dan, Perry, Leo, Tristan et, bien sûr, Kyle.

Je me laisse entraîner vers Dan et Perry, qui se sont tous les deux mariés l'an dernier et qui sont accompagnés de leurs épouses. Deux grands bruns séduisants, deux jolies blondes minces.

Tris – très chic, très gay, très efféminé – me prend par la taille et me fait tournoyer. Il dégage un léger parfum vaguement musqué et excessivement cher. Il reprend le refrain à tue-tête dans mon oreille, puis éclate de rire :

— Tu es supeeerbe, mon chou. J'adore ce bracelet.

Je souris. Le cadeau de Morgan a attiré des commentaires admiratifs toute la soirée.

Tris lève les mains en l'air avec exubérance. J'essaie de me laisser aller. Je ne veux pas penser à la FIV, à Beth, à toutes mes questions sans réponse maintenant, et pourtant, malgré la musique, le bavardage et le chaos organisé de la fête, mes doutes s'accrochent à moi, refusant d'être écartés.

Au bout d'une minute ou deux, Boris m'enlace. Il fait la moitié de la hauteur de Tris, mais il est bâti comme une armoire à glace – solide, le visage rougeaud. Je l'ai toujours soupçonné d'avoir un petit faible pour moi.

— Elle est à moi, espèce de folle ridicule !

Je jette un coup d'œil à la femme de Boris, debout dans le coin. Comme Boris, elle est russe ; contrairement à lui, elle ne s'est jamais intégrée. À cet instant, elle me jette un regard assassin.

Je me dégage et recule, heurtant Kyle.

— Gen ? Comment ça va ?

Kyle Benson est un amour. Une sorte de géant maladroit et l'associé d'Art, qu'il protège farouchement. Morgan est peut-être au courant de notre visite à la clinique de FIV, mais si Art a parlé à quiconque de notre dispute à ce sujet – et de ce qu'il ressent –, c'est à lui.

Ils se sont rencontrés quand Art avait quatorze ans et que sa mère n'arrivait plus à s'en sortir, dans la vie en général et avec son adolescent de fils en particulier. De son propre aveu, Art était sur la mauvaise pente – il se conduisait mal à l'école et trempait dans de petits délits : roulant sans permis, piquant des bières, le genre de sottises à petite échelle susceptible, comme le disaient les assistants sociaux d'un ton sévère, de devenir beaucoup plus graves.

À l'époque, Anna était réceptionniste dans un salon de beauté et une des esthéticiennes connaissait quelqu'un qui connaissait quelqu'un qui accueillait des adolescents perturbés une fois par semaine et s'efforçait de les remettre dans le droit chemin. Ç'aurait pu être un désastre, car cette initiative ne faisait l'objet d'aucun contrôle et d'aucune surveillance, mais, pour Art, ç'avait été la chance de sa vie. Le couple qui l'avait hébergé de temps à autre durant les deux années suivantes avait déjà un fils, Kyle, et une amitié solide s'était nouée entre les deux garçons.

— Je vais bien, Kyle. Et toi ?

Il hausse les épaules.

— Bien. Sauf qu'on bosse comme des dingues. Art t'a parlé de sa rencontre avec le Premier Ministre ?

— Oui. Une fois ou deux.

— Je m'en doute.

Un grand sourire fend son visage massif.

— Ça fait plaisir de le voir content. Enfin...

Son sourire s'efface.

— C'est-à-dire... enfin, Gen, je ne voulais pas dire qu'il n'était pas heureux... C'est juste qu'il m'a appris que vous envisagiez de refaire une FIV et je sais à quel point c'est dur pour vous deux...

Il rougit, visiblement embarrassé.

— Ne t'en fais pas.

Je souris pour essayer de le rassurer. Il est gentil, fiable, et il apporte à Art un soutien sans faille depuis qu'ils se connaissent. Chez Loxley Benson, il œuvre en coulisse, et alors qu'Art est le moteur des idées et de la création, je me demande parfois si Kyle n'est pas le pilier sur lequel repose tout l'édifice.

Je change de sujet.

— Alors, quel impact *Jugement* a-t-il eu sur la société, d'après toi ? Art a l'air de penser qu'il n'y a que du positif – qu'on reconnaît votre nom davantage, ce genre de choses. Tu crois qu'il y a du négatif aussi ?

— Seulement les groupies, et elles ont tendance à se faire plus rares maintenant que l'émission ne passe plus.

Nous échangeons un regard amusé. Art m'a montré une sélection des e-mails qui lui ont été envoyés à Loxley Benson. Le ton va de l'admiration gentillette à la provocation sexuelle. Certaines femmes mettent en pièces jointes des photos d'elles-mêmes seins nus.

L'iPod de Tris entonne *If I Were a Boy* et il commence à se trémousser, exécutant ce qui ressemble à une pole-dance avec Hen dans le rôle de la barre. Presque tout le monde les regarde en riant.

Une pensée me vient.

— Est-ce qu'Art parle parfois de… de l'époque où on a eu notre bébé ?

Kyle rougit de nouveau, l'air gêné, et secoue la tête. Sait-il quelque chose au sujet de Beth ? Sûrement pas. Il est ouvert et honnête, je suis sûre que je m'en rendrais compte s'il gardait des secrets.

Derrière lui, les reflets de la guirlande scintillent sur le miroir.

— Ça va, Gen ? me demande-t-il avec sollicitude.

Je me secoue.

— Très bien. Parle-moi des réunions qu'Art a avec le Premier Ministre. Ça ne lui prend pas trop de temps ?

— Pas autant que tu crois, répond-il, soulagé. En ce moment, je crois qu'ils se concentrent sur le programme d'incitation à l'emploi. C'est une excellente publicité pour la société. Par certains côtés, c'est même mieux que *Jugement*. Nos clients sont sérieusement impressionnés.

— Ça a l'air fantastique.

— Ça l'est…

Il marque une pause, puis baisse la voix, si bien que je l'entends à peine par-dessus la musique.

— Je sais qu'Art peut être très sûr de lui et ça ne s'est sûrement pas arrangé depuis *Jugement*, mais Vicky et moi… eh bien, on veut seulement que tu saches qu'à notre avis, c'est toi qui devrais prendre la décision… pour la FIV.

— Merci.

Je lui serre doucement le bras, touchée.

— Non, sérieusement, c'est incroyable ce que tu as enduré. Vicky et moi on ne peut pas imaginer…

Vicky est l'épouse de Kyle depuis quinze ans et la mère de leurs quatre enfants. Comme lui, elle est solide et gentille.

— Merci.

Je la cherche des yeux et me rends soudain compte que je ne l'ai pas vue ce soir.

— Où est Vicky, à propos ?

— La baby-sitter nous a fait faux bond, répond-il avec une moue. C'est dommage, elle aurait vraiment aimé venir.

Je me demande si c'est vrai. J'ai toujours pensé que Vicky était un peu intimidée par Art, les autres directeurs et leurs épouses… si élégantes, si sophistiquées. Peut-être ne se sentait-elle pas capable d'affronter une soirée pleine de femmes minces et séduisantes, habillées par de grands couturiers. Je la comprends.

Comme pour illustrer mes pensées, Morgan choisit ce moment pour faire son apparition. Elle est splendide : les talons aiguilles assassins ont été apprivoisés par une robe fourreau d'un rouge foncé qui lui arrive juste au-dessous du genou et lui va à merveille. Retenue par de fines bretelles qui révèlent ses épaules et un profond décolleté, elle ressemble à une toilette des années 1950, qui pourrait sortir tout droit d'un film de Grace Kelly ou des premiers épisodes de *Mad Men*.

Tous les hommes la fixent, et les femmes aussi. L'assistante personnelle d'Art, Siena, entre vingt et trente ans, snob et un brin potelée, teint crémeux et sourcils trop épilés, en reste bouche bée.

Debout sur le seuil de la pièce, Morgan regarde autour d'elle. Je suis prête à parier que sa robe coûte à elle seule plus que tous les autres vêtements dans la pièce. Elle est à la fois magnifique et totalement inabordable. Il y a quelque chose de distant dans sa manière de nous toiser qui, associé à son image ultra-soignée, la met à part. Elle brille tellement qu'elle nous éblouit presque. Pas étonnant que la pauvre ne puisse pas dégoter un homme. Il faudrait avoir une dose phénoménale de confiance en soi pour l'aborder.

La musique hurle toujours – un air de dance que je ne connais pas – mais les danseurs ne bougent plus. En tant qu'hôtesse, je devrais aller m'occuper de Morgan – elle a rencontré les directeurs de Loxley Benson deux fois et connaît Hen, évidemment, mais sous son apparente assurance, je la devine un peu gênée. Par chance, Tris sauve la mise en sautillant jusqu'à elle.

— Morgan, mon chou. J'ai des nouvelles fabuleuses. J'ai trouvé l'homme qu'il te faut.

— Vraiment ?

Morgan lève une main expertement manucurée pour repousser une mèche invisible.

— Eh bien, qui est-ce ?

— Lorcan Byrne, reprend Tris. Un Irlandais qu'on connaît depuis longtemps. Tu l'as peut-être rencontré avec Art quand tu étais plus jeune ? Ils étaient, comme qui dirait, meilleurs amis. Et Lorcan est superbe. Tu te souviens ?

Elle esquisse une moue de dédain.

— Hmm…

Je m'approche, et arrive à côté de Morgan en même temps qu'Art. Derrière nous, les gens ont recommencé à danser.

— Lorcan ? N'est-ce pas ce type avec qui tu es venu aux États-Unis une fois ? demande Morgan en se tournant vers Art. Un type un peu dingue ?

— Euh… oui, répond-il avec une grimace. Vous n'avez pas vraiment sympathisé. Lorcan ne plaît pas à tout le monde.

J'ai l'impression que Morgan voudrait poursuivre cette conversation, mais Tris l'entraîne vers le groupe de danseurs. Elle n'a que quelques années de plus qu'eux – et pourrait facilement passer pour plus jeune avec ses hanches étroites et son teint d'une perfection suspecte – mais il y a chez elle un côté rangé, guindé, qui lui donne l'air déplacé parmi eux. Qui plus est, elle ne sait pas danser – et ses talons pointus n'arrangent rien.

Une seconde, j'en éprouve une pointe mesquine de plaisir, puis je me dis que je suis une garce et je me tourne vers Art.

— Qui est ce Lorcan ?

— Personne, au fond, répond-il, regardant les danseurs. Il était là dans les débuts de Loxley Benson mais… ça n'a pas marché…

Ses paroles éveillent un vague souvenir enfoui dans ma mémoire. Art a mentionné Lorcan par le passé.

— Vous étiez bons copains. Je me souviens que tu m'as dit ça. C'est l'Irlandais qui a fait des études d'art dramatique ? Celui qui joue dans un feuilleton irlandais depuis des années ?

Art hoche la tête.

— Quand je l'ai connu, il n'était pas encore acteur. On se voyait beaucoup. Il m'a encouragé à créer l'entreprise, mais…

Il laisse sa phrase en suspens.

— Vous vous êtes disputés, c'est ça ?

Je fronce les sourcils, j'essaie de me remémorer cette histoire.

— Lorcan a mal agi. Il a mal agi envers la compagnie.

J'attends qu'il développe, mais il n'en fait rien.

— De toute façon, poursuit-il, il est devenu acteur et puis il est retourné en Irlande et je ne l'ai pas revu depuis. Il n'a pas un caractère facile. Mais il a beaucoup d'humour. Enfin, il en avait.

— Comment se fait-il qu'il vienne ce soir ?

— C'est à Tris que tu dois poser la question. Ils se sont croisés la semaine dernière à un événement de relations publiques et Tris l'a invité. C'est bien de lui, non ?

Je souris.

— C'est vraiment l'homme qu'il faut à Morgan ?

Art émet un grognement méprisant.

— Sûrement pas.

Je veux lui demander pourquoi, mais à ce moment-là, il est interpellé par un autre couple que je ne reconnais pas.

Morgan ne danse plus, et est en grande conversation avec Camilla, une des réceptionnistes les plus anciennes de Loxley Benson. Hen s'approche, Morgan et elle s'étreignent avec enthousiasme. Je les regarde toutes les trois. C'est bizarre d'observer les relations des gens qui appartiennent à différents compartiments de votre vie. Morgan et Hen se sont toujours bien entendues. Tout le monde aime Hen.

Les invités ont tendance à se diviser selon leurs vieilles amitiés. La plupart des gens dans cette pièce me connaissent par le biais d'Art. Ceux qui étaient mes amis à l'origine sont dans la cuisine. Hen est l'exception, bien sûr. Elle appartient aux deux groupes, grâce à son amitié avec Tris à l'université. Elle vient de recommencer à danser et est magnifique – aussi naturelle et attirante que Morgan est raide et inabordable. Je suis frappée par l'idée que, hormis Art et moi, Hen est la seule personne présente qui soit au courant pour Lucy O'Donnell. Je parcours le salon des yeux. Quelqu'un ici sait-il ce qui est réellement arrivé à Beth ? Certains de nos amis pourraient-ils y avoir été mêlés ?

Je frissonne. Je ne peux pas m'autoriser à avoir ce genre de pensées.

Tris s'approche de Hen et la fait tournoyer tandis que Rob se contente d'observer. Il sourit, mais j'ai l'impression qu'il se sent un peu de trop, debout immobile pendant que sa femme virevolte à côté. Je songe à aller lui parler quand Kyle revient avec un nouveau verre. Il paraît perdu sans Vicky, alors je lui demande des nouvelles de ses enfants, puis cherche un autre sujet de conversation.

— Tu connais ce Lorcan Byrne qui doit venir ?

Kyle écarquille les yeux, l'air choqué.

— Lorcan vient ici ? Ce soir ?

— Oui, Tris l'a invité. Qu'est-ce que… ?

— Gen, ma chérie, quelle soirée géniale !

Tris arrive tout guilleret, les pupilles curieusement dilatées.

— Vous parlez de Lorcan ? Il a dit qu'il venait, c'est sûr.

Il marque une pause.

— Peut-être qu'il est déjà là.

— J'en doute, répond Kyle en haussant les sourcils. On le saurait si c'était le cas. Tris, je n'arrive pas à croire que tu l'aies invité.

— Que veux-tu dire ? Qu'est-ce qu'il a fait ?

Je suis vraiment intriguée à présent. Kyle n'est pas du genre à faire un tas d'histoires en temps normal.

— Ça n'a plus d'importance maintenant.

Il se tourne vers l'étagère et tend la main vers une chips. Tris et moi échangeons un regard.

Je tente une autre approche.

— C'est par l'intermédiaire d'Art que tu connais Lorcan ?

— En fait, c'est le contraire. C'est par moi qu'Art a connu Lorcan, répondit-il en mâchonnant sa chips.

— Vraiment ?

— Il a fait des travaux chez nous quand Art était encore à l'école, explique Kyle avec gêne. On est sortis boire un coup deux ou trois fois. Art était là. Ils sont devenus amis.

— Des travaux ? Je croyais qu'il était acteur ?

Tris éclate de rire.

— C'est un caméléon, mon chou.

— C'est un connard, coupe Kyle. Il a failli détruire Loxley Benson.

J'en reste bouche bée. Jamais je n'ai entendu parler Kyle avec tant d'amertume.

Tris fronce les sourcils.

— Tu es un peu dur, après tout ce temps.

— Mais qu'est-ce qu'il a fait, bon sang ?

— Je te l'ai dit, ça n'a plus d'importance.

Kyle pose son verre sur l'étagère, d'un geste si sec que le bol de chips en tremble.

— Bon sang, Kyle ! Si tu ne me le dis pas, je vais aller le demander à Art.

— Vas-y, Kyle, l'encourage Tris. Dis-le-lui.

Kyle lâche un soupir résigné.

— Bon. C'était au tout début de Loxley Benson. Les premiers mois, avant qu'Art te rencontre. On n'avait que deux clients et on croulait sous les dettes. En gros, seul le client principal nous maintenait la tête hors de l'eau. Sans lui, on aurait coulé en quelques semaines. La banque… les salaires…

Il se tait.

— Et ?

— Ce client… Lorcan a couché avec sa femme. C'est pour ça qu'Art l'a viré. C'était la seule manière de conserver le contrat. Lorcan est un salaud irresponsable.

— C'est un joueur, observe Tris, philosophe.

— Tais-toi, Tris, grogne Kyle. Il te plaît, c'est tout.

Tris sourit.

— Démasqué.

Il se tourne vers moi.

— Je parie qu'Art ne parle jamais de cette époque-là.

C'est vrai. La seule chose qu'Art déteste plus qu'échouer est de parler de ses échecs. Ce qui est sûr, c'est qu'il ne m'a jamais raconté ce que Kyle vient de me confier.

— Lorcan est trop sexy, continue Tris, en feignant de chuchoter.

— Bordel, Tristan !

— Oh ! Arrête de faire ton casse-burnes, Kyle, riposte Tris avant de s'adresser à moi. Et dis à Morgan de ne pas s'inquiéter. Lorcan est hétéro, aucun doute là-dessus.

— Gen ! lance Art à l'autre bout de la pièce. Viens que je te présente John et Sandrine.

Je m'avance vers lui. Il est en compagnie d'une femme aux cheveux coupés au carré et aux yeux pétillants, et de son mari – timide et vêtu d'un costume-cravate impeccable.

— Sandrine est mon alliée principale au sein de la commission du Premier Ministre, déclare Art avec un sourire bien à lui – teinté d'un soupçon de flirt, mais aussi d'une grande sincérité. Elle était avec moi à Bruxelles l'autre jour. Je t'en ai parlé, tu te souviens ?

C'est donc la femme dont j'ai entendu la voix au téléphone. Je l'observe avec plus d'attention. Elle est très jolie – aussi soignée et aussi élégante que Morgan, et son sourire espiègle lui donne l'air d'être beaucoup plus amusante.

— Nous nous sommes creusé les méninges pour savoir comment présenter une approche éthique de l'investissement, n'est-ce pas, Sandrine ? glousse Art.

Elle lui rend son sourire et une fossette se creuse dans sa joue.

— Si nous pouvons leur faire comprendre que l'exclusion est plus efficace que toutes ces conneries de sélection positive…

Elle rit et je songe brusquement qu'elle est exactement le genre de femme qui plaît à Art – débordante de personnalité et sexy en diable avec son accent français et sa robe en soie toute simple qui souligne ses jolies courbes. Je me sens soudain affreusement négligée et insignifiante avec mon jean et mes pointes fourchues.

— Je sais, compatit Art.

Il se tourne vers le mari dont j'ai déjà oublié le nom, mais dont la poche de veste contient un triangle parfait de mouchoir rouge.

— Qu'en pensez-vous, John ? Ça nous aiderait si on pouvait se mettre d'accord sur une stratégie de communication, mais on dirait qu'il va nous falloir au moins dix ans pour que chacun accepte ne serait-ce que d'en définir les termes.

— C'est ça, les hommes politiques, commente John d'un ton supérieur, ôtant un grain de poussière invisible sur son revers.

— Quel est votre point de vue, Geniver ? intervient Sandrine.

— Je suppose que les politiciens doivent jongler avec pas mal de choses, dis-je sans m'engager, vu que je n'ai pas vraiment saisi le sujet de la discussion.

Ce que je voudrais vraiment dire, c'est qu'à mon avis son mari est très probablement le type le plus coincé que j'aie jamais rencontré et que je ne vois pas du tout ce que la sémillante Sandrine fait avec lui ; mais je prends sur moi pour hocher la tête au bon moment alors qu'ils poursuivent leur conversation tous les trois.

Au bout de cinq minutes environ, je marmonne que je dois aller sortir les plats du four et je m'esquive. Je m'arrête à la porte pour jauger l'atmosphère. Les gens dansent et bavardent. Tout le monde a un verre à la main. Jusqu'ici, tout va bien. Je suis presque soulagée. La fête est un succès.

Art croise mon regard et sourit. Il paraît plus détendu que depuis des semaines, et prend visiblement plaisir à sa conversation avec Sandrine et son mari. Je me détourne. Les relations d'affaires d'Art, ça va un moment, mais là j'ai envie de bavarder avec mes propres amis. Mes angoisses concernant Beth sont toujours présentes, bien que refoulées à l'arrière-plan, et ce dont j'ai besoin en ce moment, c'est de me lâcher un peu, de me libérer du stress de ces derniers jours.

Hen et Morgan se sont repliées dans la cuisine avec un groupe de femmes, dont Sue et deux de mes vieilles copines de fac. Morgan me sourit en sortant pour aller à la salle de bains, mais les autres sont tellement absorbées par leur conversation qu'elles ne me voient même pas approcher, impatiente de me joindre à elles.

— C'est complètement ridicule d'avoir à les inscrire à l'âge de trois ans, s'écrie Sue, pointant un doigt vengeur en parlant.

Deux autres acquiescent. Je suis tout à côté d'elles à présent, pourtant elles ne m'ont pas encore remarquée.

— Je sais, mais, à ce stade, ça aurait été préférable au changement d'établissement.

Hen soupire, le front plissé par l'inquiétude.

— Meadway doit forcément être une meilleure école que celle où il est en ce moment. C'est une vraie poubelle – les classes sont tellement surchargées…

Mon enthousiasme pour la conversation se dissipe déjà.

Ce n'est pas que je sois indifférente mais, sur ce sujet, je suis réduite à un rôle de spectatrice.

— Il n'y a pas que le nombre d'enfants dans les classes, dit Sue d'un ton confidentiel. Les professeurs ont si peu d'attentes. À la dernière soirée parents-professeurs d'Alfie, on nous a dit, mot pour mot : « Nous n'avons pas de problème avec Alfie, par conséquent, il n'y a rien à dire », comme si, tant qu'il ne prend pas de retard et qu'il ne menace pas leur position dans le classement, il ne les intéressait pas.

Hen secoue la tête.

— Je sais. Mais c'est tellement cher de les envoyer dans le privé, surtout maintenant qu'ils vont être deux.

Deux ?

Je recule d'un pas.

Hen me voit et accuse le coup.

— Oh ! Gen, salut… ça va ?

Elle est rouge de gêne et de remords. Ma poitrine se comprime à mesure que la lumière se fait en moi. Je me force à sourire.

— Oui.

— Je viens de l'apprendre, se hâte-t-elle d'ajouter. J'allais te le dire – c'est de ça que je voulais te parler.

Je regarde autour de moi. Elles ont toutes le même air coupable. Elles savaient toutes que Hen était enceinte. *Toutes.*

J'essaie tant bien que mal de dissimuler ma consternation.

— C'est super. C'est pour quand ?

— Oh ! Pas pour tout de suite, répond Hen en se frottant le nez. Septembre. Fin septembre.

Je hoche la tête tout en faisant un rapide calcul. Elle est donc enceinte d'environ trois mois. Ce qui signifie que, même en tenant compte du fait qu'elle est écervelée, elle doit le savoir depuis au moins un mois. Elle le savait cet après-midi, quand elle m'a aidée à préparer la fête. Une petite voix au fond de moi me rappelle que j'ai été accaparée par mes propres préoccupations ces temps-ci, qu'il aurait été difficile à Hen de m'annoncer qu'elle attendait un second bébé au moment où j'étais forcée de revivre le traumatisme de la perte de mon premier. Néanmoins, je suis piquée au vif, blessée d'avoir été tenue à l'écart de cette nouvelle qui, je le sais, ravit mon amie.

Je ne peux pas m'empêcher de penser à ce qui s'est passé pour Nat. J'avais été la première à savoir, tout comme elle avait été la première à savoir que j'étais enceinte de Beth. Chacune avait gardé le secret de l'autre pendant plus d'un mois. Elle ne l'avait même pas dit à sa mère.

Et maintenant, je suis la dernière informée.

La musique résonne à mes oreilles. Tout le monde nous observe, Hen et moi, avec inquiétude. Personne ne dit mot.

Je me force enfin à plaquer un sourire sur mon visage. Je ne dois pas être injuste envers Hen, et, de toute façon, je suis sincèrement contente pour elle. Je l'embrasse sur la joue.

— C'est génial. Alors de quoi parliez-vous ? D'écoles ?

— Oui, mais c'est vraiment mortel, sourit Sue. Hé, la fête est super. La forêt-noire est magnifique. Ma mère en faisait dans le temps, avec des raisins à la place des cerises.

— Merci.

Je continue à sourire mais je sais que je dois avoir

l'air figé. La vérité, c'est que je ne supporte pas d'être traitée comme une invalide quand on parle d'enfants. Hen détourne les yeux.

Soudain, la colère me submerge. Avant, Hen et moi étions enceintes en même temps. Mais à présent, elle est une vraie mère et je n'en suis que le spectre, et le fait que nos bébés devaient naître en même temps aggrave encore les choses. Chaque année, l'anniversaire de Nat, six jours avant celui de Beth, me fait penser à elle. Sauf que Beth n'a pas eu d'anniversaire. Pas un seul. Jamais.

Mes yeux s'emplissent de larmes. Et voilà.

— Oh ! Gen, je suis tellement désolée, murmure Hen en m'effleurant le bras. Je ne voulais pas te faire de peine.

— Tu ne m'en as pas fait. C'est bon, laisse tomber !

J'ai riposté plus vertement que je n'en avais l'intention.

Il y a un silence embarrassé. Ma colère s'atténue et je me sens dépassée par l'avenir. Par mon avenir – dans lequel toutes les autres femmes parleront de leurs enfants, des écoles, des examens, des universités et des copains de leurs enfants, et puis, dans vingt ou trente ans, de leurs petits-enfants et de leurs écoles, de leurs examens, *et cetera*. Et je serai bien loin de toutes ces foutues conversations.

Pour toujours.

Je lis la pitié sur le visage de Hen et me force à sourire de nouveau.

— Je vais bien. Très bien, en fait. Il faut juste que j'aille vérifier certains trucs.

Je tourne les talons et me fraie un chemin jusque dans le couloir. Diverses personnes essaient de m'aborder mais je les ignore. Je songe à me réfugier dans le jardin, et puis on sonne à la porte et des gens me bloquent aussitôt le passage pour aller ouvrir.

Je reviens sur mes pas, ignorant les cris enthousiastes qui s'élèvent derrière moi, et me dirige par des voies détournées vers la cuisine, avec l'intention de m'enfermer dans la buanderie quelques minutes. Je déteste m'apitoyer ainsi sur mon sort… si je pouvais juste passer quelques minutes toute seule, je suis sûre que ça irait mieux. J'atteins la buanderie, ouvre la porte, et tombe sur Siena, en plein baiser passionné avec un des jeunes gars du bureau. Ils sursautent à ma vue et je suis tellement gênée que je me hâte de m'excuser et de ressortir.

Je rebrousse chemin. *Mais enfin, combien de personnes y a-t-il donc ici ?* La maison est pleine à craquer. Il y a cinq minutes, je m'amusais et maintenant, je n'ai qu'une envie, c'est que tout le monde s'en aille pour que je puisse recommencer à regretter Beth et à ressasser les allégations de Lucy O'Donnell et tous les déboires de ma vie malheureuse de romancière qui n'écrit plus.

Furieuse et bouleversée, j'entre dans le salon au moment précis où Art serre la main d'un inconnu en jean et pull noir.

Le conseil d'administration de Loxley Benson au complet les entoure, et bien que la musique continue, tout le monde a le regard rivé sur Art et le nouveau venu. Je jette un coup d'œil à Kyle. Son visage est fermé.

Lorcan Byrne vient d'arriver.

7

Il est plus grand qu'Art, de cinq centimètres environ, de sorte qu'il doit bien mesurer un mètre quatre-vingts. Il a de larges épaules, des cheveux auburn qui bouclent dans son cou.

Art recule et l'homme se retourne. Il est aussi séduisant que l'a dit Tris, avec des traits réguliers et une mâchoire carrée. Il sourit, apparemment pas intimidé le moins du monde par l'effet qu'il produit.

Art me fait signe d'approcher.

— Gen, je te présente Lorcan Byrne.

Il semble aussi détendu que d'habitude, mais je perçois une certaine froideur dans sa voix.

— Bonsoir, dis-je en souriant.

— Bonsoir. C'est incroyable qu'on ne se soit jamais rencontrés.

Une pointe d'accent irlandais. Lorcan me serre la main.

— J'aimerais pouvoir dire que j'ai beaucoup entendu parler de vous, mais ce n'est pas le cas, j'en ai peur.

— Ça vaut sûrement mieux, s'esclaffe-t-il.

Je suis frappée de voir que tout son visage rit et je ris avec lui.

Tris se coule jusqu'à nous. Lorcan accepte son étreinte avec circonspection. Kyle se détourne mais Boris et Perry s'approchent à leur tour et, soudain, la tension se dissipe, la fête reprend son cours.

Au bout de quelques minutes, je parviens à voir Art seul et l'entoure de mes bras.

— Tu t'amuses bien ?

Il sourit et se penche pour m'embrasser sur les lèvres.

— C'est génial, Gen. Merci infiniment.

Nous nous regardons et, un instant, c'est comme s'il n'y avait plus que lui et moi dans la pièce. Avec le temps, j'ai compris que le mariage est ainsi – une succession de jours ordinaires passés à avancer tant bien que mal en faisant des compromis, ponctués par d'autres où on est presque tenté de s'en aller, et enfin ces rares, ces délicieux moments où la force du lien qui nous unit efface tout le reste.

Je contemple ses yeux sombres.

— Hé, Kyle vient de m'expliquer pourquoi Lorcan avait quitté la société. Comment se fait-il que tu ne m'en aies jamais parlé ?

Art hausse les épaules.

— Comme je te l'ai dit, Lorcan n'a pas été réglo avec nous. À quoi bon en parler ?

— Mais d'après Kyle, vous étiez très proches… meilleurs amis, même ?

— Il n'y a pas de hiérarchie dans mes amitiés.

Je lève les yeux au ciel. C'est vrai, bien sûr. Art est l'ami de tout le monde, mais ça ne répond pas à ma question.

— Écoute, c'est compliqué, soupire-t-il. Je ne lui fais pas confiance, c'est tout. Il n'est pas foncièrement mauvais. En fait, il est intelligent, créatif, et il a été le premier à me suggérer de monter ma boîte.

— Ah bon ? Je croyais que Loxley Benson était ton idée.

— Elle l'est. Je veux dire, c'est moi qui ai eu l'idée spécifique, mais, longtemps avant ça, c'est Lorcan qui m'avait conseillé d'avoir ma propre entreprise. J'étais ado, j'avais seize ans ou à peu près, et lui faisait de la menuiserie. Il a construit le jardin d'hiver des parents de Kyle. C'est comme ça qu'on s'est connus. Je n'avais jamais rencontré personne qui soit même vaguement entrepreneur. Tu connais ma mère et les parents de Kyle. Ils avaient tous – ou voulaient tous – un boulot sûr, à la municipalité, peut-être, avec l'assurance-maladie, les congés payés et tout ça. Moi, je rêvais d'être riche et de réussir dans la vie, mais Lorcan a été le premier à me convaincre que je pourrais réellement créer mon entreprise un jour.

— Hé, Gen, où est le tire-bouchon ?

C'est Sue, hilare, la voix un peu pâteuse. À regret, je me hâte vers la cuisine. Morgan est là avec certains de mes vieux amis, la femme de Boris est en grande conversation avec Lorcan. À ma grande stupéfaction, elle est tout sourires. Le temps que je trouve le tire-bouchon pour le donner à Sue, Lorcan a disparu. Sue me demande si ça va après la révélation de la grossesse de Hen. Je la rassure. Puis Hen elle-même apparaît, toute larmoyante de ne m'avoir rien dit et nous passons près d'une demi-heure à nous expliquer de nouveau.

— C'est génial, je lui répète. Je suis ravie pour toi.

— C'est vrai ? renifle-t-elle. J'allais te l'annoncer ce soir, Gen. Je t'assure.

Finalement, Rob arrive et je le félicite pour le bébé,

et il rougit, ce qui me fait rire et qui fait rire Hen aussi, enfin, après quoi il l'entraîne dans le salon pour danser.

Quand je rentre dans la pièce, il est minuit passé et la moitié des couples songent à aller libérer leurs baby-sitters. Rob parle à Boris et à sa femme, tandis qu'Art plaisante avec Hen, qui essaie visiblement de le persuader de danser. Aucun risque – Art ne danserait pas même si on le payait pour le faire. Je souris.

Il me fait signe de les rejoindre mais Tris m'intercepte et nous faisons plusieurs danses ensemble. Je prends quelques photos d'Art avec Hen, puis avec un tas d'autres gens : Sandrine et John, Siena, qui est ressortie seule de la buanderie, et Boris et Dan, et leurs femmes. Art sourit sur toutes.

Je finis par me laisser tomber sur le canapé. Il y a encore plein de gens qui dansent, mais les invités commencent indéniablement à partir. Art est en train de dire au revoir à Sandrine et à John.

— Vous passez une bonne soirée ?

Je lève les yeux. Lorcan me sourit et s'assied à côté de moi. Je lui rends son sourire.

— Bien sûr.

— Ah bon ? Je me demandais.

Nous nous dévisageons. Il y a une sorte d'intuition, de compréhension dans son regard… une tension… un défi. Je n'ai aucun mal à croire qu'il ait couché avec la femme d'un client.

— Ça va très bien. De toute façon, c'est la soirée d'Art, au fond.

Nous jetons l'un et l'autre un coup d'œil dans la direction d'Art, qui continue à bavarder.

— Il m'a dit que vous étiez écrivain.

— Ah bon ?

Je suis sincèrement étonnée. Après m'avoir encouragée à reprendre la plume pendant plus de deux ans après la mort de Beth, Art a arrêté d'en parler. Je ne me souviens pas de la dernière fois qu'il a abordé le sujet.

— Sur quoi travaillez-vous en ce moment ? insiste Lorcan.

— Rien de particulier.

Seigneur, il y a une éternité que je n'ai pas eu ce genre de conversation en dehors des groupes à qui j'enseigne. Tous les autres ont cessé de me poser la question il y a des années. Je fixe le sol un moment, essayant de trouver le moyen de changer de sujet.

— Pourquoi ?

Je relève la tête. Lorcan m'observe, attendant ma réponse. Il a le teint clair, de petites rides sur le front, une barbe naissante au menton. Ses yeux sont d'un bleu doux. Je remarque tout cela sans vraiment m'en apercevoir. J'essaie de réfléchir à ce que je vais dire. Et puis, sans crier gare, je dis la vérité.

— Je ne peux plus écrire depuis que mon bébé est mort.

Lorcan hoche lentement la tête.

— Je suis désolé. Je ne savais pas. Art et moi ne nous sommes pas vus depuis très longtemps.

Il marque une pause.

— Je comprends que ça vous ait empêchée d'écrire.

— Vraiment ?

— Bien sûr. Un événement de ce genre change irrémédiablement la personne qui le subit. Il faut beaucoup de temps pour se retrouver.

— Ce qui représente déjà un gros effort de créativité, non ? Mais, dans mon cas, c'est aussi que j'ai passé énormément de temps à penser à elle.

— Comment s'appelait-elle ?

— Hé, Gen, on s'en va.

Sue et Paul surgissent devant nous. Je tressaille légèrement. J'avais oublié que la fête continuait. Je me lève et les embrasse. D'autres invités s'approchent. Sue et Paul ont donné le signal d'une seconde vague de départs, et d'autres couples invoquent le besoin de sommeil et la baby-sitter qui attend. Quand je reprends ma place sur le canapé, il est une heure et demie et nous ne sommes plus qu'une dizaine. Tris et Boris – visiblement ivres morts – dansent seuls au milieu du salon. Morgan et Art bavardent à la porte avec deux employés de Loxley Benson. Lorcan, toujours sur le canapé, une bière à la main, distrait la femme de Boris. Elle fronce les sourcils lorsque je m'assieds.

— Ça va, Tanya ?

— Oui, sauf que j'ai mal aux pieds avec ces chaussures.

Elle regarde Boris en soupirant.

— Il faut qu'on parte.

— Vraiment ? C'est dommage.

Je saisis le coup d'œil de Lorcan. Il sait que je suis parfaitement indifférente au départ de Tanya. Je bois une gorgée de vin pour réprimer un sourire.

— Oui.

Elle se lève pour aller chercher leurs manteaux et Lorcan se redresse.

— Ça fait un drôle d'effet de revoir tout le monde.

Je suis curieuse. Je ne peux pas m'en empêcher.

— J'ai entendu dire que vous aviez quitté Loxley Benson dans des circonstances malheureuses ?

Lorcan esquisse une petite moue.

— Je pensais que, après tout ce temps, on aurait passé l'éponge, mais…

— Art n'oublie jamais rien.

Cette remarque sonne un tant soit peu déloyale et je me reprends.

— Je plaisante. De l'eau a coulé sous les ponts. Je veux dire, Kyle est peut-être encore un peu contrarié, mais c'est seulement parce qu'il est entièrement dévoué à Art. Les autres ont eu l'air vraiment contents de vous voir.

Une seconde de silence. Lorcan me regarde toujours.

— Sauf Art, j'ai l'impression, dit-il.

Il n'y a ni colère ni auto-apitoiement dans sa voix. Il énonce un fait, voilà tout.

— Mais si, bien sûr !

Je bredouille, je me sens rougir.

— Mmm…

Lorcan détourne les yeux.

— Dites-moi…

Maintenant, je cherche désespérément à changer le sujet de la conversation.

— Art dit que vous êtes acteur. Mais vous avez aussi fait des travaux chez les parents de Kyle. Et vous étiez impliqué dans la société d'Art à son début, ce qui n'a rien à voir avec la maçonnerie ou l'art dramatique.

Lorcan se met à rire.

— Tout ça est vrai, je suppose. Je ne suis devenu acteur qu'entre vingt et trente ans.

Il hésite, passe une main dans ses cheveux pour dégager son visage et les lisse en arrière.

— Je faisais de la menuiserie pour gagner ma vie, à l'époque.

Je suis fascinée par son expression, à la fois ouverte et énigmatique.

— D'après Art, c'est vous qui lui avez suggéré de créer sa propre société.

— Ça allait de soi. On voyait qu'il y avait quelque chose chez Art, même ado. Il ne tenait pas en place, il débordait d'énergie, il était bien plus intelligent que tous ceux qui l'entouraient. Il était fait pour devenir gangster ou homme d'affaires. C'est un entrepreneur-né, il avait seulement besoin de temps pour trouver sa voie.

— Et vous non ?

— Sûrement pas. J'ai trouvé génial qu'Art fonde sa propre entreprise, mais je n'étais pas fait pour ça. Je n'avais jamais eu d'emploi ni d'employeur. Je n'étais bon qu'à une chose et c'était semer la pagaille, comme disait mon père.

Il rit de nouveau.

— Art et moi on sortait ensemble à l'époque où je faisais de petits boulots de menuiserie et il me disait : ce n'est pas un travail pour toi, Lorcan, mon vieux. Ça ne suffit pas. Il y a de l'argent à gagner, tu sais ? Si tu es prêt à aller le chercher.

En citant Art, il contrefait sa voix, imite son accent du nord de Londres, l'intensité avec laquelle il s'exprime parfois.

Je souris. C'est ressemblant.

— J'ai cru que je pourrais y arriver…

Il a repris sa voix normale. J'aime sa façon de parler, sa manière tranquille de rouler les mots dans sa bouche.

— À ce moment-là, avant Loxley Benson, Art travaillait dans un cabinet de consultants financiers, et avec son aide et en débitant pas mal de – il sourit – conneries, j'ai convaincu une boîte de relations publiques de m'engager, parce que j'en avais marre du travail manuel et que je voulais gagner davantage. C'était bien. Je veux dire, ça me convenait à plus d'un titre. Par la suite, quand Art a créé Loxley Benson, j'ai pensé que je pourrais gérer le côté relations publiques sans problème.

Il soupire et boit une gorgée de bière.

— Mais en fait, j'ai détesté ça… et il y avait plein d'autres trucs merdiques dans ma vie. Alors, quitter l'entreprise a été la meilleure décision que j'aie jamais prise.

— Je croyais…

Je m'interromps, craignant que ce que je m'apprêtais à dire soit impoli. Je décide de le dire quand même. Quelque chose chez Lorcan m'incite à penser qu'il préfère que les gens soient francs.

— Je croyais qu'Art vous avait renvoyé.

— C'est vrai, dit-il. Oui, je serais parti de toute façon, mais oui.

Un silence gêné s'ensuit, que j'essaie de combler.

— C'était quoi, les autres trucs merdiques ?

Lorcan écarquille les yeux d'un air théâtral.

— Des histoires de femmes, dit-il en riant.

— Ah bon ?

— Ouais. Je suis devenu père, ce qui n'était pas prévu. Du tout.

Je regarde sa main gauche. Il n'y a pas d'alliance.

— Qui est-ce ? demande-t-il en désignant un cliché sur l'étagère à côté du canapé.

C'est un gros plan de mon père enfant – une de mes photos préférées. Il a des cheveux bruns et raides qui lui tombent sur le front, des yeux mélancoliques, et sa bouche expressive, à la lèvre supérieure plus charnue que l'autre, est pincée en un sourire résolu.

— Mon père. Il est mort quand j'étais petite.

— Comme ma mère, avoue-t-il. Enfin, j'avais dix-sept ans. Elle est morte d'un cancer.

Il se laisse aller contre le dossier.

— Alors, si vous n'écrivez pas, qu'est-ce que vous faites ?

Je déteste cette question. Je n'ai pas envie d'y répondre. J'ai envie d'interroger Lorcan au sujet de cet enfant et de ces histoires de femmes. Et de lui demander s'il est avec quelqu'un en ce moment. Au lieu de quoi, je hausse les épaules, me sentant stupide. Je me verse un autre verre de vin.

— Il n'y a rien d'autre qui m'attire. Je veux dire, j'enseigne un peu l'écriture et je sais que j'ai la chance qu'Art… de ne pas avoir à travailler pour gagner ma vie… C'est juste que, écrire, c'est la seule chose que j'aie jamais faite qui m'ait paru authentique. Vous savez, « réelle ». La bonne chose à faire. La chose que j'étais censée faire.

Ça doit paraître vraiment prétentieux. J'avale un peu de vin, embarrassée.

Mais Lorcan hoche la tête.

— Je comprends.

Un bruit de verre brisé transperce la musique. Je me retourne : Morgan fixe sa robe, un verre de vin rouge renversé sur le sol devant elle. Miraculeusement, il ne s'est cassé qu'en deux, au niveau du pied. L'homme à côté d'elle titube légèrement, l'air coupable. Je reconnais un des clients d'Art. Il a la cinquantaine, le visage rouge et les yeux vitreux.

— Pardon, dit-il d'une voix épaisse. Vraiment désolé. Oups – c'est tombé sur votre robe ?

Il se penche et essaie de frotter la tache.

Morgan recule.

— Ce n'est rien, dit-elle, d'un ton encore plus cassant que d'habitude.

Art intervient.

— Je vais chercher un torchon.

Morgan et lui se dirigent vers la cuisine et il me vient à l'esprit que je devrais sans doute aller parler au client ivre. Dans une seconde, peut-être. Au lieu de ça, je bois une autre gorgée de vin et je me retourne vers Lorcan. Il observe Art et sa sœur.

— Morgan est extraordinaire, dis-je. Elle a travaillé à son réseau toute la soirée.

— Elle ne m'aime pas, commente-t-il avec indifférence. Je ne lui ai pas plu la première fois qu'on s'est vus non plus.

Je ne sais pas quoi répondre à ça.

Lorcan sourit.

— Comme quoi, je ne plais pas à tout le monde.

C'est précisément ce qu'a dit Art à son sujet.

— Qu'est-ce que vous avez fait pour vous mettre Morgan à dos ?

— Elle pensait que j'avais une mauvaise influence sur son frère. Ce qui, pour être juste, était sûrement le cas.

— Elle est très attachée à lui. Ils sont très proches. Par certains côtés, ils se ressemblent.

— Vous trouvez ?

— Oui.

J'essaie de réfléchir à ce que je veux dire par là. Ils ont l'un et l'autre une forte personnalité et sont sûrs d'eux, comme j'imagine que leur père devait l'être. Je dirais que la ressemblance avec Brandon Ryan est plus prononcée chez Morgan. Pas étonnant, je suppose.

Elle est plus autoritaire qu'Art de nature et, depuis que leur père est mort, elle a pris la direction d'une de ses principales sociétés : les assurances Ryan. Maintenant, elle parcourt le globe à sa place.

Lorcan passe une fois de plus la main dans ses cheveux.

— Ils sont peut-être tous les deux habitués à obtenir ce qu'ils veulent, mais Morgan est infiniment plus matérialiste. Elle est la personnification du mythe Brandon Ryan – la seule chose qui importe à ses yeux, c'est de gagner de l'argent. Alors qu'Art… eh bien, l'argent n'est pas si important pour lui.

Je le dévisage. Parmi tous ceux qui connaissent Art, rares sont les gens qui feraient cette observation, et pourtant il a raison. Art n'a jamais désiré amasser une fortune ou accumuler des biens pour le plaisir de le faire. Il a une Mercedes, c'est vrai, mais il la conduit rarement. Et nous possédons cette maison – mais elle ne déborde pas vraiment de signes extérieurs de richesse.

— C'est vrai. Parfois je me demande pourquoi Art est si ambitieux alors qu'il lui est indifférent d'être riche.

Art s'engouffre justement dans le salon, un torchon à la main. Morgan le suit, une moue irritée sur le visage. Elle lisse sa jupe. Je me sens un rien coupable de ne pas être allée l'aider. Cela dit, la tache de vin est à peine visible sur le tissu rouge sombre.

— Pour le contrôle.

— Comment ?

— Le contrôle, répète-t-il. C'est ça qui le motive. Il veut exercer un pouvoir total sur son environnement. Pas de patron pour lui donner d'ordres. Pas de problèmes qu'il ne puisse résoudre. Pas d'aspects de sa vie qu'il ne maîtrise pas complètement.

Je suis stupéfaite. Art est exactement comme ça.

— Et à sa manière, Morgan est pareille, reprend Lorcan. Sauf qu'elle est plus compliquée.

— Et très belle.

Elle bavarde de nouveau avec des gens du bureau, pendant qu'Art, ayant enveloppé le verre brisé dans le torchon, guide le client éméché vers la porte d'entrée. De dos, Morgan offre une silhouette élégante, ses cheveux bruns et soyeux serpentent sur cette robe qui lui va si bien. Elle porte toujours ses talons aiguilles. À sa place, je m'en serais débarrassée il y a des heures.

— Belle, je ne sais pas, commente Lorcan avec une moue. Sexy, sûrement pas.

— Ah non ?

Sa remarque éveille en moi une pointe de satisfaction.

— Pas de fesses, ajoute-t-il.

J'observe Morgan. Sa robe s'incurve un peu au niveau de la taille avant de s'élargir très légèrement sur ses hanches étroites, mais Lorcan a raison. Dessous, ses fesses sont plates.

Je me verse encore un peu de vin. Je me sens détendue à présent que la soirée touche à sa fin et peut-être suis-je un peu ivre aussi.

— C'est votre truc, alors, les fesses ?

Je glousse de ma propre audace.

Lorcan sourit sans la moindre gêne.

— Ben tiens !

Hen et Rob apparaissent, disant qu'ils sont déjà en retard pour la baby-sitter de Nathan, et je m'aperçois avec un léger choc que je n'ai pas songé à Beth durant tout le temps que j'ai passé à bavarder avec Lorcan. Il semble me comprendre si instinctivement que, l'espace d'une seconde, je suis tentée de lui parler de Lucy O'Donnell et de ses révélations. Presque aussitôt, mon bon sens reprend le dessus. Il serait complètement ridicule d'évoquer un sujet aussi intime avec un parfait inconnu. Un instant plus tard, Art est devant nous.

— Tout le monde s'en va, Gen.

Il a de nouveau l'air fatigué. Comme s'il en avait terminé ici et qu'il n'avait plus qu'une envie : aller se coucher. Je me lève, me sentant coupable de ne pas avoir circulé davantage parmi ses clients, et passe un bras autour de sa taille. Il m'embrasse sur la joue.

Lorcan se lève aussi et boit d'un trait le reste de sa bière.

— Je devrais y aller.

Art secoue la tête.

— Je ne voulais pas dire…

— Hé, il faut que j'aille chercher Cal de bonne heure demain.

Il me sourit.

— C'est mon fils. Mais je reviendrai peut-être vous voir, hein ?

— Avec plaisir.

Art garde le silence. Gênée, j'enchaîne.

— Vous êtes ici pour quelque temps, Lorcan ?

— Pour deux mois.

C'est à moi qu'il répond, mais c'est Art qu'il regarde, l'air d'attendre quelque chose.

— Génial, dit ce dernier au bout d'un instant, en se forçant à sourire. Tu as raison, il faut qu'on se revoie.

Lorcan s'en va. Je me rends compte que je ne sais pas du tout où il loge, ni ce qu'il fait comme travail, ni aucun des détails de sa vie.

Il y a une petite effervescence alors que nos derniers

invités s'en vont, et la maison est enfin vide. Art disparaît tout de suite pour aller se coucher, me laissant avec Morgan.

Compte tenu des circonstances, le salon n'est pas trop en désordre, sauf qu'il y a des verres partout et des assiettes empilées à droite et à gauche. J'enlève mollement une rondelle de salami tombée sur un coussin en soie. Le reste devra attendre demain.

— À quelle heure arrive ta femme de ménage ? demande Morgan en étouffant un bâillement. Pas trop tôt, j'espère ?

Je ravale ma salive avec difficulté. Je n'ai rien prévu avec Lilia, autrement dit c'est Art et moi qui allons nous charger du nettoyage, mais je ne tiens pas à expliquer ça à Morgan.

— Oh, je ne m'en souviens plus exactement.

Son maquillage est encore impeccable et elle porte encore ses fichues chaussures.

C'est un soulagement de retrouver le calme de notre chambre. Art dort déjà : sur le ventre, nu, étendu en travers du lit. Avant de m'allonger à côté de lui, je glisse la main sous le matelas. La lettre des pompes funèbres Tapps est toujours là. Avec la carte de visite du Dr Rodriguez.

Le lendemain file dans un tourbillon d'activité. Nous recevons de multiples coups de téléphone et messages de remerciement et, en fin de compte, je ne trouve pas une seconde pour appeler le Dr Rodriguez. Le soir, Morgan insiste pour nous inviter à dîner dans un restaurant plutôt guindé de Mayfair. C'est gentil, mais nous passons le plus clair de la soirée à écouter Morgan raconter des souvenirs de son enfance nomade. Art n'y trouve rien à redire. Il a beau affirmer ne rien éprouver pour son père, il me paraît toujours avide d'informations personnelles à son sujet – et il ne fait pas de doute que Brandon Ryan était un individu hors du commun. Morgan raconte une anecdote qui m'atterre : un jour de Noël, âgée de six ou sept ans, elle avait déclaré qu'elle ne pourrait pas vivre sans son jouet préféré – une poupée qu'elle avait baptisée Maisie. Là-dessus, Brandon la lui avait prise et l'avait jetée dans la cheminée du salon, en lui disant qu'elle ne devrait jamais s'attacher à quelque chose au point de ne pouvoir supporter l'idée de le perdre.

— Papa avait raison, bien sûr, conclut Morgan d'un air à la fois résigné et désinvolte. Mais la leçon a été dure.

Elle jette un coup d'œil à Art qui hoche la tête. Je me demande, et pas pour la première fois, pourquoi il n'intervient pas à de pareils moments. C'est sûrement aussi évident pour lui que pour moi que ce n'étaient pas seulement les leçons de vie de Brandon qui étaient dures, mais l'homme lui-même. Et pourtant, jamais je n'ai entendu Art le critiquer devant Morgan, qui se conduit la plupart du temps comme si son père n'avait été qu'un doux excentrique, et non un tyran arrogant qui régentait son foyer à la manière de son empire commercial – uniquement pour le pouvoir et pour la gloire.

Je pense à mon propre père. Dans tous les souvenirs que j'ai de lui, il rit.

— Mais ce qu'a fait Brandon était horrible, dis-je à mi-voix. Voyons, tu dis qu'il avait raison, mais c'était tellement cruel… de détruire le jouet préféré d'un enfant. Et quelle attitude cruelle aussi : ne jamais se fier à rien ni à personne.

Morgan se fige. À côté de moi, Art s'est raidi, mais c'est elle que je continue à regarder. Ses lèvres se pincent, ses yeux s'assombrissent de rancune. Un moment, on dirait qu'elle va me frapper, puis elle se redresse et ricane.

— Papa avait raison de m'enseigner de ne dépendre que de moi-même, siffle-t-elle. On ne peut avoir confiance qu'en ceux qui partagent votre propre sang. Et encore, pas tous.

Elle toise Art d'un air de défi, comme si c'était lui qui avait exprimé son désaccord et non moi.

— Brandon était dur. Tu as raison, Morgan, il fallait qu'il le soit.

Il marque une pause.

— Mais il faut que tu te souviennes que Gen ne peut pas comprendre le monde qui était le sien.

Je le fixe, irritée par sa façon de présenter Brandon Ryan comme un être supérieur.

— Et il doit y avoir une certaine confiance dans le monde des affaires, sinon tout n'est que chaos.

Un silence s'installe. Je suis encore vexée qu'Art soit intervenu pour me trouver des excuses. Morgan cependant fait mine de regarder ailleurs, l'ignorant totalement. Personne ne parle et je sens que toute tentative de ma part pour alléger l'atmosphère serait perçue comme une intrusion. Peut-être est-ce normal entre frère et sœur – une sorte de mystérieux code privé que les gens de l'extérieur, même aimés, ne saisiront jamais tout à fait.

Morgan se plonge dans la carte des desserts alors que je sais pertinemment qu'elle n'a absolument aucune intention d'en commander un. Art effleure mes doigts puis disparaît aux toilettes. Quand il revient, il est tout sourires et raconte avec exubérance une anecdote rigolote sur Siena et le type du bureau avec qui elle a commencé une histoire chez nous.

Je me souviens de les avoir surpris dans la buanderie et le dis, ce qui l'amuse. Morgan reste en dehors de la conversation pendant un moment, inflexible. Je ne vois pas pourquoi elle est contrariée, mais je laisse Art s'occuper d'elle. Il l'amadoue comme il le fait avec tout le monde : d'abord en lui adressant un regard de temps en temps, puis un sourire, et enfin une question. Il écoute si bien et si attentivement ce qu'elle dit que, au bout d'un moment, elle se déride et l'équilibre revient. J'ai vu Art procéder ainsi par le passé et je suis toujours aussi intriguée par l'efficacité de ce procédé, en particulier parce que son aisance est inconsciente, instinctive. À tel point que, si je l'interrogeais à ce propos, je suis sûre qu'il me répondrait qu'il n'avait même pas remarqué que Morgan était agacée…

Le lendemain matin, dimanche, Morgan prend l'avion pour Genève où elle doit assister à une conférence. Après son départ, nous retrouvons Kyle, Vicky et leurs enfants chez Banner autour d'un brunch. Art reçoit un appel alors que nous déjeunons, puis semble distrait tout le reste de l'après-midi. Je lui demande ce qui ne va pas et il marmonne quelque chose à propos de la commission d'orientation. Je lui suggère de téléphoner à Sandrine – d'un ton un peu plus acerbe que je n'en avais eu l'intention – et il me rétorque sèchement que je ne comprends pas à quel point l'enjeu est important.

Quand nous sortons du café, une fine couche de neige saupoudre les toits. À la télé, on ne parle que de ce temps exceptionnel pour mars. On prédit le chaos dans les transports pour lundi mais Art est certain que tout le monde parviendra à arriver à Loxley Benson. Il passe une heure ou deux à effectuer des recherches sur l'ICSI. Je m'en veux de le laisser faire ça – durant son seul moment libre du week-end – alors que je suis si loin d'accepter une autre série de traitements. Il revient avec une foule de statistiques et de données qu'il est impatient de partager, mais je plaide un mal de tête et vais me réfugier dans la chambre.

Je dors une demi-heure, et je suis réveillée en sursaut par un coup de téléphone de Lorcan qui propose à Art d'aller boire un verre au Railway Tavern. Art est fatigué et, bien qu'il ne le dise pas ouvertement, je suis sûre qu'il n'a pas envie d'y aller. À ma grande surprise, il accepte.

— Qu'est-ce qui t'arrive ? Normalement, tu ne sors le dimanche que s'il y a un gros contrat en jeu. C'est… C'est pour parler de ce que Lorcan a fait par le passé ?

— Bien sûr que non, rétorque-t-il. On va juste boire un coup en vitesse. Ce n'est pas une affaire. Pourquoi ne viens-tu pas, si ça t'intéresse tant que ça ?

Je décline l'invitation, en me demandant si c'est la fatigue qui le rend irritable ou si quelque chose le stresse. J'aimerais revoir Lorcan, mais il y avait indéniablement un certain malaise entre Art et lui. Mieux vaut les laisser régler ça tous les deux. De toute façon, j'ai l'impression de ne pas avoir eu un moment à moi, et bien qu'on soit dimanche après-midi, je ne veux pas remettre davantage le moment d'appeler le Dr Rodriguez.

Art parti, il me faut plusieurs minutes pour rassembler le courage de composer son numéro à la clinique.

Je n'ai pas la moindre idée de ce que je vais lui dire, mais en fin de compte, il ne se passe rien. Mon appel aboutit au standard de l'établissement, où une femme répond. À l'évidence, elle ne connaît aucun des médecins. Elle épluche la liste qu'elle a sous les yeux, mais Rodriguez n'y figure pas. Je raccroche et vérifie le site Internet de la clinique sans trouver aucune référence à son sujet. Est-il parti ? A-t-il été renvoyé ? Une rapide recherche sur Google ne donne rien. En fin de compte, frustrée, j'essaie de rappeler Lucy O'Donnell, en vain. Son numéro est toujours indisponible.

Peu avant dix-neuf heures trente, Lorcan et Art débarquent, les bras chargés de plats à emporter. Art me lance un regard d'excuse. Je vois bien que ce n'était pas son idée, et, une fois de plus, je me demande pourquoi il n'a pas inventé une excuse pour la refuser.

Lorcan a l'air aussi détendu que l'autre soir. Il m'embrasse sur la joue et me tutoie comme si nous étions de vieux amis.

— Tu as passé une bonne journée ?

L'accent irlandais adoucit sa voix. Pourtant, je crois déceler aussi une certaine tension, quelque chose de troublant sous la douceur.

— Oui.

Je hausse les épaules, soudain gênée par mon inactivité. Depuis la fête, je n'ai fait que manger au-dehors, on dirait. Pas étonnant que Morgan m'ait regardée avec tant de dédain ; on dirait que je n'arrive jamais à rien.

Je vais chercher quelques bières pendant qu'Art emporte le curry dans la cuisine.

Lorcan s'assied sur le canapé, exactement au même endroit que l'autre soir. Il tire de sa poche un couteau suisse et en sort le décapsuleur. Il ouvre une bouteille, la pousse vers moi, puis pose le couteau sur la table devant lui. Intriguée par son modèle compact, je me penche pour m'en saisir.

— Attention ! avertit Lorcan, trop tard.

Dissimulée par le décapsuleur, la lame aiguisée me tranche la peau. Je laisse tomber le couteau sur la table et fixe mon doigt. Une goutte de sang se forme déjà.

— C'est mortel, ce truc, dis-je en suçant la plaie.

— Je sais, désolé. Je n'aurais pas… C'est Cal, mon fils, qui me l'a offert. Il l'aiguise dès qu'il en a l'occasion. Ça va ?

— Oui.

J'examine la coupure. Une nouvelle goutte de sang vient remplacer la précédente. Je l'écrase contre mon pouce.

— Ce n'est qu'une égratignure.

Lorcan reprend le couteau. Je remarque avec quel soin il le tient alors qu'il se concentre sur la capsule de la seconde bouteille. Il porte un jean légèrement délavé. Il a retiré sa veste – son pull est gris anthracite, lâche autour du cou. La lumière souligne les reflets roux du duvet sombre de ses joues. Une mèche de cheveux lui tombe sur le front.

Il lève les yeux.

— Fatiguée ?

Je secoue la tête, me sentant rougir.

— Non, c'est sympa que tu sois là.

Il rit.

— Je voulais dire, après la fête. Tu n'as pas eu l'air très enthousiaste quand je t'ai demandé si tu avais passé une bonne journée.

— Ah bon ? Non, ç'a été une bonne journée. C'est juste que je n'ai pas fait grand-chose.

— Hé, je ne te reproche rien.

Il rit de nouveau et lève sa bière.

— *Sláinte*.

— Santé.

— La bière est le dernier vice qu'il me reste, affirme-t-il en souriant. Et toi ?

— L'alcool en général, je dirais, mais la bière et le vin plus que le reste.

— Parfait.

Il tend la main vers la troisième bière, destinée à Art.

— Pas d'autres vices ?

— Non, je suis très ennuyeuse.

Lorcan me regarde.

— Je ne te crois pas une seconde, murmure-t-il avant de marquer une pause. Comment vas-tu vraiment ?

— Pas génialement, je suppose.

J'hésite, ne sachant jusqu'où me confier.

— Je suis un peu fatiguée, et Morgan, comme tu le sais, a un côté assez pénible, mais nous avons vu Kyle et Vicky tout à l'heure, c'était sympa. Cependant, il y a quelque chose… qui me tracasse…

Je laisse la phrase en suspens.

— Ça a l'air compliqué.

— Oui.

Je détourne les yeux.

— Et ce truc qui te tracasse, dit-il en baissant la voix, tu ne veux pas qu'Art le sache ?

Mon cœur bat à tout rompre.

Comment a-t-il deviné que j'ai des secrets pour Art ?

8

Art choisit cet instant pour rentrer dans la pièce et je me détourne, gênée d'avoir été percée à jour.

— On a acheté beaucoup trop de plats.

Il a entre les mains un grand plateau chargé de barquettes de curry. Évidemment, il n'a rien entendu, mais il suffirait qu'il me regarde pour que je me trahisse.

— Je vais chercher des assiettes.

Ma voix est suraiguë. Je me hâte d'aller dans la cuisine, troublée. Lorcan ne peut pas savoir que je suis obsédée par les propos de Lucy O'Donnell. Il va à la pêche, c'est tout.

J'ouvre le placard et sors trois assiettes.

— Hé, ça va ?

C'est lui. Ses doigts effleurent mon bras un instant.

— J'ai pensé que tu avais peut-être besoin d'un coup de main.

— Merci.

Je lui donne les assiettes et me dirige vers le tiroir à couverts.

— Je suis désolé. Je ne voulais pas te faire de peine.

— Il n'y a pas de mal.

— Je te posais seulement la question parce que je

sais que c'est dur de garder un secret, murmure-t-il. Tu n'as pas besoin de me dire ce que c'est, je comprends, c'est tout.

— D'accord, merci.

Un rouleau d'essuie-tout sous le bras, je retourne dans le salon. Lorcan m'emboîte le pas.

Nous nous asseyons et bavardons en mangeant. Je grignote, encore secouée. Pas seulement à cause de l'intuition de Lorcan, je m'en rends compte, mais de mon apathie. Le week-end est presque terminé, près d'une semaine s'est écoulée depuis ma rencontre avec Lucy O'Donnell, et qu'ai-je accompli hormis fouiller dans les relevés bancaires d'Art, échouer à retrouver le Dr Rodriguez et me faire un sang d'encre ? Rien. Mais que faire d'autre ? Je l'ignore, je sais seulement que je ne peux pas rester les bras ballants.

— Ça va, Gen ? demande Art. Normalement, tu adores le *chana masala*.

Il essaie de prendre un ton léger, sans y parvenir tout à fait. Il est mal à l'aise en présence de Lorcan, comme il l'a été pendant la soirée.

— Oui, ça va très bien.

Je prends une cuillerée de pois chiches, puis une autre, me force à manger un peu.

Lorcan se met à évoquer le voyage qu'Art et lui ont fait autrefois sur la côte Est des États-Unis, un périple en bus Greyhound ponctué par un bref séjour dans la maison de vacances de Morgan, à Martha's Vineyard.

Je fouille dans ma mémoire. Que m'a dit Art à propos de ce voyage ?

— Morgan était là ?

— Oui. Je ne l'avais vue qu'une seule fois avant, mais on était restés en contact, tu le sais. Quand elle a appris que je venais aux États-Unis, elle m'a invité à passer la voir.

Il fixe la table en parlant. Je suis sûre qu'il pense à son père, qui, contrairement à Morgan, l'a rejeté.

— On a bien rigolé, hein, mon vieux ? lance Lorcan en lui donnant une petite tape espiègle dans le dos.

Cependant, Art est perdu dans ses pensées.

— On ne s'attendait pas à ce que Morgan soit là, mais tu la connais – à l'époque elle voyageait déjà constamment, elle travaillait pour... notre père. Elle assistait à une conférence quelconque à New York et elle est venue nous rejoindre pour deux jours.

— C'était gentil de sa part de nous héberger, vu notre état, ajoute Lorcan en riant. On a été dans le coaltar la plupart du temps qu'on a passé là-bas.

Art semble embarrassé, ce qui lui arrive rarement.

— Tu te souviens de ce mec louche qu'on a rencontré dans un bar à côté de chez elle ? enchaîne Lorcan. Celui qui nous a vendu de l'ecstasy mélangée à de l'acide ?

Depuis tout le temps que je connais Art, il n'a jamais ne serait-ce que tiré une fois sur un joint. Il a dit en passant avoir essayé quelques drogues dans sa jeunesse, mais j'avais supposé qu'il parlait de cannabis, pas de drogues dures.

— Vaguement, marmonne-t-il, évitant mon regard.

Lorcan secoue la tête, l'air excité et ravi.

— C'était dingue, poursuit-il, s'adressant à moi. On était tellement défoncés qu'on a construit un mur imaginaire au milieu de ce bar de luxe.

Art hoche la tête sans rien dire. Lorcan s'esclaffe.

— Tu me gueulais des ordres comme un sergent-major : « Pose cette brique droite, espèce d'enfoiré ! »,

« Étale ce ciment, sac à merde ! ». Je ne savais même pas où j'étais !

— Il y a longtemps de ça, murmure Art.

— Et puis ta sœur a débarqué, elle a essayé de nous faire sortir de là et tu l'as abreuvée d'injures.

Lorcan se tourne vers moi.

— Je n'ai jamais vu personne aussi furax. Tes yeux lançaient des éclairs, mon vieux.

Je me souviens brusquement qu'il m'a dit que Morgan ne l'aimait pas. Eh bien, tout s'explique à présent. Je souris, imaginant la rage de Morgan face à ce frère qu'elle connaissait à peine, sous l'influence de la drogue et d'un costaud d'Irlandais, qui jurait comme un charretier dans un bar chic de la côte Est.

— Tu prends toujours ce genre de trucs ?

— Non… enfin, peut-être un petit joint de temps en temps, mais rien de sérieux. Pas depuis des années. Et toi, Art ?

Art se masse la tempe.

— Non.

— Bien vu. Tu es un sage, commente Lorcan en souriant.

Je me lève pour aller chercher d'autres bières. Art est penché sur son assiette, mais je sens que Lorcan me suit des yeux. Je me retourne, rencontre son regard – il est inquisiteur… perspicace. *Je te connais*.

Une seconde, j'en reste pétrifiée, puis file dans la cuisine. Les mains soudain tremblantes, je prends trois bières et regagne le salon. Lorcan est en train de rire. Il lève les yeux vers moi, une fraction de seconde, sans franchement croiser les miens. Ensuite, il reporte son attention sur Art et redevient enjoué et bavard.

Je me rassieds à côté d'eux. Je n'ai pas imaginé

le regard de Lorcan. Le regard d'un homme intéressé. Vraiment intéressé. J'ai encore les mains qui tremblent. Je les glisse sous mes cuisses et essaie de me calmer. *Bon Dieu, Gen, remets-t'en. Ce n'était qu'un regard. Ça ne voulait rien dire. Il y a longtemps que personne ne m'a regardée comme ça, voilà tout.*

Lorcan évoque son métier d'acteur – il joue dans un feuilleton télévisé dont l'intrigue se déroule à Cork et qui n'est diffusé qu'en Irlande. Je n'en ai jamais entendu parler. Art non plus, mais il prétend avoir vu Lorcan dans quelques épisodes lors de divers voyages d'affaires à Dublin.

— J'incarne une ex-star de rock qui va d'une cure de désintoxication à l'autre depuis la première série. Le héros est mon fils et je viens de temps en temps lui offrir mes conseils basés sur des années de thérapie...

— Si je comprends bien, tu es là pour donner au feuilleton une dimension psychologique ? dis-je en plaisantant.

— Ouais, sauf quand je me remets à boire. Là, je suis l'alcoolique qui se bagarre à la première occasion.

— Le rôle te plaît ?

— Il faut bien vivre, répond-il avec un haussement d'épaules. Ce n'est pas exactement ce que j'avais envisagé quand j'ai tout plaqué pour suivre des cours d'art dramatique. Cela dit, la plupart des acteurs n'arrivent même pas à vivre de leur métier, alors je n'ai pas à me plaindre.

Art paraît plus détendu maintenant que la conversation roule sur Lorcan – plutôt que sur leur passé commun.

— Tu as de la chance de bosser tout court, salaud de rouquin.

Lorcan éclate de rire. Comme l'autre jour, son visage en est transformé.

— Il n'est pas rouquin. Ses cheveux sont auburn.

— Quoi qu'on en dise, Art a raison. Mes cheveux ont fait une différence quand j'étais plus jeune.

— Ce n'est pas possible.

— Ah non ? Combien de héros roux peux-tu citer ?

Je hoche la tête, concédant la défaite.

— Pas beaucoup. Être roux. Le dernier tabou.

— Oh, oui ! renchérit Lorcan. Bien pire que l'inceste…

— Ou la pédophilie.

Nous rions tous les deux. Je jette un coup d'œil à Art. Son sourire semble redevenu un peu forcé.

— Quand commence ton prochain tournage ?

— Je ne dois pas retourner à Cork avant début juin. J'espère que quelque chose va se présenter ici entretemps ; à vrai dire, j'ai un rendez-vous dans deux jours.

— Tu n'as pas envie de rempiler chez Loxley Benson, alors ?

Aïe. À peine ai-je prononcé les mots que je voudrais les retirer. Art me foudroie du regard, tandis que Lorcan lâche un « Pas vraiment » sardonique.

Je contemple la fenêtre. La fine couche blanche sur le toit d'en face a disparu.

— Peut-être qu'il ne va pas neiger demain, après tout, dis-je en rougissant, tant il est évident que je cherche à changer de sujet.

— Quoi ? demande Art, d'un ton aigre.

— Elle a peur d'avoir mis les pieds dans le plat, explique Lorcan en riant tranquillement.

Je me lève sans le regarder.

— Je vais me coucher. Lorcan, ça m'a fait plaisir de te voir.

Il m'adresse un petit signe d'adieu.

Art bâille.

— Bonne nuit, Gen. Je ne serai pas long.

Je monte, préoccupée. Pourquoi Lorcan me trouble-t-il à ce point ? J'ai du mal à croire que j'étais sur le point de me confier à lui l'autre soir.

En entrant dans la chambre, je pense à la carte du Dr Rodriguez sous le matelas et une seule question m'obsède à cette heure : comment retrouver sa trace ?

Lundi matin n'apporte aucun signe de la neige tant redoutée. La journée est splendide, froide mais claire, brillamment ensoleillée. Ne sachant que faire d'autre, je rappelle la clinique. Le Dr Rodriguez ne figure sur aucun des annuaires médicaux que j'ai pu trouver et son nom n'apparaît pas non plus sur la liste électorale. Au moins la surveillante-chef est-elle là aujourd'hui. Je commence par expliquer que j'aimerais prendre rendez-vous avec le médecin mais elle me coupe la parole d'un ton impatient pour m'annoncer que le Dr Rodriguez a quitté l'établissement il y a plusieurs années. Et non, elle n'a pas la moindre idée de l'endroit où il travaille à présent.

Il est inutile d'insister, je l'entends à sa voix.

Je songe toujours à tout ça deux heures plus tard, quand on sonne. Lorcan se tient sur le seuil baigné de soleil.

— Salut.

Une mèche rousse lui tombe dans l'œil. Il la repousse.

— Salut.

Gênée, je fais un pas en arrière. Mon haleine doit empester l'ail après les restes du curry que j'ai mangés pour le déjeuner.

— Écoute, je suis désolé de te déranger comme ça, mais je n'ai que le portable d'Art et…

Il se tait et je sais, sans l'ombre d'un doute, qu'il n'avait pas envie de lui parler.

Je recule dans l'entrée, affreusement consciente que je porte un caleçon et qu'on voit sûrement l'élastique de mon slip.

— J'ai dû laisser mon couteau suisse ici hier soir.

Il passe devant moi et se dirige vers le salon. J'en profite pour enfiler en hâte un long cardigan et le suis.

— Ça me serait égal si ce n'était pas un cadeau de Cal.

Il me regarde par-dessus son épaule.

— Mon fils. Je t'ai parlé de lui ?

— Non, pas vraiment.

— Il a quatorze ans et c'est un génie de l'informatique. Il n'a pas grand-chose à me dire en ce moment mais le couteau suisse a été le premier cadeau qu'il m'a fait de sa propre initiative et je lui tombe toujours dessus quand il perd ses affaires, alors…

— Pas de problème.

Lorcan soulève les coussins du canapé, glisse les mains sur les côtés.

— Je suis désolé. Tu seras débarrassée de moi dans une minute.

— Ce n'est rien.

La première surprise passée, je suis plutôt contente qu'il soit là. Sa visite va peut-être me changer les idées.

— Tu veux boire un thé ?

— Avec plaisir, dit-il en se laissant tomber sur le

canapé. Peut-être que ce couteau n'est pas là, finalement.

Je passe les mains le long des coussins, à l'endroit où Lorcan était assis hier, et trouve le couteau immédiatement. Je le lui rends, non sans me demander s'il l'a vraiment perdu, ou s'il l'a laissé là exprès, histoire d'avoir une excuse pour revenir.

Refoulant cette pensée, je gagne la cuisine. Pendant que la bouilloire chauffe, je me penche et contemple mon reflet dans l'acier inoxydable. J'ai le nez brillant et je ne porte qu'un soupçon de crayon sur les cils, mais au moins il n'a pas coulé. Je m'adresse une grimace. Pourquoi Lorcan s'intéresserait-il à moi ?

— Geniver ?

Sa voix est toute proche.

Je me redresse en sursaut et m'agrippe au plan de travail. Il m'observe, debout dans l'encadrement de la porte.

— Oh ! Tu m'as fait peur !

— Pardon.

Il a l'air préoccupé. Il tient le couteau suisse à la main. Tout en parlant, il sort distraitement la lame. Le métal tranchant scintille à la lumière.

Je recule instinctivement d'un pas.

— Pardon, répète Lorcan, remarquant mon geste. C'est une habitude.

Il replie la lame d'une caresse.

— Écoute, je ne suis pas venu juste pour le couteau. Je veux dire, c'est vrai que je l'ai oublié, mais ce n'est pas la seule raison pour laquelle je suis là.

— Ah bon ?

Ma voix sort légèrement étranglée. Je croise les bras

et m'adosse au plan de travail en essayant de prendre un air détaché.

Lorcan sourit.

— On était en train de parler. Hier soir. Tu voulais me dire quelque chose, non ? Et, enfin, parfois il est plus facile de se confier à quelqu'un qu'on ne connaît pas.

— Si je comprends bien, tu es venu écouter mes confidences ?

— T'aider, si possible, précise-t-il sans détacher son regard du mien. Je voulais être prêtre quand j'étais petit.

J'éclate de rire, partagée entre le soulagement et la déception.

— J'ai plein d'amis, tu sais, dis-je en prenant deux tasses.

Il s'approche du frigo et en sort un carton de lait.

— Bien sûr. Mais ils ont tous des enfants, non ?

— Quel rapport… ?

— Je t'ai vue parler à une femme dans la cuisine. Je n'ai pas pu m'empêcher d'entendre une partie de ce que vous disiez. Que tu étais contente qu'elle soit enceinte. Que ça ne te gênait pas du tout, ce qui était évidemment des conneries, mais…

Je prends les sachets de thé et tourne les talons.

— Tu n'en sais rien. Tu ne me connais pas.

Il y a un silence. La bouilloire siffle. Je lève les yeux, craignant d'avoir été trop brusque.

Lorcan sourit.

— Je n'ai jamais prétendu le contraire. Mais dis-moi que je me trompe.

Il désigne mes ongles rongés, crispés sur le carton.

— Ces ongles-là ne mentent pas.

Je secoue la tête, ne sachant que dire. J'ai l'impression que ma tête aussi est une bouilloire.

— Bon, écoute, je suis désolé. Je voulais seulement t'aider.

— Je n'ai pas besoin d'aide.

Il me fixe. Je le foudroie du regard. Son manque de tact devrait me rendre furieuse, mais une gentillesse sincère se lit dans ses yeux.

— Elle me manque, c'est tout.

J'ai une toute petite voix. Comme la voix d'une enfant. Petite, vulnérable. Je baisse la tête, humiliée.

— Ta fille ?

J'acquiesce, incapable de parler.

— Tu ne m'as pas dit son nom.

— Beth.

Le mot jaillit de mes lèvres dans un souffle, si bas que je crois qu'il ne l'a pas entendu.

Et pourtant si.

— Beth ? C'est un nom magnifique.

J'acquiesce de nouveau. C'est tout ce que j'ai d'elle. Son nom. Je m'essuie les yeux.

— Désolée. Ce n'est rien. Ça va passer.

Lorcan rit doucement.

— Écoute, laisse-moi faire le thé. Va t'asseoir.

Je retourne au salon et l'attends. Je ne peux rien lui dire. Il croirait que je suis folle et je ne veux pas recommencer à pleurer devant lui.

Il entre et pose les deux mugs sur la table, puis s'assied à l'autre bout du canapé, juste à côté de la photo de mon père.

— Je sais que ce n'est pas pareil, mais mon fils me manque beaucoup. Il est ici à Londres et moi à Cork neuf mois sur douze…

Il laisse sa phrase en suspens.

— Je vais juste boire ce thé et m'en aller.

Je hoche la tête. C'est mieux ainsi. Il devrait s'en aller. Boire son thé et s'en aller.

Le téléphone sonne, strident.

— Gen ? C'est Hen.

Sa voix est toute chevrotante, comme si elle avait pleuré.

— J'ai pensé à toi toute la matinée. On peut parler, s'il te plaît ? Il faut que je te parle.

Je pense immédiatement à sa révélation de l'autre soir.

— Qu'est-ce qu'il y a ? C'est le bébé ?

— Quoi ? Non… oui, non… tout va bien. C'est juste que je m'en veux tellement de ne pas t'avoir dit…

— Que tu étais enceinte ?

Je soupire. Mon cœur se serre. Une seconde, je trouve injuste qu'elle m'impose ses états d'âme, mais je refoule mon ressentiment. Ce n'est pas sa faute si les choses se sont passées ainsi.

— Ne t'inquiète pas, Hen. On a parlé de tout ça à la fête. Je suis contente pour toi.

— Je sais mais je me reproche vraiment de ne pas te l'avoir dit plus tôt.

À l'autre bout de la pièce, Lorcan s'est levé. Il boit une longue gorgée de thé puis repose sa tasse sur la table. Il désigne la porte d'un geste, m'indiquant qu'il va partir.

— Attends une seconde, Hen.

Je pose l'appareil et m'approche de lui.

— Tu n'es pas obligé de t'en aller, dis-je à mi-voix.

Il hausse les épaules et montre son couteau suisse.

— J'ai ce pourquoi je suis venu.

Son regard bleu m'enveloppe, lourd de sens. Un frisson me traverse – une sensation qui me terrifie et m'intrigue en même temps.

— Bien.

Je recule et le laisse passer. En arrivant à la porte, il sort son téléphone.

— Je suis vraiment désolée. Rien ne te force à partir…

— Ce n'est pas grave. De toute façon, j'ai rendez-vous avec Cal dans une demi-heure.

Il hésite.

— Tu veux mon numéro de portable ? Au cas où… Au cas où tu voudrais parler ?

J'acquiesce, même si je ne peux pas m'empêcher de penser qu'il y a quelque chose d'illicite dans le fait d'accepter. Comme si tout ça aurait dû arriver par l'intermédiaire d'Art, à supposer que ça ait dû arriver tout court.

Nous échangeons nos numéros et Lorcan s'en va. Je retourne dans le salon, et c'est seulement en voyant le téléphone sur la petite table que je me souviens de Hen. Je mets dix minutes à la rassurer. Elle ne fait allusion aux allégations de Lucy O'Donnell – et à l'argent versé à MDO – qu'à la fin de notre conversation. Là, elle demande si tout ça me tracasse toujours.

— Un peu.

Elle prend une inspiration.

— Oh ! Gen, je suis vraiment désolée d'avoir vidé mon sac alors que tu as à affronter tout ça.

— Ça va, je…

— Mais je suis sûre que ce n'est rien, reprend-elle. Ce serait dingue de te faire tout un film à cause d'une folle et d'un peu d'argent sorti d'un des comptes d'Art.

— Cinquante mille livres n'est pas « un peu » d'argent.

— D'accord, mais, Gen, même si c'était un million de livres, ça ne prouverait rien sauf… mon Dieu, sauf à quel point tu voudrais penser que Beth est encore vivante.

Je me vois brusquement du point de vue de mon amie : sans enfant, obsédée, cramponnée à une chimère. J'entends de nouveau sa voix au téléphone l'autre jour, pleine de pitié et d'exaspération.

— Je t'assure que je n'en fais pas une obsession.

À cet instant précis, pourtant, elle me tape sur les nerfs. Je l'aime beaucoup, mais elle est fatigante et je n'ai pas assez d'énergie pour gérer ses émotions en plus des miennes.

Tranquillisée, elle change de sujet et me raconte qu'elle a revu samedi chez Harvey Nichols une vendeuse qui a autrefois refusé d'accepter sa carte de crédit.

— Elle était aux petits soins pour moi, comme si rien n'était trop beau, dit-elle un sourire dans la voix. Quelle différence, hein ! C'était une vraie pimbêche il y a cinq ans, quand je n'avais pas un rond.

Une heure plus tard, je suis prête à partir en ville donner mon cours du lundi après-midi. Il n'a toujours pas neigé mais, quand je sors, l'air sec est glacial. Je retourne à l'intérieur, sors un bonnet en laine bleue du placard de l'entrée, puis me mets en route, savourant ce mélange de froid et de soleil. J'arrive presque de bonne humeur à l'institut.

À la fin du cours, plusieurs étudiants tiennent à me parler. Je discute un peu avec deux d'entre eux avant de m'esquiver pour aller prendre le bus. Je me sens remarquablement positive jusqu'au moment où je me rends compte que nous sommes lundi, que l'après-midi touche à sa fin, et que, en dépit de la promesse que je me suis faite, mes recherches concernant le Dr Rodriguez n'ont pas avancé d'un pouce. Toute à ces pensées moroses, je heurte quelqu'un au coin de la rue, à deux pas de chez moi.

— Oh ! Pardon, dis-je, décontenancée.

Je lève les yeux.

La femme que j'ai bousculée est Charlotte West, de mon groupe du jeudi.

— Geniver ! s'exclame-t-elle comme si nous étions de vieilles amies. Quelle surprise de vous voir ici !

Elle passe les mains dans ses cheveux, les ramène sur son sac, celui qui est identique au mien. Je remarque avec un léger choc qu'elle s'est fait faire un carré dégradé, avec une longue frange effilée devant. On dirait le reflet de ma propre coupe, en blond.

— J'habite le quartier, dis-je, totalement prise au dépourvu. Comment se fait-il que vous soyez là ? Je pensais que vous ne veniez à Londres que pour votre cours d'écriture…

Un instant, j'ai le cerveau en panne. Charlotte aurait-elle dû assister au cours de cet après-midi ? Ai-je tout mélangé ? Non, Charlotte vient le jeudi, c'est certain.

— En fait, j'ai beaucoup d'amis en ville, dit-elle en souriant.

— Oh ! Bien sûr…

— Avant de déménager dans le Somerset, nous habitions assez près d'ici. Ensuite, après le divorce…

Elle marque une pause.

— Enfin, j'allais justement rendre visite à une amie.

J'ai subitement la conviction qu'elle ment, mais pourquoi ? Je m'efforce de me ressaisir.

— Je rentre de mon cours.

— Vous avez pris le bus ?

— Euh… oui.

Mes yeux se posent sur le livre qu'elle a à la main. *Oh, mon Dieu ! C'est le mien* – Cœur de pluie – *celui dont elle parlait à la fin de notre dernier cours.*

Charlotte suit mon regard.

— Comme je disais, je vais voir une amie.

Son sourire s'accentue. Elle touche gauchement sa frange.

— Et je relisais votre livre. Il est vraiment très bon. Accepteriez-vous de me le signer ?

— Certainement, merci.

Je prends le roman et le stylo que m'offre Charlotte et je griffonne son nom, *Amitiés*, et ma signature sur la page de titre. Je lui rends le livre, embarrassée par un léger malaise. C'est une coïncidence tellement bizarre… Charlotte à côté de chez moi, portant mon livre et mon sac, et sa nouvelle coiffure.

— Alors, vous habitez… ? demande-t-elle avec un geste embrassant les rues avoisinantes.

— Un peu plus haut par là.

Je désigne vaguement la direction. Peut-être ma réaction est-elle disproportionnée, mais l'attitude de Charlotte m'apparaît de plus en plus bizarre. Elle a beau essayer d'adopter un ton dégagé, ses yeux verts sont durs, insistants.

— Dans Burnham Street ? C'est celle qui est à côté de la rue où vit mon amie.

— Ah, bon.

— Il n'y a que vous et votre mari… ?

Là encore, je suis troublée par sa question. Cela dit, que je sois mariée n'est pas un secret. Je porte une alliance en platine à mon annulaire. Art en a une assortie.

— Oui. Eh bien, ça m'a fait plaisir de vous voir.

— J'aimerais tellement être capable d'écrire comme vous, continue Charlotte. J'allais vous demander, en fait, de me donner des cours particuliers après la fin du trimestre. Si je vous offrais un café pour que nous en discutions ? Qu'en dites-vous ?

Je recule d'un pas.

— Désolée. Je ne donne pas de cours particuliers. Écoutez, Charlotte, il faut vraiment que j'y aille maintenant. À jeudi !

Elle reste un instant silencieuse, l'air d'attendre je ne sais quoi. Enfin, elle hoche la tête avec un soupir.

— Eh bien, au revoir, alors, Geniver.

— Au revoir.

Je me détourne et m'éloigne. Je ne peux pas m'empêcher d'avoir un peu peur. Au coin de la rue, je jette un coup d'œil derrière moi, m'attendant à demi à voir Charlotte encore debout au même endroit, en train de m'observer, mais elle est partie.

En rentrant, j'allume toutes les lampes du rez-de-chaussée. Art déteste que je fasse ça, mais ma rencontre avec Charlotte m'a déstabilisée, et la maison est grande, obscure et déserte. Un tas de courrier gît en vrac sur le paillasson. Je le ramasse, vérifie qu'il n'y a rien d'important ni de personnel et dépose tout sur la pile de recyclage dans le coin de la cuisine.

Au moment où je vais laisser tomber ma brassée de brochures et d'enveloppes, mon regard se pose sur l'article à la une du journal gratuit distribué dans le quartier. Il y a un encadré d'une femme, noire et d'âge moyen.

Lucy O'Donnell.

Mon sang se glace alors que je parcours la légende.

Elle est morte.

9

J’attrape le journal et lis l’article en entier :

« La police a lancé un appel à témoins concernant un accident de la circulation survenu jeudi après-midi à l’intersection de Seven Sisters et de Berriman Road. La victime, âgée de quarante à cinquante ans, a succombé après avoir été renversée par un véhicule dont le chauffeur a pris la fuite. Toute personne pouvant l’identifier est priée de contacter… »

Mon cœur cogne dans ma poitrine. Je fixe les mots, assimilant peu à peu la réalité. Lucy O’Donnell a été tuée. La femme qui connaissait peut-être la vérité au sujet de Beth est morte dans des circonstances – je relis l’article – « qu’il faut qualifier de suspectes ». S’il s’agissait d’un simple accident, pourquoi n’a-t-elle pas été identifiée par la police ? L’image utilisée est celle que Lucy m’a montrée, sauf que sa sœur, Mary, a été découpée. Je me souviens qu’elle l’avait mise dans la poche de son manteau. Et son sac à main ? Pourquoi ne l’avait-elle pas sur elle – ou son portefeuille, son téléphone ? Et son mari, Bernard ? D’après elle, il était à Londres lui aussi, alors pourquoi n'était-il pas allé trouver la police ?

Je serre le journal avec tant de force que le papier est tout froissé. Je me remémore le jeudi précédent, mon déjeuner avec Hen, les gyrophares qui clignotaient en haut de la rue, mon bus qui avançait au pas dans Seven Sisters Road. Ce devait être pour Lucy.

Affalée sur une chaise de cuisine, je parcours de nouveau l'entrefilet, en quête d'autres indices. La mort de Lucy est-elle une simple coïncidence ? Se peut-il qu'il y ait un lien avec ce qu'elle m'a raconté ? Je me sens nauséeuse, mon esprit repasse en boucle la succession des événements. Lucy s'est présentée chez moi mercredi matin. J'ai parlé d'elle à Art peu après. D'après le journal, elle est morte jeudi après-midi, le lendemain – quelques heures à peine avant que j'essaie de la rappeler.

Non, il est absurde d'imaginer qu'il puisse y avoir un rapport entre les révélations de Lucy, ma conversation avec Art et la mort de cette femme. Des pensées sans suite me passent par la tête. Je monte dans la chambre et je me couche. J'ai les membres lourds, je suis épuisée, mais mon cerveau marche à toute allure et refuse de s'arrêter.

Art a versé de l'argent à MDO juste après la venue au monde de Beth mort-née.

Beth était vivante.

Le Dr Rodriguez a volé Beth.

Art savait.

Toutes ces accusations sont liées d'une manière ou d'une autre. Seulement, j'ignore comment – et même si elles sont vraies. J'ai l'impression de perdre la tête mais je m'oblige à me concentrer. D'autres personnes étaient impliquées – pas seulement le Dr Rodriguez et

Mary Duncan. Qu'en est-il de l'établissement de pompes funèbres qui a organisé les obsèques ? Si Beth n'était pas vraiment morte, qui reposait dans ce cercueil ? Je me relève et récupère la lettre à l'en-tête de Tapps.

Les doigts tremblants, je compose le numéro. Trop tard. Il est dix-huit heures passées et je n'obtiens que le répondeur. Je laisse un message pour M. Tapps le priant de me rappeler sur mon portable dès que possible.

Art rentre à la maison à vingt heures, après une journée de réunions ici et là. Je l'attends dans la cuisine. Il a l'air fourbu et je sais que le moment est mal choisi pour lui faire subir un interrogatoire, mais il faut que je lui parle. Pas du fait que Lucy O'Donnell est morte dans un accident de la route et que le chauffard s'est enfui. Je me suis torturée à ce sujet et j'ai décidé de ne pas le mentionner. Art m'accuserait d'être névrosée. Il dirait que c'était un accident malheureux, sans aucun rapport avec les mensonges qu'elle m'a racontés. À la place, je vais insister sur le paiement fait à MDO. Si Art est d'une manière ou d'une autre mêlé à tout ça, cet argent versé si peu de temps après la mort de Beth est sûrement significatif. De toute façon, c'est la seule piste concrète dont je dispose.

Je lui verse une bière, m'assieds à côté de lui et me lance, d'un ton aussi détaché que possible.

— Tu t'es renseigné à propos de ce prêt ? Celui à MDO de LB Plus, qui remonte à des années ?

— Non, soupire-t-il. Je te l'ai dit, je ne m'en souviens pas. C'était juste une transaction d'affaires.

— Allons, Art. Tu n'oublies jamais ce genre d'opération.

— Eh bien, j'ai oublié celle-là.

Il me regarde dans les yeux.

— J'ai posé la question à Dan. D'après lui, c'était sans doute le paiement d'un client.

— Mais pourquoi aurais-tu payé un client ?

— Non, ce que je veux dire, c'est que le paiement a dû transiter par une autre société… cette MDO qui t'intéresse tant. Dan a proposé de tout vérifier, mais je lui ai dit que ça n'en valait pas la peine. On a énormément de travail en ce moment. Je ne veux pas qu'il perde son temps sur de vieilles transactions pour satisfaire tes caprices.

— Ce n'est pas un caprice.

Art relève brusquement la tête.

— C'est quoi, alors, Gen ? demande-t-il d'un ton sec. De quoi s'agit-il exactement ? Parce que, ce que je vois, moi, c'est que tu dramatises et que tu recommences à faire une…

Il s'interrompt, le mot « fixation » au bord des lèvres, mais pas tout à fait lâché.

— Je ne crois pas qu'il soit déraisonnable de poser la question, dis-je d'un ton vexé qui m'exaspère moi-même. C'est une grosse somme.

— Et alors ? De grosses sommes transitent par nos comptes chaque jour.

— Mais… la date… paraît… bizarre. Autant d'argent, juste après que Beth…

Je me tais, réduite au silence par le regard glacial qu'il me lance.

— C'est une coïncidence, Gen.

Il se redresse et repousse son verre.

Un poids se loge dans mon estomac. Je sais, pour avoir vécu des années avec lui, qu'il s'est replié sur lui-même. Insister davantage ne me mènera à rien.

Et pourtant, je ne peux pas m'en empêcher :

— S'il te plaît, Art. Tu me donnes l'impression que je dramatise, mais…

— Tu dramatises, assène-t-il froidement. C'est horrible de sentir que tu n'as pas confiance en moi.

— Si, j'ai confiance en toi.

— C'est ça.

Il se lève et sort de la pièce.

Je reste assise un moment, gagnée par une profonde lassitude. Art marche à l'étage. On dirait qu'il est dans la chambre d'amis. La dernière fois qu'il y a passé la nuit, c'était il y a deux ans, après une grosse dispute au sujet de vacances qu'il devait annuler à la dernière minute à cause du travail. Ce n'est pas juste qu'il soit en colère à ce point. Exactement comme ce n'était pas juste que Hen soit irritée contre moi. Pourquoi leur est-il si difficile de comprendre mon désarroi ?

J'allume la télé et j'essaie de me changer les idées en regardant les informations. On parle de l'économie irlandaise. Une seconde, l'accent du commentateur me rappelle Lorcan, puis je recommence à penser à Art et à ce paiement à MDO. L'incertitude me tue. Art est-il vraiment blessé parce qu'il croit que je n'ai pas confiance en lui ? Ou y a-t-il autre chose ?

Au bout de vingt minutes, je monte à mon tour. Comme je m'y attendais, il est dans la chambre d'amis. Je passe devant sans bruit. Il est de son côté du lit et dort à poings fermés. La frustration m'envahit. Et le ressentiment. Comment peut-il dormir aussi facilement alors que je suis en proie à tant d'agitation ? Je tourne en rond à force de me demander quoi faire. Je n'arrive à rien.

Sans réfléchir davantage, je monte dans son bureau.

Si Art cache quelque chose, c'est dans le placard où il a affirmé garder les papiers de Beth. Les lames du plancher grincent plus fort que d'habitude dans le silence nocturne. Je m'avance vers le classeur métallique. Il est fermé à clé, comme l'autre jour, alors j'attrape une paire de ciseaux et glisse les lames entre les portes. D'une seule poussée résolue, je tords la serrure. Elle cède plus facilement que je ne m'y attendais. Les portes s'ouvrent. Je vois tout de suite la boîte à chaussures rouge, sur l'étagère du milieu, entourée de dossiers étiquetés « Impôts personnels ». Il me semble qu'un bon début serait d'en examiner le contenu de nouveau. J'hésite, tends l'oreille, guettant des bruits venant de l'étage en dessous. Art verra ce que j'ai fait demain matin, bien sûr, mais pour le moment, je suis trop énervée pour m'en inquiéter. Je prends la boîte et soulève le couvercle.

Elle est vide.

Je fixe l'intérieur, incrédule. L'espace d'un instant, je me demande si je ne suis pas devenue folle. Je doute de tout : est-ce bien la boîte qu'Art m'a montrée l'autre jour ? Celle qui contenait tous les documents concernant Beth et ses obsèques ? Ai-je des hallucinations ? Enfin, le choc passe et l'évidence s'impose à moi. C'est bien la même boîte. Mais tous les papiers ont disparu. Où sont-ils ?

Je me tourne vers les étagères et le bureau tout proche. Quelques lamelles de papier reposent à côté de la déchiqueteuse. J'en ramasse quelques-unes. Bleu et rouge : je suis sûre que ce sont les couleurs du logo des pompes funèbres Tapps. Le même que sur la lettre.

— Qu'est-ce que tu fabriques, bordel ?

Je fais volte-face. Art est debout sur le seuil, les yeux ensommeillés, les cheveux ébouriffés.

Je tends la main, paume ouverte, révélant les fragments déchiquetés.

— Tu as détruit les papiers de Beth ?

Il traverse la pièce et vient vers moi, le regard rivé sur les éclats de bois.

— Pourquoi as-tu fait ça ?

Il me dévisage avec horreur.

— Gen, qu'est-ce qui te prend ?

— Réponds à ma question.

Il s'approche et touche la serrure fracturée.

— Art. Qu'as-tu fait de tout ce qu'il y avait dans la boîte ?

Il a pâli.

— Gen, je suis sérieusement inquiet à ton sujet. Si tu voulais ouvrir ce placard, pourquoi est-ce que tu ne m'as pas demandé la clé, tout simplement ? Ce n'est pas un comportement normal.

La frustration bouillonne en moi.

— Parce que c'est normal de déchiqueter un acte de décès ?

— Je n'ai rien fait de tel. L'acte de décès est rangé avec tous nos autres papiers. Je me suis seulement débarrassé des lettres et des brochures.

— Mais c'étaient les seules choses qu'on avait d'elle.

— Non. C'étaient des paperasses qui n'avaient rien à voir avec elle. De toute façon, avant que cette bonne femme vienne à la porte, tu ne les avais pas regardées depuis des années. Tu ne savais même pas qu'elles existaient, pour la plupart.

Il tend la main vers moi mais je me dérobe.

— Allons, Gen. Je ne voulais pas que ça finisse comme avec cette grenouillère.

J'ai un haut-le-corps. Art n'a jamais compris pourquoi je voulais conserver la petite grenouillère blanche. Pour lui, c'était un comportement morbide.

— Je trouve malsain que tu recommences à repenser à tout ça, dit-il tristement. Je me fais du souci pour toi, Gen. Ça devient une obsession. D'abord, ce fichu paiement, et maintenant les paperasses…

— Je veux savoir la vérité, c'est tout.

Art secoue la tête, tente une nouvelle fois de me toucher. Je recule contre le bureau. Je me sens piégée, acculée. Il m'effleure la joue du bout des doigts.

— Gen, ma chérie, j'en ai parlé avec Hen et nous pensons tous les deux que tu devrais retourner voir ta psy.

Je repousse sa main. C'était donc bien lui qui parlait au téléphone avec Hen l'autre jour. Ou sinon ce jour-là, un autre. J'ai la nausée. Pas seulement parce qu'il s'est confié à Hen. Une thérapie est la dernière chose au monde dont j'ai besoin en ce moment. La psy que j'ai consultée pendant quelque temps après la mort de Beth m'a aidée un peu, mais, en fin de compte, j'en ai eu assez de m'entendre ressasser les mêmes inepties. Le groupe de soutien que j'ai essayé n'était pas mieux. Toutes les mères avaient déjà d'autres enfants – ou étaient tombées enceintes durant la thérapie.

— Quand as-tu détruit ces papiers ?

Art fronce les sourcils.

— Je ne sais pas… La semaine dernière, après que tu les as regardés.

Ce soir-là, je m'en souviens, j'étais descendue au rez-de-chaussée pour appeler Lucy O'Donnell et j'avais entendu craquer les lames du plancher en traversant l'entrée. Art avait nié être remonté dans son bureau.

— Tu m'as dit que tu n'étais pas revenu ici.

Mon cerveau s'emballe à présent.

— Pourquoi as-tu fait ça ? Tu veux me convaincre que je suis folle ?

Art secoue la tête. Une tristesse affreuse se lit dans son regard.

— Oh ! Gen, tu entends ce que tu dis ? Je ne crois pas que c'était ce jour-là. C'était plus tard, je ne t'ai pas menti. Et je n'ai pas suggéré que tu retournes chez le psy parce qu'il y a quelque chose qui ne va pas chez toi, mais parce que je t'aime et qu'il est évident que tu vas mal depuis que cette idiote est venue te raconter ces mensonges.

— Elle s'appelait Lucy O'Donnell et elle est morte, Art.

Les mots ont jailli malgré moi.

— La femme qui m'a parlé de Beth est morte. La semaine dernière, le lendemain du jour où je l'ai vue. Elle a été renversée par une voiture et le conducteur ne s'est pas arrêté.

Un sanglot monte en moi. Parce que je ne crois pas qu'il s'agisse d'un accident, mais je sais qu'Art sera aussi méprisant que tout à l'heure si je suggère que Lucy a été assassinée. Je me détourne pour lui cacher mes larmes. Jamais je ne me suis sentie aussi seule.

— C'est affreux, murmure-t-il en me caressant le bras. Mais ça n'a rien à voir avec ce soir, et tu dois admettre que forcer la serrure de ce placard était irrationnel, Gen. J'essaie seulement de t'aider. Je t'en prie.

Je me retourne. Il semble sincèrement inquiet pour moi et je faiblis.

— Je comprends que ça paraisse extrême, dis-je aussi calmement que possible, mais ce n'est pas une obsession de ma part. J'essaie seulement de découvrir ce qui est réellement arrivé à Beth.

Le visage d'Art s'assombrit. Une terrible amertume se devine dans son regard blessé, dans l'ourlet de sa lèvre, elle s'entend dans sa voix quand il reprend la parole.

— Beth est morte, Gen. Il faut que tu ailles de l'avant, sinon…

Il s'interrompt et se passe une main sur le front.

— Sinon quoi ?

— Sinon, tu vas nous tuer aussi. Nous. Notre relation. Notre mariage. Nous.

Il plante son regard dans le mien.

— Tu ne vois pas ce qui se passe ? Est-ce que tu peux arrêter une seconde et penser à ce que je ressens, moi ? Beth était ma fille aussi.

J'acquiesce, soudain honteuse de mon égoïsme.

Art m'attire à lui, mais je ne suis pas encore prête à me rendre. Je lève la main, lui montre les lambeaux de papier déchiquetés des brochures.

— Tu n'aurais quand même pas dû détruire les papiers.

— Peut-être que non, avoue-t-il. Je suis désolé, Gen…

Sa voix s'étrangle.

— Mais je ne sais plus quoi faire pour t'aider.

Il me serre contre lui sans que j'oppose de résistance. Je suis comme engourdie. Je devine de quoi j'ai l'air : d'une femme qui a pété les plombs à cause des allégations épouvantables d'une autre. Pourtant, je suis sûre que Lucy O'Donnell était sincère. Et je n'ai pas imaginé sa mort.

— Allons nous coucher.

Il s'endort en me tenant contre lui.

J'écoute un moment sa respiration régulière, le poids mort de son bras sur mes côtes. Je songe à la lettre de chez Tapps et à la carte de visite du Dr Rodriguez dissimulées sous le matelas. Comment Art réagirait-il s'il savait que j'ai appelé l'établissement de pompes funèbres et la maternité de Fair Angel ?

Le souvenir du carton rouge vide à l'étage supérieur me tient éveillée. Art n'aurait pas dû déchiqueter ces documents. Il m'accuse de faire une fixation mais sa conduite est aussi extrême que la mienne. À mesure que je reste étendue là sans dormir, je sens ma colère monter. De quel droit a-t-il osé tout détruire ? C'était à nous deux de prendre cette décision.

Je soulève son bras, me glisse hors de la couette et le regarde.

S'il peut agir unilatéralement, j'en suis capable moi aussi.

Son téléphone est sur la table de chevet. Sur une impulsion, je le prends et vais dans la salle de bains au bout du couloir. Je m'assieds au bord de la baignoire, le téléphone dans ma main tremblante. Je connais le mot de passe. Je sais aussi qu'en m'en servant, en vérifiant les appels et les e-mails d'Art, je vais franchir une ligne que je n'ai jamais envisagé de franchir auparavant.

J'hésite pendant de longues secondes silencieuses. Je ne sais plus où j'en suis. Je sais seulement que même si Art est vraiment sincère, il y a quelque chose, une ombre qui rôde à l'arrière-plan, qui m'empêche de rejeter entièrement les allégations de Lucy O'Donnell.

Le couvercle d'une poubelle tombe bruyamment sur le sol dehors et me fait sursauter. Je ne peux plus attendre. Je tape le mot de passe, clique sur l'icône des e-mails. Je parcours les titres – rien que des messages ayant trait au travail. Je regarde ses textos, mais ils ont tous été effacés. Les messages sur la boîte vocale aussi. Reste la liste des appels. Je les fais défiler sans savoir au juste ce que je cherche. La plupart sont identifiés par leurs noms… Kyle plusieurs fois, Tris et Dan… d'autres gens du bureau… le comptable d'Art… et des clients dont je reconnais les patronymes. Ici et là se trouvent quelques numéros anonymes. Je continue. Des appels de Morgan et de Hen le week-end dernier et de Hen la semaine d'avant – celle où Lucy O'Donnell est venue. D'autres appels non identifiés. Je sors mon propre portable et cherche les numéros de Lorcan et de Lucy O'Donnell. Lorcan apparaît sur le téléphone d'Art – une seule fois, le dimanche après-midi d'après la fête. Ce n'est pas une surprise puisqu'il a appelé Art pour lui suggérer d'aller boire un verre. Le numéro de Lucy n'y figure pas, en revanche. Après vérification, celui de Fair Angel et de Tapps non plus. Je m'interromps une seconde pour tirer des conclusions : Art n'a contacté personne du passé – du moins pas par téléphone.

Un chien aboie. Je jette un coup d'œil dans le couloir et tends l'oreille, redoutant qu'Art ne se lève, mais la maison est silencieuse. La sueur perle sur mon front. Je recommence à faire défiler la liste tandis que la panique monte en moi, me prend à la gorge. Qu'est-ce qui m'arrive ? Et si Art se réveille et me surprend ? Qu'est-ce que j'espère trouver ? Qu'est-ce que ça prouvera ?

Je n'ai pas de réponses à mes questions, mais je persiste quand même. Ça ne sert à rien, ces numéros ne m'évoquent rien. Ils sont tous différents, émanent de gens qui n'ont appelé qu'une fois – une minute. Sauf un qui revient tout le temps. Un numéro de portable qui se termine par 865. Cette personne a appelé Art chaque jour cette semaine. Douze fois dans la seule journée d'hier.

Je le griffonne en hâte. Les paumes moites, je rentre dans la chambre sur la pointe des pieds et remets l'appareil là où je l'ai pris. Art est exactement dans la position où je l'ai laissé et respire régulièrement.

Je regarde le numéro. Qui peut bien téléphoner à Art de manière si obsessionnelle ? Un instant, j'ai envie de le réveiller et d'exiger une réponse, mais pour cela, il faudrait que j'avoue l'avoir espionné.

Si je lui pose la question, Art va inventer une excuse… trouver le moyen de me ridiculiser. Je respire à fond. Il y a trois possibilités.

Option 1 : Il s'agit d'un client exaspérant/d'un démarcheur têtu/d'un cinglé. Je suis sûre que c'est l'explication qu'avancerait Art si je le mettais au pied du mur, encore que je voie mal pourquoi, dans ces trois cas, il n'aurait pas bloqué les numéros, tout simplement.

Option 2 : Art a une liaison et c'est sa maîtresse qui appelle, auquel cas il n'y a aucun rapport avec Beth. Seulement, je doute fort qu'Art me soit infidèle, et les appels sont à sens unique. Art n'a pas rappelé. Pas une seule fois.

Option 3 : Ces communications ont un rapport avec Beth. Peut-être cette personne sait-elle même où Beth se trouve. Non… non… C'est complètement insensé.

Je serre les dents et attrape mon propre téléphone. Je m'assure que l'appel va être anonyme, puis compose le numéro. Je n'ai pas la moindre idée de ce que je vais dire si quelqu'un répond, mais je ne peux plus supporter d'être dans l'ignorance.

Ma paume moite colle à l'appareil. Ça sonne à l'autre bout.

Oh ! Mon Dieu, qu'est-ce que je suis en train de faire ?

Un enregistrement, générique, ne donnant que le numéro de téléphone concerné, me prie de laisser un message. J'hésite une seconde, et éteins le téléphone juste avant le bip.

Luttant contre la nausée que je sens monter, je déchire le bout de papier où j'ai noté le numéro, le jette dans la cuvette des toilettes et tire la chasse. Puis je fourre mon téléphone dans mon sac et me recouche. Art ronfle doucement à côté de moi.

Étendue sous la couette, j'essaie de faire le point. Lucy O'Donnell est morte dans des circonstances suspectes. Art a versé cinquante mille livres à quelqu'un juste après la naissance de Beth. Quelqu'un l'appelle constamment et il ne m'en a pas parlé. Hen et lui pensent que retrouver Beth est en voie de devenir une obsession chez moi.

Il n'y a rien de concret. Rien de solide, dans un sens ou dans l'autre. Ni mes questions, ni mes recherches, ni mes appels n'ont rien donné. En fait, de quelque côté que je me tourne, j'aboutis à une impasse. Ce qui signifie que je vais devoir aller plus loin. Agir ne peut pas être pire que ce tourbillon d'ignorance et de soupçon.

Le lendemain matin, la sonnerie du téléphone me réveille en sursaut. Je ne vois pas l'heure qu'il est, mais il fait jour et Art est parti depuis longtemps.

— Madame Loxley ? M. Tapps à l'appareil. Vous m'avez laissé un message hier.

Le ton est poli, l'accent légèrement affecté. C'est la voix d'un homme qui n'est pas tout à fait bien dans sa peau.

— Bonjour… euh… merci de me rappeler.

Je me redresse, tâche de me concentrer. J'explique la situation concernant Beth, la crémation il y a huit ans.

— Elle a dû avoir lieu juste après le 11 juin. Je voudrais parler avec quelqu'un qui s'est occupé… de notre bébé.

Je me lève et m'approche de la fenêtre pour tirer les rideaux.

— Ah.

M. Tapps marque une pause, et quand il reprend la parole, sa voix s'est radoucie.

— Je suis navré, madame Loxley, mais j'ai peur de ne pas pouvoir vous renseigner. Je pensais bien que c'était de cela qu'il s'agissait… parfois, après coup, cela semble aider les gens de parler à ceux qui se sont chargés de ces choses-là.

— Vous vous souvenez…?

Je ne suis toujours pas complètement réveillée, alors j'ouvre la fenêtre et respire l'air vif du matin.

— Bien sûr.

La voix de M. Tapps est pleine de compassion.

— Quand ma secrétaire m'a dit que vous étiez une cliente, j'ai vérifié les archives et… eh bien, comme je vous le disais, je suis terriblement désolé, mais, pour une raison ou pour une autre, le nom de la personne qui a préparé votre fille ne figure pas dans son dossier.

— Ah non ?

Je suis tout éveillée à présent. Un vent glacial

s'engouffre dans la chambre, et fait trembler la fenêtre. Il siffle à mes oreilles.

— Mais vous vous souvenez d'elle ? Vous avez des archives concernant les obsèques ?

— Nous avons des archives pour tout, répond M. Tapps d'une voix posée. Depuis le moment où le corps arrive chez nous jusqu'à la date des obsèques. Celles de votre fille ont eu lieu très peu de temps après. Toutes les opérations ont été notées, par jours et par heures, mais pas le nom de l'employé qui les a réalisées.

— Je vois.

— Je suis vraiment désolé, madame Loxley. J'ai demandé à tous ceux qui travaillaient déjà ici à l'époque. Personne ne se souvient de s'être occupé de… de votre enfant. C'était il y a longtemps.

— Je vois.

Puis une idée me vient.

— Et le règlement des obsèques ? Avez-vous le nom de la personne qui l'a effectué ?

J'espère, bizarrement, qu'il va me dire que c'est le Dr Rodriguez, bien qu'il soit beaucoup plus probable et logique que ce soit Art.

— Nous ne demandons pas d'honoraires pour les obsèques d'un enfant mort-né, madame Loxley, répond M. Tapps, une pointe de gêne dans la voix. C'est un principe dans la profession.

— Oh ! Très bien. Excusez-moi.

Cela montre à quel point j'étais déconnectée du monde réel à l'époque.

— Eh bien, je vous remercie de m'avoir rappelée.

Je raccroche, et vais refermer la fenêtre. Je retourne vers le lit et m'assieds en tailleur dessus, perdue dans mes pensées. Une nouvelle impasse. Le médecin qui a procédé à la césarienne s'est volatilisé, l'infirmière qui l'a aidé est morte et il n'y a aucun moyen de savoir qui a préparé le corps de mon enfant mort-née.

Ce ne sont vraiment que des coïncidences ?

Je prends mon téléphone. Je ne peux pas m'en sortir toute seule, pourtant il ne servirait à rien d'appeler Art… ou Hen. Elle a dit très clairement qu'elle ne croyait pas qu'il y ait la moindre parcelle de vérité dans les allégations de Lucy O'Donnell. Je pourrais essayer une de mes autres amies, mais je vois d'ici leur tête quand j'essaierai d'expliquer mes angoisses, j'imagine leur perplexité, leur inquiétude pour moi, qui me laisse submerger par le chagrin… moi que cet espoir dément rend folle… qui ai perdu tout sens des réalités.

Et puis je pense à Lorcan, à son regard calme. À sa compassion. À l'intuition qu'il a eue en disant que mes ennuis étaient d'une manière ou d'une autre liés à Art.

Il répond à la première sonnerie.

— Gen ? dit-il avec chaleur. Qu'est-ce qui se passe ?

— Salut.

Ma voix s'étrangle.

— L'autre jour, tu as offert…

J'hésite. Maintenant que je lui parle, cela semble trop demander.

— Et j'étais sincère. Que puis-je faire ?

Il arrive dans l'heure. Je le fais entrer dans la cuisine, me sentant coupable d'agir dans le dos d'Art. Enfin, je n'ai pas l'intention de lui révéler tous mes soupçons… et certainement pas ceux qui concernent

Art lui-même. Pour l'instant, il sait seulement que j'ai besoin de son aide.

Il s'assied en face de moi et m'enveloppe de son regard intense. Une barbe naissante assombrit son menton et on distingue une minuscule cicatrice au-dessus d'un œil. Regarde-t-il tout le monde ainsi ?

« J'espère que non. » Cette pensée m'échappe avant que j'aie eu le temps de la refouler.

Je lâche un soupir.

— Ce n'est pas facile.

Il se penche en avant et sourit.

— Détends-toi. Tu n'es pas obligée de tout me dire si tu n'en as pas envie.

— Je sais… Écoute, une femme est venue me voir. Elle prétendait que mon bébé est né vivant… que le médecin l'a volé…

— Vraiment ? dit-il, choqué. Mais comment est-ce que ça aurait pu se produire ? Est-ce seulement possible ?

— Ça l'est… j'ai eu une césarienne, j'étais sous anesthésie générale.

Je poursuis, expliquant en détail ce que j'ai fait et découvert. La seule chose que je tais, c'est que Lucy O'Donnell a affirmé qu'Art était au courant.

Il secoue la tête, plus stupéfait qu'incrédule.

— Alors tu penses vraiment que ta fille pourrait être encore vivante ?

— Oui… enfin, je pense que Lucy O'Donnell le croyait. Mais ce n'est pas possible, si ? Je veux dire, c'est absurde.

— Tu en as parlé à la police ?

— Non… je n'ai aucune preuve.

— Et Art, qu'en dit-il ?

Je garde le silence.

Au loin, une sirène de police hurle. Lorcan me dévisage toujours.

— Ah ! Je vois. Art pense que toute l'histoire est abracadabrante.

— Elle l'est sans doute.

Je baisse les yeux.

— Je ne peux pas reparler à Lucy O'Donnell parce qu'elle vient de mourir. Elle a été renversée par quelqu'un qui ne s'est pas arrêté.

— Bon Dieu !

— Je sais. Moi, je trouve ça vraiment suspect mais, là non plus, il n'y a pas de preuve.

Je lui montre la coupure de journal.

— Je ne sais pas quoi faire. C'est tellement invraisemblable. Enfin, pourquoi est-ce qu'un médecin prétendrait qu'un bébé est mort s'il est vivant ? Je suis presque tentée d'aller à la clinique où j'ai accouché, à Oxford. Je sais que mon docteur n'y exerce plus mais c'est le meilleur endroit où commencer à le chercher. D'un autre côté, tout ça paraît si absurde…

— Ça, c'est vrai.

Lorcan se cale sur sa chaise, sans me quitter des yeux.

— La plupart des gens diraient que la seule raison qui te pousse à y croire, c'est que tu veux que ça soit vrai – tu veux que Beth soit en vie.

Je hoche la tête.

— Ce qui est l'enfer pour toi, parce que maintenant tu es déchirée entre faire quelque chose en te demandant si tu es dingue, et ne rien faire et manquer une chance – si mince soit-elle – de retrouver ta fille quelque part. C'est bien ça ?

— C'est ça.

— Bon. Dans ce cas, allons-y.

Il se lève. Je l'imite.

— Quoi ?

— Allons à l'hôpital.

— À l'hôpital ? Maintenant ? Mais il est à Oxford !

— Et alors ?

— On ne peut pas y aller comme ça.

— Pourquoi pas ? La clinique a forcément une adresse à laquelle joindre le Dr Rodriguez. Ce sera plus facile de l'obtenir si nous nous présentons en personne. Nous serons plus convaincants.

— Qu'est-ce qu'on va dire ?

— On y réfléchira en route. Ma voiture est devant. En partant tout de suite, on peut y être dans une heure.

Je le dévisage, le cœur battant à toute allure.

— Mais… j'ai un cours cet après-midi.

Lorcan hausse les sourcils.

— Annule-le. Dis que tu es malade.

J'hésite. Cela me déplaît d'être malhonnête et de mettre l'institut dans une situation délicate, mais la tentation est trop forte. De toute façon, avec toutes les pensées qui me passent par la tête, je ne serais pas d'une grande utilité à mes étudiants.

— Tu es sûr de vouloir m'aider à faire ça ?

— Pourquoi pas ?

Il secoue la tête avec impatience.

— Je ne revois Cal que demain. Je ne travaille pas, je n'ai pas de casting… mais si tu… préfères que je ne vienne pas…

Je le regarde. Je me sens presque fiévreuse ; hors de contrôle au point que j'en suis effrayée. Il y a quelque chose de si fort dans sa détermination, de si bouleversant, que, l'espace d'une seconde, je ne peux pas réfléchir correctement. Puis mes idées s'éclaircissent.

— Tu crois que ça pourrait être vrai, que Beth est vivante ? Est-ce que toute cette entreprise n'est pas un peu irréfléchie ?

— Et alors ? Je suis acteur, j'ai le droit de faire des trucs irréfléchis. Et oui, bien sûr que c'est possible. Tu n'as jamais vu le corps, n'est-ce pas ?

— En effet, mais tout porte à croire que c'est impossible.

— Et alors ? Il faut que tu en aies le cœur net.

Il sourit.

— De toute façon, il y a des jours où je pense à au moins six choses impossibles avant le petit déjeuner.

Je ne peux pas m'empêcher de sourire aussi. La voix et l'expression de Lorcan sont si convaincantes.

— D'accord, Alice au pays des merveilles.

Il ouvre les bras.

— Allez, viens. Toi et moi. Qu'avons-nous à perdre ?

Brusquement, je me sens vivante. Depuis quand n'ai-je pas éprouvé cette sensation-là ?

Je fais un pas vers lui.

Quand je suis rentré dans la classe, Mlle Evans a remarqué l'état de mon pantalon. J'ai dit que j'avais eu un accident et Mlle Evans a été très gentille et elle m'a prêté un pantalon qu'elle a pris dans le casier des objets trouvés. Mais après, à la maison, Maman a vu que j'avais le cœur gros et elle m'a obligé à tout lui raconter. Elle s'est mise en colère et elle a crié que le Grand Roux et Dent cassée étaient des Méchants.

Elle a dit que j'étais mieux qu'eux et qu'il fallait que je me venge. Que ce serait un bon entraînement à cause des Méchants grands qui pourraient me dire des mensonges et essayer de me faire du mal.

Maman a expliqué qu'elle ne parlait pas de donner des coups de pied ni de se battre, ni d'appeler au secours si c'était un Méchant grand et qu'elle ne parlait pas non plus de rapporter à la maîtresse. D'abord, je n'ai pas compris parce que j'étais trop petit. Et puis j'ai deviné qu'elle voulait dire qu'il fallait être malin : « Tu vois, quand quelqu'un te fait du mal, il faut lui faire du mal en pire. »

Maman a dit que c'est pas parce qu'on est plus petit que les gens contre qui on se bat qu'on ne peut pas se venger. Elle a dit que se venger du Grand Roux et de Dent cassée serait un bon point de départ et que je devrais trouver un moyen rusé et spécial de le faire.

Et c'est ce que j'ai fait.

10

Avant de partir pour Oxford, j'appelle l'institut et informe Sami que j'ai une migraine affreuse et que je ne peux pas venir cet après-midi. J'ai des remords, mais dès que je raccroche Lorcan me change les idées en m'interrogeant sur la meilleure route à prendre. Il nous faut un certain temps pour sortir de Londres. Une fois sur l'autoroute, je me laisse aller contre le dossier et l'observe.

La force tranquille qui émane de lui me plaît beaucoup. Alors qu'Art est dynamique et dominateur, débordant d'énergie et de détermination, l'attitude de Lorcan est beaucoup plus détendue. Avec lui, on croirait qu'une équipée à Oxford pour aller fouiner dans une clinique privée est tout ce qu'il y a de plus normal, comme une excursion à la campagne. Et pourtant, à sa manière, il est aussi résolu qu'Art.

— Alors, explique-moi. Tu me connais à peine, pourquoi est-ce que tu m'aides comme ça ?

Il se tourne vers moi.

— Je comprends ce que tu ressens, Gen. Quand Elaine et moi nous nous sommes séparés, elle était furieuse, elle a menacé de m'empêcher de voir Cal. On s'est battus pour avoir sa garde, pour tout. Au moment où il a fallu que je retourne en Irlande pour le feuilleton, rien n'était réglé. Ça m'a rongé. Je ne savais vraiment pas ce qu'elle allait faire : sortir Cal du pays ? Raconter des mensonges à la police à mon sujet ? Raconter des mensonges à mon fils ? Il était tout petit à l'époque – il ne se serait même pas souvenu de moi. J'ai failli devenir fou. Je ne pouvais pas m'empêcher d'y penser sans arrêt, d'imaginer un scénario après l'autre… donc – je comprends – il faut que tu saches.

Je hoche la tête, lentement. *C'est l'espoir qui tue.* Art n'a jamais vraiment compris ça. Y penser me rappelle Art lui-même.

— Qu'est-ce que je vais dire à Art, si je ne suis pas là quand il rentrera ?

— Peut-être qu'il ne sera pas nécessaire de dire quoi que ce soit. À quelle heure est-ce qu'il rentre d'habitude ?

— Vers vingt ou vingt et une heures.

— Ce type est une machine, marmonne Lorcan en levant les yeux au ciel.

Un silence se fait. Quelque chose bascule entre nous. Je devine que l'aide que m'offre Lorcan, si généreuse soit-elle, a des motivations qui m'échappent, mais qui doivent avoir un rapport avec son passé commun avec Art.

— Tu lui en veux de t'avoir renvoyé de Loxley Benson, n'est-ce pas ?

Lorcan me regarde, avec un embarras mêlé de défi.

— Ce n'est pas si simple.

Un autre silence s'installe entre nous. Je suis tentée de lui demander ce qu'il veut dire par là, mais je sens qu'il changera de sujet si j'essaie.

Je peux toujours envoyer un texto à Art plus tard, prétexter que je retrouve une amie en ville ce soir. De toute façon, il est probable que je serai à la maison avant lui.

Je regarde les arbres flous derrière la vitre. Je sais que je devrais me sentir coupable, qu'essayer de retrouver le Dr Rodriguez signifie que je ne fais pas vraiment confiance à mon mari… que, de quelque manière qu'on voie les choses, mentir à l'institut et projeter de mentir à Art est mal. Mais je ne me sens pas coupable.

Ce n'est pas seulement à cause de tous les doutes et soupçons qui se bousculent dans ma tête. Il y a aussi une partie de moi qui, même si j'hésite à l'admettre, est séduite par Lorcan. Sa présence me donne l'impression que tout est possible. Me libère au lieu de me peser. Brusquement, l'envie autrefois familière d'écrire me démange. Peut-être que cela, aussi, sera possible quand je saurai la vérité.

Une fois à Oxford, nous trouvons sans peine la maternité Fair Angel. Le bâtiment – un mariage de style gothique victorien et d'ultracontemporain en verre et brique – correspond en tout point à mes souvenirs. La poignée en laiton rutilante de la porte d'entrée me fait frissonner.

C'est en ce lieu que ma fille est morte.

Ou qu'elle m'a été volée.

Il ne fait pas aussi froid que tout à l'heure – en dépit des mises en garde répétées des bulletins météo annonçant des chutes de neige –, pourtant je frissonne de nouveau. Lorcan pose sa main au creux de mon dos. Ses doigts sont chauds et fermes tout contre moi. Je devrais me dégager – le contact est trop intime, mais je savoure aussi le réconfort qu'il m'apporte. Sa force.

Je lui lance un regard de biais.

— Prête ? me dit-il. Tu sais quoi dire ?

J'acquiesce. Lorcan tend la main et appuie sur la sonnette. J'inspire son odeur – un mélange de sciure, de savon, de quelque chose de vif et de citronné.

Une voix féminine et guindée s'élève dans l'interphone.

— Vous désirez ?

Je donne le faux nom sur lequel Lorcan et moi nous sommes mis d'accord plus tôt.

— J'ai rendez-vous avec le Dr Rodriguez.

— Je ne… une minute.

Lorcan et moi échangeons un regard. Une seconde plus tard, la voix guindée est de retour.

— Je crains qu'il n'y ait une erreur. Le Dr Rodriguez ne travaille plus ici.

— Mais j'ai fait tout le chemin depuis Londres ! Je vous en prie… il faut que je parle à quelqu'un.

J'ai parlé avec émotion. Après un court silence, la porte bourdonne.

Lorcan sourit et s'efface pour me laisser passer. Tout cela c'est son idée, le plan que nous avons échafaudé dans son élégante Audi noire. Il semble encore sûr de lui et détendu, à des années-lumière de ce que je ressens, moi. Je lui suis profondément reconnaissante. Je ne pourrais pas affronter cette visite seule ou avec quelqu'un moins sûr de lui qu'il ne l'est.

À l'intérieur, j'ai un peu de mal à me repérer. Tout a été rénové, réaménagé. L'accueil se trouve désormais à gauche de l'entrée et je ne reconnais pas la réceptionniste, une femme d'une cinquantaine d'années, chaussée de lunettes de marque. Son regard se pose sur moi d'abord, sur Lorcan ensuite. Il le lui rend, en s'attardant une seconde de plus que nécessaire.

Elle se tourne vers moi.

— Quel nom m'avez-vous dit ?

Je redonne mon faux nom. Nous avons décidé de garder tout le reste tel quel. Lorcan affirme que les mensonges sont plus efficaces quand ils se rapprochent le plus possible de la vérité.

— J'ai été une patiente du Dr Rodriguez ici il y a huit ans, dis-je. J'ai pris rendez-vous pour le voir aujourd'hui.

La femme lève les yeux de son registre, le front barré d'un pli.

— Je ne comprends pas. Le Dr Rodriguez est parti il y a très longtemps, avant que je commence à travailler ici. Je ne sais pas qui vous a donné ce rendez-vous. Il a dû y avoir un malentendu.

— Oh !

Mon cœur bat si fort que je crains qu'elle ne l'entende. Je n'ai pas besoin de feindre la vulnérabilité que je suis censée manifester. Des larmes me picotent les paupières.

— Mais nous sommes venus de Londres !

Je me détourne, cherchant un mouchoir dans mon sac.

Tandis que je me tamponne les yeux, Lorcan prend la relève derrière moi. Il parle si bas que je ne saisis qu'un mot par-ci, par-là : *mort-né*... *ami*... *deuil*...

Je jette un rapide coup d'œil. Même si l'expression de la réceptionniste s'est adoucie, je vois bien qu'elle ne va pas céder.

— Je suis vraiment désolée, dit-elle lorsque Lorcan a fini, il n'y a rien que je puisse faire…

J'éclate en sanglots.

— Mais j'ai pris rendez-vous ! Comment a-t-on pu me donner rendez-vous s'il ne travaille pas ici ?

La femme remonte ses lunettes. Elle a l'air embarrassée à présent.

— Je suis vraiment désolée qu'une telle erreur ait pu se produire.

Son doigt descend sur la page ouverte du registre.

— Votre nom ne figure pas sur la liste des rendez-vous, mais je pourrais demander à un des médecins de vous parler…

— C'est le Dr Rodriguez qu'elle a besoin de voir, intervient Lorcan, avec un mélange parfait de fermeté et de courtoisie. Pourriez-vous nous dire comment le joindre ?

Je m'empresse de renchérir.

— Oui. Je suis sûre qu'il ne verrait aucun inconvénient à ce que je le contacte. Il a toujours dit qu'il serait heureux de me voir si j'avais besoin de lui parler.

La réceptionniste m'adresse un sourire compatissant.

— Je suis vraiment, vraiment désolée. Malheureusement, le règlement nous interdit de donner les adresses du personnel.

Lorcan pose la main sur le bureau à côté de la sienne.

— N'y a-t-il rien que vous puissiez faire ? demande-t-il doucement. Nous vous en serions vraiment reconnaissants.

Elle le regarde, hésitante.

— Écoutez… Je vais demander à la directrice. Peut-être y a-t-il moyen de… de lui transmettre vos coordonnées pour qu'il puisse vous appeler.

Elle sourit à Lorcan avant de s'éloigner en trottinant. Je me tourne vers lui, légèrement inquiète.

— Il ne faut pas que Rodriguez sache que j'essaie de le retrouver.

— Ne t'en fais pas. Nous n'avons pas donné ton vrai nom.

J'acquiesce et traverse la salle. J'aperçois tout juste, à travers les portes vitrées, le saule que j'ai passé des heures à fixer après la naissance de Beth.

L'unité d'accouchement est juste derrière. C'est si étrange d'être de retour ici, dans un décor qui semble à la fois familier et sorti d'une autre vie.

Un instant plus tard, la réceptionniste revient. Une autre femme l'accompagne – plus âgée, aux traits plus durs.

— Bonjour, dit-elle en me toisant froidement.

Oh ! mon Dieu, c'est à elle que j'ai parlé hier, au téléphone.

— Bonjour. Je suis désolée de vous déranger, mais…

— Je suis désolée aussi, mais il est contraire au règlement de divulguer des informations personnelles.

Elle marque une pause, haussant les sourcils.

— C'est vous qui avez appelé hier, n'est-ce pas ?

— Non.

Je rougis malgré moi, honteuse d'avoir été démasquée.

— Vraiment ?

Elle arque les sourcils de plus belle.

— Évidemment, si c'était vous, vous sauriez que le Dr Rodriguez ne travaille plus ici et vous n'auriez évidemment pas de rendez-vous avec lui, n'est-ce pas ?

J'ai les joues en feu.

Cette femme émet un petit bruit méprisant.

— Le Dr Rodriguez a déménagé peu après avoir

quitté son poste ici, ajoute-t-elle d'un ton glacial et sans réplique. Nous n'avons pas d'adresse où faire suivre son courrier.

Est-ce vrai ? J'observe ses lèvres pincées, le rouge à lèvres qui déborde sur les rides autour de sa bouche. Il n'y a pas la moindre chaleur dans ses yeux. Debout à côté d'elle, la réceptionniste ne sait plus où se mettre. Elle ne cesse d'adresser à Lorcan des regards d'excuse.

— Je présume que si le Dr Rodriguez avait désiré qu'on puisse le contacter, il nous aurait laissé ses coordonnées, reprend la femme acariâtre en se redressant. Mais il ne l'a pas fait.

Nous nous affrontons du regard. Comment savoir si elle fait seulement preuve d'un zèle extrême ou si le Dr Rodriguez lui a fait la leçon afin qu'elle décourage les importuns ? Soudain, je sens que Lorcan me tire par le bras.

— Merci quand même.

Il salue d'un signe de tête la réceptionniste toujours aussi gênée et sa responsable, et me guide doucement vers la porte.

Dehors, le vent se lève subitement. Je tire sur mon bonnet alors que nous descendons les marches du perron en silence.

— Je suppose qu'il va falloir s'y prendre autrement, soupire-t-il.

Je passe en revue les options possibles. J'ai déjà cherché sur Google, et Rodriguez n'apparaît ni sur Facebook ni sur les autres réseaux sociaux, pas plus que sur l'annuaire général des médecins. Quelles autres possibilités reste-t-il ?

— Attendez !

C'est la réceptionniste qui se hâte vers nous, hors d'haleine.

— Je suis vraiment désolée pour cette scène.

Elle me jette un regard en biais et je devine qu'elle veut parler à Lorcan en tête à tête.

Je monte dans la voiture et ferme la portière pendant qu'il l'entraîne un peu plus loin. Ils échangent quelques mots à voix basse. Deux minutes plus tard, Lorcan me rejoint.

— C'était quoi, ça ?

— Elle était vraiment désolée pour toi, dit-il en esquissant un sourire. Elle voulait t'aider.

— Comment ?

— Elle a parlé à une infirmière qui travaille à la clinique depuis des années et qui connaît bien Rodriguez. Elle est pratiquement sûre qu'il n'a pas quitté la région.

Il hausse les sourcils.

— Il aurait touché pas mal d'argent, d'après elle.

— Elle t'a donné son adresse ?

J'ai le cœur qui cogne.

— Pas exactement, mais j'ai le nom du village où il s'est installé. Mendelbury, dans les Cotswolds. Très joli, apparemment. Il a obtenu un prix dans un concours régional de jardins fleuris l'an dernier.

Je le regarde, interdite.

Il tire un bout de papier de sa poche.

— Elle m'a même donné son numéro de téléphone, ajoute-t-il d'un ton espiègle, au cas où.

— Ben voyons.

L'espace d'une seconde, je me sens ridiculement jalouse. L'instant passe. Lorcan sourit toujours. À vrai dire, ça ne me plaît pas qu'il puisse être si manipulateur. C'est insensé, il ne fait qu'essayer de m'aider.

Il glisse le bout de papier dans sa poche et démarre.

— Direction Mendelbury ?

Je jette un coup d'œil à l'horloge du tableau de bord. Il est presque quatorze heures.

— D'accord, mais comment va-t-on s'y prendre pour retrouver le Dr Rodriguez si on n'a que le nom du village…

— Je suppose qu'on va devoir frapper à toutes les portes jusqu'à ce qu'on le trouve – lui ou quelqu'un qui sache où il habite, dit-il en s'engageant sur la route déserte.

Je ne peux réprimer un rire.

— Tu es dingue.

Il me jette un coup d'œil.

— Ouais. Je suis comme ça. Mais ne va pas croire que je te rends service. Ça me fait plaisir de passer l'après-midi avec toi.

Je me tourne vers la vitre, à la fois gênée et contente. Une série de maisons mitoyennes cède la place à une rangée de magasins. Je pointe le bras vers le panneau indiquant Mendelbury, Lorcan tourne et nous continuons à rouler en silence.

— Bon sang, combien y a-t-il encore de maisons ? gémit Lorcan en se laissant tomber sur un banc.

Mendelbury n'est qu'un gros village – d'après Google, consulté sur mon portable, il compte à peine plus de deux mille habitants. Une magnifique église en grès – vieille de plusieurs siècles – se trouve à notre gauche. Les demeures environnantes sont en grès aussi, dotées de petites fenêtres et de murs couverts de lierre.

La moitié des maisons semblent désertes – je suppose qu'il s'agit de résidences secondaires, inoccupées du lundi au vendredi.

Nous avons débité notre histoire aux clients du pub situé en face de l'église. Là non plus, personne n'a entendu parler du Dr Rodriguez. Lorcan a insisté pour nous commander chacun un sandwich, mais je n'ai rien pu avaler. Je ne peux me défaire d'un terrible sentiment d'angoisse – c'est en partie la peur que tous ces efforts n'aboutissent à rien. Mais j'ai peur aussi parce que, plus nous cherchons, plus mon espoir grandit. Et si je finis par apprendre que Beth est morte, après tout ? Pire, si son ravisseur découvre que je suis sur leur piste, prendra-t-il des mesures pour s'assurer que je ne la retrouve jamais ?

Nous repartons, Lorcan d'un côté et moi de l'autre. Dans cette rue, la plupart des gens sont chez eux mais personne ne connaît le médecin. Je regrette de ne pas avoir de photo à leur montrer – ma description d'un homme élancé aux cheveux bruns, les traits réguliers et le nez long et fin ressemble à s'y méprendre à celle d'un héros de roman de gare.

Nous nous rejoignons pour faire le point.

— Rien, soupire Lorcan.

— Pourtant quelqu'un portant un nom espagnol ne doit pas passer inaperçu.

— Encore faut-il que les gens connaissent son nom.

Au-dessus de nous, le ciel est bleu vif, le soleil darde une lumière farouche sur nos visages. La journée devient plus sèche, plus froide.

— Je suis désolée.

Lorcan me tapote le dos.

— Ne t'excuse pas. Il n'y a pas de problème. Je vais arrêter de ronchonner.

Je me rends soudain compte que nous sommes assis très près l'un de l'autre, et je me lève.

— Je vais continuer. Repose-toi un moment, si tu veux.

— Non. Je t'accompagne. Essayons par là, dit-il en désignant une rue bordée d'arbres qui part de l'église.

La première maison est un cottage. Je promène un regard sur le jardin – un carré de graviers entouré d'arbustes taillés avec soin – pendant que Lorcan sonne à la porte.

La porte grince, s'ouvre à demi, révélant une jeune mère flanquée de deux bambins qui jouent dans ses jambes. Lorcan se lance dans notre histoire. Je ne sais pas comment il fait, mais chaque fois qu'il la raconte, elle semble neuve et sincère.

— Excusez-nous de vous déranger, dit-il en lui décochant ce grand sourire qui éclaire tout son visage. Nous cherchons le Dr Martin Rodriguez. Il a une soixantaine d'années, le teint mat, les cheveux bruns… c'est un vieil ami de la famille avec qui nous avons perdu contact… il a emménagé ici l'an dernier… nous avons bêtement égaré son adresse et son numéro de téléphone…

La jeune femme secoue la tête et recule.

— Désolée, je ne vois pas.

Lorcan et moi rebroussons chemin en silence et nous dirigeons vers la demeure suivante. Ni l'un ni l'autre ne suggère de nous séparer de nouveau pour couvrir plus de terrain. Et puis, cinq portes plus loin, la chance nous sourit enfin.

Une femme d'âge moyen ouvre sa porte. Elle cille dès que Lorcan mentionne le nom de Rodriguez.

Lorcan s'interrompt. Il a remarqué sa réaction, lui aussi. Je ne peux m'empêcher d'intervenir.

— Vous le connaissez ? Le Dr Rodriguez ?

La femme me dévisage.

— S'il vous plaît... Quand nous avons dit que c'était un vieil ami, eh bien, la vérité, c'est que j'ai été une de ses patientes il y a quelques années. J'ai perdu mon bébé et... et il a toujours dit que si j'avais besoin de lui parler, il prendrait le temps de me recevoir. Je sais qu'il voudrait que je le trouve. Il a été si gentil avec moi et nous avons fait tout ce chemin et je n'arrive pas à croire que nous avons égaré l'adresse et... s'il vous plaît...

Je suis hors d'haleine, ma voix s'étrangle.

Lorcan passe le bras autour de moi. Ses doigts caressent distraitement mon épaule. Un frisson me parcourt.

— Si vous pouviez nous donner le moindre renseignement, nous vous en serions très reconnaissants, intervient-il en me serrant contre lui. Ma femme et moi avons beaucoup souffert, comme vous pouvez l'imaginer, j'en suis sûr. Nous espérions que cela aiderait notre travail de deuil, c'est tout.

Son mensonge me fait rougir. Je ne peux plus regarder cette femme dans les yeux, alors je regarde par terre, l'observant en catimini.

Elle considère Lorcan, pensive.

— Eh bien, dit-elle enfin, je n'en suis pas sûre mais je crois l'avoir vu au pub.

Je jette un coup d'œil par-dessus mon épaule en direction du pub où nos questions n'ont rien donné.

— Pas celui-là. Le *Star*. À l'autre bout du village.

Elle désigne la longue route qui part dans la direction opposée.

— Merci, dis-je avec reconnaissance.

Elle hoche la tête, et, alors qu'elle referme sa porte, Lorcan retire lentement son bras.

Je boutonne ma veste jusqu'en haut et ajuste mon bonnet. Après des heures d'anxiété, j'ai l'estomac noué pour de bon à présent. Enfin une vraie piste.

Je sirote, lentement, ma deuxième eau minérale. Il est dix-huit heures passées et Lorcan et moi sommes assis seuls dans un coin du *Star*, d'où nous avons une vue dégagée de la salle. En ce moment, il n'y a qu'un seul serveur – un vieux bonhomme grincheux qui a secoué la tête quand nous lui avons demandé s'il avait vu le Dr Rodriguez récemment. Quelques clients sont entrés et sortis, mais, jusqu'ici, personne qui connaisse le médecin.

Art a téléphoné il y a un petit moment. Je n'ai pas répondu. Il a laissé un message pour m'annoncer qu'il allait tâcher de rentrer de bonne heure. Non sans remords, j'ai renvoyé un texto le prévenant de ne pas s'inquiéter, que j'avais rendez-vous avec « les copines » en ville et que je le verrais plus tard. J'ai fait attention à ne pas préciser quelles « copines », au cas où une d'entre elles s'aviserait justement de téléphoner à la maison ce soir.

L'horloge au-dessus de la cheminée égrène les secondes. Une autre demi-heure s'écoule tandis que la lumière décline au-dehors. Lorcan et moi lisons dans un silence tranquille les journaux laissés sur le comptoir. Une femme d'un certain âge entre dans l'établissement. À en juger par la manière dont ils se parlent, je suis certaine qu'elle est l'épouse de Grincheux. Elle sert une pinte puis se met à rincer des verres, penchée sur l'évier. Après avoir grommelé quelque chose à son adresse, Grincheux disparaît à l'arrière. Lorcan et moi échangeons un regard et nous nous approchons.

— C'est calme, hein ?

La femme lève la tête. Elle a des cheveux courts teints en châtain, avec deux centimètres de gris à la racine. Un sourire est plaqué sur son visage, mais la tristesse d'un mariage usé se lit dans ses yeux.

— C'est sympa ici, ajoute Lorcan en s'accoudant au bar. Je suis surpris qu'il n'y ait pas plus de monde.

— C'est toujours calme en début de semaine, répond-elle, avant de jeter un coup d'œil vers moi. Voulez-vous dîner, à propos ? J'ai fait du chili ce soir.

Elle sourit, d'un sourire plus chaleureux, plus sincère qu'avant.

— C'est ce qui attire les clients, à vrai dire. Il n'y a pas vraiment de carte, en revanche, nous offrons de la qualité.

— Peut-être tout à l'heure, dis-je.

À côté de moi, Lorcan acquiesce.

— Je vais en prendre un.

— On espérait trouver Martin Rodriguez. On est venus de Londres pour le voir mais j'ai bêtement laissé ses coordonnées à la maison et il n'est pas dans l'annuaire, alors…

— Oh ! Martin va venir tout à l'heure, c'est sûr, répond la femme avec un nouveau sourire.

Mon cœur manque un battement mais je me contente de lui rendre son sourire.

— Ah oui ?

— Oui. Il mange ici presque tous les soirs. J'imagine qu'il s'ennuie, tout seul dans cette grande maison. Il m'a dit un jour que je lui économisais une fortune en lui évitant d'embaucher une gouvernante. Je croyais qu'il plaisantait, mais avec Martin on ne sait jamais.

Elle lâche un rire rauque, qui transforme son visage, adoucit ses traits et la rajeunit de dix ans au moins. Je suis ramenée en arrière, à ma première rencontre avec le Dr Rodriguez – j'avais été incroyablement impressionnée par l'autorité et le charisme qui émanaient de lui.

— Vous connaissez bien Martin ? demande la femme.

La question est plutôt innocente, la voix un rien possessive.

— Il était mon médecin. Il y a longtemps. On savait qu'il habitait par ici et…

Je sèche, ne sachant plus au juste quels mensonges concernant Rodriguez j'ai déjà racontés dans ce pub.

— Je crois qu'il nous a parlé de vous, en fait, intervient Lorcan, volant à mon secours. Tu ne te rappelles pas ? Martin nous a dit un jour que la cuisine était excellente ici.

Je hoche la tête en signe d'assentiment. La femme derrière le bar a l'air contente et je suppose que je devrais l'être aussi. L'aide de Lorcan me facilite beaucoup la tâche. Et pourtant les mensonges lui viennent avec une extraordinaire facilité, ce qui n'est pas exactement, j'en ai bien conscience, un trait rassurant de sa personnalité.

J'essaie de prendre un ton dégagé.

— Alors, Martin habite par ici ? Je n'ai aucun sens de l'orientation.

— Bien sûr. À cinq minutes à pied, dans la côte. Je suppose que vous êtes au courant de tout ce tintouin avec le conseil municipal à propos de ses statues de lions, ajoute-t-elle d'un air amusé. Personnellement, ce n'est pas mon truc, mais il est chez lui, alors nous l'avons soutenu.

Je souris, en me demandant à quoi elle fait allusion.

— Je vous commande un chili, monsieur.

Elle gagne l'arrière et Lorcan met la main sur mon bras.

— Elle suppose qu'on est mariés, dit-il à voix basse. Joue le jeu.

Je me sens rougir, mais, avant que j'aie le temps de répondre, la porte s'ouvre à la volée derrière nous et une voix familière flotte vers nous, accompagnée de l'air froid de l'extérieur.

— Il ne fait pas chaud, hein ?

Le Dr Rodriguez.

Après tout ce temps, tous ces efforts pour le retrouver, il est enfin là.

11

La voix du Dr Rodriguez fait resurgir les souvenirs – l'excitation de mon premier rendez-vous… ma tension avant la césarienne… l'horloge accrochée au mur, la première chose que j'ai vue, encore assommée après l'anesthésie générale, la détresse dans les yeux d'Art alors qu'il me disait : « Je suis tellement désolé qu'on l'ait perdue. »

Je pivote lentement. Rodriguez salue un client. Retire son manteau.

Je m'approche de lui dans une sorte de brouillard. Lorcan et moi avons répété ce que nous allions lui dire durant le trajet, mais soudain j'ai tout oublié. Mon cœur bat à se rompre. Le médecin bavarde avec un petit vieux coiffé d'un feutre. Occupé à plier son manteau et à le poser avec soin sur une chaise, il ne nous a pas encore vus. Ses doigts sont longs, bronzés et manucurés.

Je suis tout près de lui. Il se redresse. Sent ma présence. Se retourne.

Il est aussi grand et aussi élancé que dans mon souvenir, mais son visage séduisant, anguleux, semble moins las. La surprise qui se lit dans son regard cède la place à l'inquiétude lorsqu'il me reconnaît. Parce qu'il est coupable ? Honteux ? Ou seulement abasourdi ?

— Madame Loxley, n'est-ce pas ?

Il a veillé à prendre un ton léger, me tend la main.

— Que… Que faites-vous par ici ?

Ses yeux s'arrêtent sur Lorcan, debout à ma droite. Il porte une moustache à présent – très mince, un trait de crayon – et une minuscule barbichette. Elles lui confèrent encore plus de charme et de charisme qu'il n'en avait à l'époque où j'ai fait sa connaissance.

— J'espérais vous trouver, dis-je, m'efforçant de dominer le tremblement de ma voix. Je… J'aimerais vous parler de Beth.

Rodriguez hoche la tête. Sa bouche frémit – presque imperceptiblement, mais cela trahit le choc qu'il éprouve à me voir. Il déplace son manteau et me fait signe de m'asseoir. Lorcan a déjà pris place de l'autre côté de la table. Le petit vieux au chapeau s'est volatilisé.

— M. Loxley… ?

Il s'éclaircit la voix.

— M. Loxley sait que vous êtes ici ?

Je secoue la tête. Il observe Lorcan longuement, avec attention. Puis il se retourne vers moi, d'un air interrogateur, comme pour demander une explication. Je choisis de l'ignorer. J'ai la gorge sèche. Je prends une profonde inspiration.

— Je me demandais si vous voudriez bien me raconter ce qui s'est passé ce jour-là…

Rodriguez baisse les yeux et promène la main sur la table entre nous.

— Madame Loxley, vous savez à quel point j'étais… je suis navré pour votre deuil, mais ce n'est ni le lieu ni le moment de…

— S'il vous plaît. Je veux seulement savoir ce qui s'est passé. La succession des événements.

— Il n'y a pas grand-chose à ajouter à ce qui a déjà été dit…

— S'il vous plaît.

Le médecin change de position sur sa chaise. Il a l'air mal à l'aise.

— Bon, soupire-t-il. Vous êtes venue faire un examen de routine. J'ai procédé à l'échographie moi-même parce que nous avions dû attendre qu'une machine se libère et le radiologue était rentré chez lui. J'ai vu tout de suite que le bébé était mort *in utero*, par conséquent nous avons décidé de procéder à une césarienne. Nous sommes intervenus immédiatement, sur votre insistance et celle de votre mari. Je sais combien vous avez souffert et je peux vous assurer que cette expérience a été horrible également pour moi, comme pour les autres membres de l'équipe chirurgicale.

— Mais la plupart n'étaient pas présents, n'est-ce pas ? Ils ont été victimes d'une intoxication alimentaire alors qu'ils se trouvaient en salle d'opération.

Momentanément déconcerté, Rodriguez se ressaisit.

— Trois membres de l'équipe sont tombés malades, c'est vrai, mais ils ont très vite été remplacés. Je ne me souviens pas précisément des détails, mais ç'a été l'affaire de quelques minutes. À aucun moment vous n'avez été en danger. Et de toute façon, il n'y avait rien à faire pour votre bébé.

— Pourquoi ne nous l'avez-vous pas dit ? La direction de la maternité a-t-elle été mise au courant, au moins ?

Une fois de plus, il s'éclaircit la voix.

— Comme je vous le disais, cet incident n'a eu

aucune conséquence néfaste. Après avoir effectué la césarienne, je suis sorti parler à votre mari. Il a tenu à voir le bébé bien que je le lui aie déconseillé. Ensuite, nous avons d'un commun accord décidé de ne pas vous la montrer. Nous avons attendu votre réveil en salle postopératoire.

Rodriguez passe la main sur son front. Il transpire en dépit du fait que la cheminée se trouve à l'autre bout de la salle.

— C'est tout. Il n'y a vraiment rien d'autre à dire sinon à quel point je suis désolé.

Je jette un coup d'œil en direction de Lorcan. Son regard est rivé sur Rodriguez.

Je me retourne, le cœur lourd. Tout ce chemin pour ne rien apprendre. Qu'avais-je donc espéré ? Que Rodriguez allait s'effondrer et avouer qu'il avait simulé la mort de ma fille ? Qu'il avait laissé Art la vendre ?

La femme du bar apparaît, les mains chargées d'un plateau sur lequel sont posées une petite cocotte de chili fumant et une corbeille de pain.

Elle dépose le tout devant Lorcan.

— Je vois que vous avez trouvé Martin, dit-elle d'un ton agréable. Martin, vous dînez ?

— Non, merci.

Il se lève, le visage impassible, et prend son manteau.

— Malheureusement, je viens de me rappeler que… je dois aller quelque part.

La femme s'éloigne.

— Quelqu'un vous a offert de l'argent pour me mentir à propos de mon bébé ?

Les mots ont jailli de mes lèvres telles des balles de revolver.

Une seconde, les yeux de Rodriguez s'emplissent de panique.

— De l'argent ? Pour vous mentir ? Non. Non, bien sûr que non. Je ne vois pas de quoi vous voulez parler. Excusez-moi, il faut vraiment que j'y aille.

Il se dirige vers la porte. Il marche vite, mais l'homme au chapeau lui a barré le chemin, le visage baigné d'un sourire gai, éméché.

— Tu as vu à quel point il était secoué ?

Lorcan hoche la tête. Il contemple son plat de chili et prend un morceau de pain.

— Et maintenant, regarde, chuchote-t-il en retour. Il a hâte de filer. Cela dit…

Il marque une pause.

— Tu l'as plus ou moins accusé de t'avoir menti, alors…

Je me mords la lèvre. Rodriguez se balance d'un pied sur l'autre, mais le petit vieux insiste, le presse de rester.

— Il faut qu'on fasse quelque chose !

Lorcan hausse les sourcils, une mouillette à mi-chemin de la bouche.

— Comme quoi ?

— Le suivre. Il sait quelque chose. C'est évident, non ?

Mon cœur bat à toute allure. J'ai à peine terminé ma phrase que Rodriguez sort du pub.

— Tu parles sérieusement ? demande Lorcan, interdit.

— Oui.

Sur ses traits, la détermination succède à la stupeur.

— Bon, dit-il en se levant.

J'attrape mon manteau et gagne la porte. Il fait nuit et l'air froid cingle mes joues. La température a dû baisser de cinq degrés depuis que nous sommes entrés dans le pub.

Devant nous, Rodriguez grimpe la côte d'un pas rapide, les épaules rentrées pour se protéger du froid. Je jette un coup d'œil aux alentours. Où est Lorcan ? J'hésite, achève de boutonner mon manteau. Il n'est toujours pas sorti du pub, et Rodriguez est à mi-côte. Qu'est-ce qu'il fabrique, bon sang ? Je serre les dents et m'élance. Je ne peux pas prendre le risque de perdre Rodriguez de vue. Un instant plus tard, il passe sur l'autre versant de la colline. J'accélère l'allure. Des pas résonnent derrière moi.

— Gen ? appelle Lorcan doucement.

Je regarde par-dessus mon épaule et le vois qui arrive en courant.

— J'étais en train de payer, explique-t-il. Où est Rodriguez ?

Je désigne le sommet de la colline. Nous n'en sommes pas encore assez proches pour voir de l'autre côté. Affolée, je me mets à courir.

Quelques foulées suffisent. Rodriguez réapparaît, toujours sur la même route, qu'il descend à présent.

— Où va-t-il, d'après toi ? demande Lorcan.

— Je ne sais pas.

Mon haleine fait de petits nuages de vapeur dans l'air.

— Qu'est-ce qu'on fait quand on y sera ?

— Je ne sais pas.

Il lâche un gloussement sans joie.

— Parfait.

Rodriguez s'engage dans une rue adjacente. Je presse le pas de nouveau, résolue à ne pas me laisser distancer. Nous atteignons l'intersection au moment où il disparaît dans une allée.

— Allons-y.

Je traverse en hâte, Lorcan sur mes talons.

Deux énormes lions en pierre hideux se dressent de part et d'autre d'un portail imposant. Rodriguez s'est déjà engouffré dans une grande maison à deux étages. Des haies de troènes délimitent la pelouse. Au-delà, une élégante BMW est garée dans un chemin gravillonné. Je devine des parterres de fleurs entretenus avec soin, des rideaux sombres aux fenêtres. La façade est élégante, cossue.

Je me retourne vers les statues.

— C'est là qu'il habite.

Lorcan me regarde.

— Et maintenant ?

J'hésite. Sonner à la porte de Rodriguez est évidemment hors de question. La gérante du pub a laissé entendre qu'il vivait seul, mais s'il y avait quelqu'un d'autre dans la maison ? Et d'ailleurs, quel intérêt y aurait-il à l'interroger de nouveau ? Pourtant, si je ne fais rien, il sera libre de se débarrasser de tout ce qui pourrait le lier à Beth.

— Attendons une minute.

Une lumière s'allume dans une pièce au premier étage, sur la gauche de la façade.

Dissimulés par le portail, nous voyons Rodriguez traverser la pièce, regardant quelque chose dans sa main. Je plisse les yeux, mais il est impossible de distinguer ce qu'il tient. Il se baisse une seconde, se relève. Un instant plus tard, il ressort et la lumière s'éteint.

Je franchis le portail, suivie de Lorcan. Mon pouls bat à mes tempes, je n'ai aucune idée de ce que je vais faire. La porte d'entrée s'ouvre. Lorcan m'attrape par le bras et nous plongeons derrière la haie de troènes au moment où Rodriguez réapparaît.

Le gravier crisse sous ses pas. Il se dirige vers sa voiture, un téléphone coincé contre son oreille. Sa voix résonne dans l'air calme et froid de la nuit.

— Oui, elle m'a retrouvé, c'est ce que je vous dis. Elle est avec quelqu'un.

Je me fige, la main de Lorcan encore posée sur mon bras.

— Ce n'est pas son mari, siffle Rodriguez dans l'appareil. Je ne crois pas qu'il sache qu'elle est là. Mais elle est au courant pour l'argent.

Mes genoux menacent de se dérober sous moi.

Rodriguez ouvre sa portière, monte en voiture.

— Non, c'est en sécurité, je viens de le mettre sous clé, alors…

Le reste de sa phrase est étouffé par le claquement de la portière. Recroquevillée derrière la haie, j'entends le moteur gronder, le véhicule s'éloigner.

Je me redresse. Lorcan me lâche le bras.

— Bon Dieu, dit-il en scrutant la route par où Rodriguez vient de partir.

Sous le choc, j'essaie d'assimiler ce que je viens d'entendre. *Elle est au courant pour l'argent.*

Cela signifie-t-il que Rodriguez a bel et bien volé Beth ?

Cela signifie-t-il que Lucy O'Donnell avait raison et que mon bébé est en vie ?

— Gen ?

Lorcan fronce les sourcils. Son ton est insistant, comme s'il avait déjà prononcé mon nom et que je n'avais pas réagi.

— Oh ! Mon Dieu, Lorcan…

— Rodriguez a parlé d'argent. C'est ça que tu lui as demandé au pub, n'est-ce pas ? S'il avait reçu de l'argent pour se taire.

À en juger par son expression stupéfaite, il s'attendait à tout sauf à ça. Je devine subitement qu'en dépit de son calme et de ses paroles encourageantes, il n'est venu que pour me faire plaisir, il ne me prenait pas au sérieux.

Jusqu'à maintenant.

— Je ne comprends pas, ajoute-t-il. Qui l'aurait payé pour qu'il se taise au sujet d'un bébé qui ne serait pas mort ?

Je reste immobile dans l'air glacial, digérant les paroles de Rodriguez.

— Je ne sais pas…

C'est dur de dire ces mots à voix haute, mais tous les indices semblent pointer dans la même direction.

— Oh ! Lorcan, c'est peut-être Art qui l'a payé…

— Quoi ?

Je lui répète ce que m'a dit Lucy O'Donnell et lui parle du versement de cinquante mille livres à MDO. Les mots sortent de mes lèvres par à-coups, comme si je les vomissais. *Ça ne peut pas être vrai. Pitié, ça ne peut pas être vrai, ce n'est pas possible.*

— Art nie tout, mais il n'a pas pu m'expliquer à quoi cet argent était destiné. Il dit que c'était juste une transaction commerciale, pourtant c'est la seule somme à être sortie d'un autre compte que ceux de Loxley Benson et l'argent a été versé juste après la mort de Beth.

— D'accord, mais… ça n'a pas de sens, objecte Lorcan, les sourcils froncés. Ces cinquante mille livres… ce serait très loin d'être suffisant pour inciter un médecin à raconter un mensonge pareil.

— Et si c'était seulement un premier versement ? Qu'il y ait eu d'autres sommes émanant d'autres comptes… ou même des paiements en liquide… qui pourraient se monter à des centaines de milliers de livres…

— Art avait déjà autant d'argent à l'époque ?

— Pas sur son compte chèques. Mais il aurait pu retirer de l'argent sur des comptes d'épargne, vendre des titres ? Aurait-il pu faire ça sans que personne s'en aperçoive ?

— Ça dépend. Il était… C'est lui, le patron. Enfin, on sait au moins que Rodriguez ne parlait pas à Art à l'instant. Ça veut dire qu'il y a forcément quelqu'un d'autre dans le coup.

— Mais qui ?

Je suis son regard, tourné vers la maison. Une petite lampe au-dessus de la porte d'entrée dégage une lueur blafarde qui projette des ombres sur la façade en brique. Aucune lumière ailleurs.

— Ç'a l'air plutôt désert, commente-t-il.

Je hoche la tête, soudain abattue. L'adrénaline qui courait dans mes veines s'est dissipée. Je suis certaine que Rodriguez a menti au sujet de Beth… qu'il sait ce qu'il lui est arrivé. Et pourtant, je n'ai aucun élément concret sur lequel m'appuyer… rien de solide à opposer aux preuves accablantes de la mort de Beth.

Lorcan se dirige vers la façade et me montre une fenêtre à guillotine près du coin. Derrière, la pièce est plongée dans l'obscurité, mais on voit que le panneau inférieur n'est pas tout à fait fermé.

— Quoi ? dis-je, bien que je sache déjà ce qu'il a en tête.

— Il n'y a personne ici, murmure-t-il. On pourrait se faufiler à l'intérieur… monter dans cette pièce… trouver ce que Rodriguez dit avoir mis sous clé…

— On ne peut pas faire ça.

— Si.

La voix de Lorcan est sourde. Concentrée.

— Si on fait attention, il ne saura jamais qu'on est venus ici.

— C'est complètement insensé.

— Oui.

Il me regarde. Il attend que je décide.

Mon abattement cède la place à un regain d'adrénaline. Suis-je capable d'une telle audace ? J'ai la possibilité de découvrir ce que Rodriguez a caché dans cette pièce là-haut… à quoi il faisait allusion lorsqu'il a dit : « C'est en sécurité. » D'un autre côté, c'est un risque terrifiant… c'est enfreindre la loi… c'est…

Une détermination nouvelle s'empare de moi. Il faut que j'en apprenne davantage.

— Ce serait considéré comme un cambriolage ou comme une entrée par effraction ?

Je me dirige vers la maison tout en parlant. Lorcan ne répond pas. Se contente de me suivre jusqu'à la fenêtre. Nos pas font crisser le gravier. Lorcan met les mains sous le cadre de la vitre, pousse le bois, le force à remonter. Il bouge un peu puis se coince d'un coup sec.

Lorcan recule avec un soupir.

— Elle est fermée.

— C'est fichu, alors.

Alors même que je dis ces mots, je sais que je ne peux pas arrêter maintenant. Une rage froide me prend et je cherche des yeux un objet dur et lourd, quelque chose qui puisse casser le verre.

— Gen ? demande Lorcan. Qu'est-ce que tu fais ?

Mon regard se pose sur trois pots en terre cuite contre le mur. J'ai absolument le droit d'entrer dans la maison de cet homme. Il m'a menti. Je soulève le plus petit et le tends à Lorcan. Pour la première fois depuis que je l'ai rencontré, il a perdu son air détendu.

— Si on fait ça, dit-il, Rodriguez saura qu'on est entrés.

— Il sait qu'on le soupçonne, de toute façon.

La logique de cet argument pénètre mon cerveau. Je suis farouchement rationnelle. Consciente, d'un côté, de la folie de ce que je m'apprête à faire, et pourtant froidement sûre que, si je veux savoir ce qui est arrivé à ma fille, c'est ma seule option.

— Si nous n'agissons pas maintenant, Rodriguez pourra se débarrasser de ce qu'il cache ici. Je n'aurai pas d'autre chance de le découvrir.

— Bon.

Une seconde plus tard, il fracasse la vitre, brisant le silence. Des fragments de verre tombent en pluie à l'intérieur – un si joli son pour un geste si violent.

Figée sur place, j'attends une réaction. Rien ne se passe. Pas de lumières qui s'allument, pas de bruit de voix. Je regarde autour de moi. La maison est protégée des regards, assez loin des plus proches voisins. Rien ne suggère qu'on nous a entendus.

Lorcan a retiré sa veste et en a enveloppé son bras. Il le passe dans l'ouverture, donnant un coup de poing dans un gros éclat de verre qui dépasse. D'une chiquenaude, il rabat le loquet. Un instant plus tard, il soulève le panneau.

— Je vais passer par là, dit-il, un genou déjà sur le rebord. Je t'ouvre la porte tout de suite.

— D'accord.

Il se glisse dans la pièce obscure. Je ne distingue pas clairement les meubles, seulement quelques formes sombres le long du mur du fond, peut-être des fauteuils ou des placards ou même une bibliothèque basse.

Une minute plus tard, la porte d'entrée s'entrebâille. Je me hâte de rejoindre Lorcan à l'intérieur. Il appuie sur un interrupteur à côté de moi et la pièce est soudain baignée de lumière. Nous sommes dans un hall d'entrée – très classe moyenne anglaise : tapisserie à relief, cimaise beige lisse, moquette beige et meubles anciens au style surchargé. Plusieurs peintures à l'huile dans des tons discrets sont accrochées aux murs.

— Bon sang, tout ça doit valoir une fortune, commente Lorcan en regardant autour de lui. On dirait un décor de film. Ce type est bourré de fric, en tout cas.

Je pense de nouveau à l'attitude professionnelle du Dr Rodriguez le jour où je l'ai rencontré. Il a été gentil, charmant, totalement rassurant. La fureur m'envahit. Mon si charismatique médecin était un escroc et je me suis laissé duper. Complètement.

Une table en bois ciré se trouve à gauche de la porte, sous un miroir entouré d'un cadre à dorures. Je surprends mon reflet en passant et reconnais à peine ces yeux intenses, ce visage livide.

Lorcan est juste derrière moi. Ses traits sont calmes et détendus, mais, dans le silence de la maison, j'entends son anxiété à sa respiration rapide, peu profonde. Je me tourne vers lui, bouleversée qu'il soit là avec moi, qu'il prenne de tels risques pour moi.

— Merci infiniment. Je n'aurais pas pu faire ça sans toi.

— Faisons en sorte que ça serve à quelque chose, hein ?

J'éteins la lumière de l'entrée et le suis dans l'escalier. Une fois sur le palier du premier étage, Lorcan ouvre les portes, compte les fenêtres jusqu'à celle où nous avons vu Rodriguez il y a quelques minutes.

C'est un cabinet de travail. Exigu, décoré dans des couleurs similaires à celles de l'entrée, de lourds rideaux en brocart à la fenêtre. Un grand bureau en chêne est placé le long du mur, une bibliothèque assortie à côté. Des papiers sont rangés en piles bien nettes sur un joli placard ancien.

Pendant que je regarde autour de moi, Lorcan s'approche du bureau, s'assied et allume l'ordinateur. Dès que celui-ci se met en marche, il pianote sur le clavier.

— Qu'est-ce que tu fais ?

— Je vérifie si Rodriguez a des dossiers à ton nom, répond Lorcan sans se retourner. Si tu jetais un coup d'œil dans ce placard ? Dépêche-toi, il peut revenir d'un moment à l'autre.

Je ferme les rideaux au cas où quelqu'un remarquerait la lueur vacillante de l'écran, puis je m'accroupis sur le sol et feuillette les documents en m'éclairant avec mon téléphone. Rien que des factures récentes, soit à payer, soit à envoyer. Je tire sur les poignées du meuble. La porte est fermée à clé, mais on voit tout de suite que la serrure ne paraît guère solide. Il serait facile de la forcer. J'hésite un instant. Lorcan est toujours penché sur l'ordinateur.

Je serre les dents et attrape les poignées des deux mains. Le bois cède aussitôt.

— Doucement, murmure Lorcan. Il ne faut quand même pas faire trop de bruit.

— Je sais.

J'essaie de ne pas penser à l'acte de vandalisme que je viens de commettre et regarde dans le meuble. Des piles de classeurs remplis de dossiers. Mon cœur se serre. Il faudrait la nuit entière pour tout éplucher correctement.

Je sors le premier et le parcours des yeux. Ce sont des factures ayant trait à la maison, autant que je puisse en juger. Je passe au suivant. Des documents portant sur l'achat de la propriété. Je note qu'elle a coûté un million trois cent mille livres. Rodriguez l'a achetée environ dix mois après la mort de Beth.

Je remets le tout à sa place. Cela ne prouve rien.

Le troisième est plein de photos de famille. Rodriguez y figure surtout jeune homme, entouré de ses parents, oncles, tantes et cousins, sans doute.

Le suivant contient une série d'articles découpés dans divers journaux et magazines.

Je lève les yeux vers Lorcan, concentré sur l'écran devant lui. Il repousse une mèche qui le gêne.

— Ça avance ?

— Je n'arrive pas à entrer sans mot de passe, grogne-t-il. Je vais vérifier les tiroirs du bureau. Rodriguez l'a peut-être écrit quelque part. Des tas de gens font ça.

Je me replonge dans ma tâche. La plupart des coupures concernent des avancées médicales dans le domaine de la FIV. J'arrive au bas de la pile et je suis sur le point de passer à un autre dossier quand un tout autre article retient mon attention.

Beaucoup plus récent que les autres – il date d'il

y a presque huit ans –, il émane d'un journal local d'Oxford. On y rapporte un accident de la circulation dans les faubourgs de la ville, suivi de la fuite de l'automobiliste. Un homme a été tué. Je regarde sa photo et le nom qui figure dessous.

Gary Bloode, anesthésiste à la clinique Fair Angel.

J'ai l'impression qu'on vient de me gifler en pleine figure.

Je me souviens de lui tout à fait clairement à présent – il m'a parlé avant de m'endormir, expliquant que j'éprouverais une sensation de froid quand le liquide contenu dans la piqûre se viderait dans ma veine, et m'a demandé de compter à rebours à partir de dix. Il avait plaisanté à propos de son nom : « Bloode… oui, les patients ont tendance à s'évanouir à ma vue. » Je ne l'ai pas revu après. Je n'ai pas pensé à lui.

Et maintenant, il semble qu'il ait été tué lors d'un mystérieux accident, quelques semaines tout juste après avoir participé à l'accouchement. Il est mort dans des circonstances extrêmement similaires à celles de Lucy O'Donnell. Ça ne peut tout de même pas être une coïncidence ?

Un bruit léger me fait lever les yeux. Lorcan a forcé le tiroir supérieur du bureau et agite une petite boîte en métal qu'il a trouvée à l'intérieur. Il l'ouvre et en tire une clé USB.

— Il y a une date écrite sur le côté.

— Laquelle ?

Je me relève, fourrant l'article de journal dans mon sac.

— Le 11 juin.

Un vertige me saisit.

— C'est la date de naissance de Beth.

Les yeux de Lorcan trouvent les miens. Sans rien dire, il se tourne de nouveau vers l'ordinateur pour glisser la clé dans un port USB.

Un nœud atroce se forme dans mon estomac.

Soudain, en bas, la porte s'ouvre. Lorcan pivote vers moi, horrifié. Je retiens mon souffle, alors que des pas résonnent distinctement dans l'entrée puis montent les marches, venant droit vers nous.

12

Les pas atteignent le palier. Je me raidis, clouée sur place, m'attendant à voir Rodriguez faire irruption dans le bureau. Au bout de quelques secondes, je me rends compte qu'il s'éloigne, au contraire. Il a dû emprunter le couloir dans la direction opposée. J'avais supposé qu'il avait remarqué la fenêtre cassée, apparemment, non.

Cela nous donne-t-il une chance de nous enfuir ?

Lorcan a l'air aussi inquiet que moi. Il sort la clé de l'ordinateur. En une seule foulée silencieuse, il est à la porte et tend l'oreille.

Je ferme les yeux, atterrée. Comment ai-je pu me fourrer dans un pétrin pareil ? À presque quarante ans – une femme respectable, écrivain et enseignante –, me voilà sur le point d'être prise en flagrant délit de cambriolage par effraction avec un homme qui n'est pas mon mari.

Bizarrement, le visage de Morgan surgit dans mon esprit, avec l'expression choquée qui serait certainement la sienne si elle me voyait à cet instant. Un rire nerveux me monte à la gorge.

— Gen ! Par ici !

Le murmure de Lorcan me rappelle brusquement au présent.

Je le rejoins en hâte. Le couloir est désert. Je scrute la pénombre, le cœur cognant dans ma poitrine. L'humour de la situation s'est dissipé.

— Où est-il ?

— Il a dû entrer dans une des chambres, chuchote Lorcan. Allons-y.

Il me prend la main et m'entraîne au-dehors.

Nous avançons à pas de loup dans le couloir. On dirait que Rodriguez déplace des meubles… ouvre des portes. Une série de bruits sourds nous parviennent, comme s'il laissait tomber des piles de livres sur le sol.

Sur le palier, Lorcan lâche ma main. Je descends rapidement, sur la pointe des pieds. Lorcan me suit. Je traverse l'entrée, arrive la première à la porte. Elle a un drôle d'aspect mais je n'ai pas le temps de m'attarder là-dessus. Retenant mon souffle, je la pousse. Elle grince bruyamment. Je me fige, un filet de sueur coule le long de mon cou alors même que l'air froid me balaie le visage.

En haut, les bruits cessent. Des pas résonnent dans le couloir.

— Fonce ! siffle Lorcan à mon oreille.

Je m'élance en courant dans l'allée, Lorcan sur mes talons. Le gravier crisse, le bruit sec et assourdissant dans le silence nocturne. Arrivée au portail, je jette un coup d'œil en arrière pour voir si Rodriguez nous a vus… s'il nous poursuit. Mon regard est attiré par la fenêtre du bureau que nous venons de fuir. Les rideaux sont ouverts, et la lampe est allumée. Debout dans le contre-jour, un homme nous observe.

— Quoi ? s'écrie Lorcan, bouche bée.

Car la lumière dans la pièce se reflète sur les

cheveux blonds de l'homme. Son visage est dissimulé dans l'ombre, mais une chose est sûre : ce n'est pas le Dr Rodriguez.

— Qui est ce type, bordel ?

Lorcan, les doigts crispés sur le volant, s'engage dans la rue principale.

Dix minutes ont passé, mais il règne dans l'habitacle une chaleur bienfaisante, Oxford s'éloigne dans un flou de bâtiments et de lampadaires, et on a l'impression que dix heures se sont écoulées.

J'ose à peine penser à ce que nous avons fait… aux risques que nous avons courus. L'espace d'une seconde, j'ai envie d'éclater en sanglots, mais une autre pensée m'assaille.

— Oh ! Mon Dieu, tu crois qu'on a laissé des empreintes ?

— Des centaines, répond Lorcan, abattu.

Il jette un coup d'œil vers moi et je me souviens brusquement de la clé qui portait la date de naissance de Beth.

— Tu as toujours… ?

— Oh, oui !

Il tapote sa poche et en sort le petit objet.

— Mon ordinateur portable est sur la banquette arrière. Tu veux voir ce qu'il y a dedans ?

Je tire le sac à dos vers moi pour y prendre un MacBook blanc – un modèle assez ancien, avec une fissure crasseuse sur le dessus. Je l'allume et insère la clé.

Une ligne encodée apparaît à l'écran, suivie du message signalant que le contenu est crypté.

— Je ne peux pas le lire. Je veux dire, il n'est pas lisible.

Lorcan lâche un juron.

Je me tourne vers la vitre. Comme souvent en dehors de Londres, c'est étonnant de voir à quelle vitesse la ville cède la place à la campagne. Il y a une lueur brumeuse au-dessus de la cime des arbres. En fait… je plisse les yeux, certaine de distinguer la neige au loin.

— Qu'est-ce qu'on fait à présent ?

Ma voix reflète mon état d'esprit après la dépense d'énergie et l'excitation de ces dernières heures : elle est morne, sans vie.

— Il faut découvrir ce qu'il y a sur cette clé, répond Lorcan en changeant de vitesse. Je demanderai à Cal de regarder ça. Il est génial avec les trucs de ce genre.

— Vraiment ? dis-je, retrouvant espoir.

— Bien sûr.

Lorcan hausse les épaules.

— Autant récolter les fruits de son éducation dans les écoles hors de prix où Elaine a tenu à l'envoyer. Il est vraiment doué en maths, en informatique…

Il laisse sa phrase en suspens. Je le sens gêné d'avoir montré tant de fierté vis-à-vis de son fils.

— Tu n'étais pas d'accord avec Elaine à propos des écoles privées ?

— Ce n'est pas vraiment ça, mais elle peut être un brin…

Lorcan marque une pause, cherchant visiblement ses mots avec soin.

— … insistante, et enfin, je n'aime pas qu'on me donne des ordres.

Je hausse les sourcils, et je remarque pour la première fois que son visage, de profil, a des proportions parfaites.

— Personne n'aime ça.

— C'est vrai, je suppose, admet-il avec un sourire.

Il se tait. La neige s'est mise à tomber, des flocons vaporeux tourbillonnent dans le faisceau des phares.

— Tu es sûr de vouloir faire tout ça pour moi ?

Tout en parlant, je me rends compte à quel point j'espère que Lorcan va me rassurer. À quel point son soutien m'est important.

Une seconde il garde le silence, se contente de vérifier le rétroviseur. Puis il s'éclaircit la gorge.

— Je te l'ai déjà dit. Je comprends.

Il me lance un bref regard.

— Je te comprends.

L'air se charge de tension. Dehors, le monde gelé file à toute allure.

Un frisson me parcourt des pieds à la tête. Rien ne me semble plus stable ni sûr. Même assise là, au chaud, la neige voltigeant autour de nous, rien non plus ne me semble tout à fait réel. Je suis seule avec mes pensées et mes angoisses et pourtant il faut que je parle… que je me confie à quelqu'un.

— Je rêve d'elle.

Ma voix n'est qu'un murmure.

— Je rêve de Beth depuis qu'elle est née. Je… Je ne l'ai jamais dit à personne, mais… maintenant je me demande…

J'hésite. Il est si difficile de formuler à voix haute cette pensée folle, terrifiante.

— Lorcan, tu penses que je rêve peut-être d'un enfant qui existe ?

Un long silence.

— Tout est possible, dit-il enfin, aussi bas que moi.

Petit à petit, les lumières deviennent plus denses autour de nous et je me rends compte que nous sommes déjà sur le Westway, presque arrivés à Euston Road. De petits flocons voltigent devant le pare-brise.

— Quand vas-tu voir Cal ?

— Demain. Je l'appellerai en rentrant… pour lui demander s'il peut venir plus tôt que prévu, vers l'heure du déjeuner. Je ne peux pas te promettre qu'il sera là à l'aube, mais il viendra sans faute si je propose de lui préparer son plat préféré.

Je souris, contente qu'il parle de son fils.

— C'est-à-dire ?

— Du bacon, des champignons, des tomates grillées, des œufs brouillés.

À une intersection, il ralentit et prend à gauche.

— Ta spécialité ? Ou sais-tu tout faire ?

— Attends de goûter mon curry vert thaï, répond-il en souriant. J'aime faire la popote. Et je suis meilleur cuisinier que sa mère, alors il ne va pas laisser passer l'opportunité de faire un bon repas. Elaine est à fond dans cette saloperie de macrobiotique.

Je m'efforce de prendre un ton dégagé.

— Combien de temps êtes-vous restés ensemble ?

— On a à peine été ensemble. Elle gère un centre de santé à présent, mais quand je l'ai connue, elle rêvait d'être actrice. On suivait les mêmes cours d'art dramatique. Je… enfin, on a essayé de tenir pendant un petit moment après la naissance de Cal, mais bon, ça n'aurait jamais pu durer. Elle est complètement fêlée. Cela dit, je suis sûr qu'elle dirait la même chose à mon sujet.

— Ce n'était pas le grand amour, alors ? dis-je, toujours sur le même ton léger.

— Avec Elaine ? Je l'ai cru au début, mais…

Il s'interrompt.

— Il y a eu d'autres femmes après, ici et là, à vrai dire, il y a quelqu'un en ce moment, en Irlande…

Il hausse les épaules.

— … mais ce n'est pas sérieux.

— Ah bon ?

Je ne suis pas vraiment surprise d'apprendre que Lorcan fréquente quelqu'un. Que ce soit sérieux ou non, cette nouvelle me déçoit un peu.

— Tu n'aimes pas beaucoup parler de toi, n'est-ce pas ?

Il me jette un coup d'œil de biais.

— Toi non plus, dit-il en souriant.

Nous sortons d'Euston Road et traversons en silence Camden et Kentish Town. Lorcan me dépose au bout de ma rue. Ici la neige tombe plus dru qu'à Oxford, mais elle fond au fur et à mesure.

— Je t'appelle demain matin, d'accord ? Histoire de voir s'il y a d'autres maisons où tu voudrais entrer par effraction.

— D'accord.

— Au revoir.

Il se penche vers moi. Je soutiens son regard un instant avant de m'éloigner d'un pas décidé. En remontant mon allée, l'idée me vient que, en un sens, j'ai un lien plus fort avec Lorcan qu'avec mon propre foyer et mon mari à l'intérieur.

J'entre par la porte principale. La maison semble déserte. Peut-être Art n'est-il pas là. Cette perspective me soulage. Après les événements insensés de la journée, je ne tiens pas à devoir affronter plus de stress. Debout dans l'entrée, je m'immobilise. Le silence bourdonne à mes oreilles, une pensée s'immisce dans mon esprit : le Dr Rodriguez aurait-il prévenu Art que je suis allée à Mendelbury ?

— Gen ?

Art apparaît sur le seuil de la cuisine, son iPhone à la main. Quand il me sourit, mes craintes s'évanouissent. Ma réalité est là. Ma maison. Mon mari. Art ne peut pas savoir où je suis allée. S'il le savait, je le verrais dans ses yeux.

Il pose son téléphone sur la table de l'entrée, s'approche de moi et m'étreint.

— Bon sang, tu es frigorifiée ! J'avais peur que tu ne sois coincée en ville. Apparemment, la neige va continuer… et on prévoit une grosse pagaille côté transports. Comme d'habitude, quoi !

Un bras autour de mes épaules, il me guide vers la cuisine, tire une chaise et allume la bouilloire, impatient de me réchauffer avec une tasse de thé. Puis il s'assied à côté de moi.

— Je suis vraiment désolé qu'on se soit disputés hier soir, Gen.

Sa voix est devenue un murmure.

— Ça me fait vraiment mal quand tu ne me fais pas confiance.

— Je sais.

J'ai été injuste envers lui. Quoi qu'ait fait le Dr Rodriguez, je ne peux pas croire qu'Art l'ait su. Il est impossible qu'il ait été complice, qu'il m'ait privé de Beth depuis tout ce temps. Néanmoins, je décide de ne pas lui avouer que j'ai retrouvé Rodriguez. Il ne verrait là qu'une nouvelle marque de défiance de ma part, et ne serait que plus convaincu que je poursuis une chimère. Après tout, je n'ai rien sur quoi étayer ma théorie, sinon des intuitions et des fragments de conversations.

Certes, le médecin a mentionné un paiement, mais il n'a pas dit pour quoi. Certes, les autres personnes impliquées dans l'accouchement – Mary Duncan et Gary Bloode – sont mortes depuis, comme Lucy O'Donnell. Enfin, quelqu'un d'autre que Lorcan et moi s'est introduit chez Rodriguez.

Mais rien de tout cela ne prouve que Beth soit vivante. Ni qu'Art ait quelque chose à voir là-dedans. Même s'il avait été capable de me tromper pendant aussi longtemps, pourquoi l'aurait-il fait ? Pour quelle raison mon mari, qui désire tant un enfant, aurait-il été complice d'une telle machination ?

Je me sens coupable de lui taire la vérité, mais ça vaut mieux qu'ouvrir la boîte de Pandore de mon équipée à Oxford. Peut-être la clé USB nous fournira-t-elle une preuve des agissements de Rodriguez. Maintenant que je suis de retour chez moi, je regrette à demi de ne pas l'avoir gardée à portée de main. J'essaie de me convaincre que quelques heures ne feront pas une grande différence. Je parlerai à Art dès que je saurai ce qu'elle contient… dès que j'aurai des éléments plus concrets à lui montrer, du moins je l'espère.

Il m'interroge sur ma soirée et je réponds aussi vaguement que possible.

Oui, c'était sympa de voir les copines... il m'a fallu une éternité pour rentrer.

Art gobe tout – ce qui me laisse un sentiment accru de culpabilité. Tout en me préparant un thé, il me parle de statistiques concernant l'ICSI. Il est d'avis que nous devrions vraiment tenter l'expérience. Je ne veux pas qu'on se dispute, aussi lui dis-je que je vais y réfléchir. Quand il revient s'asseoir, je le serre contre moi, respire son odeur familière, aussi réconfortante que la maison.

— Qu'est-ce qu'il y a ? demande-t-il, content.

— Rien. Tu as passé une bonne journée ?

Il me raconte sa réunion avec le Premier Ministre.

— Il a été enthousiasmé par notre modèle de développement des profits, répond-il en souriant jusqu'aux oreilles. Nous avons parlé de deux projets de loi. Gen, il me pompait des infos ! Des trucs pratiques qu'il pourra utiliser pour des projets de lois. Sandrine m'a dit qu'il ne réagissait jamais comme ça… et que je devrais sérieusement envisager une carrière politique.

— Waouh !

En dépit de mes angoisses, je suis sincèrement impressionnée.

— Je ne peux pas t'imaginer en homme politique.

— Moi non plus. Flatter les électeurs… ce n'est pas trop mon truc.

Son portable sonne. Pendant qu'il prend l'appel, je monte me faire couler un bain, passant en revue tout ce que j'ai appris aujourd'hui. Rodriguez m'a indéniablement caché quelque chose. Mais quoi ?

Je suis sur le point de me glisser dans l'eau brûlante quand on sonne à la porte. J'hésite, le pied en suspens dans l'air. Qui cela peut-il être ? Lorcan ? A-t-il déjà vu son fils et découvert ce qu'il y a sur la clé ? Peut-être contient-elle une confession… ou des copies de documents falsifiés ? Si Rodriguez a donné Beth à un autre couple, il y a peut-être même un faux acte de naissance. Le cœur battant, j'enfile mon tee-shirt et entrouvre la porte. J'entends la voix d'Art au rez-de-chaussée, mais il parle trop bas pour que je puisse saisir ce qu'il dit.

Une voix de femme lui répond. Perplexe à présent, je m'avance sur le palier. Art n'a pas fait entrer la visiteuse, pourtant elle parle toujours. Il est sur le seuil, le dos raide, comme s'il était en colère. L'estomac noué, je descends lentement l'escalier.

Il a repris la parole, d'un ton farouche, sifflant. À qui donc s'adresse-t-il ?

Les marches grincent sous mon poids. Art se retourne, fermant à demi le battant sur la femme de l'autre côté. Pourquoi ne veut-il pas que je la voie ?

— Art ? Qui est-ce ?

De plus en plus angoissée, je dévale les marches restantes. Un éclair de colère traverse ses traits avant qu'il se maîtrise et recouvre son calme. Il recule.

Charlotte West. Je la dévisage, muette de stupeur. Elle me fixe en retour, d'un air à la fois coupable et plein de rancune. En moins d'une seconde, je note qu'elle a toujours cette frange et le sac Orla Kiely. Et qu'elle porte un bonnet en laine bleue, d'une teinte presque identique à celui que j'avais l'autre jour, quand je suis entrée en collision avec elle.

— Charlotte ? Que faites-vous ici ?

Je jette un coup d'œil à Art. Il est visiblement furibond.

— Je passais dans le quartier, voilà tout…

Sa voix est perçante et sonne faux.

— Vous vous rappelez que je vous ai vue par ici ? Je rendais visite à cette même amie.

— Comment avez-vous su où j'habitais ?

Je m'approche de la porte, tirant avec gêne sur mon tee-shirt pour le faire descendre plus bas sur mes cuisses.

Charlotte hausse les épaules.

— Vous me l'avez dit l'autre jour, quand on s'est vues.

Je fouille ma mémoire. J'ai peut-être donné le nom de la rue, sûrement pas le numéro de la maison.

— J'ai reconnu la voiture, ajoute-t-elle en désignant la Mercedes garée dans l'allée. J'ai vu Art venir vous chercher à l'institut.

— Oh !

C'est vrai qu'il est venu une ou deux fois au cours des derniers mois mais j'ai peine à croire que Charlotte nous ait vus et qu'elle se soit souvenue de la marque de la voiture et du numéro d'immatriculation.

— Cette… euh… dame affirme être une de tes étudiantes, intervient Art entre ses dents.

— Votre mari est encore plus séduisant qu'à la télé.

Le visage soigneusement maquillé de Charlotte s'adoucit d'un sourire. Sa main effleure sa frange et son bonnet bleu.

— Mon Dieu, je suis désolée de vous avoir dérangés. Je ne me rendais pas compte qu'il était si tard.

Elle recule d'un pas.

Je la dévisage toujours. Elle ment. Elle savait exactement l'heure qu'il était. Elle lance à Art un regard plein d'adoration. Que se passe-t-il ici, bon sang ?

L'instant d'après, Charlotte a fait demi-tour. Art referme la porte avant même qu'elle ait atteint le trottoir.

— Espèce d'emmerdeuse !

— Je ne comprends pas, dis-je, cherchant en vain à analyser ce qui vient de se passer. Tu la connais ?

— Non, mais c'est évident, non ? Elle m'a vue dans *Jugement*. Elle a trouvé mon adresse. Je n'arrive pas à croire qu'elle soit une de tes étudiantes…

Il secoue la tête.

— Bon sang, c'est fou jusqu'où les gens sont capables d'aller…

Il se dirige vers la cuisine en marmonnant.

Je le suis des yeux. Dit-il la vérité ? Charlotte West copie-t-elle ma coiffure et mes accessoires afin de se rapprocher d'Art ? Je sais qu'il a des admiratrices, mais si elle ne s'intéressait qu'à lui, pourquoi assister à mes cours – s'imagine-t-elle pouvoir d'une manière ou d'une autre parvenir jusqu'à lui par mon intermédiaire ? Et si Art ne l'a jamais vue avant, pourquoi semblait-il si irrité ? Je remonte lentement dans la salle de bains. Charlotte West ne peut tout de même pas être impliquée dans cette histoire, si ?

Je songe de nouveau à la clé. Je suis à deux doigts de découvrir la vérité à présent, je le sais. Je me glisse dans le bain. L'eau a déjà tiédi et j'ouvre le robinet d'eau chaude, envahie par une nouvelle bouffée de panique. Et si Lorcan perdait cette clé ? Que son fils l'abîme en essayant de la décoder ? Je me force à me calmer, inspire à fond. Je ne peux pas me permettre d'imaginer des catastrophes sans fin. Demain, j'aurai des réponses. Il faut que j'en sois persuadée.

Mon téléphone sonne pendant que je suis dans le bain. C'est Lorcan. Il m'a envoyé un texto avec son adresse à Hampstead et a ajouté : *Cal vient de bonne heure. On se voit pour déjeuner ? Biz. L.*

Je réponds que je viendrai après mon cours.

Demain j'aurai des réponses.

À mon réveil, Art est parti. Je réprime la tentation d'annuler mon cours, non sans difficulté. La dernière chose que j'aie envie de faire en ce moment, c'est d'aller pontifier devant un groupe d'étudiants sur la caractérisation des personnages dans le roman. Mais mon absence obligerait Sami et les autres à essayer de trouver un remplaçant pour la deuxième journée consécutive – sans oublier que le cours de mercredi a été annulé par l'institut –, par conséquent je me traîne hors du lit et me rends en ville. Je donne mon cours en somnambule, me reposant sur le fait que je le maîtrise à la perfection. J'apporte un passage de *Quatuor*, de Vikram Seth, je divise la classe en groupes et leur demande d'identifier les traits essentiels des personnages principaux au fur et à mesure qu'ils sont présentés au lecteur. Je leur laisse un moment ensuite pour rédiger les biographies de leurs propres personnages. Mes pensées retournent constamment à la clé USB et aux informations qu'elle recèle.

Alors que je quitte l'établissement, mon téléphone sonne. C'est Lorcan.

Dossier décodé. Viens aussi vite que possible.

La peur me noue l'estomac. Pourquoi ne me dit-il pas ce qu'il y a dedans ?

Sur le point de le rappeler, je me retiens. Je ne veux pas avoir cette conversation en public.

Je réponds par texto que je serai là dans une demi-heure. L'attente est insupportable et pourtant une partie de moi ne veut pas qu'elle prenne fin. Qu'a-t-il découvert ? Pour une fois, le bus me paraît trop lent et je me dirige vers la station de métro la plus proche. Je déteste l'air renfermé des quais, le tunnel oppressant de tous côtés. Je ne suis pas rassurée non plus. Je tressaille en entendant le froissement d'un sac en plastique derrière moi. Je n'arrête pas d'imaginer qu'on m'observe, et jette des coups d'œil par-dessus mon épaule, mais il n'y a personne. J'ai beau essayer de me secouer, la sensation persiste durant tout le trajet et me poursuit jusque dans l'artère principale de Hampstead, et même lorsque je m'engage dans une rue tranquille bordée de maisons victoriennes.

Je regarde de nouveau autour de moi. Personne en vue hormis deux lycéennes en jupe courte, qui gloussent penchées sur un téléphone.

Une minute plus tard, je sonne à la porte de Lorcan. Il m'a expliqué qu'il avait loué sa maison pour toute la durée du contrat irlandais et qu'il occupait un appartement de location – comme il y en a beaucoup dans le quartier.

L'air grave, il se retourne immédiatement et me précède à l'intérieur sans rien dire. Je grimpe derrière lui les marches qui mènent au premier étage. J'entrevois des murs beiges, une moquette grise avant d'entrer dans un salon plutôt chic, avec un canapé profond, un fauteuil en cuir marron et une petite table en verre.

Un adolescent dégingandé, debout à côté de la table, a le regard rivé sur un grand écran de télé qui diffuse silencieusement un bulletin d'information de la BBC.

Il se retourne à mon entrée et me sourit timidement. Il ne ressemble guère à Lorcan. Il a le teint plus mat, le visage plus mince, et des yeux marron un peu rapprochés. Il se balance gauchement d'un pied sur l'autre.

— Geniver, je te présente Cal.

Je souris et lui adresse un petit signe amical.

— Bonjour.

— Bonjour, répond-il en rougissant.

Après ma conversation avec Lorcan dans la voiture, je sais que Cal a quatorze ans, mais il me paraît beaucoup plus jeune.

Pauvre garçon. Grand et maigre, affligé de bras et de jambes qui semblent disproportionnés pour son corps, il a cet air emprunté qui me rappelle ma propre adolescence, et l'époque où on est censé être capable de discuter avec des adultes mais qu'on ne sait pas vraiment comment faire.

Il attrape un sac à dos et se dirige vers la porte.

— Ça va, vieux ? lance Lorcan.

Ils échangent quelques mots à mi-voix, quittent la pièce et se dirigent vers l'escalier. Les pas de Cal s'éloignent, je remarque l'ordinateur sur la table. Il est fermé, mais la clé est insérée dedans.

Le cœur battant à tout rompre, je m'approche et tourne l'appareil vers moi tandis que Lorcan revient. Je soulève le couvercle. L'écran prend vie. Une petite fenêtre s'ouvre. Un dossier Real Player.

— C'est ça qu'il y avait sur la clé ? Un enregistrement vidéo ?

— Oui, celui d'une caméra de surveillance, répond Lorcan d'une voix étranglée. Je ne peux pas… Je n'ai pas… Je ne suis pas sûr que… enfin, tu ferais mieux de regarder toi-même.

Il se penche, presse une touche, puis recule alors que le film commence.

Bouche bée, horrifiée, j'ai l'impression de me vider de mon sang. Car là, sûrement, est la preuve que nous attendions.

La meilleure et la pire nouvelle imaginable.

13

J'ai vaguement conscience de la main de Lorcan sur mon épaule, mais c'est comme s'il ne pouvait pas m'atteindre. Comme si j'étais enfermée dans ma tête où mon univers est en train d'imploser.

— Repasse-le.

Il s'exécute, appuie sur la touche. Les images défilent de nouveau.

Le film est en noir et blanc. D'abord, il ne montre qu'un couloir en béton désert, fermé à une extrémité par une sortie de secours. Puis un homme apparaît. Art. Il se tourne, faisant face à la caméra, les yeux sur la personne qui s'avance vers lui. Au bout d'une seconde, elle apparaît à son tour : une femme noire en uniforme d'infirmière. Dès que je la vois, son souvenir me revient clairement : c'est Mary Duncan. Elle tient quelque chose enveloppé dans une couverture. Sa bouche remue. Elle parle. Art écoute, acquiesce.

Il fait un pas vers la sortie de secours. Un panneau portant le logo de Fair Angel indique la direction du parking, avec un avertissement : « Stationnement limité ». Mary accompagne Art à la porte. Il parle à son tour, puis baisse les yeux sur ce que tient Mary. Et à cet instant, je sais que c'est elle. Beth.

Tout mon corps se penche vers l'écran tandis que Mary lui tend le petit paquet. Je ne peux qu'observer leurs gestes, impuissante, sachant déjà ce que je suis sur le point de voir.

Le visage minuscule, parfait, de mon bébé.

Art la prend sans la regarder, mais moi je la fixe… je savoure… un petit ovale plissé, de grands yeux, une ressemblance indéniable avec Art. Elle cille, sa bouche s'ouvre comme si elle allait pleurer au moment où Mary pousse la porte qui donne sur le parking obscur.

Après l'avoir saluée d'un bref signe de tête, Art se détourne et sort, aussitôt happé par les ténèbres. Mary referme avec soin le battant derrière lui avant de revenir sur ses pas.

Le film s'achève.

J'ai encore les yeux rivés sur l'écran. Une seconde, j'ai la stupide impression que Beth est prisonnière à l'intérieur et je dois résister à l'envie de prendre l'ordinateur et de le serrer contre moi.

— Ça va ?

J'avais complètement oublié que Lorcan était là.

Je secoue la tête, incapable d'articuler un son. Chancelante, je me laisse tomber dans le fauteuil.

— Gen ?

Il met la main sur mon épaule.

— Gen ? Dis quelque chose, je t'en prie.

Je ferme les yeux et serre très fort les paupières. Tout mon être semble tomber en chute libre.

— Il l'a fait.

Ma voix me paraît étrange – rauque, forcée, comme détachée de moi-même.

— Art a enlevé notre bébé. Il l'a enlevé.

Ma voix se brise. Un sanglot m'échappe, si douloureux que je prends une brusque inspiration.

Lorcan se penche vers moi et me frotte le bras. Je suis tentée de m'abandonner à la sécurité qu'il m'offre, de céder à la souffrance qui me déchire, mais je sens aussi que, si je lâche prise maintenant, je perdrai pied complètement. J'ai déjà l'impression de basculer encore et encore dans une obscurité sans issue.

— Ça veut dire qu'elle est peut-être vivante, Gen.

Je m'accroche à ses paroles comme à une bouée de sauvetage et ouvre les yeux. Il se redresse, va s'adosser au mur du salon.

La réalité me submerge de nouveau, accompagnée cette fois d'une fureur bouillonnante. Il y a deux choses dont je suis sûre : la première, c'est qu'Art m'a trahie – il a volé notre petite fille et jamais je ne le lui pardonnerai –, la seconde, c'est qu'il doit savoir où elle est.

Je bondis sur mes pieds. L'adrénaline déferle dans mes veines. Les larmes, pour le moment, ont disparu. La souffrance n'est plus qu'une douleur sourde, distante. Tout ce que je ressens, là, à cet instant précis, c'est le besoin d'arracher la vérité à Art.

— Peux-tu m'appeler un taxi, s'il te plaît ?

— Pour aller où ? Tu veux que je vienne avec toi ?

Je regarde le visage inquiet de Lorcan, envahie par un élan d'affection. Une seconde, j'ai envie d'accepter, mais je me reprends. Dans l'immédiat, je dois me confronter à mon mari. Si bien intentionné que soit Lorcan, notre relation ne le concerne pas. Je le connais à peine ; je ne peux absolument pas me permettre de commencer à me reposer sur lui.

Je suis brusquement lucide, l'esprit aussi acéré que la lame d'un couteau.

— Je vais voir Art. Et j'ai besoin de le faire seule.

— Non. Tu ne devrais pas y aller seule.

Cela pourrait être dangereux.

Le sous-entendu flotte dans l'air entre nous.

Est-ce vrai ? Jusqu'à cet instant, j'aurais juré qu'Art ne pourrait jamais me faire de mal. À présent, je ne sais plus que croire. À présent, tout n'est que chaos.

— Je vais à son bureau. Je serai en sécurité là-bas.

— Très bien, mais je viens avec toi quand même. Je t'emmène... j'attendrai dehors.

J'acquiesce. À vrai dire, je suis soulagée. Jamais de ma vie je ne me suis sentie aussi vulnérable.

— Je vais chercher un pull et j'arrive.

Je suis si tendue que je ne peux pas tenir en place. Je fais les cent pas dans la pièce, impatiente. Lorcan met trop de temps. Je l'entends vaguement qui téléphone à voix basse, sans pouvoir distinguer ses paroles. À qui parle-t-il donc ? Pour une étrange raison, je songe à Hen. Elle a répété à Art les allégations de Lucy O'Donnell avant que j'aie eu le temps de lui parler moi-même. Était-ce pour l'avertir ? Lorcan est-il en train d'avertir Art en ce moment même ?

Je m'oblige à m'asseoir et respire à fond. Si je me méfie de tout le monde, je vais devenir folle. La vision d'Art tenant Beth dans ses bras surgit devant mes yeux. Comment est-ce possible ?

Une minute plus tard, Lorcan est de retour et nous partons. Hampstead et Belsize Park défilent derrière la vitre alors que nous roulons vers le centre. Je remarque à peine les maisons et les magasins.

Le siège de Loxley Benson se trouve près d'Exmouth

Market, juste à côté d'une rue branchée pleine de boutiques et de cafés. Il est impossible de s'y garer, si bien que Lorcan s'engage dans une rue adjacente.

Il se tourne vers moi, le front barré d'un pli soucieux.

— Fais attention, d'accord ?

Je soutiens son regard pendant quelques secondes. Il se penche et pose doucement la main sur ma joue.

— Promets-moi d'appeler si tu penses… si Art fait quoi que ce soit de…

— Tout ira bien.

Je descends de voiture et gagne le bout de la rue. Je traverse, m'engouffre dans le hall du bâtiment, et me rends brusquement compte que je n'ai pas la moindre idée de ce que je vais lui dire à mon mari.

Peu importe. Quand nous serons face à face, je saurai.

Le gardien, qui me connaît, me fait signe d'entrer. Je prends l'ascenseur jusqu'au quatrième étage et pénètre dans les locaux de Loxley Benson. Camilla, la réceptionniste, m'accueille avec un grand sourire.

— Salut, Geniver ! Merci pour la fête de l'autre soir. Ce magasin de New York où ta belle-sœur achète ses chaussures est génial. Tu la remercieras du tuyau. J'ai commandé une paire sur leur site. Ma-gni-fique !

Je hoche la tête et continue à marcher sans répondre. Je me dirige vers les portes vitrées qui mènent aux bureaux.

— Euh… Art est en réunion, dit Camilla, l'air inquiet.

— Dans quelle salle ?

— Euh… la salle de conférence. Mais laisse-moi appeler Siena.

Elle paraît nerveuse. Est-ce qu'elle a deviné que j'étais en colère ?

Je plaque ma paume contre le lecteur biométrique qui contrôle l'ouverture des portes. Mes empreintes digitales, mémorisées par le système comme celles de tous les membres permanents du personnel, me donnent accès à l'intérieur. Les parois vitrées coulissent aussitôt.

— Attends, s'il te plaît…

Les portes se referment sur mon passage, étouffant la voix de Camilla. Quelques personnes se trouvent dans l'espace ouvert sur lequel donnent la salle de conférence et les bureaux individuels. J'ignore les regards curieux et fonce tête baissée.

Je le vois avant qu'il me voie. Debout devant la grande table de la salle de conférence, il tient sa cour. Face à lui, trois hommes en complet sont suspendus à ses lèvres. Art bien lancé offre un spectacle fascinant d'énergie et de détermination.

Une seconde, j'hésite. En quatorze ans, pas une seule fois je ne l'ai interrompu en pleine réunion d'affaires. Puis l'image de lui devant l'issue de secours de Fair Angel, tenant notre bébé, explose dans mon esprit. Je serre les dents et pousse la porte.

Art jette un coup d'œil dans ma direction, dissimulant avec soin son irritation. Celle-ci se mue en choc quand il voit que c'est moi qui suis là. Les hommes assis me regardent eux aussi, mais je ne quitte pas Art des yeux.

— Il faut que je te parle, dis-je calmement. Tout de suite.

Art lui aussi hésite. Une fraction de seconde. Jauge ses options. À l'évidence, il décide de ne pas prendre le risque d'une scène et se tourne, élégamment, vers son public.

— Je vous prie de m'excuser, dit-il avec son charme habituel. Il s'agit évidemment d'une urgence.

D'un mouvement fluide, il traverse la pièce, me prend le bras et m'éloigne. Les gens nous observent tandis qu'il me guide vers son bureau personnel, plus loin dans le couloir. Il ne me lâche qu'une fois à l'intérieur, puis ferme la porte.

— Qu'est-ce qui se passe, Gen, bon sang ?

Je déglutis avec peine, essaie de mettre des mots sur mes pensées.

— Il faut que je te pose une question…

— Que tu me poses une question ? coupe-t-il, furieux, en pointant le bras vers la salle de conférence. Tu sais qui sont ces gens ? Les conseillers spéciaux du Premier Ministre venus me demander – à moi – des détails supplémentaires concernant les mesures que j'ai suggérées à la réunion d'hier.

La lumière venant de la grande fenêtre derrière lui dessine une auréole flamboyante autour de sa tête. Il grésille presque de rage. Malgré tout le temps que nous avons passé ensemble, sais-je vraiment de quoi il est capable ?

J'affronte son regard sans fléchir.

— C'est important, Art.

— Qu'est-ce qui est si important, bordel ? Qu'est-ce que tu veux me demander ?

Je prends une profonde inspiration.

— Je sais que notre bébé est né vivant, Art. Je sais que tu l'as prise et que tu m'as menti.

— Quoi ?

Il me toise. Ses yeux ne trahissent que sa colère.

— Tu remets ça sur le tapis ? Bon sang, Gen ! Comment peux-tu me faire ça ?

Il me tourne le dos et noue les mains derrière la tête. Je n'arrive pas à décider s'il cherche à gagner du temps ou s'il essaie simplement de se maîtriser. Le désespoir me submerge. Comment est-il possible que je sois là, en train d'accuser mon mari d'un crime aussi monstrueux ? Ma vie prévisible, monotone, s'est muée en une spirale de souffrance et de soupçon. C'est tout juste si je tiens le coup, si je peux supporter mes propres sentiments.

Je m'avance lentement vers lui. L'espace de travail d'Art est vaste, aéré, exactement comme à la maison – tout semble organisé et pourtant rien n'est étiqueté. Je songe soudain que c'est une métaphore parfaite d'Art lui-même : en surface tout n'est qu'organisation extrêmement précise ; au-dessous, tout est caché, contrôlé. Je fixe la bouteille d'eau et le paquet de chewing-gums à la menthe posés sur le bureau.

— Tu dois me dire la vérité.

Il se tourne vers moi. Son regard est dur mais sa bouche frémit d'émotion.

— Comment oses-tu ? Je sais que ç'a été pénible de voir cette fichue bonne femme débarquer chez nous, mais comment peux-tu penser… ?

— Je t'ai vu sur une bande vidéo du système de surveillance de Fair Angel.

Ma voix tremble.

— J'ai vu l'infirmière te remettre Beth dans le couloir.

Une expression horrifiée se lit dans les yeux d'Art, avant que sa fureur contenue reprenne le dessus.

— Impossible, dit-il d'une voix sèche, aussi froide que l'acier. Ou truqué.

— Ne sois pas ridicule.

Pourtant, je me tais. Le film a-t-il pu être truqué ? Je n'avais pas envisagé cette possibilité. En un éclair, j'entrevois les ramifications éventuelles… Un expert pourrait-il me tirer de cette indécision ? Art pourrait-il être innocent ? Une partie de moi l'espère, et pourtant cela mettrait aussi un terme à mes espoirs de retrouver Beth. Pour la première fois depuis que j'ai vu ces images, un doute s'immisce en moi.

— Pourquoi quelqu'un aurait-il pris la peine de faire une chose pareille ?

Art lève trois doigts. Ses yeux me transpercent.

— D'abord, pour jeter le discrédit sur moi. Deuxièmement, pour creuser un fossé entre nous. Troisièmement, pour te faire perdre la tête. Et les trois sont précisément en train de se produire.

Il marque une pause.

— Ça, c'est juste les premières choses qui me viennent à l'esprit. Je suis sûr que si tu me donnais quelques minutes, je pourrais te fournir une dizaine d'autres raisons. Il y a une foule de gens qui seraient ravis de me voir échouer, et le fait que tu ne me fasses pas confiance est un échec pour moi, pour ma vie… Bon sang, Gen, c'est un échec pour nous.

En deux pas, il a traversé la pièce et tend la main vers la mienne, soudain suppliant.

— Je t'en prie, ne cède pas à cette… folie, Gen. Si ce n'est pas un montage, alors ça doit être la pression que tu subis – tu vois ce que tu veux voir. C'est… C'est dans ta tête, voilà tout.

C'est tout lui, de passer comme ça de la logique au plaidoyer émotionnel. Et tellement manipulateur.

— Arrête, Art. Arrête d'essayer de me faire croire que ça vient de moi… que je suis en train de devenir folle.

Il me dévisage.

— Mais tu sais que c'est fou. Tu sais que ça n'a aucun sens, dit-il lentement. Au fond de toi, tu le sais.

L'espace d'un moment, je le vois comme un inconnu le ferait – totalement sûr de lui.

— D'accord, ça n'a aucun sens. Mais ça ne veut pas dire que ce n'est pas vrai.

Je m'approche de l'étagère qui va de la fenêtre à la porte. Une unique photo interrompt la rangée de prix d'excellence. Un cliché de nous deux le jour de notre mariage, dans un cadre en argent. Art a les cheveux coupés très court, très bon chic bon genre, et sourit. Je le couve d'un regard adorateur. J'ai les cheveux courts aussi – une coupe à frange effilée qui me donne l'air d'une adolescente. Ça me brise le cœur de voir combien nous paraissons jeunes.

Et innocents.

— Gen ?

— Dis-moi la vérité.

— C'est ce que je fais.

— Et l'argent versé à MDO ? J'ai vu le Dr Rodriguez hier… Je l'ai entendu parler de l'argent qu'il a touché… Ce versement à MDO était-il seulement le premier ?

— Non. Je te jure que non.

Art a les doigts crispés sur la chaise. Ses jointures sont toutes blanches, mais son regard soutient le mien sans ciller.

— Tu ne te rends pas compte que tu déformes tout pour que ça corresponde à ce que tu veux ? Demande-toi pourquoi j'aurais dit que notre bébé était mort si ce n'était pas le cas. Pourquoi Rodriguez aurait pris le risque d'être radié de l'ordre des médecins et envoyé en prison. Pourquoi j'aurais joué toute ma vie sur un mensonge.

Sa voix se brise.

— Gen, mon plus grand souhait a toujours été de fonder une famille avec toi. Et… Et c'est injuste que tu ne me fasses pas confiance alors que j'ai souffert tout autant que toi quand nous… l'avons perdue…

Il se détourne pour que je ne voie pas sur son visage l'émotion qui est si évidente dans sa voix.

Je me sens subitement à bout de forces. Est-il vraiment possible que je me sois trompée ? Que je voie des coupables partout parce que je ne peux pas supporter l'autre possibilité – celle que Beth soit réellement morte ?

Art me fait face de nouveau. Une détresse insondable se lit sur ses traits. Les doutes m'assaillent.

— Comment as-tu mis la main sur ce film ? Quelqu'un t'a aidée ?

Je me tasse un peu sous ses yeux accusateurs. Et pourtant, pourquoi ne devrais-je pas le lui dire… nous n'avons rien fait de mal.

— Lorcan. Nous avons trouvé le film chez Rodriguez. Il m'a proposé de m'emmener, c'est tout.

— Vraiment ? demande Art, sarcastique. Combien de petites réunions avez-vous eues tous les deux depuis la soirée ? S'il ne t'a pas à moitié séduite à l'heure qu'il est, il a perdu la main.

Jamais je n'ai entendu un tel mépris dans sa voix.

Les doutes que j'avais il y a quelques secondes seulement s'évanouissent.

— Tu es injuste, dis-je, piquée au vif. Lorcan voulait seulement me rendre service.

Art pousse un grand soupir et secoue la tête.

— Alors, comme ça, un type que tu n'as jamais vu de ta vie plaque tout pour t'emmener là où tu veux aller et tu ne t'interroges même pas sur ses motivations.

— Ce n'est pas ça. Je...

— Tandis que moi... moi qui t'aime... Je te connais depuis quatorze ans et je suis ton mari depuis douze. Mais tu me crois capable de t'avoir trahie sans en avoir la moindre preuve.

Il hausse le ton.

— Tu ne te souviens pas de ce que Lorcan a fait ici...

Il embrasse d'un geste les locaux de Loxley Benson.

— Tu veux dire qu'il a couché avec la femme d'un autre il y a des années de ça ?

Art ouvre la bouche comme pour en dire davantage et se ravise.

— Peu importe Lorcan. Je suis sérieusement inquiet à ton sujet.

— Je t'ai vu avec un bébé. Tu étais à la clinique.

— Tu en es sûre ? Réfléchis bien. Es-tu sérieusement en train de dire que je me suis « débarrassé » d'un bébé en parfaite santé que je voulais autant que toi ? Comment cela aurait-il pu arriver ? Le Dr Rodriguez a déclaré Beth morte. Il y avait d'autres gens présents.

— Oui, mais Rodriguez s'est débrouillé pour leur faire quitter la salle d'opération avant la naissance. Les deux seuls véritables témoins sont morts.

— J'ai vu son corps, insiste Art comme si je n'avais rien dit. Tu sais combien je désirais des enfants. C'est moi qui essaie de te persuader de suivre un nouveau traitement *in vitro*. Quel sens cela aurait-il eu que je nous prive de notre bébé ? Cette histoire n'a ni queue ni tête !

Je n'ai pas de réponse. Quelques secondes s'écoulent. On nous observe à travers les vitres du bureau. Kyle, Tris, deux secrétaires. Tous feignent de parler ou de travailler, mais ils jettent constamment des regards vers nous.

— Je suis d'accord, ça n'a aucun sens. Mais il y a toutes ces choses que j'ai découvertes : j'ai entendu Rodriguez parler d'une somme d'argent qu'il a reçue. J'ai vu le bébé dans tes bras la nuit où nous avons eu Beth.

— Non !

Art abat son poing sur le bureau.

— Non, Gen. Toutes ces choses ne sont que des coïncidences ou des malentendus. Tu les ajoutes les unes aux autres et tu en conclus que je suis coupable parce que, par-dessus tout, tu voudrais que Beth soit en vie. Tu l'as avoué après notre rendez-vous avec le Dr Tam. Tu ne veux pas d'un autre bébé parce que tu continues à vouloir Beth.

Je recule, le regard encore rivé sur son visage anxieux. Il fait un pas vers moi.

— Ce film qui est censé me montrer avec le bébé, où est-il ?

Il est dans ma poche, mais je ne vais pas le lui avouer. S'il s'en empare, c'est lui qui aura le contrôle de la situation et je veux pouvoir en vérifier l'authenticité moi-même.

— Je ne l'ai pas sur moi. Il est en lieu sûr.

— Je veux le voir. Quoi que tu en penses, c'est un montage.

Il hésite.

— Je vais retourner à ma réunion, mais je veux que tu restes ici. Ensuite, nous rentrerons à la maison et nous regarderons ce film ensemble. Et après, je t'emmènerai voir un psy.

— Quoi ?

— S'il te plaît, Gen. Il faut qu'on en finisse.

J'ai les tempes qui bourdonnent. Art essaie de me mettre en position de faiblesse. Je me rends compte, avec un déchirement terrible, que je n'ai plus confiance en lui.

— Très bien.

Je lui tourne le dos et m'approche de la fenêtre. Le soleil brille, soulignant une série de traces en bas de la vitre. La journée est claire et froide, et d'ici je vois jusqu'à la Tamise. Les contours sont nets, les bâtiments les plus hauts se détachent sur le ciel bleu.

Derrière moi, la porte se referme. Art est parti.

Il faut que je parle à la police. Le film a peut-être été truqué, il faut que j'en aie le cœur net. La police pourra vérifier les comptes de Loxley Benson… suivre la trace de l'argent qu'Art a versé à MDO et découvrir s'il a fini par aboutir dans les poches de Rodriguez.

Je sors. Évitant la salle de conférence, je traverse l'espace de travail. Les plus jeunes membres du personnel sont là – élégamment vêtus et savamment coiffés, penchés sur leurs ordinateurs. Je dois me retenir de courir en atteignant le couloir qui abrite les bureaux des membres du conseil d'administration. Tris me voit passer et me lance un bonjour. Je fais semblant de ne pas l'avoir entendu.

À l'accueil, Camilla est au téléphone. Je fourre la main dans ma poche, sens la clé. Mes doigts se referment autour et sa réalité physique me redonne courage. Je regarde par-dessus mon épaule. Camilla me suit des yeux, parlant toujours dans son écouteur. Je lève la main en guise d'au revoir et me force à sourire. Elle me fait signe en retour.

Le cœur battant, je presse le pas, dépasse les toilettes des femmes et les ascenseurs et dévale les marches quatre à quatre. Arrivée au rez-de-chaussée, je passe devant le gardien – nouveau signe rapide de la main – et me voilà dehors. Je m'arrête une seconde sur le trottoir, sens l'air froid et dur contre mon visage, puis jette un coup d'œil derrière moi. Apparemment, personne ne m'a suivie.

Lorcan est garé au coin de la rue. Je me hâte dans sa direction. Mon téléphone sonne. Art. Il s'est déjà aperçu de ma fuite. J'éteins mon portable et cours. Il n'y a pas de circulation, seulement quelques voitures en stationnement. Aucun passant. Le soleil brille toujours et pourtant je frissonne. J'enroule mon écharpe autour de mon cou tout en marchant. Je n'ai qu'une pensée en tête, retrouver Lorcan et aller droit au commissariat.

Je mets un pied sur la chaussée.

Un moteur rugit. Instinctivement, je me raidis et fais un bond en arrière. La voiture me frôle, si proche que je sens presque le métal. En un éclair, elle a disparu. Je reste immobile, choquée jusqu'à la moelle.

Je me rends compte que je retiens mon souffle. Au moment où j'ouvre la bouche, une main se referme sur mon bras et me force à me retourner. C'est un homme, le visage dissimulé par une capuche. J'essaie de crier mais aucun son ne sort de ma bouche. Avant que j'aie compris ce qui se passe, il me pousse brutalement contre le mur, agrippe mon cou, appuie sur ma trachée.

Je suffoque, j'ai le cœur qui cogne, les yeux rivés sur la bouche de l'inconnu, sur ses lèvres minces. C'est un géant. Il me domine de toute sa hauteur. Il se penche vers moi.

— Ça suffit maintenant, Geniver, siffle-t-il.

Sa main libre plonge dans une des poches de mon jean, puis l'autre. Ses doigts fouillent à l'intérieur, poussent contre la toile. Je tente en vain de me dégager. Sa poigne est comme un étau autour de ma gorge. Je ne peux pas respirer. Je voudrais lui donner des coups de pied, mais mes jambes refusent de m'obéir.

Les doigts de l'inconnu trouvent la clé. Mon pouls résonne dans mes oreilles, tout mon corps est pétrifié. Il retire sa main, se penche de nouveau vers moi, appuyant toujours sur ma gorge.

— Tu te souviens de ce qui est arrivé à Lucy O'Donnell ?

Sa voix est un murmure sourd, menaçant.

Je hoche la tête. Le plus imperceptible des mouvements.

— Bien… alors arrête de remuer ces vieilles histoires, sinon ça sera ton tour.

Voilà comment j'ai fait pour me venger du Grand Roux et de Dent cassée.

En route pour l'école, je me suis caché derrière le grand arbre. J'ai ôté mon sweat-shirt, j'ai frotté de la terre dessus, et après j'ai enfoncé ma chaussure dans la boue et j'ai piétiné le dos du sweat. C'était pas très net mais on voyait bien quand même que c'était une empreinte de chaussure, comme quand j'étais petit et qu'on faisait de la peinture avec nos doigts. J'ai remis le sweat-shirt et je suis entré. J'ai fait une grimace comme si je me retenais de pleurer et j'ai raconté à Mlle Evans que le Grand Roux et Dent cassée m'avaient poussé et qu'ils m'avaient marché sur le dos.

C'était bien. Le Grand Roux et Dent cassée ont eu de gros ennuis. Ç'a été bien surtout quand je suis rentré à la maison. Maman a dit que j'étais très intelligent et que c'était un bon début pour m'entraîner à lutter contre les Méchants, mais que je ne pouvais pas compter sur les maîtresses pour tout résoudre et qu'il fallait que je pense à des manières de me venger des gens pour qu'ils aient mal aussi, pas juste qu'ils soient disputés. Elle a dit que c'était seulement comme ça que c'était juste parce que, si une personne perd un œil, l'autre personne doit le perdre aussi. Je crois qu'elle a dit un œil. Enfin, elle m'a laissé manger des bonbons en plus. J'aimais bien ces bonbons pétillants, en forme de serpent, mais maintenant je pense que c'est des bonbons pour les bébés, mais j'en mangerais encore si j'en avais.

Maman disait de ne pas manger trop de bonbons parce que ça peut rendre malade. J'aimerais bien retourner là-bas et forcer le Grand Roux et Dent cassée à manger des bonbons jusqu'à ce qu'ils soient malades. Et puis après j'ai pensé que Dent cassée portait des lunettes et que j'aimerais bien les casser en mille morceaux et les mettre dans des bonbons pour qu'ils les mangent. Comme ça les petits bouts de verre leur couperaient la gorge et leur feraient vraiment mal. Ce serait vraiment bien parce qu'ils penseraient que c'était gentil et puis ils verraient que c'était pour les rendre malades, ha-ha-ha.

14

L'homme me repousse et s'enfuit, la clé à la main. Un instant, je reste paralysée sur place. Quand il tourne à droite, j'expulse enfin l'air qui était resté coincé dans mes poumons, dans une sorte de gémissement. Je me force à me ressaisir : Lorcan est à deux pas, il m'attend. Il faut que je le rejoigne. Je m'oblige à traverser la route. Mes jambes sont de plomb et je tremble comme une feuille en arrivant de l'autre côté. J'avance lentement, un pas prudent après l'autre. Au coin de la rue, Lorcan est adossé à son Audi. Il se précipite vers moi.

— Gen, que s'est-il passé ? Qu'a dit Art ?

J'ouvre la bouche, mais je ne peux pas parler.

— Gen ? répète-t-il d'un ton pressant. Ça va ?

Je secoue la tête.

— Monte.

Il met un bras autour de mes épaules et me guide vers le siège passager. Je remarque que mes mains tremblent toujours et les enfonce dans mes poches.

— Art a tout nié en bloc. Il voulait voir le film mais je suis partie et un type – une sorte de géant – m'a agressée en pleine rue.

Les doigts de Lorcan se raidissent sur le volant.

— Bon sang ! Ça va ?

Je continue, d'une voix assourdie par la peur.

— Ce n'était pas un hasard. Il savait qui j'étais. Il a pris la clé et il m'a menacée.

— Qu'est-ce qu'il a dit ?

Je lui raconte tout, le cerveau en ébullition, essayant d'assembler les pièces du puzzle.

— Gen, c'est grave, murmure Lorcan, les traits tendus. Rodriguez a dû envoyer cet homme, ce qui signifie qu'il sait ce que nous avons pris et qu'il nous surveille… ou alors…

Je reste silencieuse. Il veut dire : ou alors, c'est Art qui l'a envoyé. En aurait-il eu le temps ? Je ne peux pas répondre. Je suis à peine capable de réfléchir.

Lorcan démarre. Dans la rue, les silhouettes se succèdent à toute allure – effervescence floue derrière la vitre. Leurs vies continuent normalement, alors que je ne peux plus être sûre de rien ni de personne à propos de la mienne. Je jette un coup d'œil vers Lorcan. Mes doutes de l'autre jour resurgissent. Il s'est mis en quatre pour moi alors que je viens tout juste de le rencontrer. Ai-je été incroyablement naïve de lui faire confiance ?

J'ai la nausée. Je sens encore les doigts de l'homme serrés contre mon cou.

— Tout est vrai, dis-je d'une voix rauque. Quelqu'un a volé Beth. Et tué des gens pour se couvrir… l'anesthésiste… Lucy O'Donnell…

Lorcan ralentit à l'approche d'un feu rouge.

— Tu as vu son visage ? Le visage du type qui t'a attaquée ?

— Non.

Sur le trottoir d'à côté, un vieil homme avance péniblement à l'aide d'une canne. Une petite fille aux cheveux bruns et lisses sautille gaiement, tenant la main de sa mère. Je la fixe. Elle est trop jeune pour être Beth.

— Tout est arrivé trop vite, je sais seulement qu'il était grand. Grand et costaud.

Je frissonne au souvenir du colosse à capuche surgi de nulle part.

— Ça ne pourrait pas être le blond qu'on a vu chez Rodriguez ?

— Je ne crois pas.

Je ferme les yeux, essayant de me concentrer. Je revois l'homme près de la fenêtre, mais ça ne m'aide pas, je n'ai pas distingué clairement ses traits. J'ai eu l'impression qu'il était corpulent et – contrairement à mon attaquant – de taille moyenne. Néanmoins, de là d'où je me trouvais, il est impossible d'en être sûre.

— Je ne sais pas.

Il y a un long silence. J'essaie désespérément de mettre de l'ordre dans mes pensées. Soudain je me souviens de la décision que j'ai prise dans le bureau d'Art.

— Il faut que j'avertisse la police.

Lorcan se tait, puis me regarde.

— Tu crois que c'est une bonne idée, Gen ? Je sais que ce type t'a menacée, mais… qu'est-ce que tu dirais à la police ?

Mes soupçons grandissent. Pourquoi s'oppose-t-il à ce que je me tourne vers les seules personnes censées nous protéger ?

— Je leur dirai ce que je sais, que j'ai vu un film qui montre Art avec Beth… qu'elle n'est pas morte.

— Mais ce film ne prouve ni n'explique rien. Et d'ailleurs, tu ne l'as plus.

Il a raison. Je n'ai rien pour étayer mes dires. Je me sens abattue.

— Je pourrais peut-être les persuader d'ouvrir une enquête, sur la mort de Lucy O'Donnell.

— Comme tu voudras.

Je cherche sur le téléphone de Lorcan l'adresse du commissariat le plus proche et nous continuons à rouler. Au fur et à mesure que nous nous approchons de notre destination, l'angoisse s'empare de nouveau de moi.

Et si Art a vraiment fait tout cela… ? S'il a pris Beth. Soudoyé Rodriguez. Tué Lucy O'Donnell. Engagé quelqu'un pour me menacer.

Mon estomac se noue. C'est un raisonnement insupportable.

— Art ne savait pas que j'avais la clé avant que j'aille dans son bureau. Il n'a pas pu s'arranger si vite pour que ce type vienne me la prendre.

— À moins qu'on ne l'ait averti. De toute manière, on n'a pas de preuve, conclut Lorcan en se garant.

Je fixe le panneau bleu du commissariat.

— C'est justement là que je voulais en venir, ajoute-t-il. On n'a aucune preuve.

J'ouvre la portière.

— Tu veux que je vienne avec toi ?

Je le regarde droit dans les yeux.

— Non. Je m'en tirerai très bien toute seule.

L'inspecteur Gloria Manning a environ trente-cinq ans, un visage fatigué et des cheveux raides qui rebiquent mollement sur ses épaules.

— Donc, vous n'avez plus cette clé ? demande-t-elle doucement.

— Non, je vous l'ai dit. J'ai été agressée.

J'ai élevé la voix et je pose les mains sur la table devant moi. Je presse les paumes contre l'acier froid, j'essaie de retrouver mon calme. Dans l'atmosphère aseptisée de la salle d'interrogatoire, avec ses murs nus et son sol récuré, mon récit ressemble à celui d'une hystérique.

Manning jette un regard à mon sac, pendu au dossier de ma chaise.

— La clé était dans ma poche… L'homme savait où chercher…

— Bien, dit-elle lentement. Et vous pensez que le docteur qui était présent lors de l'accouchement de votre fille mort-née a peut-être chargé cet homme de la récupérer. Et qu'il a commandité la mort de la femme victime d'un accident de la route la semaine dernière, celle qui, d'après vous, est venue vous annoncer que votre bébé était encore vivant ?

J'acquiesce, épuisée tout à coup. Je vois dans les yeux compatissants de Manning qu'elle ne me croit pas. Lorcan avait raison – sans preuve, mon histoire fait penser à une sorte de mélodrame à l'intrigue ridicule, tirée par les cheveux.

Elle s'éclaircit la gorge.

— Mais jusqu'à il y a une semaine, vous pensiez que votre bébé était mort-né ?

Je baisse les yeux sur la table.

— Oui.

Elle se laisse aller en arrière sur sa chaise. Le dossier émet un grincement assorti à l'expression de son visage.

— Écoutez, je sais que je n'ai aucune preuve de ce que j'avance, mais c'est pour ça que je suis venue ici, pour que vous puissiez en chercher. Et trouver ma petite fille.

La policière m'observe avec attention.

— Vous m'avez tout dit ? Une chose m'étonne : si vous pensez que le Dr Rodriguez a vraiment menti concernant la mort de votre bébé, pourquoi vous aurait-il donné ce film qui montre qu'elle est en vie ?

Je me mords la lèvre.

— Il ne me l'a pas exactement donné.

— Que voulez-vous dire ?

— Nous… je me suis introduite chez lui et je l'ai pris.

— Madame. Loxley…, soupire-t-elle.

— J'ai trouvé une coupure de journal aussi.

Elle est toujours dans mon sac. Je m'empresse de l'en sortir et la lui tends.

— C'est l'anesthésiste qui m'a endormie pour ma césarienne.

Elle prend l'article et le tient avec précaution entre deux doigts.

— « Tué par un chauffard en fuite. » Et alors ?

— Eh bien, vous ne trouvez pas ça suspect ?

— Vous êtes en train de dire que la mort de cet homme a été simulée aussi ?

— Non !

La frustration grandit en moi.

— Non, je dis que Rodriguez l'a peut-être fait disparaître parce qu'il menaçait de révéler que mon bébé était vivant. Sinon, pourquoi aurait-il conservé cette coupure ?

— Parce qu'ils étaient collègues ? Parce qu'ils travaillaient ensemble ?

Un long silence.

— Je suis navrée pour votre petite fille, madame Loxley, dit-elle en se penchant en avant pour me tapoter le bras. J'ai fait une fausse couche aussi. À dix semaines. C'est difficile à accepter.

Je secoue la tête, trop furieuse pour parler. Comment cette femme ose-t-elle comparer sa propre expérience à la perte de Beth ? Comment ose-t-elle laisser entendre que mon chagrin a fait de moi une déséquilibrée ?

Il est évident qu'elle voit dans mon silence une sorte d'acquiescement. Elle me tapote le bras de nouveau et quitte la pièce.

Dix longues minutes plus tard, elle est de retour.

— On n'a signalé aucune entrée par effraction chez le Dr Rodriguez à Mendelbury.

Elle a parlé d'un ton ferme, définitif.

Je digère l'information. Rodriguez n'a pas porté plainte. Bien sûr que non. Pourquoi voudrait-il attirer l'attention sur la clé dérobée ? Surtout maintenant qu'il a réussi à la récupérer.

— Nous ferons circuler la description de votre agresseur et j'ai ici le numéro d'une unité de soutien aux victimes.

Elle marque une pause.

— Comme je vous le disais, madame Loxley, je suis vraiment désolée. Voulez-vous que j'appelle quelqu'un qui pourrait vous raccompagner chez vous ?

La réalité m'assomme brusquement : la police ne me croit pas.

— Non, merci, dis-je, hébétée par le choc. Un ami m'attend dehors.

Je me lève, j'ai toujours les mains qui tremblent. Si la police ne me croit pas, je n'ai nulle part où me réfugier.

Nulle part je ne serai à l'abri.

Je me dirige vers la porte, la vision brouillée par les larmes. Je parviens tant bien que mal à retraverser la salle d'attente et à descendre les marches pour regagner le trottoir et monter dans la voiture de Lorcan.

— Gen ?

— Ils ne m'ont pas crue.

— Oh ! Gen.

Sa voix est pleine de compassion. Il met la main sur mon épaule et je m'appuie contre lui, évacuant avec mes larmes toute la tension de ces derniers jours. Blottie contre la poitrine de Lorcan, au creux de ses bras, je suis soudain assaillie par un souvenir surgi du néant.

Je sors en courant de l'école primaire, avec à la main un portrait de mon père que j'ai peint pour lui. Et il est là, mon père. Une des rares fois où il est venu me chercher à l'école, et il est là, il me cherche des yeux. Bouleversée par cette coïncidence inattendue, stupéfiante, je me rue vers lui. Il me voit aussi, il sourit, il ouvre les bras et j'ai l'impression de voler pour l'atteindre plus vite, plus vite ; et puis quelque chose me fait trébucher et le terrain de jeux se précipite vers moi et je m'effondre sur le goudron et j'ai mal au genou et puis des bras puissants me soulèvent, mon père me tient et il dit : « Hé, Queenie, ne pleure pas », son haleine est sucrée et réconfortante et je me cramponne à lui comme si l'univers disparaissait autour de nous. Quand il me repose par terre, je sanglote toujours, mais par petits hoquets saccadés à présent et il me prend par la main pour partir et je me souviens du dessin et je regarde derrière moi et je le vois dans une flaque d'eau, maculé de boue, piétiné par d'autres enfants. Personne ne l'a remarqué et je le fixe par-dessus mon épaule, les larmes montent de nouveau tandis que mon père continue à avancer, il parle à une des mères et il me tire derrière lui et je veux qu'il s'arrête pour qu'on puisse aller chercher le dessin mais il continue d'avancer en me tenant par la main. « Allons, allons, Geniver », et je regarde le dessin et mon genou me pique mais j'arrête de pleurer parce que ça ne sert à rien et, à cet instant, je découvre le désespoir qui est le pendant de l'amour.

Je relève la tête. Mon visage est strié de larmes, mon maquillage a coulé et je dois avoir le nez tout rouge. Lorcan ne dit rien, mais la tendresse se lit dans ses yeux quand je me dégage de son étreinte.

Il démarre.

— Où veux-tu aller maintenant ?

— Je ne sais pas.

Ce que je voudrais, au fond, c'est me réfugier dans un endroit calme où je n'aurais à rendre de comptes à personne ni même à penser au fait qu'Art m'a menti ou que Beth est peut-être en vie. Les mots demeurent prisonniers dans ma tête. Trop difficiles à exprimer.

Il me presse l'épaule doucement.

— Tu es la bienvenue chez moi si tu veux.

Je réfléchis. Lorcan a été fantastique, mais m'installer chez lui me semble trop intime. Je passe mentalement en revue mes options. Hen est le choix évident – la personne vers qui je me tourne toujours – et pourtant je ne veux pas me confier à elle. Pas après toutes ses conversations avec Art, et sachant qu'elle me juge déjà passablement instable. D'un autre côté, peu importe où je vais, finalement. Je veux seulement ne pas être à la maison.

— Je vais aller chez Hen. Tu peux m'emmener là-bas ?

— Bien sûr.

J'appelle Hen pour vérifier qu'elle est d'accord, ignorant les cinq appels d'Art qui s'affichent sur l'écran dès que j'allume mon téléphone.

— Je ne te gênerai pas. Je veux seulement me détendre un peu.

— Tu ne me gêneras jamais, Gen.

Hen parle avec sa chaleur habituelle, mais l'inquiétude perce dans sa voix. Je suis sûre qu'Art l'a déjà mise au courant de mon dernier coup d'éclat.

— Nous pourrons parler quand Nat sera couché.

— D'accord.

Si seulement je pouvais la convaincre que je ne suis pas la victime de mon imagination – que l'agression que j'ai subie est, tout comme le film de la caméra de surveillance, la preuve d'un crime terrible. Dès la conversation terminée, je mets mon téléphone en mode silencieux. En route, je rapporte à Lorcan les paroles de l'inspecteur Manning. Ma colère et mon découragement se sont atténués à présent. Je suis même étrangement calme. Au moins, je sais à quoi m'en tenir. Je suis toute seule… entièrement responsable de ce qui va arriver dorénavant.

Quand j'arrive chez Hen, la maison est sens dessus dessous. On dirait qu'elle a installé une crèche dans son salon, bien qu'en fait le vacarme ne soit dû qu'à deux enfants : Nat et son copain Josh, qui ont créé un campement avec des couvertures en guise de tentes. C'étaient deux pièces autrefois et on a abattu le mur de séparation mais conservé les cheminées. Hen y a installé de grands canapés modernes, dissimulés par les couvertures avec lesquelles jouent les enfants. Je ne me suis pas encore habituée à la voir vivre dans une demeure aussi luxueuse.

Je jette un coup d'œil aux étagères où les romans de Hen, qui a étudié la littérature anglaise, côtoient la vaste collection de revues sur les voitures anciennes que possède Rob. Ils n'ont emménagé ici qu'il y a un an et la maison se fait encore à eux, leurs affaires ne sont pas encore complètement mélangées. À moins que celles de Hen ne me sautent aux yeux parce que je la connais depuis si longtemps.

À cet instant précis, elle a les joues toutes rouges et l'air d'être un peu dépassée. Je la suis dans la cuisine, où elle passe cinq minutes à se plaindre des manières de Josh, sort deux briquettes de jus de fruits bio de son frigo et oublie de me préparer le thé dont elle m'a parlé à la porte.

Enfin, elle se calme et met la bouilloire en marche. Hen rêvait d'une cuisine comme celle où nous sommes, avec son plan de travail en granit moucheté et ses placards vert pâle. La lumière déclinante de la rue fait ressortir le bleu outremer de la crédence en mosaïque, et projette des ombres sur les dernières œuvres de Nat, punaisées aux murs.

Quand je ferme les yeux, je sens encore les mains de mon agresseur autour de mon cou. Et pourtant, dans la cuisine chaleureuse de Hen, c'est comme si l'agression s'était produite il y a des années.

— Désolée pour le chantier, Gen, dit-elle avec un soupir, en se laissant tomber sur une chaise en face de moi.

Des rires aigus nous parviennent du salon. Elle se penche en avant, le front barré par un pli.

— Je suis vraiment gênée, avoue-t-elle. Art n'arrête pas de m'appeler. Il a téléphoné juste avant toi, tout à l'heure.

Elle s'interrompt, remarquant l'irritation qui a dû traverser mon visage.

— Gen, s'il te plaît, ne va pas croire qu'on parle dans ton dos. S'il m'appelle, c'est uniquement parce qu'il t'aime et qu'il s'inquiète pour toi. Il dit que tu es convaincue à présent qu'il a pris Beth juste après sa naissance. C'est vrai, Gen ? Tu le crois réellement capable d'avoir fait ça ?

Je ne sais pas. Je la regarde dans les yeux et mon irritation s'envole. Hen est ma plus vieille amie. Évidemment qu'Art s'est tourné vers elle. Et si je ne peux pas faire confiance à Hen, à qui alors ?

J'ouvre la bouche pour lui parler du film et du type qui m'a attaquée devant les locaux d'Art, mais Nat apparaît sur le seuil, venu chercher sa boisson et celle de Josh. Hen me lance un regard d'excuse. Resté à la porte, Nat me considère de son air détaché. C'est une version miniature de Hen, au sens où il a le même teint pâle, la même crinière de cheveux frisés et indomptables autour de son visage en forme de cœur. Je ne peux toujours pas le voir sans me souvenir des ténèbres qui entourent l'époque de sa naissance. Et pourtant, plus il grandit, plus j'apprends à l'aimer. Il semble avoir hérité des qualités de Hen – l'ouverture, le charme et l'affection –, avec la gentillesse et un tempérament facile à vivre en plus.

Elle lui tend les briquettes de jus de fruits et il s'éloigne en trottinant. Si Beth ne m'avait pas été enlevée, ce serait peut-être elle qui jouerait maintenant avec Nat dans le salon. Je me demande ce que Hen aurait pensé de ma fille… si Beth m'avait ressemblé comme Nat ressemble à Hen…

Hen se cale dans sa chaise.

— Vas-y.

— J'ai trouvé un film, dis-je lentement. Un film qui montre Art avec notre bébé.

Hen fronce les sourcils.

— Comment est-ce possible ?

Je lui explique qu'il s'agit d'un film qui a été enregistré par une des caméras de surveillance de Fair Angel.

— Art prétend qu'il a été truqué, mais…

— C'est forcément le cas, coupe Hen. C'est la seule explication possible.

— Non, le film montre l'infirmière qui était présente à la naissance – Mary Duncan –, elle tend Beth à Art. Il…

— Tu ne te souvenais pas de son visage, m'interrompt-elle de nouveau. Quand sa sœur est venue, tu n'étais pas sûre de l'avoir reconnue sur la photo qu'elle t'a montrée.

— Je sais. Mais en voyant le film, j'ai eu un déclic. Et après j'ai été agressée par un homme. Il a dit que je finirais comme Lucy O'Donnell si je n'arrêtais pas de poser des questions sur Beth.

Je guette sa réaction, espérant que, la stupeur passée, elle va enfin admettre qu'elle me croit – qu'on m'a volé Beth. Mais ses traits n'expriment que la peur – et la pitié.

— Oh ! Gen.

Elle se penche par-dessus la table et me prend la main.

— Gen, je suis tellement désolée. Où est ce film à présent ?

— Mon agresseur me l'a pris.

N'a-t-elle pas entendu ce que je lui disais ?

Son visage se froisse.

— Oh, Gen…

La lumière se fait subitement en moi. Je n'arrive pas à y croire. Je me lève, dégage ma main.

— Tu penses que j'ai inventé tout ça ?

Ma voix s'étrangle.

Comment peut-elle me croire parano à ce point ?

Elle ne cherche pas à nier. Elle se lève aussi, joint les mains d'un geste suppliant.

— Je t'en prie, Gen, ne sois pas fâchée. Je ne crois pas que tu fasses ça délibérément. Seulement, tu es fragile depuis longtemps et la visite de cette femme t'a fait basculer. Ce n'est pas ta faute, ça pourrait arriver à n'importe qui. Art et moi…

— Art et toi !

Ma voix est sèche, dure. Hen s'arrête net.

— Pas comme ça.

Elle écarquille les yeux, atterrée.

— C'est seulement parce qu'on t'aime, Gen.

— Bien sûr.

Un moment, je faiblis, aspirée par la possibilité qu'Art et Hen aient raison et que je sois, en fait, folle, que j'aie tout imaginé, depuis le film jusqu'à l'agression en passant par ces menaces qui résonnent encore à mes oreilles.

Arrête de remuer ces vieilles histoires, sinon ça sera ton tour.

Puis je me souviens que je ne suis pas la seule à avoir visionné le film.

— Lorcan Byrne lui aussi a vu ce film. Son fils a ouvert le dossier pour nous. Il a vu Art emmener Beth.

Hen secoue tristement la tête.

— Comment sais-tu que ce n'est pas Lorcan qui a truqué le film ?

Sa suggestion me transperce. Je suis brusquement ramenée à une soirée, l'année où j'ai rencontré Art, où nous avions joué à « Action ou vérité » avec tout un groupe. J'ai fait tourner la bouteille et l'ai pointée vers Art.

— Action ou vérité ?

— Vérité.

Il m'a regardée dans les yeux sans la moindre inquiétude, et des questions me sont venues à l'esprit, mais je les ai rejetées les unes après les autres parce qu'elles étaient trop cucul ou trop niaises.

— Je peux te faire confiance ?

Les mots avaient jailli d'eux-mêmes. L'atmosphère s'était tendue d'un seul coup, tout le monde s'était tourné vers Art. Nous n'étions ensemble que depuis quelques mois et, malgré moi, j'avais révélé mes sentiments plus que je n'en avais eu l'intention.

Art était si intensément concentré sur moi que tout ce qui nous entourait s'est évanoui.

— Je te le jure.

Une seconde, nous nous étions fixés et, à cet instant, je lui avais donné mon cœur, sachant qu'il me demanderait un jour de l'épouser et que je dirais oui.

Hen m'effleure le bras.

— Gen ?

Je reviens au présent. Je suis debout dans sa cuisine design et elle pense que Lorcan Byrne a truqué les images de la caméra qui montre Art à la clinique avec Beth dans ses bras.

— Il ne saurait pas s'y prendre.

— Il doit connaître des gens qui savent.

Cal a réussi à décoder le dossier. Je suppose qu'il aurait été capable de faire un montage.

— Ou peut-être que Lorcan affirme être d'accord avec toi pour te faire plaisir, reprend-elle doucement. Pour que tu te fies davantage à lui.

Une bouffée de nausée m'envahit.

— Pourquoi prendrait-il la peine de faire ça ?

Mais je sais déjà ce qu'elle va répondre.

— Gen, soupire-t-elle, tu connais sa réputation.

Je refuse d'en entendre davantage. Je me sens malade. Ma tête est un champ de bataille où s'affrontent des émotions et des pensées contradictoires. Je suis venue ici pour ne plus avoir à réfléchir, et Hen ne fait qu'aggraver la situation. J'ai envie de tourner les talons et de repartir, mais l'idée qu'elle pense que je souffre de troubles mentaux m'est insupportable.

— Il n'y a pas que le film et l'agression, dis-je, les mains sur les hanches. Et l'argent dont je t'ai parlé ? Les cinquante mille livres qu'Art a dépensées juste après la disparition de Beth ?

— Allons, Gen, gémit Hen. C'était pour Manage Debt Online. Ça n'a rien à voir avec Beth.

— Manage Debt Online ?

Mon cœur s'est figé dans ma poitrine.

— Comment sais-tu à qui il a versé cet argent ?

— C'est toi qui me l'as dit.

— Je t'ai dit MDO !

J'ai élevé la voix, prise d'une nouvelle sorte d'angoisse. Comment Hen sait-elle ça ? Elle a parlé avec l'assurance de quelqu'un qui énonce un fait. Un fait qu'elle n'a pas appris par moi.

— Je t'ai dit les initiales parce que c'est tout ce qu'il y avait d'écrit sur le relevé bancaire.

Elle me regarde comme si j'étais folle.

— Mais MDO veut bien dire Manage Debt Online, non ?

— Je n'en sais rien… Hen, que sais-tu de tout cela ? Le soleil a presque disparu derrière la fenêtre de la cuisine. Une ombre légère tombe sur le visage de Hen. Elle traverse la pièce et allume la lampe sur le vaisselier. Je baisse les yeux sur mon thé, froid maintenant, sur la table.

— Rien. J'ai seulement supposé que MDO faisait référence à cette société de crédit.

— Mais Art m'a dit qu'il ne s'en souvenait pas… que MDO était seulement une transaction commerciale… un paiement à un client.

— Eh bien, dans ce cas, c'est sûrement ça. Les clients ont des dettes… MDO ne fait que gérer des transactions sur Internet… peut-être que ce client a demandé à Art de régler la dette par le biais d'un des comptes de Loxley Benson…

— Comment connais-tu ce… cette société ?

Hen rougit.

— J'en ai entendu parler, dit-elle, évasive. Quand j'avais des soucis d'argent, tu te rappelles ?

— Oui, bien sûr. Mais quand même…

— Bon sang, Gen, peut-être que je me trompe. Peut-être que MDO veut dire autre chose. Mais je suis certaine que ça ne veut pas dire qu'Art a payé quelqu'un pour mentir au sujet de Beth. Ça n'aurait aucun sens.

Je commence à douter moi-même, jusqu'au moment où je me souviens de l'haleine chaude de l'agresseur dans mon oreille. Il m'a menacée. Lucy O'Donnell a été assassinée. J'ai vu le film qui montrait Art avec mon bébé.

Je ronge la peau autour de l'ongle de mon majeur.

— Gen, s'il te plaît ? insiste Hen d'une voix tremblante.

Comment est-elle au courant pour MDO ? Elle n'a pas suggéré que MDO était une société de crédit, elle en est sûre. Comment est-ce possible, à moins qu'elle n'ait parlé de tout ça à Art à mon insu ?

Je ne peux plus lui faire confiance. Cette certitude est comme un poids mort dans ma poitrine.

— Ça va, dis-je, plus pour moi que pour elle.

Mais rien ne va. Je vis un cauchemar.

Hen paraît rassurée. Quelqu'un sonne à la porte.

— C'est sans doute la mère de Josh qui vient le chercher.

Elle hésite.

— Tu es sûre que ça va ?

Je me force à sourire.

— Bien sûr. Vas-y.

Hen disparaît. Je sors mon téléphone. Il y a de nouveaux appels et messages d'Art. Je les ignore et cherche sur Google Manage Debt Online. La société ne semble plus exister, du moins pas sous ce nom, mais un article de journal condamne ses pratiques, évoquant des pratiques « usuraires ». Art était-il endetté il y a huit ans ? Est-ce la raison pour laquelle il refuse d'en parler ? Cela expliquerait que le document se soit trouvé dans un dossier intitulé « Personnel ».

J'enfouis ma tête dans mes mains et ferme les yeux.

Hen bavarde à la porte. Elle s'excuse de ne pas inviter la mère de Josh à entrer. Josh bougonne qu'il ne veut pas partir.

Peut-être a-t-elle raison… Peut-être est-ce une coïncidence qu'Art ait versé de l'argent à MDO juste après la mort de Beth.

Mon téléphone, toujours sur silencieux, s'allume. C'est un texto de Lorcan.

Je veux juste savoir si ça va.

J'hésite. Dans le couloir, Josh continue à faire des histoires pour s'en aller. Les deux enfants et leurs mères parlent. Fort.

J'appelle Lorcan.

— Salut.

— Ça va ?

Le son de sa voix m'apaise aussitôt. Je sais que je m'accroche à lui parce que je suis vulnérable, mais, en ce moment, je me sens plus en sécurité avec lui qu'avec Art – et plus en confiance qu'avec Hen.

— Ça te dirait d'aller dîner ?

Je parle à voix basse, mourant soudain d'envie de m'éloigner de cette maison, du confort domestique et de la commisération de mon amie.

— Nous ne parlerons pas de Beth, promis. Ce sera juste un dîner.

— Bien sûr.

Si Lorcan est surpris par mon revirement, il n'en laisse rien paraître. Il dit qu'il vient me chercher.

— J'attendrai au bout de la rue.

Je coupe la communication.

Dans l'entrée, la porte se referme. Hen essaie de persuader Nat de monter à la salle de bains.

— Oui, je sais, mais tu as les mains sales.

Je devrais l'avertir que je m'en vais, mais mon instinct me souffle qu'elle me cache quelque chose. Ce qui veut dire qu'elle est mêlée à tout ça d'une manière ou d'une autre.

Deux séries de pas dans l'escalier indiquent que Hen a obtenu gain de cause. J'attrape un stylo et griffonne un message au dos d'une enveloppe qui traîne à côté du grille-pain.

Il faut que j'y aille. Excuse-moi de ne pas avoir dit au revoir. Bises, Gen.

Puis je m'esquive. Je descends la rue au pas de course, le cœur battant à tout rompre. Comment ma vie en est-elle arrivée là ? Je songe que si je n'étais pas folle avant, je suis certainement en train de le devenir.

Peut-être est-ce justement ce qu'ils veulent tous.

À l'intersection, je tourne, pour que Hen ne puisse pas me voir de chez elle. Je suis sûre qu'elle va me téléphoner. Art aussi. J'éteins mon appareil et le plonge tout au fond de mon sac. Adossée à un lampadaire, j'attends Lorcan, une seule pensée en tête : *Je n'abandonnerai pas avant de savoir la vérité*. Si difficile que cela soit et quoi que cela me coûte, quoi que je doive apprendre, j'irai jusqu'au bout. Il ne s'agit plus du passé, mais de l'avenir… il s'agit de retrouver la trace de ma fille. De découvrir l'endroit où Beth vit à présent… de cesser de chercher des preuves qu'elle n'est pas morte et de la trouver, elle, tout simplement.

Je me sens mieux. Cela constitue un objectif, assurément. Je peux partir de là, examiner les naissances enregistrées à l'état civil dans la région d'Oxford. Si elle a été adoptée par une autre famille, il doit y avoir des papiers… une histoire inventée… je peux vérifier la presse locale et Internet, chercher des récits au sujet de bébés nés dans des circonstances suspectes. Ce n'est pas grand-chose mais c'est un début. Un point de départ.

Quelques minutes plus tard, Lorcan arrive. C'est un soulagement de s'asseoir dans son Audi confortable et de voir son visage souriant.

— Ça va ? demande-t-il.

Je fais la moue.

— Non. Mais je n'ai pas envie d'en parler maintenant.

Et nous n'en parlons pas. Je pose des questions à Lorcan sur son travail d'acteur à Cork pendant que nous roulons vers Finchley, dans le Nord, en direction du restaurant qu'il a suggéré. Il avoue que le rôle est assez limité, qu'il se sent prisonnier du succès de la série.

Nous descendons de voiture. Le vent s'est levé et je m'appuie sur le bras de Lorcan. J'ai une fois de plus l'impression que sa présence rend tout possible. Je retrouverai Beth. Nous prenons place à une table près de la fenêtre et je me rends soudain compte que j'ai à peine mangé de toute la journée. Je commande un steak.

— Parle-moi de ton père, dit Lorcan en nous versant un verre de vin.

— Il était alcoolique. Il buvait de la vodka surtout. Mais c'était un alcoolique heureux, qui se débrouillait pour ne rien laisser paraître. Du moins, devant moi.

Je me tais, songeuse. L'arrivée de mon père transformait mon univers monotone, noir et blanc, de journées d'école et de réunions de scouts en un monde en Technicolor, éclatant, débordant d'opportunités.

— Un soir, à l'improviste, il m'a emmenée à

Stonehenge. Il a dit que ce serait une « aventure ». C'est comme ça qu'il était avec moi. On s'amusait tout le temps.

— Et pourtant, il s'est tué ?

— Non.

J'éprouve une révulsion viscérale à cette idée.

— Il ne s'est pas tué. Il a trop bu, voilà tout.

Lorcan hausse les sourcils et je suis ramenée en arrière, à mon premier jour à l'université. Ma mère m'avait déposée et nous nous étions disputées, comme d'habitude. Après son départ, j'étais restée dans ma minuscule chambre d'étudiante, à regarder par la fenêtre les autres pères monter les valises et les cartons de leurs filles dans leurs chambres et les étreindre pour leur dire au revoir. Pendant un moment terrifiant, j'avais été saisie par la pensée qu'en choisissant de boire au point d'en mourir, mon père nous avait privés de toutes ces expériences ordinaires. M'en avait privée. Qu'il n'était pas la star excitante, importante que je l'avais si longtemps cru être, mais un être faible, malheureux et malade.

Je repousse ce souvenir pénible, exactement comme je l'ai fait quand j'avais dix-huit ans.

— J'ai passé des moments géniaux avec lui. Quand il était là, on jouait à des jeux fantastiques. Imaginaires. Il inventait des chansons pour moi sur sa guitare.

Je ferme les yeux, le revois gratter les cordes, ses mèches brunes retombant sur son front : « C'est ta chanson, Queenie. Rien que la tienne. »

— Ma mère à moi me racontait des histoires, dit Lorcan doucement. Ma préférée, c'était « Les enfants de Lir ». Tu la connais ?

Je secoue la tête.

— C'est un conte irlandais au sujet d'un roi, explique-t-il en souriant. Le roi a quatre enfants et leur belle-mère les transforme en cygnes pour qu'ils ne puissent pas parler à leur père. Ils sont séparés pendant des centaines d'années.

Je regarde la rue animée au-dehors.

— Pourquoi les contes de fées sont-ils toujours pleins de méchantes belles-mères ?

Beth est-elle quelque part avec une autre mère en ce moment ? Cette pensée explose dans ma tête. Je ne peux pas concevoir que mon enfant ne me connaisse pas.

— Nous la retrouverons, Gen, affirme Lorcan doucement.

Je m'efforce de maîtriser mon émotion, de la garder en moi. C'est trop dur. Trop douloureux.

— Viens.

En sortant du restaurant, Lorcan me demande où je voudrais aller.

Je suggère de rentrer boire un café chez lui. Je n'ai pas du tout l'intention d'y passer la nuit, mais je n'ai pas la force d'affronter Art maintenant – et je n'ai guère envie de voir Hen non plus.

Nous ne mettons pas longtemps à regagner Hampstead. Lorcan doit se garer tout au bout de la rue où se trouve son appartement. Alors que nous revenons sur nos pas, je crois voir du coin de l'œil une silhouette se faufiler dans l'ombre. Je me retourne, regarde par-dessus mon épaule, mais il n'y a personne. Mes yeux s'arrêtent sur l'arbre en face. Quelqu'un se dissimule-t-il derrière ?

— Qu'est-ce qu'il y a ?

— Rien.

Je me secoue. Mais je ne suis pas du tout sûre qu'il n'y ait rien.

Lorcan me prend la main.

— Ce n'est pas d'un café que tu as besoin, dit-il avec un petit rire. Peut-être d'un comprimé de Valium.

J'éclate de rire.

— Avec plaisir.

Mon malaise persiste néanmoins. J'ai vraiment l'impression qu'on nous observe. Je me retourne une fois de plus. Cette fois, je le vois distinctement : un manteau foncé boutonné jusqu'en haut… des cheveux blonds… un visage pâle, carré. Je m'immobilise, figée par la peur.

— Qu'est-ce qui se passe ?

— Il est là. L'homme qu'on a vu chez Rodriguez.

— Le blond ? Ici ?

— Oui. Il nous suit.

15

Nous filons jusqu'au carrefour et empruntons la rue suivante. Les maisons sont en brique. Nous passons sur le côté de la première, et, plaqués au mur froid et rugueux, scrutons l'obscurité. L'homme essaie de traverser mais la circulation est dense et le force à reculer. Il grimace.

— Bon sang !

Lorcan le voit à présent. Je le sens derrière moi, son menton effleurant le sommet de ma tête.

— Tu as raison, c'est bien lui.

Les voitures sont encore nombreuses mais les feux sont en train de changer. Bientôt, l'homme va pouvoir passer.

— Qu'est-ce qu'on fait ?

— Viens !

Lorcan m'attrape par la main et m'entraîne sur la chaussée.

Je regarde par-dessus mon épaule. Aucun signe de l'inconnu. Il débouche dans la rue au moment où nous la quittons pour nous engouffrer dans une autre.

— Il nous a vus, dis-je, hors d'haleine. Vite !

— Non.

Lorcan me retient, et indique un espace entre deux maisons.

— Attendons-le ici.

Je le dévisage, abasourdie.

— L'attendre ? Tu es fou ? Il nous suit.

— Justement. Demandons-lui pourquoi.

J'ouvre la bouche pour protester, puis je comprends subitement qu'il a raison. Je veux découvrir ce qui est arrivé à Beth. Et cet homme doit avoir des réponses à me donner.

— D'accord.

Nous nous glissons dans l'allée.

Le blond apparaît au coin. Il regarde à droite et à gauche, hésite, puis se met à courir dans notre direction. Lorcan l'observe avec attention. Ses doigts me pressent le bras.

L'inconnu s'approche de l'endroit où nous nous cachons. Il jette un coup d'œil autour de lui, visiblement dérouté. Lorcan s'avance d'un pas décidé.

— Hé !

L'homme s'arrête, stupéfait.

— Pourquoi est-ce que vous nous suivez ? demande Lorcan, arrivé à sa hauteur.

— Où est Geniver Loxley ?

Le blond a parlé d'un ton rauque, haletant, comme s'il s'efforçait de reprendre son souffle. De près, il paraît plus âgé – il a au moins une cinquantaine d'années, un visage buriné, et ses cheveux sont striés de fils gris.

Lorcan fait un pas vers lui et le saisit par les revers de sa veste.

— Je vous ai posé une question, grogne-t-il.

L'homme titube, recule. Il est bedonnant, et le tissu de sa chemise se tend sur son ventre alors qu'il tente de se dégager. Avec un grognement, il se tortille, échappe à Lorcan et s'enfuit lourdement. Lorcan s'élance derrière lui, le rattrape en deux foulées, et le plaque violemment contre un mur.

J'accours, hors d'haleine. Mon souffle dessine des spirales de vapeur devant mon visage.

L'homme se tasse, lève les mains en signe de capitulation. Il tremble. Il y a des cernes sombres sous ses yeux terrifiés. Lorcan le pousse sans ménagement.

— Qui êtes-vous ? rugit-il. Pourquoi est-ce que vous nous suivez ?

Sur le trottoir d'en face, un petit groupe d'adolescents suit l'échange avec fascination. Lorcan empoigne la veste de l'inconnu. Tout son corps irradie la colère.

— Ce n'est pas ce que vous croyez, dit l'homme.

Il halète toujours, mais je remarque son accent des Midlands. Il sort un inhalateur et prend quelques inspirations.

J'interviens à mon tour.

— Alors, qu'est-ce que vous faites ici ?

— Je suis ici pour vous, madame Loxley.

Ses yeux sont larmoyants – d'un bleu pâle et doux. Il a l'air vaincu, seul et effrayé.

— Que voulez-vous dire ?

— Je… J'ai des informations pour vous.

— Quelles informations ? crache Lorcan, resserrant sa prise sur sa veste. Encore des menaces ? Comme ce matin.

L'homme se recroqueville légèrement.

— Je ne sais pas de quoi vous parlez. Je n'ai menacé personne.

— Ce n'était pas lui, dis-je en effleurant le poing crispé de Lorcan. Lâche-le.

Il s'exécute à regret. En face, les adolescents nous observent toujours.

— Comment sais-tu que ce n'était pas lui ? Tu n'as pas vu son visage.

— Non, mais cet homme est plus petit que toi et mon agresseur faisait au moins un mètre quatre-vingts.

— Quel agresseur ? demande l'inconnu, atterré.

— Tu en es sûre ?

— Oui. Certaine.

Je me tourne vers l'homme.

— Mais c'est vous qui étiez chez le Dr Rodriguez. Pourquoi nous avez-vous suivis là-bas ?

— Je ne vous ai pas suivis, madame, répond-il, un pli anxieux sur le front. Je suivais Rodriguez. Je suis entré chez lui pour chercher des informations. C'est seulement quand vous êtes partis que j'ai su que vous m'aviez précédé.

— Des informations sur quoi ?

— Sur tout ce qui aurait pu lier Rodriguez à votre mari.

— Quoi ? Pourquoi ?

Je le dévisage. Il a le sommet du crâne dégarni. On distingue le rose du cuir chevelu sous ses cheveux rabattus sur le côté.

— Qui êtes-vous ?

Pour la première fois, il rencontre mon regard.

— Bernard O'Donnell. Vous avez vu ma femme la semaine dernière.

Il tire son portefeuille et son passeport de sa poche et, d'une main tremblante, nous les tend. Je trouve une photo de lui avec Lucy.

— Oh !

La douleur se lit dans ses yeux humides.

— Je suis désolée pour votre femme.

Il se détourne.

— Merci.

Il y a un silence. Je remarque son costume lustré par endroits, les marques d'usure sur ses mocassins. Ses affaires sont défraîchies, élimées, comme celles de Lucy. En face, les adolescents s'éloignent.

— Je ne comprends pas, dit Lorcan. Qu'essayez-vous de faire, au juste ? Pourquoi vouliez-vous parler à Gen ?

Bernard déglutit avec difficulté.

— Je vous ai vus sortir de chez Rodriguez, explique-t-il avant de se tourner vers moi. Et ce matin, après votre cours, je… je vous ai suivie jusqu'ici.

Je me souviens brusquement de l'impression que j'ai eue d'être espionnée.

— Vous êtes montés dans une voiture et j'étais à pied, alors je vous ai perdus de vue. J'attends votre retour depuis.

— Devant chez moi ?

Bernard fixe Lorcan.

— Excusez-moi, mais qui… ?

— C'est Lorcan Byrne. Un ami. Il est au courant de… de ce que m'a révélé votre femme.

— Lucy disait la vérité à propos de votre bébé, madame Loxley. Et maintenant, elle est morte et je veux savoir qui l'a tuée.

— Que voulez-vous dire ?

Que sait donc cet homme ?

— Sa mort n'était pas un accident, affirme-t-il, les lèvres tremblantes. Je suis désolé, mais je pense que votre mari y est pour quelque chose.

Mon pouls s'emballe.

— Art ? Comment cela ?

— Quelqu'un l'a tuée.

Bernard baisse la voix.

— Lucy portait toujours son sac à main et pourtant la police n'a pas pu l'identifier. Celui qui l'a renversée s'est aussi débrouillé pour qu'on vole ses papiers. Et votre mari avait un mobile. Le docteur aussi.

— Vous pensez qu'Art ou Rodriguez a fait tuer votre femme pour se protéger ? demanda Lorcan lentement. Et maintenant, vous cherchez des preuves ?

— Exactement.

— Pourquoi n'êtes-vous pas allé trouver la police ?

— J'y suis allé, soupire-t-il. Je... J'ai identifié le corps de Lucy et puis les policiers m'ont expliqué qu'ils avaient reçu un coup de téléphone anonyme affirmant qu'elle avait traversé devant la voiture qui l'avait renversée. Ils ont conclu à un accident.

— Et le sac volé ?

Il hausse une épaule. Sous sa veste, sa chemise est toute froissée. Je devine soudain combien il doit se sentir dépassé.

— Ils ont l'air de penser qu'il a été pris par un passant avant l'arrivée des secours. J'ai essayé de leur dire que ce n'était peut-être pas aussi simple, mais...

Sa voix se brise.

— Tout ça n'explique pas votre présence ici ce soir, observe Lorcan d'un air soupçonneux.

— Je voulais vous poser une question... si vous êtes d'accord, madame Loxley.

Il lève vers moi des yeux suppliants.

— Je sais que vous n'avez pas cru Lucy, mais elle vous disait la vérité.

Il est sincère. Comme sa femme, il est convaincu

que Beth est vivante. Un nœud douloureux me serre la gorge. J'ai renvoyé Lucy, en colère. J'ai rejeté ses allégations et puis j'ai tout raconté à Art. Et maintenant, elle est morte.

— Si nous allions parler de tout cela quelque part ?

— Merci, murmure Bernard.

Cinq minutes plus tard, nous sommes installés dans le salon de Lorcan. Il va chercher une bouteille de whisky et trois verres. Bernard repousse le sien et demande de l'eau.

Il m'écoute attentivement tandis que je résume ce dont je suis sûre : j'ai entendu Rodriguez admettre avoir touché de l'argent, l'anesthésiste présent lors de la naissance de Beth, Gary Bloode, est mort mystérieusement – et dans des circonstances analogues à Lucy – et la direction de l'établissement de pompes funèbres affirme ne pas savoir qui s'est occupé du corps de Beth.

Bernard hoche lentement la tête pendant que je parle, mais garde le silence. Quand je mentionne la clé USB et la manière dont elle m'a été volée, il ne peut réprimer une exclamation consternée.

— C'est la preuve qu'il nous faut, s'écrie-t-il, une lueur d'espoir dans les yeux. La preuve que la sœur de Lucy disait la vérité – votre mari et le docteur étaient impliqués tous les deux.

— Art prétend qu'il s'agit d'un montage. De toute façon, je ne l'ai plus et…

— Vous le lui avez montré ? demande-t-il, bouche bée.

— Non. Je lui en ai parlé…

— Et après, on vous a volé la clé ? Qui d'autre savait que vous l'aviez ?

— Le Dr Rodriguez.

J'hésite.

— À vrai dire, je vois mal comment Art aurait eu le temps d'organiser une agression. Il n'a découvert l'existence du film que quelques minutes avant qu'on m'agresse.

Bernard et Lorcan échangent un coup d'œil éloquent. Je comprends qu'ils pensent que je ne veux pas admettre la vérité.

— Art aurait pu savoir que tu l'avais depuis le début, dit doucement Lorcan. Et prétendre qu'il n'était pas au courant pour détourner les soupçons.

— Mais nous avons entendu Rodriguez téléphoner à quelqu'un d'autre… quelqu'un qui ne pouvait pas être Art.

Le désespoir monte en moi. Tout accuse Art. Pourquoi m'est-il si pénible d'accepter l'évidence ?

— Cela prouve seulement qu'une troisième personne est mêlée à ça, répond Lorcan. Ça ne prouve pas qu'Art ne l'est pas.

— C'est vrai, madame Loxley.

— Je sais.

Je me sens humiliée par cet aveu. Ma voix est fluette, atone, une douleur sourde se répand dans ma poitrine. Je baisse les yeux sur la moquette devenue floue à mes pieds.

Lorcan m'effleure la joue du bout du doigt – un geste intime, plein d'affection et de sollicitude. Une émotion nouvelle naît en moi – un mélange de désir et de soulagement. Je ne suis pas seule.

Il retire sa main et reporte son attention sur Bernard. Je me demande ce que ce dernier pense de nous deux.

— Vous aviez une question à poser à Gen ?

— Oui… Je me demandais si vous saviez pourquoi votre mari se rend dans ce petit hôtel près de… où était-ce, déjà ?

Il farfouille dans la poche de sa veste.

— Un hôtel ?

Bernard sort une carte de sa poche. Elle montre la photo d'un pub qui fait aussi hôtel, le *Wardingham Arms*, à Andover.

— C'est dans le Hampshire. Je l'ai suivi jusque là-bas il y a deux jours. Il a pris une chambre pour l'après-midi.

— Et ?

Les sourcils froncés, Lorcan se tourne vers moi.

— Tu le savais ?

Je réfléchis.

— Art m'a dit qu'il avait une réunion en dehors de Londres toute la journée. Il est rentré juste après vingt heures.

Bernard passe une main dodue sur ses cheveux blonds.

— Apparemment, votre mari descend régulièrement dans cet hôtel. Lundi, il est arrivé à treize heures et reparti à dix-huit pour rentrer à Londres.

— C'était peut-être là qu'il avait sa réunion ?

— Je ne pense pas que ce genre d'endroit s'y prête, fait observer Bernard.

— Il n'a pas bougé de sa chambre ? demande Lorcan.

— Non. J'avais une vue imprenable sur le parking. Si M. Loxley avait pris sa voiture, je l'aurais vu.

— Il aurait pu prendre un taxi.

— Aucun taxi n'est venu cet après-midi-là.

— Eh bien, dans ce cas, peut-être avait-il rendez-vous avec quelqu'un ?

Je rougis, prenant brusquement conscience des implications de ce que je viens de dire. Il n'y a en général qu'une seule raison pour laquelle un homme passerait un après-midi dans une chambre d'hôtel loin de tout. Et pourtant, il est impossible qu'Art m'ait été infidèle. S'il l'avait fait, je le saurais. N'est-ce pas ?

Bernard rougit aussi.

— J'en doute. Je n'ai vu personne entrer dans cet établissement pendant que je le surveillais.

Il se lève pour aller aux toilettes. Je ne peux plus me voiler la face. Art s'est rendu à l'hôtel alors qu'il était censé être en réunion. Comment puis-je le croire désormais, quoi qu'il dise ? Tant de choses s'accumulent… Toute sa conduite devient suspecte : quelqu'un l'a appelé douze fois dans la même journée et il ne m'en a pas parlé ; il a détruit tous les papiers concernant Beth ; et il a fait ce paiement à une société de crédit juste après sa naissance – un paiement dont, pour une raison étrange, Hen connaît l'existence, mais qu'Art a choisi de me cacher. Toutes ses conversations avec Hen. Et enfin, le plus terrible, ces images de Fair Angel qui le montrent avec notre bébé. Je suis certaine à présent qu'il ne s'agit pas d'un montage. Si on pouvait prouver que c'est un faux, pourquoi aurait-on pris la peine de le voler et de me menacer ?

Je m'accroche à ma résolution : me focaliser uniquement sur l'avenir… sur la recherche de Beth… mais le sentiment qui domine est celui d'une trahison. Comment Art a-t-il pu me faire tout cela ?

Le plancher grince. Lorcan s'est accroupi devant moi et plonge ses yeux dans les miens.

— Nous trouverons Beth, promet-il.

Nous nous regardons longuement.

— Je veux aller à Andover, dis-je, en m'efforçant de maîtriser mon émotion. Découvrir ce qu'Art y a fait… si c'est lié à Beth…

— D'accord. Nous irons demain. Il est trop tard ce soir. Nous ne pouvons pas débarquer là-bas en pleine nuit.

— Je veux faire un saut chez moi en route, dis-je à voix basse. Après qu'Art sera parti au travail.

— Pourquoi ?

Bernard rentre dans le salon et je m'adresse à lui.

— Je voudrais vous donner quelque chose pour vous remercier d'avoir essayé de m'aider. Je sais que Lucy se faisait du souci à propos de vos enfants…

Je bredouille et me tais, craignant de l'avoir embarrassé.

Lorcan incline légèrement la tête d'un côté. Peut-être pense-t-il que je suis folle d'offrir de l'argent à Bernard. Quant à ce dernier, il tire gauchement sur le col de sa chemise.

— Euh… c'est-à-dire, Lucy et moi…

Il n'achève pas.

Lorcan se lève et va lui donner une petite tape sur l'épaule.

— Il est tard. Si vous couchiez ici ce soir ?

Bernard secoue la tête.

— Non, je vais rentrer à l'hôtel… je reviendrai demain matin.

Lorcan le raccompagne à la porte. J'allume mon téléphone. Il déborde de messages et de textos. La plupart sont d'Art mais il y en a aussi plusieurs de

Hen et même un de Sue et de ma mère respectivement, lequel commence par : *Que diable es-tu...*

Je ne lis pas la suite, ni aucun des autres. J'imagine qu'Art et Hen ont dû contacter Sue et ma mère – et je n'ai ni l'envie ni l'énergie de gérer leur inquiétude ce soir. J'éteins l'appareil, me cale contre le dossier et ferme les yeux. La vision d'Art tenant le bébé… notre bébé… flotte dans mon esprit.

L'épuisement se répand en catimini dans mes os.

Dans mon rêve, je cours. Les images se succèdent et se confondent. Beth est devant moi, elle a huit ans, des cheveux bruns coiffés en longues tresses qui volent dans son dos. Mon père la prend dans ses bras, et soudain elle est beaucoup plus jeune, elle n'a que deux ou trois ans, il la soulève haut dans les airs tandis qu'elle pousse des cris ravis. Il la descend et la fait tournoyer. Ma mère, en retrait, lui crie de la poser par terre. Je cours vers eux, mais je n'arrive pas à les rejoindre. Puis tous les trois se tournent vers moi. Les yeux sombres de mon père sont en colère. Est-ce à cause de moi ? Maman crie : « Grandis un peu ! Tu es pitoyable. » Beth se met à pleurer. Elle a de nouveau huit ans, ses lèvres frémissent de chagrin. Il faut que je la rattrape, que je la serre dans mes bras. Mais plus je m'approche, plus elle s'éloigne. Elle me fait signe, impuissante. Des larmes roulent sur ses joues. Je tends les bras vers elle, en criant son nom. L'instant d'après elle a disparu et je suis seule avec mon père dans notre salon. Il regarde la photo que j'ai de lui enfant. « Où as-tu trouvé ça, Geniver ? demande-t-il, toujours furibond. Pourquoi est-ce que Beth n'est pas là ? Qu'as-tu fait d'elle ? »

Je suis réveillée par le soleil qui entre à flots dans le salon. J'ai la nuque raide, mais j'ai chaud et je suis allongée sur le canapé où j'ai dû m'endormir. Quelqu'un – Lorcan, sans doute – m'a retiré mes chaussures et a placé une couverture sur moi. Sa veste est pendue sur le côté du canapé. Elle sent comme lui – le bois et la citronnelle.

La maison est silencieuse. Au bout d'un moment, j'entends de l'eau couler dans la douche. Je me redresse et me masse la nuque.

Lorcan entre, les cheveux dégoulinants, une serviette autour de la taille. Mes yeux sont attirés par les muscles saillants de ses bras, par son torse large couvert de poils sombres et bouclés. Je détourne vivement le regard.

— Bernard arrive, annonce-t-il. Tu veux un thé ?

J'acquiesce et Lorcan disparaît dans la cuisine. Je gagne la salle de bains, m'asperge le visage et frotte un peu de dentifrice sur mes dents avec mon doigt.

Quand je reviens, un mug de thé brûlant et une assiette de toasts m'attendent. Je mange avec appétit. Lorcan – maintenant en jean et pull noir – m'observe. Je prends soudain conscience de mes cheveux emmêlés, de mon pull froissé. Gênée, je change de position sur mon siège.

— Je voudrais aller à la maison prendre quelques vêtements. Et si je veux faire virer de l'argent à Bernard sans la signature d'Art, il me faudra une pièce d'identité.

— Tu n'as pas à lui donner quoi que ce soit, insiste-t-il. Il t'aidera de toute façon. Il veut seulement obtenir justice pour sa femme.

— Je sais. Mais sa femme est morte parce qu'elle m'a parlé de Beth. Je lui dois bien ça.

Quelques minutes plus tard, Bernard arrive et nous partons tous les trois pour Crouch End dans la voiture de Lorcan. En approchant de chez moi, je vérifie ma montre. Huit heures et demie. Lilia ne sera pas encore arrivée et Art doit être parti travailler, mais je compose le numéro de son iPhone pour en avoir le cœur net. Je suis préparée mentalement à ce qu'il réponde, blindée contre le son de sa voix. Mais l'appel aboutit directement sur sa boîte vocale, si bien que je compose le numéro du bureau. Siena me transfère aussitôt.

— Gen ?

La voix d'Art est tendue à craquer.

— Gen, où es-tu ?

J'éteins le téléphone.

— Il est au bureau.

Lorcan se gare devant la maison et j'ouvre la portière.

— Attendez-moi ici, je ne serai pas longue.

Je vais droit dans notre chambre. Il y a partout des signes du passage d'Art : des vêtements sur le sol, une tasse de café à moitié pleine à côté du lit, une serviette jetée en travers de l'oreiller. Je ressens une bouffée familière d'irritation en constatant qu'elle est humide. Je la rapporte dans la salle de bains, stupéfaite que ces détails intimes de notre mariage me semblent si naturels. En dépit de tout ce que j'ai appris et de l'attirance que m'inspire Lorcan, cette pièce et la relation qu'elle représente sont toujours au centre de ma vie.

Je commence à sortir des vêtements, rassemble quelques affaires de toilette, remarquant machinalement le rasoir d'Art posé à côté du lavabo. Je descends chercher mon passeport dans le placard du salon. Ce sera la manière la plus simple et la plus rapide de mettre la main sur l'argent que je veux donner à Bernard O'Donnell.

Comme je regagne l'entrée, le craquement d'une lame de plancher résonne dans le silence. Je me fige sur place. Le bruit vient du bureau d'Art.

Il y a quelqu'un là-haut.

Je reste immobile, retenant mon souffle. Un nouveau craquement. Je viens de parler à Art, je sais que ce n'est pas lui. Qui d'autre pourrait être ici ? Cette personne a dû m'entendre m'affairer dans la chambre juste au-dessous d'elle. Pourquoi n'a-t-elle rien dit ?

Est-ce Lilia ? Elle pourrait être arrivée en avance – et elle fait souvent le ménage avec les écouteurs de son iPod sur les oreilles. Peut-être ne m'a-t-elle pas entendue. Je m'engage dans l'escalier et lève les yeux vers le palier du premier. De là où je suis, je ne vois pas du tout le deuxième étage.

Un autre craquement.

Une perle de sueur dégouline le long de ma nuque. Puis j'entends le frottement silencieux de pas sur la moquette de l'escalier qui monte au deuxième – les pas de quelqu'un qui descend en essayant de ne pas faire de bruit.

Je me redresse une seconde, les doigts crispés sur mon sac. Silence.

L'instinct me souffle que ce n'est pas Lilia. Alors qui ? Si c'est le type qui m'a agressée, pourquoi n'est-il pas déjà venu me trouver ?

Il n'y a pas d'autre bruit. Tout mon corps est tendu, aux aguets. Mon imagination m'a-t-elle joué un tour ? Comme l'a dit Art un jour, ces planches bougent toutes seules.

— Il y a quelqu'un ?

Ma voix sonne rauque à mes propres oreilles.

— Il y a quelqu'un ?

— Geniver ?

Une voix familière flotte dans l'escalier.

Et apparaît la dernière personne que je m'attendais à voir ici.

16

Debout au pied de l'escalier, bouche bée, la main encore cramponnée à mon sac, je dévisage la sœur d'Art.

— Morgan ? Qu'est-ce que tu fais ici ?

Elle me toise. Comme d'habitude, elle est d'une élégance impeccable, vêtue d'une jupe gris clair et d'un chemisier cintré, chaussée des petits talons qu'elle affectionne. Son rouge à lèvres rose tendre est assorti à ses ongles et au collier en corail qu'elle porte autour du cou. Mais il n'y a rien de tendre dans son expression.

— Qu'est-ce qui te prend, Geniver, enfin ? Mon frère est en train de devenir fou.

La colère monte en moi. De quel droit ose-t-elle me juger ?

— Tu ne sais pas de quoi tu parles.

Morgan descend délicatement les marches et me frôle en passant. Je me tourne vers elle. L'entrée, comme toujours, est encombrée de manteaux et de sacs, et une pile de magazines vacille dans le coin. Nous nous affrontons du regard.

— Il faut que ça cesse, dit-elle en tapant légèrement du pied.

Il y a une goutte de salive sur son rouge, au coin de sa bouche. Je tire un plaisir pervers de cette faille dans son armure.

— J'ai parlé à Art hier soir. Il m'a expliqué de quoi tu l'accusais. Il est complètement effondré. J'ai tout lâché et je me suis précipitée ici.

Elle sait toutes les choses intimes que j'ai dites à Art et elle a passé la nuit ici. Chez moi. Je laisse tomber mon sac par terre.

— Ça ne te regarde en rien. Tu ne sais pas tout.

Morgan arque théâtralement ses fins sourcils.

— Tu veux parler de ton bébé ? Bien sûr que si. Art et toi avez perdu une fille. Nous avons tous été très tristes pour vous deux. Art s'est ressaisi et est allé de l'avant. Brillamment. Toi, tu as sombré dans la déprime au point de devenir un boulet pour lui.

— Tais-toi !

Je serre les poings, furieuse.

— Et maintenant ce… cette hystérie absurde…

— Comment oses-tu me parler ainsi ?

J'ai beau protester, je sens la honte m'envahir. Morgan a raison, bien que je ne veuille pas y faire face. Je me suis laissé entraîner par le fond… ma vie est au point mort, alors que celle d'Art déborde d'opportunités.

Il faut que je m'en aille. Je prends mon sac et essaie de passer, mais Morgan me retient par le bras.

— Écoute, je sais que je suis dure, mais je ne peux pas supporter de voir ce que tu lui fais subir.

Je me dégage d'un geste brusque.

— Et ce qu'Art m'a fait subir ?

— Est-ce que tu t'imagines qu'il a une liaison ?

Je la dévisage, songeant à la chambre d'hôtel où Art se trouvait lundi dernier. Que sait-elle au juste ?

— Non, dis-je, espérant paraître plus sûre de moi que je ne le suis.

— Bon, parce qu'il ne te serait jamais infidèle.

— Je t'en prie, Morgan. Tu ne sais pas de quoi il est capable.

— Si, rétorque-t-elle d'un ton mauvais. Je suis sa sœur. Je le connais mieux que tu ne le penses, Geniver. Peut-être même mieux que toi. Tu ne vois pas qu'il t'aime ? Il a tout sacrifié pour toi.

Je la foudroie du regard.

— Quoi ? Sacrifié quoi ?

— Les enfants, pour commencer.

La bouche de Morgan tremble légèrement.

— Tu refuses de suivre ce nouveau traitement *in vitro*. Tu le fais souffrir parce que tu n'as pas le courage d'aller de l'avant.

Une fois de plus, la honte m'envahit. Mon cœur cogne dans ma poitrine. Je la déteste. Je la déteste de tout mon cœur.

Elle baisse les yeux sur mon sac.

— Où vas-tu ?

— Sors de chez moi !

— Art m'a invitée à rester.

Morgan rejette ses cheveux bruns derrière son épaule. Un geste de défi.

— Il t'a aussi invitée à fouiner dans son bureau ?

— Il vient de me téléphoner pour me demander de lui apporter un dossier, réplique-t-elle d'un ton sec. Il ne te demande jamais de l'aider comme ça, Geniver ? Après tout, tu passes tes journées à la maison.

Un rictus s'ébauche sur ses lèvres.

— Non, je suppose que non. Pas assez fiable.

Ma colère est telle que j'en reste sans voix. En mon for intérieur, je sais que c'est en partie parce que Morgan a touché un point sensible. Mais elle n'a pas le droit de me dire ces choses-là.

Elle renifle. Jette un nouveau coup d'œil à mon sac.

— Où as-tu passé la nuit ? C'est peut-être toi qui as une liaison…

— Quoi ? Bon sang, Morgan…

— Tu étais avec Lorcan Byrne, n'est-ce pas ?

Je me fige.

— Il ne s'est rien passé.

Les mots ont jailli de mes lèvres avant que je me rende compte à quel point ils me font paraître coupable.

— Entre Lorcan et toi ? Vraiment ? ironise-t-elle en arquant un sourcil. Je l'ai déjà rencontré. Je sais comment il fonctionne.

Qu'est-ce que c'est censé vouloir dire ?

— Comment sais-tu que j'ai vu Lorcan ?

— Art me l'a dit. Hen est au courant aussi. Elle a appelé Art quand tu t'es sauvée de chez elle hier soir. Il était évident que tu étais partie le rejoindre. La pauvre Hen pleurait comme une Madeleine au téléphone.

Morgan secoue la tête.

— Tu l'as mise dans une situation très délicate, Geniver. C'est égoïste de ta part.

— Quoi ?

— Oh ! Allons. Art et Hen connaissent la réputation de Lorcan aussi bien que moi.

— Tu veux parler de la raison pour laquelle il a été renvoyé ? C'était il y a une éternité. Lorcan m'aide, c'est tout.

Elle me lance un regard méprisant.

— Je parie qu'il t'attend dans sa voiture.

Je ne dis rien. La peur tourbillonne dans ma tête. Et la gêne aussi. C'est humiliant de penser qu'Art a parlé de moi et de Lorcan à Hen et Morgan.

— J'ai vu comment il s'est comporté avec toi à la soirée d'anniversaire. Toujours le même vieux Lorcan. On aurait dit un loup qui avait choisi l'agneau qu'il allait dévorer.

Elle marque une pause, écarquille les yeux.

— Mon Dieu, c'est lui qui t'a mis en tête toutes ces idées ridicules au sujet d'Art ?

— Non. Et elles ne sont pas ridicules.

— C'est lui, insiste-t-elle. Et je parie qu'il a nié avoir couché avec la femme de son client au début de Loxley Benson aussi.

— Nous n'en avons pas parlé, Morgan. Comme je disais, c'était il y a très longtemps.

Je me force à me taire. Je devrais partir, voilà tout, et pourtant la comparaison de Lorcan avec un loup me tourne dans la tête.

Morgan a flairé mon incertitude.

— Écoute, ça me gêne vraiment de te le dire, mais je veux que tu saches la vérité.

Elle s'approche davantage et je respire une bouffée de son parfum. Une odeur végétale, sombre et dense.

— Il n'y a pas que la femme du client. Quand Lorcan est venu aux États-Unis avec Art, il a essayé toutes les drogues possibles et imaginables. Et il a persuadé Art d'en essayer pas mal aussi.

— Et alors ? Lorcan et Art m'ont déjà raconté ça. Ils avaient une vingtaine d'années. C'est de l'histoire ancienne.

— Et il a couché avec au moins vingt femmes

pendant ce voyage, reprend Morgan avec une moue. La plupart étaient plus âgées et riches. Il s'est servi d'elles, Geniver. Et pas seulement en vacances. Je sais qu'il y a eu au moins trois cas similaires ici. À une certaine époque, il jonglait souvent avec deux femmes à leur insu. Art me l'a dit.

Elle se tait un instant.

— Tu savais qu'il a quelqu'un en Irlande en ce moment ?

Sa pudibonderie est presque drôle. Et pourtant, si je suis honnête avec moi-même, je dois admettre que je n'ai pas envie d'entendre que Lorcan a la réputation d'être un coureur de jupons.

— Je suis au courant. Il me l'a dit. De toute façon, le reste, c'est du passé. Tu ne sais rien du Lorcan d'aujourd'hui.

— Les gens ne changent pas. Crois-moi.

— D'accord.

Je la dépasse et me dirige vers la porte. Je veux qu'elle parte de chez moi, mais Art l'a invitée. Il s'est tourné vers elle, comme il s'est tourné vers Hen, parce que je suis partie. Et tout ça, ça fait un sacré gâchis.

Je sors, les larmes aux yeux, et claque la porte derrière moi.

Lorcan hausse les sourcils en me voyant aussi abattue, mais je jette un regard en direction de Bernard tassé sur la banquette arrière, il comprend et se tait.

À la banque, je demande à transférer vingt mille livres de mon compte épargne sur celui de Bernard. J'appelle l'institut et dis que je suis de nouveau malade et que je ne peux pas donner mon cours aujourd'hui. Enfin, j'appelle Jim Ralston, le comptable d'Art, dans l'espoir d'éclaircir le mystère du paiement à MDO.

Art a-t-il menti pour me dissimuler le fait qu'il avait des dettes ?

Jim Ralston répond immédiatement. Je lui explique que je trie de vieux papiers ayant trait à nos finances et que je me demandais combien de temps les conserver.

Jim se lance dans une explication fastidieusement détaillée des différents types de documents et des exigences associées à chacun. Après l'avoir laissé parler une minute ou deux, je demande si Art a des dettes dont je devrais me soucier.

— Non. Pourquoi me posez-vous cette question ? Art vous a parlé de quelque chose de précis ?

La voix de Jim semble un peu inquiète.

— Non, pas du tout, dis-je en hâte. Je suis sans doute un peu parano, j'ai du mal à croire que tout va vraiment aussi bien que c'en a l'air.

— Et pourtant si, répond-il avec un rire satisfait. Loxley Benson est prospère. En tant que président-directeur général, Art tire d'excellents revenus de la société. Mais vous le savez aussi bien que moi, Geniver.

— Et les dettes contractées par le passé ?

— Il n'y en a pas eu tant que ça, tout bien considéré, déclare Jim, pensif. Plus rien maintenant, pour ainsi dire. Dites, Geniver, ça vous ennuierait de m'expliquer l'objet de votre appel ?

— Oh ! Ce n'est rien.

Je mets fin à la communication, troublée. Si Art n'a jamais eu de dettes, alors Hen a dû se tromper concernant MDO. Et pourtant, elle semblait si sûre d'elle. Bien sûr, il est tout à fait possible que Jim mente – il travaille pour Art et non pour moi, après tout. Cependant, rien ne me porte à soupçonner qu'Art se soit lourdement endetté. Il a pris un énorme risque en fondant Loxley Benson et le sort de la société était incertain au début – mais c'était il y a quatorze ans. Beth n'a été conçue que six ans après – à une époque où Loxley Benson marchait déjà très bien.

Je retourne à la voiture et tends le relevé à Bernard.

— J'espère que ça vous sera utile.

C'est une somme considérable, mais elle ne représente pas tant que cela par rapport à nos revenus annuels. J'ai des remords : quand Lucy O'Donnell m'a avoué qu'ils avaient du mal à joindre les deux bouts, j'ai pensé qu'elle mentait pour m'extorquer de l'argent. Ce paiement vise en partie à soulager ma conscience, mais c'est sûrement mieux que de ne rien faire du tout. Si j'avais pris Lucy au sérieux quand elle est venue me voir, elle serait peut-être encore en vie. L'argent que je donne à son mari est une manière de m'excuser.

Il regarde le papier. Son visage fatigué se froisse sous le choc. Il lève les yeux vers moi, bouche bée.

— Je n'arrive pas à y croire, bégaie-t-il. Je pensais que vous alliez juste me rembourser mes frais de voyage. Vous n'étiez pas obligée de faire ça, madame Loxley. Lucy et moi, on s'est toujours débrouillés…

— Je sais que vous avez encore deux enfants à la maison. Je voulais juste vous aider un peu, surtout maintenant… maintenant qu'ils n'ont plus leur mère…

Il me remercie avec émotion.

— Je vous en prie, dis-je en me détournant. C'est le moins que je puisse faire.

Nous déposons Bernard chez Lorcan pour qu'il reprenne sa voiture de location. Il compte recommencer à surveiller Art, pendant que Lorcan et moi allons jeter un coup d'œil au *Wardingham Arms*. Cette tactique n'est pas sans risques, évidemment. Si Art soupçonne qu'il est suivi, il va sûrement prendre des précautions, et j'aurai encore moins de chances de trouver Beth. Mais Bernard est déterminé – et sûr de pouvoir agir sans se faire remarquer.

Nous échangeons nos numéros de téléphone et décidons de nous contacter cet après-midi.

En repartant, Lorcan me demande ce qui ne va pas… ce qui s'est passé quand je suis allée chez moi tout à l'heure. Je ne lui parle pas de Morgan – je me borne à dire que je suis peinée qu'Art me trompe. Et pourtant, les accusations de Morgan continuent à me peser.

La circulation est difficile jusqu'à la sortie de Londres, mais ensuite le soleil apparaît et les routes se dégagent. Lorcan et moi parlons de tout sauf de l'affaire. La conversation roule sur les livres et les films que nous aimons, sur notre travail, notre enfance, nos enfants… Je lui raconte d'autres rêves que j'ai faits de Beth. Il m'écoute avec attention évoquer tous les petits détails que mon subconscient a conçus – ses épais cheveux bruns… la tache de naissance sur son épaule gauche… l'expression ouverte et gaie de son visage quand j'ai rêvé qu'elle soufflait les bougies de son dernier gâteau d'anniversaire.

À son tour, Lorcan me parle de Cal, avoue qu'il regrette de passer tant de temps loin de lui… qu'il a l'impression de ne pas le connaître ni le comprendre en ce moment. Il me dit qu'au fond, il aimerait vraiment faire du théâtre, mais que c'est impossible pour le moment. Les frais de scolarité de Cal sont élevés et il a besoin de revenus réguliers.

Et moi, je parle d'écriture, des livres que j'ai publiés

et de l'idée sur laquelle je travaillais quand la mort de Beth a tout arrêté.

— Mon dernier livre s'intitulait *Cœur de pluie*. Il parlait d'une femme qui découvre que son mari a une liaison avec l'épouse de son associé.

— C'est basé sur des événements réels ? demande Lorcan, curieux.

Je secoue la tête, et me souviens que Charlotte West m'a posé la même question. Ai-je été d'une incroyable naïveté ? Pourquoi Art passerait-il ses après-midi dans un hôtel aussi éloigné de son lieu de travail s'il n'avait pas une liaison ?

J'ai encore de la peine à croire qu'il puisse être infidèle, mais, jusqu'à il y a une semaine, il aurait été inconcevable d'imaginer qu'il ait simulé la mort de notre bébé.

À présent, tout semble possible.

Le trajet passe vite et nous arrivons au *Wardingham Arms* peu après midi. Le parking est devant l'hôtel, exactement comme Bernard l'a décrit.

J'entre le cœur serré. Nous approchons de la vérité maintenant, je le sens. En dépit du soleil qui brille dehors, l'entrée du pub me paraît sombre et froide. Les murs sont lambrissés, deux chaises sont placées de part et d'autre d'une petite table en bois foncé. Un homme âgé arborant nœud papillon et cheveux ramenés sur son crâne dégarni lève les yeux au-dessus du bureau d'accueil, à l'autre bout de la pièce. Il nous adresse un sourire poli en guise de bienvenue.

— Vous désirez ?

— Un de nos amis nous a recommandé cet hôtel. Art Loxley.

— Ah ! M. Loxley. Un de nos bons clients. Cela me fait plaisir.

J'ai l'estomac retourné. C'était donc vrai.

L'homme ouvre son registre.

— Vous avez de la chance, nous n'avons pas grand monde en ce moment.

— Il a vraiment aimé la chambre que vous lui avez donnée la dernière fois, lundi, je crois ? Est-ce qu'on pourrait avoir celle-là ?

J'appuie les doigts sur le bureau, m'efforçant de parler d'un ton léger, dégagé.

Le réceptionniste fronce les sourcils.

— Hmm… eh bien, oui, je suppose, puisqu'elle est libre…

Quelques minutes plus tard, nous sommes dans la chambre numéro sept. Les meubles sont du même bois foncé qu'au rez-de-chaussée, y compris un lit très large recouvert d'une grande courtepointe couleur prune qui tombe jusque sur le sol. Je m'assieds au bord du lit et la touche. Art est venu dans cette pièce. Mais avec qui ? Il y a Hen, évidemment, mais Art et Hen vivent à dix minutes l'un de l'autre dans le nord de Londres, alors il me semble peu probable qu'ils aient des rendez-vous secrets aussi loin. Mes pensées se fixent sur Sandrine. Elle a du style, elle est vive, intelligente, et, pour autant que je le sache, Art et elle se voient lors de « voyages d'affaires » depuis des mois, voire des années.

Lorcan s'approche de la fenêtre.

— Cet hôtel n'est pas très grand. Si Art a retrouvé quelqu'un ici, ç'aura été remarqué.

Je regarde la lampe de chevet beige, j'imagine les doigts minces de Sandrine qui l'éteignent, puis Art qui l'attire à lui, les yeux pleins de désir. Une bouffée de nausée m'envahit.

— Gen ?

Je n'ai pas entendu Lorcan me parler. Je relève la tête.

— Tu crois que ça vaut la peine de fouiller la chambre pour voir si Art a laissé quelque chose ici ? Je sais que c'est peu probable, mais…

Il laisse sa phrase en suspens sans dire ce qui est évident pour nous deux : nous n'avons absolument rien d'autre.

Je me sens soudain terriblement déprimée. Après l'activité frénétique de ces dernières vingt-quatre heures, il me semble avoir atteint une impasse. Art est venu ici, et alors ? Cela ne me rapproche pas de Beth.

J'accepte néanmoins de fouiller la chambre. Que faire d'autre ? Je me laisse guider par Lorcan, retourne des tiroirs, examine les coins et recoins de l'armoire, du bureau et de la salle de bains. Je lui laisse le soin de s'occuper du lit. Je ne peux pas me résoudre à inspecter les draps, même si je sais qu'ils ont été changés depuis la visite d'Art.

Une heure s'écoule. Nous ne trouvons rien et n'apprenons rien. Je descends et bavarde avec le réceptionniste. Je lui demande si l'hôtel organise parfois des réceptions, ce qui m'amène naturellement à parler de la soirée d'anniversaire d'Art. Je mentionne sa « petite amie », mais l'homme ne relève pas. Pour autant que je puisse en juger, Art vient ici seul.

Je retourne dans la chambre, la fenêtre refuse de s'ouvrir et l'air est lourd, suffocant. J'allume mon téléphone pour la première fois depuis ce matin et découvre encore une foule de textos et de messages vocaux. Je me force à en prendre connaissance – Hen dit qu'elle s'inquiète à mon sujet et me demande de l'appeler ; et il y a deux nouveaux appels d'Art, tous les deux affolés, presque délirants. « S'il te plaît, Gen, appelle-moi. Ce film a été truqué. Je t'en prie, Gen, je me fais tant de souci pour toi. Appelle-moi. Je t'aime plus que tout au monde. Je t'en prie, crois-moi. »

J'éteins le téléphone. Lorcan m'observe d'un air songeur.

— Faisons une pause, suggère-t-il.

Dehors, les rayons du soleil filtrent à travers le sommet des arbres.

— On pourrait aller faire un tour en voiture, ajoute-t-il. Voir si on trouve quelque chose qui puisse expliquer la présence d'Art ici…

Nous partons. Lorcan roule lentement sur ces routes de campagne. Nous découvrons un autre pub – le *Princess Alice* – à quelques centaines de mètres du *Wardingham Arms*. À part cela, il n'y a rien pendant près d'un kilomètre et demi dans chaque direction, hormis deux fermes à l'écart de la route.

Nous continuons jusqu'à un petit village où nous descendons de voiture et nous promenons un peu avant d'entrer dans un café et de commander des sandwiches. Je vérifie mon téléphone une fois de plus. D'autres messages d'Art. Cette fois, je ne les écoute pas. J'appelle Bernard, comme convenu. Il m'informe que, jusqu'ici, Art a passé toute la journée au bureau.

Je mets fin à la communication et reste immobile, la tête dans les mains, envahie par le désespoir.

— Qu'est-ce qu'on va faire maintenant ? On n'est arrivés à rien et Art sait que je pense qu'il me ment, alors s'il a des choses à cacher, il est en train de le faire en ce moment même.

— Nous devrions retourner au pub et parler au personnel.

— À quoi bon ? Je ne crois pas que le réceptionniste nous ait raconté des histoires. Art vient régulièrement. Il reste dans sa chambre. Point à la ligne. Nous ne savons même pas ce que nous cherchons.

Lorcan lève les yeux de son sandwich.

— Bon, alors, qu'est-ce que tu es en train de dire ? Que tu veux laisser tomber ?

Je croise les bras et regarde par la fenêtre. Le ciel se couvre. Si clair, si ensoleillé tout à l'heure – il est désormais gris et oppressant. Quelques gouttes de pluie s'écrasent sur le trottoir. Je suis irritée. C'est presque une démangeaison.

— Bien sûr que non, bon sang. C'est quoi ton problème ? Il faut qu'il y ait de l'action pour que tu sois intéressé ?

— Hé, j'essaie de t'aider.

Lorcan repousse son assiette et se cale sur sa chaise.

Un silence tendu s'installe.

— Je ne t'ai rien demandé, dis-je d'un ton sec. C'est toi qui t'es porté volontaire. De toute façon, tu m'as dit que tu n'avais rien de mieux à faire.

Je me conduis comme une ingrate, je le sais, mais je ne peux pas m'en empêcher.

Lorcan sourit à demi.

— Présenté comme ça, c'est vrai que ça n'a pas l'air très chevaleresque.

Je hausse les épaules, désarmée.

— Je n'ai pas besoin d'un preux chevalier.

La pluie tombe plus dru maintenant, dégouline le

long de la vitre à côté de nous. Pour une étrange raison, je trouve cela réconfortant. Je me penche et pose la main sur le bras de Lorcan.

— Je suis désolée d'avoir été agressive. Je ne pourrais rien faire sans toi. C'est juste…

Ma voix frémit sous la vague d'émotion qui déferle en moi.

— Toute cette histoire… j'ai l'impression de devenir folle.

Il hoche la tête sans répondre. Le silence s'étire entre nous. Je repense à Hen qui a suggéré qu'il aurait pu truquer le film, à l'accusation de Morgan ce matin.

Comme un loup qui a choisi l'agneau qu'il allait dévorer.

— Alors, pourquoi m'aides-tu ?

J'ai parlé d'un ton délibérément neutre.

Nous nous regardons longuement.

— Je suis désolé, dit-il enfin.

— À propos de quoi ?

Je retiens mon souffle.

La pluie cingle les fenêtres, estompe les contours de la rue. J'attends…

— J'ai quelque chose à te dire, reprend Lorcan lentement. Deux choses, en fait. La première, c'est que j'ai appelé la fille avec qui je sortais en Irlande… Je l'ai fait hier soir, après que tu t'étais endormie. Je lui ai dit que c'était fini entre nous.

— Oh !

Je me sens rougir.

Il prend ma main. Sa voix est sourde, tendue.

— Bon, écoute-moi. J'ai rompu avec Haley parce qu'une fois que je t'ai rencontrée, j'ai compris qu'elle n'était pas la femme qu'il me fallait. Non que je l'aie jamais pensé…

Il s'interrompt.

Mon cœur cogne dans ma poitrine. Qu'est-il en train de dire ? Que cette rupture a un rapport avec moi ?

— Bon sang, je suis nul pour ces trucs-là.

Il lâche ma main, change gauchement de position sur sa chaise. Pour une fois, il semble étonnamment peu sûr de lui.

— Je voulais te dire ça avant de parler du reste.

— Quel reste ?

— Tu sais, ce qu'on t'a raconté à mon sujet ? Sur ce qui s'est passé à Loxley Benson, au début…

— Tu veux parler de cette histoire avec la femme du client ?

Il acquiesce.

— Écoute, c'était il y a très longtemps. Ça n'a plus d'importance aujourd'hui.

— Si, ça en a. Je veux que tu saches la vérité.

— La vérité sur quoi ?

— Cette nuit-là. Il y a quatorze ans.

Un silence.

— J'ai couché avec beaucoup de femmes dans ma jeunesse, mais… comme la plupart des hommes si la chance se présente, non ? Je n'essaie pas de me justifier. Il y a eu pas mal de femmes plus âgées, des femmes mariées qui… enfin, peu importe.

Il lâche un soupir.

— Quand je t'ai rencontrée, le soir de l'anniversaire, j'étais en colère. Parce qu'en me voyant, tout le monde ne pensait qu'à ça.

— Que veux-tu dire ? Personne n'y a fait allusion,

à part Kyle et Art, et encore, uniquement parce que je les y ai obligés.

— Non. À l'époque, Art l'a raconté à tout le monde et personne ne l'a oublié. Ma disgrâce a été publique. Il a fait de moi un bouc émissaire pour pouvoir garder ce client.

— Mais…

J'ai envie de lui dire que c'était sa faute à lui s'il avait couché avec la femme en question.

— Tu avais mis Loxley Benson en danger. Tu ne pouvais pas sérieusement t'attendre à ce qu'il reste les bras croisés. De toute façon, tu m'as dit que tu étais prêt à partir avant cet incident.

— Sauf que cette histoire ne s'est pas passée comme tu le penses. Comme Art l'a racontée.

Il soupire de nouveau.

— Ce que j'essaie de t'expliquer… c'est pourquoi je suis revenu le lendemain du jour où nous avons mangé des plats indiens. La vérité, c'est que j'avais fait exprès de laisser mon couteau suisse. Je voulais agacer Art en débarquant à l'improviste pour te voir… Je voulais me venger de lui.

— Te venger de lui ?

Que veut-il dire ? Je n'y comprends rien.

— Te venger de lui parce qu'il t'avait renvoyé alors que tu voulais partir ? Et que Loxley Benson aurait fait faillite si ce client était allé voir ailleurs ?

— C'est vrai que je voulais partir et que Loxley Benson aurait fait faillite. Tout cela est vrai. Mais la question n'est pas là. Tu vois…

Il marque une pause, m'enveloppe d'un regard intense. Les sons du café, les gens qui m'entourent, tout semble s'effacer.

— Ce n'est pas moi qui ai couché avec la femme du client.

— Quoi ?

J'ai le vertige, brusquement.

— C'est Art.

— Art ? Art a couché avec la femme du client ?

— Oui.

Le souffle coupé, j'essaie de digérer cette information. Tout cela est arrivé avant que je connaisse Art, bien sûr. Je savais qu'il avait eu d'autres copines. Quelques relations de courte durée pendant son adolescence, puis une fille qui s'appelait Emma à l'université. Mais il ne m'a jamais dit qu'il avait couché avec une femme mariée. Je fixe Lorcan, incrédule.

— Que s'est-il passé ?

Il se penche vers moi, baissant encore la voix.

— On était sortis tous les quatre. Le client, sa femme, Art et moi. Elle nous draguait l'un et l'autre chaque fois que son mari allait au comptoir ou aux toilettes. Art et moi, on était célibataires. On était tous ivres. C'est arrivé comme ça.

— Comme quoi ?

— Tu veux des détails ? Très bien. On s'est retrouvés chez le client. Il s'est endormi sur le canapé. La femme nous collait comme une sangsue. Je crois qu'elle voulait qu'on fasse ça à trois, mais ça ne m'intéressait pas. Elle était trop soûle, trop entreprenante… et il était hors de question que j'aille au lit avec un homme.

Il laisse échapper un rire sec et las.

— Bref… je suis rentré chez moi. Art est resté. Il est parti après qu'ils avaient baisé mais le mari a trouvé sa montre dans le lit le lendemain alors que sa femme était sortie.

Je retiens une exclamation. La première fois que je suis sortie avec Art, il n'arrêtait pas de me demander l'heure. J'avais tourné cela à la plaisanterie, me déclarant étonnée qu'un homme aussi organisé n'ait pas de montre. Apparemment, il avait perdu la sienne quelques semaines plus tôt et ne s'était pas habitué à son absence. Quand je lui avais demandé comment il l'avait perdue, il avait rougi et avoué l'avoir laissée quelque part, dans un endroit où il n'aurait jamais dû aller. C'était pourquoi je lui avais offert une montre neuve pour son anniversaire, au mois de mars suivant.

— Et ensuite ?

— Le client a téléphoné à sa femme… l'a accusée… lui a ordonné de rentrer à la maison. En route, elle a averti Art, et il m'a donné de l'argent pour que je porte le chapeau.

— Art t'a payé pour que tu dises que c'était toi qui avais couché avec cette femme ? Pour ne pas perdre son client ?

— Bien sûr que oui. C'était du Art tout craché, impitoyable et manipulateur. Il a fallu qu'il se traîne aux pieds du type, mais ça a marché. Je suis parti, le client est resté, et tu connais la suite.

Je songe au récit que m'a fait Art de cette histoire. Il a été si convaincant. Et pourtant, c'était un mensonge. Un mensonge de plus. J'ai la nausée en pensant à notre vie conjugale – une vie construite sur la tromperie et la dissimulation. Je pensais pouvoir lui faire confiance. Je pensais que nos bases étaient solides. Et il m'a enlevé tout ça.

Toutes mes certitudes.

— Pendant longtemps, j'ai essayé de ne pas y penser,

explique Lorcan. Comme tu me l'as fait remarquer, je voulais quitter la société de toute façon, mais la vérité, c'est que je n'aurais jamais dû laisser Art inventer cette histoire, je n'aurais jamais dû accepter son argent. Quand je l'ai revu, après tout ce temps, il en était presque venu à croire à sa version des faits. En tout cas, il ne regrettait rien. Alors j'ai essayé de me rapprocher de toi parce que je lui en voulais.

Mon pouls palpite dans ma gorge. Lorcan referme les doigts autour de ma main.

— Je te dis ça parce que je veux être honnête. C'est comme ça que tout a commencé – c'est pour ça que je t'ai proposé de t'aider. Pas exactement pour te faire plaisir, mais j'avoue qu'avant d'entendre Rodriguez parler de l'argent, je ne croyais pas qu'il y ait la moindre chance que Beth puisse être encore en vie.

Je le dévisage.

— Maintenant, je vois les choses autrement. Dès que j'ai commencé à te connaître un peu mieux, je... ç'a été différent...

La serveuse vient débarrasser la table. Comme hébétée, je regarde de nouveau par la fenêtre, embuée à cause de la pluie. Lorcan essuie un pan de vitre du revers de sa main. Nous restons silencieux quelques instants, puis il s'éclaircit la gorge.

— Bon... tu veux manger autre chose ou retourner au pub ?

— Retourner au pub.

Nous regagnons la voiture sans rien dire.

Je ne cesse de penser à ce qui vient d'arriver... ce qui est en train d'arriver. Les révélations de Lorcan sont une accusation de plus à la charge d'Art. Pourtant, ce n'est pas pour cette raison qu'il me l'a dit… Il me l'a dit parce qu'il se soucie de l'opinion que j'ai de lui, parce que…

Je me concentre sur la vitre. Je ne veux pas faire face à cela.

Le temps qu'on rentre au *Wardingham Arms*, l'averse s'est muée en bruine. Le ciel est si lourd de nuages qu'on a peine à croire qu'il n'est que seize heures.

J'avais espéré que le réceptionniste aurait été remplacé par un autre membre du personnel, mais il est encore là, lissant ses cheveux à notre approche. Nous le saluons d'un signe de tête et ne parlons qu'une fois dans la chambre. Mon cœur bat à tout rompre lorsque Lorcan s'approche de moi.

Il pose la main sur mon bras. Le contact me brûle.

— Gen ?

Je secoue la tête. Je sais qu'il me demande ce que j'éprouve… ce que je veux…

— D'accord, dit-il en souriant. Je vais prendre une autre chambre.

Une seconde de silence. Je ne sais pas quoi penser. Je suis fatiguée, stressée. Lorcan sourit de nouveau et sort.

Je me laisse tomber sur le lit. Le plancher s'incline doucement en direction de la salle de bains. La pièce est propre et de bon goût. Rien de vulgaire. Comme il est étrange de penser qu'Art est venu ici…

Quelques minutes plus tard, Lorcan est de retour.

— Je suis presque à côté. Tu veux voir ?

Je le suis sans un mot. J'entre. Sa chambre est identique à la mienne, sauf que tout y est disposé à l'inverse. J'ai l'impression de voir un reflet de l'autre chambre dans une glace.

Lorcan m'enlace. J'appuie la tête contre sa poitrine. Je sens son cœur qui bat. Je lève les yeux et il se penche vers moi. Un baiser tendre qui effleure mes lèvres. Sucré. Ma gorge se noue. Un autre baiser. Plus intime. Cette fois le désir me transperce.

Le désir et la peur.

Je me dégage.

— Je ne peux pas.

— D'accord, soupire-t-il. D'accord.

Je ne sais pas quoi faire. Mon cœur bat la chamade et la panique me submerge.

— Je… ce n'est pas… je ne…

— Ce n'est pas grave, dit-il, mais sa voix est incertaine. Pas grave du tout.

Je tourne les talons et ressors. Je vais regagner ma chambre. M'asseoir et attendre que mon cœur ait cessé de cogner. Boire un verre.

J'atteins ma porte. Je m'arrête. Jette un regard en arrière.

Je n'ai pas envie d'être seule. Pas envie de me calmer.

Pas envie d'un verre.

Je retourne lentement sur mes pas. Toque à la porte. Je l'entends traverser la pièce. Il ouvre.

Je souris. Il hausse les sourcils d'un air interrogateur. Je m'approche de la fenêtre, pose les mains sur l'appui et contemple le jardin. Il pleut dru maintenant. Une des lampes à l'arrière de l'hôtel s'est allumée et projette une lueur blafarde sur l'allée goudronnée. Je me retourne.

Son visage est empreint de désir et de tendresse.

Je fais de nouveau volte-face, fixe la pénombre, les lumières. Mon cœur bat follement.

Sa main effleure mon bras. Je frissonne. Il soulève mes cheveux et les écarte de ma nuque. Puis il se penche – je le vois dans la vitre – et il me donne un baiser dans le cou, un contact léger, qui irradie en moi et me coupe le souffle.

Il me fait pivoter. M'embrasse sur les lèvres, promène les mains sur mon dos. Avec passion et délicatesse il m'attire vers le lit, m'embrasse de nouveau dans le cou et maintenant je tremble de tout mon corps. Il retire ses vêtements et moi les miens et nous nous caressons, nous nous embrassons et je m'imprègne de nos odeurs, de nos bruits, de nos gestes et il n'y a ni malaise ni culpabilité, juste ce moment qui me transporte quelque part où je ne suis jamais allée, et je ne peux penser à rien d'autre. Tout ce que je sais, c'est que c'est bien, c'est bien, c'est bien.

Après ce qui s'est passé avec le Grand Roux et Dent cassée, j'ai beaucoup rêvé des Méchants. Dans mes rêves, c'était des grands, très forts, avec des capuches sur la tête, alors je ne voyais que leur sourire sauf par moments où je voyais des yeux mauvais. Ils arrivaient par-derrière et m'attrapaient. J'essayais de crier mais ma voix ne voulait pas sortir et les Méchants m'emmenaient dans une prison très loin, comme dans « L'Enfant pas comme les autres ».

Un soir, j'ai cru qu'un des Méchants se cachait dans ma chambre. Il y avait une grande ombre qui partait du peignoir accroché à la porte et j'ai pensé que c'était une Méchante Dame et je n'arrêtais pas de me lever pour voir si elle était là. Maman est rentrée à la maison, elle m'a trouvé debout et elle a été fâchée. Elle a dit que je devais m'endurcir et ne pas avoir peur et être prêt à me battre s'il le fallait. Elle a dit que si je continuais à imaginer une Méchante Dame, ça en ferait venir une pour de vrai. Maman a dit que, le plus important, c'était d'être fort et que tout le monde devait faire attention à soi-même et à sa famille, et que si les chiens dévorent les chiens alors il faut les tuer avant qu'ils vous dévorent.

Elle a dit qu'elle ne voulait pas dire de vrais chiens.

17

— Moutarde ou mayonnaise ? demande la femme.

— Mayonnaise, s'il vous plaît, répond Lorcan en lui décochant un sourire.

Il est presque midi et nous sommes les seuls à déjeuner dans le restaurant du pub. La femme s'éloigne. Je sens sur moi le regard de Lorcan, mais ne me hâte pas de le rencontrer. L'intensité de sa présence est à la fois délicieuse et terrifiante… bouleversante…

— Gen ?

Je le regarde enfin, submergée par la gêne. Que m'est-il arrivé ? Je ne me souviens pas de la dernière fois où je me suis sentie aussi libre. Des images de nos étreintes surgissent dans mon esprit, des images de désir et de bonheur. Ce n'est pas du tout comme avec Art à nos débuts. À l'époque, j'admirais Art avant de l'aimer. Je me sentais attirée par lui, bien sûr, mais c'est sa détermination, sa concentration, qui m'ont vraiment séduite.

Avec Art, mes sentiments ont évolué lentement, petit à petit. Avec Lorcan, on dirait qu'une bombe a explosé en moi. C'est ridicule – comme si j'avais de nouveau quatorze ans. Et pourtant, avec le recul, je ne comprends que trop bien qu'il avait ses propres raisons de m'offrir son aide. Et je ne suis toujours pas sûre de pouvoir réellement lui faire confiance.

— Ça va ? demande-t-il.

Sa main se tend vers la mienne et il sourit quand nos doigts se touchent. La serveuse revient, apportant nos quiches accompagnées de salade.

— Tout ira bien, Gen, dit-il à voix basse.

— Et voilà.

La femme dépose avec précaution les assiettes devant nous. Elle a à peu près le même âge que le réceptionniste, les mêmes manières formelles. Rondelette, les cheveux coupés au carré et le brushing bien gonflé, elle est la seule autre employée hormis deux jeunes qui servaient au bar hier soir. Nous avons demandé à chacun – de manière détournée, en bavardant – s'il se souvenait d'avoir vu Art avec quiconque, et jusqu'ici la réponse est non.

J'espère que nous n'avons pas éveillé de soupçons, mais il est probable qu'Art finira par savoir que nous avons posé des questions à son sujet. En attendant, nous ignorons toujours pourquoi il vient ici. Cet hôtel a toutes les chances d'être une fausse piste. Art a peut-être tout simplement une liaison et s'en sert comme lieu de rendez-vous. Ce qui n'aurait rien à voir avec Beth. Ce qui signifierait que nous perdons notre temps… et que la vérité concernant mon enfant est ailleurs.

Je monte dans la chambre pendant que Lorcan règle notre note. Nous avons rendez-vous avec Bernard O'Donnell à Londres. Il nous a appelés hier soir pour confirmer qu'Art n'avait pas bougé. Il espère qu'une nouvelle rencontre, une nouvelle mise en commun de toutes les informations que nous avons glanées mettra au jour un indice qui nous aura échappé jusqu'ici.

Je gravis les marches de guingois qui mènent au premier étage, en songeant que cet hôtel n'est pas du tout le genre habituel d'Art. Et je me demande, pour la énième fois, pourquoi il séjourne aussi régulièrement ici. A-t-il une liaison ? Avec Hen ? Elle en sait plus long qu'elle ne veut l'admettre, c'est certain. Mais quoi ? Je suis épuisée à force de ressasser ces questions. Et pourtant, je ne peux pas m'empêcher de me les poser.

Une femme de ménage – au teint mat et aux cheveux bruns, un joli foulard vert autour du cou – sort de la chambre voisine, un seau contenant torchons et produits d'entretien à la main. Elle me sourit timidement. Elle est jeune, elle n'a pas plus de dix-huit ou dix-neuf ans.

J'hésite. Je devrais essayer de savoir si quelqu'un a rendu visite à Art, mais il faudrait pour cela adopter le ton enjoué que Lorcan et moi avons pris avec les autres membres du personnel et je ne m'en sens pas le courage. Je me réfugie dans ma chambre.

Je reste un instant assise sur le lit, traversée par des vagues successives de désespoir et de lassitude. Puis je me force à me relever et ressors. Je ne peux pas renoncer maintenant.

— Excusez-moi.

La jeune femme s'est éloignée, elle a la main sur la poignée d'une autre chambre. Elle se retourne.

— S'il vous plaît ?

Son accent d'Europe de l'Est me rappelle Lilia.

Je plaque un sourire sur mes lèvres et m'approche, mon téléphone à la main.

— Je voulais juste vous remercier. Nous avons passé un excellent séjour.

— Séjour ? répète-t-elle en fronçant les sourcils.

À l'évidence, elle n'a pas compris.

— Une excellente visite. Un de nos amis vient ici aussi, lui dis-je en montrant une photo d'Art flanqué de Sandrine, son mari et divers collègues à la soirée. Nous sommes contents qu'il nous en ait parlé.

Le mensonge est si gros que j'en ai la gorge nouée. Des larmes me montent aux yeux. La fille me regarde d'un drôle d'air.

— Ça va ?

— Oui.

Les larmes roulent sur mes joues maintenant. J'essaie d'arrêter de pleurer, mais je ne peux pas. Mon chagrin déborde.

— Je suis désolée. Pardon.

Je me tourne et fais quelques pas. Elle me suit.

— S'il vous plaît, dit-elle. S'il vous plaît, ça va.

Son étrange syntaxe me fait sourire malgré moi. Je me retourne vers elle.

— Merci.

La compassion se lit sur ses traits.

— Ne pas pleurez, dit-elle. C'est si grave ?

— Oui.

J'indique de nouveau la photo.

— Cet homme n'est pas un ami, ce n'est pas vrai. C'est mon mari. Et je crois qu'il me ment.

Les sourcils froncés, elle étudie le cliché.

— Cet homme votre mari ?

Je hoche la tête en essuyant mes larmes.

— Il vient… Il visite ici souvent.

Elle sourit de nouveau, d'un sourire chaleureux, plein de gentillesse.

— Je ne vois pas lui avec une femme, vous n'inquiétez pas.

— Vraiment ? dis-je en reniflant.

— Vraiment.

Elle désigne l'issue de secours au bout du couloir.

— Mais il passe par là.

Je suis son regard.

— Ça va où ?

— La sortie derrière. Je le vois utiliser. Avant. Souvent. La dernière fois, lundi.

Elle déroule le long foulard qu'elle porte autour du cou.

— Il me donne ça juste après Noël. Un cadeau pour dire rien.

C'est une longue bande de tissu vert pâle piqué d'un soupçon de fil argenté. Il est magnifique. Un minuscule bout d'étiquette pend au bout, sur lequel on peut lire le nom du magasin ou de la marque : Bibo.

Mon pouls s'accélère.

— Vous savez où il va ?

Elle m'entraîne vers la fenêtre qui donne sur le jardin. Une rangée de poubelles est alignée le long d'une allée conduisant à une haie de troènes, et à la route au-delà.

— Il va par là, dit-elle avec un haussement d'épaules. Je ne pas savoir où.

— Merci.

J'entends des pas derrière moi. C'est Lorcan. La femme de chambre recule.

— Je pars maintenant, dit-elle, en reprenant le foulard. S'il vous plaît, vous rien dire.

Je la rassure. Elle s'engouffre dans une chambre tandis que je fais signe à Lorcan d'entrer dans la mienne et lui résume notre conversation.

— Pourquoi Art s'esquiverait-il par-derrière ? D'après Bernard, il n'a jamais quitté le parking. Où irait-il à pied ?

— Nous n'avons rien remarqué hier, observe-t-il.

J'attrape mon manteau.

— Viens, allons faire un tour à pied nous aussi. Voyons si nous pouvons trouver quelque chose.

Dix minutes plus tard, nous suivons l'étroite route de campagne qui part du pub. Deux voitures nous dépassent à vive allure. Nous avons beau marcher l'un derrière l'autre et raser la haie, les véhicules semblent passer dangereusement près.

— Drôle d'endroit pour une promenade, non ?

— Peut-être qu'il s'en écarte quelque part, suggère Lorcan, regardant au-delà des champs un petit groupe de bâtiments. Ou qu'il va dans une de ces fermes.

— Mais pourquoi ?

Lorcan hausse les épaules.

Je soupire et continue à marcher. Le ciel est gris et triste, l'air lourd de pluie. Au bout de deux minutes nous arrivons à l'autre pub, le *Princess Alice*, qui fait lui aussi hôtel. Fraîchement repeint en crème, il est beaucoup plus grand que le *Wardingham Arms* et flanqué d'un parking.

— Je suppose qu'on devrait se renseigner pour savoir si quelqu'un l'a vu ici.

Nous tentons la porte d'entrée, mais elle est fermée. Lorcan appuie sur la sonnette. Je regarde ses mains, me remémore les caresses qu'elles m'ont prodiguées.

La porte s'ouvre, laissant entrevoir une entrée fraîche

et dallée. Un homme en combinaison de travail nous toise d'un air peu amène. Je me lance :

— Je suis désolée de vous déranger, mais on se demandait si vous auriez vu cet homme ?

Je lui montre la photo d'Art.

— Vous êtes de la police ? marmonne-t-il en secouant la tête.

— Non, non. On a rendez-vous avec lui, c'est tout.

Une femme arrive en hâte. Elle a environ mon âge, des yeux chaleureux, de délicates boucles blond vénitien.

— Bonjour, que puis-je faire pour vous ?

Son regard passe de nous deux à l'homme en combinaison.

— Merci, Andy. Je m'en occupe.

Andy s'éloigne d'un pas tranquille et la femme s'efface pour nous laisser entrer.

— Désolée, je m'étais absentée un instant. Vous cherchez une chambre ?

— Non.

J'entre, Lorcan à mes côtés.

— Nous avons rendez-vous avec M. Loxley, explique-t-il. Nous étions censés le retrouver ici, mais nous sommes en retard et nous n'avons pas son numéro.

Je fais la moue et commence à débiter l'histoire que nous avons concoctée.

— C'est ma faute. J'ai égaré ses coordonnées.

— Je suis désolée, dit la femme. Ce nom ne me dit rien et il n'y a personne au bar.

— En fait, j'ai une photo de lui.

J'essaie de parler d'un ton posé, mais mon cœur bat à toute allure. Contrairement à Lorcan, qui semble gérer nos mensonges avec aisance, je me sens chaque fois stressée et mal à l'aise.

— Je suppose que vous ne l'avez pas vu ?

Elle prend l'appareil que je lui tends et l'incline pour mieux voir.

— Oh ! Mais c'est M. Rafferty !

J'échange un regard avec Lorcan.

— Je ne comprends pas, reprend-elle en me regardant d'un air méfiant. Ce n'est pas le nom que vous m'avez donné tout à l'heure.

Je réfléchis à toute vitesse.

— Oh ! Mon Dieu, je me suis trompée pour ça aussi ? Les gens du siège vont m'étriper.

— Vraiment rien entre les oreilles, commente Lorcan, en me désignant du pouce.

— Ah.

La femme se demande visiblement si elle doit nous croire.

— Eh bien, sa voiture est encore sur le parking, mais je suis sûre qu'il n'est pas là aujourd'hui.

— Sa voiture ?

Je revois la Mercedes garée dans notre allée à Crouch End.

— Oui, répond-elle en me dévisageant de nouveau, l'air perplexe.

Je me fige, ne sachant que dire. Par chance, Lorcan a une longueur d'avance sur moi.

— Merci beaucoup pour votre aide, dit-il en se tournant vers moi. Je crois qu'il va falloir appeler le siège, après tout. Voir s'ils savent où est passé M. Rafferty.

Il ouvre la porte et me pousse vers la sortie.

Je marche devant lui, le cerveau en ébullition.

— Pourquoi Art a-t-il une voiture ici ?

— M. Rafferty, tu veux dire ? Et comment savoir laquelle c'est ?

Cinq véhicules sont garés dans le parking. Une Mini, un 4 × 4, et trois berlines de taille moyenne. Aucun ne correspond à la voiture qu'Art choisirait. Je regarde par-dessus mon épaule. La femme nous observe toujours d'un air soupçonneux.

— Retourne là-bas, dis-je à Lorcan dans un souffle. Demande-lui si tu peux aller aux toilettes ou je ne sais quoi. Donne-moi un petit moment pour voir si je peux trouver un indice.

L'intérieur de la Mini est impeccable, sûrement trop exigu et trop bien rangé pour Art. Sachant qu'il désapprouve les grosses cylindrées gourmandes en essence, je ne jette qu'un regard rapide au 4 × 4. Je me tourne vers l'entrée de l'hôtel. Aucun signe de Lorcan ou de la gérante.

Sur le tableau de bord suivant, un ours en peluche rose arbore un badge en forme de cœur disant « Joyeuse Saint-Valentin ». Impossible. À moins qu'Art ne subisse un lavage de cerveau chaque fois qu'il vient ici.

Je m'immobilise à côté d'une Volkswagen. Une bouteille de jus de fruits et un emballage de sandwich – vides tous les deux – traînent sur le plancher. Sur la banquette arrière est posé un sac en papier d'où dépasse une carte. Je fais le tour de la voiture et scrute l'intérieur. Le sac porte un minuscule logo. Imprimé en lettres vertes et tarabiscotées, je le reconnais : Bibo.

La sonnerie de mon téléphone me fait sursauter. Je m'attends à voir s'afficher le nom d'Art ou de Hen, mais c'est un numéro inconnu qui apparaît. Je porte distraitement l'appareil à mon oreille.

— Allô ?

— Geniver ?

Une voix de femme, familière, que je n'arrive pas à situer.

— Ça va ? J'étais si inquiète pour vous.

Je cille, fixant les lettres sur le sac en papier.

— Allô ? Qui est à l'appareil ?

À l'autre bout du fil, mon interlocutrice prend une inspiration soudaine.

— Charlotte West. Vous n'étiez pas en cours… on nous a dit que vous étiez souffrante. J'appelais seulement pour prendre de vos nouvelles.

Charlotte. Je l'avais complètement oubliée, elle et l'institut. C'est comme s'ils appartenaient à une autre vie.

— Geniver ? reprend-elle d'un ton anxieux. Ça va ? Tout va bien avec Art ?

Avec Art ? Elle se comporte comme si nous étions amies, comme si elle avait le droit de m'interroger à propos de mon mariage.

— Très bien, dis-je, à la fois désorientée et sur la défensive. Euh… Charlotte, comment avez-vous eu mon numéro ?

Un long silence.

— Je m'inquiétais pour vous, c'est tout. Et je sais qu'Art s'inquiète aussi…

Art encore. Et elle a éludé ma question. Je repense au soir où elle a débarqué chez nous, au regard plein d'adoration qu'elle a porté sur Art, à lui qui lui marmonnait des paroles empreintes de colère que je n'ai pas pu entendre distinctement.

— Vous avez parlé à mon mari ?

J'essaie de rester aussi calme que possible.

— Peu importe.

Charlotte a répondu sur un ton offensé, blessé.

— Je vous appelais par gentillesse, voilà tout. Je suis sûre qu'Art a mal réagi au fait que vous ayez décrit votre relation dans *Cœur de pluie.*

— Quoi ? Charlotte, je vous l'ai déjà dit. L'intrigue de *Cœur de pluie* a été inventée. Je…

— Très bien, je voulais juste savoir comment vous alliez.

Sa voix est vraiment peinée.

— Je n'avais pas pensé que ça puisse vous déplaire à ce point. À la semaine prochaine. Au revoir.

— Attendez…

Elle a déjà raccroché. De quoi parlait-elle ? Dans *Cœur de pluie,* le mari a une liaison avec l'épouse de son associé. L'associé d'Art est Kyle Benson. Charlotte suggère-t-elle qu'Art couchait avec Vicky ? C'est ridicule. Et comment le saurait-elle ? Et, encore une fois, où s'est-elle procuré mon numéro ?

Lorcan arrive, le gravier crissant sous ses pas.

— C'était Art ?

— Non. C'était une femme qui assiste à mes cours. Elle est bizarre. Elle affirme qu'Art s'inquiète à mon sujet, que l'intrigue de mon roman *Cœur de pluie* est fondée sur une liaison réelle… Je ne vois pas pourquoi elle s'imagine savoir quoi que ce soit sur nous…

Je baisse les yeux sur le numéro de Charlotte. Maintenant que j'y pense, il me semble vaguement familier… en tout cas, les trois derniers chiffres.

— Tu crois qu'elle est mêlée à tout ça, d'une façon ou d'une autre ?

— Je l'ignore.

Je fixe toujours les chiffres. Où les ai-je déjà vus ?

Je songe de nouveau aux éloges de Charlotte à propos de mon livre, à la manière dont elle a copié ma coupe de cheveux, mon sac à main, et même mon bonnet bleu.

— J'ai d'abord pensé qu'elle était un peu excentrique, mais…

Une idée me frappe subitement. Je tire mon téléphone de mon sac pour vérifier quelque chose. Je fais défiler les numéros. Là. Je savais bien que je l'avais reconnu.

— Regarde ! Charlotte West est la personne qui a appelé Art. Douze fois en une journée. Et ça, c'est seulement ce que j'ai vu sur son téléphone.

— Tu as écouté ses messages ?

— Je n'avais pas le choix.

Je retiens un cri, alors qu'une autre pensée s'impose à moi.

— Oh ! Lorcan, ce n'est pas tout. Charlotte vit dans le West Country. Je ne sais pas où exactement, mais ça ne peut pas être bien loin d'ici.

— Tu crois qu'elle pourrait avoir une liaison avec lui ?

— Oui. Elle est venue chez nous l'autre jour et il était en colère contre elle. Je l'ai entendu chuchoter. Pourquoi aurait-il fait ça s'il n'y avait rien eu entre eux ?

Lorcan fait une moue.

— Ça paraît quand même un peu bizarre. Pourquoi assisterait-elle à tes cours si elle avait déjà une liaison avec Art ?

Je hausse les épaules. Je n'ai pas de réponse à lui donner mais c'est une possibilité, forcément. Sandrine a beau incarner davantage le genre de femme qui plaît à Art, il est clair que Charlotte n'est pas indifférente à son charme et elle vit à proximité.

— Art me ment depuis huit ans au sujet de Beth.

J'ai du mal à prononcer ces mots, mais je dois me forcer à y faire face.

— Alors, je dirais que tout est possible.

— Et pour la voiture, tu as une idée ? demande-t-il.

Je hoche la tête, désignant le sac en papier dans la Volkswagen.

— Tu vois ça ?

Je lui parle du logo identique que j'ai vu sur le foulard de la femme de chambre.

— Qu'est-ce que ça veut dire, bon sang ? Apparemment, Art laisse cette voiture garée ici. Mais pourquoi se faire appeler Rafferty, alors qu'il est arrivé dans une autre voiture et sous son vrai nom, au pub d'à côté ?

Nous nous regardons. Une lueur de compréhension jaillit dans les yeux de Lorcan au moment même où je saisis, moi aussi.

— C'est là qu'il passe d'une identité à l'autre, dis-je dans un souffle. Il a un autre nom, une autre voiture…

— Parce qu'une fausse identité permet de se débarrasser des curieux.

Il marque une pause.

— Mais pourquoi ? Où va-t-il dans cette voiture ?

Nous scrutons l'habitacle de la Volkswagen. Le sandwich et la boisson proviennent de chez Marks and Spencer et ont pu être achetés n'importe où. Le logo Bibo, en revanche…

— Voyons ce qu'on peut découvrir là-dessus, d'accord ?

— Bonne idée.

Il commence à pleuvoir. Nous nous réfugions sous

un arbre du parking et je google Bibo sur mon téléphone.

Je clique sur le premier lien, une boutique de cadeaux. Le logo se trouve en haut d'une page Internet qui est au fond une brochure de magasin. Une enseigne de style ancien assez précieuse porte les noms Bitsy and Bob. Je parcours les quelques lignes de texte, relevant les mots principaux : *papeterie... objets de charme pour la maison... excellente qualité... cadeaux...*

L'adresse donnée est Shepton Longchamp, dans le Somerset.

— Ça doit être une toute petite ville.

— Pourrait-il y avoir un lien commercial entre cette boutique et la société d'Art ? demande Lorcan.

— Je ne vois pas lequel. Ce n'est sûrement qu'un endroit où il fait quelques courses, même si j'ai du mal à voir pourquoi. Le foulard est joli, c'est vrai, mais il n'a pas pour habitude de fréquenter ce genre de boutique.

— Tu veux qu'on y aille ?

— Dans le Somerset ?

— Pourquoi pas ? On est à mi-chemin. Et on n'a pas d'autre indice.

Je lève les yeux vers son visage résolu. J'ai beau hésiter à lui faire entièrement confiance, j'ai le sentiment qu'il est sincère. Ai-je le choix ? Art refuse de me donner les réponses dont j'ai besoin, mais il a laissé une piste. Si je la suis, elle m'emmènera sûrement jusqu'à Beth.

Quoi qu'il en soit, je ne peux plus faire marche arrière.

18

Il va falloir environ une heure et demie pour atteindre Shepton Longchamp. J'appelle Bernard et lui explique où nous en sommes. Lui non plus n'a jamais entendu parler de Bitsy and Bob. Il m'informe qu'Art a passé toute la matinée au bureau. Il donne l'impression d'être épuisé.

Durant le trajet, je réfléchis. Si aujourd'hui je ne trouve rien de concret à propos de Beth, je poursuivrai mes recherches par d'autres moyens. Bernard fait de son mieux, mais il ne peut pas espionner Art vingt-quatre heures sur vingt-quatre. J'engagerai un détective privé qui s'en chargera et un autre pour obtenir et passer au crible les archives d'état civil et des services d'adoption d'il y a huit ans. Et je refuse de croire qu'on a fait du mal à Beth. Si de l'argent a changé de mains, alors sa vie avait de la valeur pour quelqu'un. Reste à découvrir qui…

Art appelle de nouveau pendant que nous sommes en route. Je ne réponds pas. À en juger par la liste d'appels, il téléphone toutes les heures, à l'heure pile. J'éteins mon appareil.

Lorcan et moi passons un bon moment à nous

concerter sur la façon d'aborder le propriétaire de la boutique. Personnellement, je souhaite lui demander ouvertement s'il reconnaît Art sur la photo. Lorcan, pour sa part, penche pour une approche plus détournée.

— Il faut trouver un prétexte pour lui montrer la photo sans pour autant éveiller ses soupçons. Comme ça, il est probable qu'il tombera dans le piège et admettra qu'il le connaît, explique-t-il. Si nous sommes suffisamment convaincants, personne ne nous soupçonnera d'avoir une arrière-pensée. Au pire, on refusera de nous répondre.

— En somme, tu suggères qu'on profite de cette personne ?

Sans doute à cause du stress que j'éprouve, j'ai parlé d'un ton plus accusateur que sarcastique. Je jette un coup d'œil de biais à Lorcan. Il se concentre sur l'intersection qui approche.

Nous restons silencieux tous les deux pendant de longues secondes. Puis il s'éclaircit la gorge.

— Je peux comprendre que tu penses que j'ai profité de toi, mais…

J'ai les joues en feu.

— Écoute, Gen. Je veux être avec toi, dit-il d'une voix sourde. Ici. Maintenant.

Mes pensées se reportent à la conversation que nous avons eue hier soir. Comme toute ma relation avec Lorcan, elle semblait à la fois étrange et complètement naturelle.

— Je sais que tu es dans une situation terrible en ce moment, mais… il faut aussi qu'on pense à nous… où ça va nous mener, non ?

Je me détourne. Nous roulons à vive allure sur l'autoroute. La journée est toujours grise et lugubre.

— Je suis mariée.

— À un homme qui t'a volé ton bébé… qui te ment depuis des années.

— Nous ne savons pas exactement ce…

— Tu étais heureuse avant ? coupe Lorcan, d'une voix calme mais insistante. Dis-moi que tu étais heureuse avec Art avant de découvrir que Beth était encore vivante et je n'insisterai pas.

Je me laisse aller contre la vitre froide. La vérité, c'est que je ne suis plus heureuse avec Art depuis longtemps. Notre couple a marché autrefois, quand nous étions jeunes, qu'Art me confiait ses rêves pour son entreprise, et que j'écrivais mes livres. Mais, après la mort de Beth, Art s'est consacré à son travail, et quand j'ai essayé de lui dire à quel point je souffrais, il n'a pas pu affronter ma douleur.

Art ne m'a jamais vraiment comprise. Lorcan, je m'en rends compte, y parvient sans même essayer. Je le regarde, il me sourit, et mon cœur fait un bond dans ma poitrine comme ce n'est pas arrivé depuis longtemps.

Quand je parle, ma voix n'est qu'un murmure.

— Je suppose… Je suppose que, moi aussi, je veux savoir où ça va nous mener.

Une demi-heure après Andover, nous sommes pris dans un embouteillage sur l'A344. Stonehenge apparaît alors que nous avançons au pas. Lorcan me donne un petit coup de coude.

— Tu n'as pas dit que ton père t'avait amenée ici quand tu étais petite ?

— C'est vrai.

Mon esprit se glisse dans le souvenir. Je me rappelle clairement que j'étais petite – j'avais peut-être cinq ou six ans. C'était un soir d'été, lourd et suffocant, et mon père s'était mis en tête de partir à l'aventure. Lui et moi. Ma mère l'avait supplié de ne pas m'emmener en voiture et je me souviens encore du frisson d'excitation que j'avais ressenti quand il m'avait fait sortir en catimini pour me déposer sur la banquette arrière de notre Ford Cortina, avec une canette de Tizer et un paquet de chips au vinaigre.

Lorcan quitte la route principale, m'arrachant brusquement à ma rêverie.

— Qu'est-ce que tu fais ?

— Pause pipi, répond-il, indiquant l'espace visiteurs du site.

Nous nous garons, Lorcan descend et je reste là, à contempler les pierres. On ne peut plus s'en approcher à moins de solliciter une visite guidée. Il y a très longtemps qu'elles ne sont plus accessibles au public – elles n'étaient même déjà plus censées l'être à la fin des années 1970 quand mon père m'a amenée ici. Non qu'il s'en soit soucié. Le souvenir longtemps enfoui refait surface : je nous revois traverser le champ dans le noir, escalader la clôture. Il faisait un silence effrayant, mais je n'avais pas peur. Je tenais papa par la main et peu importait qu'il soit tombé trois fois avant d'arriver. Je retiens un cri, brusquement consciente de l'état d'ivresse où il devait se trouver. Pas étonnant que ma mère l'ait supplié de ne pas m'emmener. Je regarde en direction des piliers de pierre. Quand nous avions atteint le premier, mon père s'y était appuyé et m'avait fait signe d'approcher. Je me souviens de sa longue frange qui lui tombait dans les yeux, de la lueur farouche de son regard alors qu'il parlait solennellement dans la nuit.

« Ce cercle de pierre a été apporté ici par magie, Queenie. Il a fait tout ce chemin depuis l'Irlande. »

Il avait posé ses doigts sur le grès en vacillant un peu. Je l'avais imité, j'avais senti sous les miens la rugosité froide. Il avait fermé les yeux. Là encore, j'avais fait pareil. Et puis il avait poussé un soupir.

« Ces pierres guérissent les malades, Queenie. »

J'avais ouvert un œil et levé la tête vers lui.

« Tu es malade, papa ? »

Il avait ri. Je me rappelle avoir pensé que son rire était un peu bizarre, comme s'il avait un goût amer à la bouche. Il ne m'avait pas répondu.

Je regarde Stonehenge une dernière fois puis me détourne. Toute ma vie, chaque fois que j'ai songé à cette aventure avec mon père, c'était un souvenir spécial, un cadeau qu'il m'avait fait. Aujourd'hui seulement je me rends compte que ce qui représentait pour moi une aventure était pour lui un geste infiniment plus désespéré. Que recherchait-il donc ? Le salut ? La rédemption ? Quoi que ce fût, je n'étais pas là parce qu'il voulait me faire un cadeau. Il était ivre et ne pensait qu'à sa propre douleur. Et mon unique rôle consistait à être son témoin.

— Gen ?

La voix de Lorcan me ramène au présent. Il est sorti des toilettes et marche dans ma direction.

— Prête à reprendre la route ?

Shepton Longchamp est un gros village, mais ce n'est qu'un village. Il est juste quinze heures quand nous descendons la rue principale, où se succèdent quelques magasins – une épicerie, un magasin de journaux et une pharmacie – plus un petit pub, le

Dog and Duck, cliché pittoresque de l'auberge du West Country, avec du lierre qui grimpe le long des murs et des jardinières suspendues à des crochets en fer.

— Reste à trouver Bitsy and Bob, commente Lorcan en se garant le long du trottoir.

Je consulte mon téléphone.

— La boutique doit être sur cette route. On est peut-être passés devant sans la remarquer ?

C'est en continuant à rouler à la recherche d'un endroit où faire demi-tour que nous la trouvons enfin. Il est facile de passer devant sans la voir, nichée entre un magasin de vêtements bon chic bon genre et un autre pub.

Du dehors, Bitsy and Bob ressemble à n'importe quelle boutique de cadeaux chics. La présentation est différente de la photo du site Internet, mais tout y a l'air aussi cher. On y voit des cartes décorées de plumes et de brillants, des foulards similaires à celui de la femme de ménage, plus une gamme de boîtes de crayons de couleur et divers articles émanant d'une poterie locale, le tout sur fond de papier d'emballage fleuri à souhait.

Le nom du magasin est tracé en arabesques ornées au-dessus de la vitrine. Tout ça est terriblement kitsch.

— Art n'entrerait jamais de lui-même dans un endroit pareil, dis-je en approchant.

Lorcan pousse la porte.

— Nous allons nous en assurer !

À l'intérieur, je parcours du regard les cartes à motif de fleurs – l'intérieur laissé blanc pour le message – et les étagères regorgeant de stylos fantaisie et de pots de bonbons, une spécialité locale « aromatisée au cidre de pomme ». Une jeune fille – âgée de vingt et un ou vingt-deux ans tout au plus – lève les yeux derrière le comptoir.

Lorcan sourit et engage la conversation. Je contemple le présentoir de cartes, l'estomac noué. Ce magasin n'a aucun rapport avec Art. S'il est venu ici, c'est parce qu'il y a été contraint – ou qu'il n'avait pas d'autre choix. Je vois mal Sandrine ou Hen faire des courses ici. Charlotte West, peut-être, en revanche.

Derrière moi, Lorcan bavarde toujours, expliquant à la jeune vendeuse que nous sommes venus aider un ami à remplacer un foulard perdu.

— D'après ce que je comprends, il était en soie noire. Il a dit qu'il l'avait acheté ici, alors, comme nous devions passer dans la région, nous avons décidé de nous arrêter pour voir si vous aviez le même. C'est une surprise pour son anniversaire.

Je me retourne. Lorcan est accoudé au comptoir. Pour une raison qui m'échappe, il a renoncé à son propre accent en faveur d'un accent anglais plutôt snob. La jeune fille esquisse une moue de sa bouche en cœur parfaitement dessinée. Elle pourrait être sa fille, mais elle semble suspendue à ses lèvres, sous le charme.

— Je ne me souviens pas que nous ayons eu un foulard d'homme en soie noire, observe-t-elle avec un accent tout aussi snob.

Lorcan se tourne et me fait signe d'approcher.

— Montre la photo à cette jeune dame, veux-tu ? Cela l'aidera peut-être à s'en souvenir.

Son accent imite à la perfection la manière de parler de la jeune fille. Je comprends avec stupeur que c'est une ruse délibérée pour la mettre à l'aise – et l'inciter à parler.

Docilement, je fais apparaître la photo d'Art et tends mon téléphone à la jeune fille.

— Il l'a acheté récemment, dis-je.

À ma grande surprise, elle hoche la tête.

— Oh ! Oui, il vient ici souvent.

Je la dévisage, bouche bée.

— Souvent ?

— Oui, c'est un ami de Bitsy et Bob. Vous ne le saviez pas ?

— Un ami des propriétaires de la boutique ? s'étonne Lorcan, fronçant les sourcils.

— Robert et Elizabeth Renner, oui. Ils ne sont pas là pour l'instant, mais Bob doit revenir tout à l'heure. Je garde la boutique pour lui.

Art serait l'ami d'un couple de commerçants qui tiennent une boutique de cadeaux nunuches au fin fond du Somerset ? C'est absurde.

— Vous l'avez vu ces derniers temps ? demande Lorcan en montrant la photo.

— Il est venu il y a deux semaines…

Je cille, mon esprit remontant en un éclair à ce jour-là. La semaine d'avant la visite de Lucy… la semaine d'avant la fête. J'avais dormi tard et trouvé un message d'Art sur l'oreiller à mon réveil. *Réunion casse-pieds en ville. De retour à 16 heures.*

Il était bel et bien revenu à l'heure dite. Nous avions bu un thé et il avait écarté d'un soupir ma question sur sa réunion, en disant qu'il n'avait pas envie de parler boulot. Nous avions regardé un mauvais film à la télé en mangeant des plats à emporter indiens et puis nous étions allés nous coucher. Jamais je ne me serais doutée qu'Art avait passé la moitié de la journée dans le Somerset.

La jeune fille parle de nouveau, répondant à une question de Lorcan que je n'ai pas entendue. Je me force à me concentrer sur leur conversation.

— Je dirais qu'il vient une fois par mois, déclare-t-elle.

— Tout seul ?

La question me paraît déplacée dès qu'elle a jailli de mes lèvres. Flûte. J'aurais dû laisser faire Lorcan. Il se débrouille beaucoup mieux que moi.

La fille fait la moue.

— Non. Toujours avec sa famille.

J'ai l'impression d'avoir reçu un coup de poing dans le ventre. Mes genoux menacent de se dérober sous moi.

— Sa famille ?

La vendeuse me regarde d'un drôle d'air.

— Pardon, je ne suis pas certain d'avoir bien compris ce que vous avez dit, intervient Lorcan rapidement.

La jeune fille arque les sourcils.

— Eh bien oui, sa femme et son enfant, évidemment.

La boutique se met à tourner autour de moi. Soupçonner Art de retrouver une femme dans une chambre d'hôtel était une chose, mais entendre quelqu'un parler à voix haute d'une épouse et d'un enfant !

Cela signifie sûrement que Beth est en vie. Et qu'Art a une liaison avec la femme qu'il fait passer pour sa mère. Une liaison. N'était-ce pas précisément la conclusion à laquelle Morgan m'accusait d'être parvenue ? Quand la femme de chambre avait affirmé ne jamais avoir vu Art avec une femme, j'avais commencé à croire que cette partie de mes soupçons était dénuée de fondement. Mais non… Art mène une double vie.

Il a enlevé notre fille pour la placer au cœur d'une autre famille.

Je m'adosse à un placard pour ne pas vaciller.

C'est incroyable. Et pourtant logique. Si j'accepte qu'Art aime quelqu'un d'autre, tout le reste suit. Pour elle, il était prêt à me mentir et à tuer. Pour elle, il a pris mon bébé. À moins que l'enfant ne soit le sien… le leur… C'est possible aussi. Ce qui voudrait dire qu'Art a pris notre bébé pour une autre raison qui, elle, m'échappe encore.

Mais si c'est réellement Beth ?

Ma Beth. Qui appelle maman une autre femme.

La fureur me submerge. Mes doigts se replient sur le bord du placard, l'arête s'enfonce dans ma paume tandis que la question suivante explose dans mon crâne. Qui est cette femme ?

Qui est cette maudite femme qui a gâché ma vie ?

Lorcan parle toujours avec la fille. Je me force à revenir au présent. Avant toute chose, je dois savoir si l'enfant qui vient ici est Beth.

Je m'approche du comptoir à grands pas.

— Quel âge ?

La vendeuse me regarde sans comprendre.

Lorcan pose une main apaisante sur mon bras. Je me rends compte que je tremble.

— Nous nous demandons simplement quel âge a l'enfant, dit-il en souriant.

Elle le dévisage.

— Je croyais que vous étiez des amis de la famille ?

— Non, j'ai dit qu'on était des amis d'amis, répond Lorcan sans se départir de son sourire. Quand on arrive à notre âge, c'est étonnant de voir que le temps passe si vite. Un jour, on voit un bébé. La fois d'après, le bébé s'apprête à entrer à l'université.

La fille éclate de rire.

— Oh ! Eh bien, dans son cas, on n'en est pas encore là ! Je lui donnerais sept ou huit ans.

C'est Beth. Des points noirs clignotent au coin de mes yeux. Je vais m'évanouir.

— Bonjour, lance une voix sur le seuil.

C'est celle d'un homme qui doit avoir une cinquantaine d'années, ses cheveux courts se raréfient et sa veste imperméable est luisante de pluie. Il a dû commencer à bruiner dehors, mais peu importe. Je suis figée sur place par l'expression du nouveau venu, qui me fixe comme s'il avait vu un fantôme. Une seconde plus tard, il s'est ressaisi et esquisse un mince sourire qui n'a rien de sincère. Son regard me quitte pour se porter sur la jeune fille.

— Ce sont des amis à vous, Franny ? lui demande-t-il, d'un accent aussi snob que le sien.

Je le fixe à mon tour. Il a beau essayer de dissimuler sa gêne, il est clair qu'il m'a reconnue.

— Non.

Franny fait la moue, rejetant ses cheveux en arrière d'un geste embarrassé.

— Ils connaissent un de vos amis, Bob. Celui qui vient avec sa femme toutes les trois ou quatre semaines. Ils achètent des jouets et des albums à colorier pour…

— Comment voudriez-vous que je me souvienne de tous nos clients ?

Il a parlé d'un ton faussement exaspéré, mais il est devenu écarlate et une lueur indéniable de panique traverse son regard.

Il sait qui je suis. Il sait que j'ai un lien avec Art.

Je me raidis, jette un coup d'œil à Lorcan. Lui aussi a vu la réaction de Bob. Il s'approche de lui, la main tendue.

— Vous êtes le propriétaire ?

Bob acquiesce. Il dévisage Lorcan un instant avant de lui serrer la main.

— Je suis désolé, vous êtes… ?

— Nous essayons seulement de retrouver un foulard en soie noire, affirme Lorcan tranquillement.

— Votre employée…

Je désigne Franny, puis tends mon téléphone à Bob.

— Elle semble penser que vous connaissez cet homme assez bien, qu'il s'agit d'un client régulier.

Mon cœur cogne. J'ai renoncé à toute prudence en posant des questions si ouvertement et Lorcan paraît anxieux.

Bob se frotte les mains d'un air nerveux.

— Je ne crois pas.

— Vous plaisantez, Bob ! s'écrie Franny derrière le comptoir, surprise et perplexe. Bien sûr que vous le connaissez. Bitsy aussi. Il vient avec…

— Pourriez-vous aller vérifier les livraisons dans la camionnette, Franny ? la coupe Bob. La liste d'articles est dessus. La dernière fois on nous a envoyé trop de feutres alors je veux m'assurer que, cette fois, il n'y a pas d'erreur.

— Vous voulez que je vérifie le stock avant de le rentrer ? s'étonne Franny, visiblement contrariée.

— Oui.

L'atmosphère devient plus tendue encore.

Franny traverse la boutique d'un air boudeur. Lorcan lui tient la porte.

— Puis-je vous aider ?

— Non, rétorque Bob aussitôt, d'un ton qui frôle l'agressivité.

Il s'empresse de sourire, esquissant un geste conciliant.

— Désolé, mais vous ne faites pas partie du personnel et je ne suis pas assuré pour le public. Les règles de sécurité, vous savez ce que c'est.

Lorcan saisit mon regard. Je suis sûre qu'il est exactement du même avis que moi. Bob ment comme il respire.

Franny partie, je m'adresse à lui.

— Comment connaissez-vous Art ?

— Je ne le connais pas.

En une seconde, Lorcan a traversé la pièce et le toise de toute sa hauteur.

— Nous savons que vous mentez, siffle-t-il. Pourquoi le protégez-vous ?

Bob recule.

— Il faut que vous partiez, dit-il d'une voix incertaine. S'il vous plaît, sortez d'ici ou… je…

— Ou quoi ? Vous allez téléphoner à la police ?

— Je ne sais pas de quoi vous parlez, insiste-t-il. Et oui, si vous refusez de partir, j'appellerai la police.

J'ai envie de lui dire de ne pas se gêner mais le souvenir de ma rencontre avec l'inspecteur Manning est encore très présent dans mon esprit. Lorcan et moi n'avons pas plus de preuves solides contre Art ou Rodriguez que nous n'en avions il y a deux jours.

Dehors, Franny est à moitié cachée par les portières de la camionnette. À ce stade, c'est elle notre meilleure chance. Je sors du magasin. Des éclats de voix s'élèvent derrière moi. L'air est froid et humide, une fine bruine tombe sur mes cheveux et mon manteau, mais peu m'importe. Toute mon attention est rivée sur la jeune vendeuse. Debout à l'arrière de la camionnette, un porte-bloc à la main, elle inspecte le contenu d'un des cartons – l'air très agacé.

Je m'approche d'elle.

— Franny ?

Elle se tourne vers moi.

— Je suis désolée de vous déranger. Je vous serais vraiment reconnaissante de me dire tout ce que vous savez à propos de cet homme qui vient au magasin. Il n'avait qu'un enfant, c'est bien ça ?

Elle hoche la tête, regardant Bob par-dessus son épaule, qui est toujours à l'intérieur, en train d'échanger des mots vifs avec Lorcan.

— Oui, mais il est clair que mon patron ne veut pas que je vous parle de lui. De toute façon, pourquoi est-ce que cela vous intéresse tellement ?

— Et Bitsy ? Elle est votre patronne, elle aussi. Peut-être que cela ne l'ennuierait pas que vous me parliez. Je vous en prie.

Franny lâche un petit bruit dédaigneux.

— Si Bob est un peu contrarié, Bitsy est capable de faire une attaque. Pourquoi est-ce si important ? Je croyais que vous cherchiez un foulard.

Je plante mon regard dans le sien.

— J'ai menti. Cet homme sur la photo, c'est mon mari.

Elle ouvre des yeux ronds.

— Votre mari ? Alors qui est la femme qui l'accompagne ? Ils ressemblent à un couple et ce sont les parents de l'enfant, il n'y a aucun doute. J'ai entendu…

— C'est ma fille.

Ma voix se brise alors que je dis ces mots.

— La petite fille qui vient avec eux… c'est ma fille.

Franny me dévisage.

— Votre fille ?

— Oui. Elle… Elle a presque huit ans, comme vous l'avez dit. Je ne…

Je m'interromps, incapable d'admettre que j'ignore à quoi ressemble ma propre enfant.

— Mon mari me l'a volée… ma fille.

Elle secoue la tête.

— Dans ce cas, cet homme n'est pas votre mari et cet enfant n'est pas le vôtre.

Du coin de l'œil, je vois que Bob essaie d'atteindre la porte et que Lorcan lui barre le chemin. Je n'ai plus beaucoup de temps et j'ai du mal à saisir ce que Franny est en train de dire.

— Je ne comprends pas…

Je désigne de nouveau la photo d'Art.

— C'est bien cet homme que vous avez vu ici ?

— Oui, confirme Franny. Mais l'enfant… c'est un petit garçon.

19

Un petit garçon.

— Non.

Je retiens Franny par le bras. Elle doit se tromper.

— Peut-être que c'était une petite fille avec les cheveux courts… Les jeunes enfants peuvent avoir l'air…

— Certainement pas, rétorque-t-elle. Il portait un uniforme de Woodholme. C'est une école de garçons.

De quoi parle-t-elle ?

— Je croyais que vous les aviez vus un samedi. Pourquoi aurait-il porté un uniforme ?

Franny fronce les sourcils.

— Woodholme est une école privée. J'ai des amis qui y sont allés. Ils ont classe le samedi.

Je la lâche, submergée par la nausée. Mon cœur bat si vite que j'ai l'impression que je vais tomber. La camionnette n'est plus qu'une tache sombre et floue en marge de ma vision. Je vais vomir, j'en suis sûre.

Je ne comprends pas… ça n'a aucun sens… mon bébé est une petite fille…

Et puis un brouillard noir se répand devant mes yeux et je perds connaissance.

— Gen ? Gen, ça va ?

C'est la voix de Lorcan. Ses doigts écartent mes cheveux humides de mon visage mouillé. Le sol est froid sous moi, la pluie tombe à petites gouttes fines.

J'ouvre les yeux et rencontre son regard anxieux.

— Gen ?

— Je me suis trompée. Ce n'est pas Beth du tout, c'est un autre enfant.

— Quoi ? Que veux-tu dire ?

Je me redresse péniblement. J'ai mal à l'arrière de la tête, là où j'ai dû me cogner, et je me sens encore nauséeuse. Je me penche en avant, laissant le mal au cœur se dissiper. Je ne me suis évanouie qu'une seule fois dans ma vie – dans un bar, le soir de l'enterrement de ma vie de célibataire. J'avais à peine mangé durant les semaines qui avaient précédé le mariage et je n'avais pas pu tenir l'alcool. Hen avait pris soin de moi – insistant pour me ramener à la maison en taxi. Mon mariage avait eu lieu quelques jours plus tard. Hen était ma seule demoiselle d'honneur. C'est comme si cela s'était déroulé il y a une éternité.

J'expire lentement.

— Où sont Bob et la vendeuse ?

Lorcan me caresse le dos.

— Quand je t'ai vue tomber, je me suis précipité ici. Bob a appelé Franny, s'est dépêché de fermer la boutique et ils ont disparu à l'arrière.

Je le regarde.

— Je sais, grimace-t-il. Ce type n'a pas la conscience tranquille. Bon sang, tu es toute pâle. Tu n'es pas blessée ? Je vais t'aider à marcher.

Il me relève et me guide vers la voiture. Je m'assieds à l'intérieur, frissonnant dans mes vêtements détrempés. Lorcan tend la main et attrape une polaire sur la banquette arrière.

— Couvre-toi.

Je la drape autour de moi et me laisse aller contre l'appuie-tête.

— Comment ça, un autre enfant ? demande-t-il.

Je lui répète les propos de Franny.

— C'est un garçon. Ce n'est pas Beth. Pas ma Beth.

Je ferme les yeux, encore abasourdie par cette révélation. Dire que je croyais sincèrement être à deux doigts de découvrir ce qu'il était réellement arrivé à Beth. Maintenant, j'en suis aussi loin que jamais.

— Un garçon ?

— Art devait avoir quelqu'un depuis le début… avant même de me rencontrer. Une autre vie… une autre famille…

Sa duplicité me coupe le souffle. Mes pensées se reportent sur Hen. De tous mes amis, c'est elle qui connaît Art depuis le plus longtemps. Elle lui a parlé en secret, m'a caché certaines choses et elle a un fils de huit ans. Serait-il possible qu'elle mène une double vie avec Art et Nat ici ? Cela me paraît inimaginable et pourtant…

— Peut-être que c'est quelqu'un que je connais. Quelqu'un que je connais depuis longtemps.

— Non, Gen, c'est impossible. Réfléchis. Quand tu as rencontré Art, il était complètement focalisé sur son entreprise, non ? Même s'il a une autre famille maintenant, il n'avait certainement pas le temps avant.

— Dans ce cas, c'est l'enfant de cette femme et Art vient les voir tous les deux. Peut-être est-ce Charlotte West. Elle vit dans la région, après tout. Et elle a téléphoné à Art une quantité de fois. Bon sang, elle est même venue chez nous et il était fâché contre elle. Peut-être qu'ils étaient ensemble, qu'il a rompu et qu'elle le harcèle à présent.

Je me rends compte que je serre les poings et me force à les rouvrir.

Lorcan a l'air sceptique.

— Je ne sais pas, tout ça me semble compliqué. Si Art avait réellement quelqu'un, pourquoi resterait-il marié avec toi ?

— Je ne sais pas. Tout ce que je sais, c'est que l'enfant qu'il vient voir n'est pas Beth.

— Attends une seconde, dit Lorcan brusquement. Et si c'était Beth ? S'ils avaient tout inventé ?

— Inventé quoi ? On ne peut pas faire passer une petite fille pour un garçon jusqu'à l'âge de huit ans. D'abord, l'école le saurait et…

— Ce n'est pas ce que je veux dire.

Il passe une main dans ses cheveux humides.

— Supposons qu'ils aient menti en disant que ton enfant était une fille. Supposons que ton enfant soit un garçon ?

Je me remémore ma conversation avec Lucy O'Donnell. Elle a parlé de Beth, mais elle a dit aussi qu'elle avait découvert le nom du bébé en faisant des recherches à notre sujet sur Internet. Peut-être Mary n'a-t-elle jamais précisé s'il s'agissait d'un garçon ou d'une fille. Elle était mourante lorsqu'elle a fait ses confidences. Qu'avait-elle dit, exactement ? Je fouille ma mémoire pour m'en souvenir.

— Mais pourquoi mentir au sujet du sexe d'un enfant qu'on prétendait mort de toute façon ?

— Pour se protéger, explique Lorcan. C'est une précaution de plus… un obstacle supplémentaire qui vise à empêcher qu'on retrouve le bébé. Et l'enfant avec qui Art a été vu a le même âge qu'aurait Beth maintenant…

Je le dévisage, partagée entre l'espoir et la perplexité. La petite fille que j'ai perdue, la Beth de mes pensées, n'aurait jamais existé ? C'est inconcevable. Il y a huit ans que je me l'imagine, ma petite fille. Je me la suis représentée, j'ai porté son deuil, je l'ai même vue en rêve. Elle était si réelle pour moi. Et maintenant, on me dit que son existence même n'était qu'une illusion.

— Il faut qu'on aille à Woodholme School. J'ai besoin de voir ce petit garçon… de le voir de mes propres yeux.

Une demi-heure plus tard, nous sommes garés derrière un haut mur en brique, dont l'austérité est adoucie de part et d'autre par la présence de chênes. Une plaque en cuivre annonce : École de garçons de Woodholme – cours préparatoire au cours moyen.

De là où nous sommes assis, nous avons une vue dégagée sur une allée assez large qui mène à un imposant bâtiment en grès. Au loin résonnent des cris d'enfants en train de jouer. Deux cours sont séparées par une clôture grillagée. La première abrite un filet d'escalade, des statues d'animaux en métal peint éparpillées ici et là et un marronnier dans le coin. L'autre cour, plus grande et clairement destinée à des enfants plus âgés, n'est qu'un carré en béton, au-dessus duquel dépassent les branches d'un marronnier.

— Nous n'allons pas pouvoir rester très longtemps, Gen, si c'est ce que tu avais en tête. C'est trop risqué. Il y a forcément une bonne âme un peu trop curieuse qui va appeler la police pour les avertir que des gens rôdent autour d'une école.

— Je ne crois pas qu'on doive attendre beaucoup plus longtemps.

— Qu'est-ce qui te fait penser ça ?

— Bob connaît Art, n'est-ce pas ?

— Je parierais que oui.

— Par conséquent, il va l'avertir et Art va envoyer quelqu'un chercher… cet enfant.

J'ai envie de dire « mon enfant » mais je ne peux toujours pas me faire à l'idée que le bébé dont je rêve depuis près de huit ans est peut-être un garçon. Tout ça me semble irréel. Je me force à être logique.

— Si Art apprend que nous sommes sur ses traces, il va agir. Il saura qu'il ne peut pas arriver à l'école avant nous, mais il voudra faire sortir cet enfant d'ici. À condition, bien sûr, qu'il fréquente vraiment cet établissement.

Nous restons silencieux pendant un long moment, à attendre. Plusieurs femmes nous croisent sur le trottoir. D'autres se garent. Soudain une sonnerie retentit – forte et stridente – à l'intérieur de l'école. Quelques secondes plus tard, une volée d'enfants surgit dans la cour. Alors que l'air s'emplit de leurs voix excitées, les femmes qui patientaient dans leurs voitures en descendent et franchissent le portail. D'autres apparaissent au coin de la rue, par paires ou en groupes, beaucoup tenant par la main des bambins bien habillés.

— L'armée des bonnes mamans, ironise Lorcan.

— C'est l'heure de la sortie, dis-je, la gorge nouée.

Ça n'aurait pas pu être pire. Comment reconnaître un enfant parmi toute cette foule ?

Des femmes nous dépassent en bavardant, certaines

avec un landau ou une poussette. La plupart ont le même âge que moi ou un peu moins.

Nous descendons à notre tour. Mères, nounous et écoliers sortent petit à petit. Je parcours les lieux du regard, la mort dans l'âme. Si mon enfant est là, comment le saurai-je ? Je cherche une femme à l'air pressé… effrayé, furtif… mais toutes celles qui nous entourent semblent heureuses et détendues.

C'est sans espoir. Une crainte nouvelle m'envahit. Si Art sait que je suis ici et que ce garçon est notre bébé, il l'éloignera de cet endroit, de cette école et il faudra que je reparte de zéro. Je pense à mon agresseur et à sa menace : *« Arrête de remuer ces vieilles histoires. »* J'ai désobéi à ses ordres. J'ai continué à chercher.

Ma vie – et celle de Lorcan aussi, peut-être – est en danger. Et pourtant, j'ai besoin de trouver cet enfant. De savoir si c'est le mien. D'avoir des éléments concrets à présenter à la police.

Je regarde autour de moi, découragée. Les enfants sortent bruyamment de la cour des petits. Beaucoup d'entre eux portent à la main un chapeau en papier orné d'un ruban qui flotte dans la brise. Le soleil perce et certaines femmes s'abritent les yeux, éblouies. Mes yeux vont de l'une à l'autre. D'un garçon à l'autre. Chacun porte un sweat-shirt bleu clair portant l'inscription Woodholme par-dessus un long short bleu marine. Ils se ressemblent : presque tous blancs, le visage rond, la voix haut perchée.

D'autres groupes arrivent. Je ne peux pas observer tous les enfants attentivement. Je me concentre sur les cheveux. La plupart de ces enfants sont blonds… ou plus ou moins blonds… mais Art et moi avons les cheveux bruns. Notre fils serait-il brun aussi ? Je marche au milieu des écoliers, me retourne en balayant du regard les environs du portail, m'arrêtant sur chaque visage… chaque femme, chaque garçonnet brun.

Soudain, je le vois. Et toute ma vie bascule.

Il poursuit un camarade dans la cour de récréation, une expression intensément déterminée sur ses traits. Ses cheveux bruns sont coupés court sur la nuque et les côtés, mais tombent en frange soyeuse sur son front. Je fixe son visage – ses grands yeux sombres et sérieux, sa lèvre inférieure plus mince que l'autre – et c'est comme si la photo de mon père avait pris vie.

Cet enfant est mon fils. Sans aucun doute possible.

Lorcan suit mon regard. A-t-il remarqué la ressemblance, lui aussi ?

— Tu le vois ?

J'ai parlé dans un souffle.

— Il a le même teint qu'Art, observe-t-il, mais sa bouche ressemble à la tienne, je crois.

— C'est tout le portrait de mon père.

Une émotion indicible m'étreint. Voilà l'essence même de la vie : les gènes, le sang, la famille.

Une jeune femme se dirige vers le petit garçon. Mon petit garçon. Elle est jolie dans le genre rondelet, avec une coiffure courte et hérissée qui conviendrait à quelqu'un de mince, à l'ossature plus fine, mais qui semble incongrue au-dessus de son visage joufflu et de ses joues roses de fille de la campagne. Elle porte un survêtement rose bonbon trop tendu sur ses fesses. Est-ce pour elle qu'Art a volé notre bébé ?

Je fais un rapide calcul mental. Même si elle est un peu plus âgée qu'elle n'en a l'air, cette fille n'aurait pas pu avoir plus de seize ans lorsque notre bébé est né. Il n'est tout de même pas possible qu'Art ait eu une liaison avec quelqu'un d'aussi jeune ?

Je m'avance vers l'enfant. La petite femme gesticule dans sa direction, essayant visiblement de l'arracher à son jeu. En approchant, j'entends le timbre plaintif de sa voix, nasal et suraigu.

— Allez, viens, papa a dit de se dépêcher.

Il répond par un grognement irrité et se dérobe quand elle essaie de l'attraper. Il part en courant vers l'endroit où la cour rejoint l'allée. Je garde les yeux sur son visage. Il sourit à présent, surveillant la fille de loin tout en bavardant avec son compagnon de jeu. Ils pointent le doigt vers le marronnier à l'autre bout de la cour, s'apprêtant visiblement à entamer une nouvelle course.

Le sourire de l'enfant s'efface, sa bouche reprend un pli résolu. Alors qu'ils s'élancent, Lorcan se penche vers moi et murmure :

— Je vais essayer de faire parler cette fille. Va voir le petit. Vois ce que tu peux apprendre.

Je hoche la tête et me dirige vers les deux enfants qui font la course. Mon fils – comme ces mots me paraissent étranges – met tout son cœur dans l'épreuve. Son camarade a les jambes plus longues, mais, pendant quelques instants, il est devant lui… il va gagner. Je veux qu'il gagne. Et puis, il trébuche et s'étale de tout son long par terre.

L'autre garçon atteint le marronnier le premier et lance le poing en l'air.

— Je t'ai battu, Ed, espèce de nul !

Ed.

Je me hâte vers lui. Il se relève, le genou écorché – la peau à vif.

— Ça va ?

Il m'ignore. Ses lèvres sont pincées, comme s'il réprimait une envie de pleurer. Il a perdu son air déterminé. L'espace d'une seconde, je ne lis que la défaite dans ses yeux. Et la honte. J'ai vu cette expression-là par le passé. Un frisson me parcourt des pieds à la tête alors que les souvenirs me submergent – un homme pressant les paumes contre un pilier en pierre. *Ces pierres guérissent les malades.*

Ce n'est pas seulement une affaire de ressemblance physique. C'est comme si le fantôme de mon père avait traversé le visage du petit garçon.

Mon père. Mon fils.

Je jette un coup d'œil en arrière. Lorcan parle à la fille. J'ai l'impression qu'elle n'a pas vu Ed tomber. Elle désigne les grilles en expliquant quelque chose.

L'autre garçon détale et Ed lève la tête vers moi.

— Salut.

Je m'accroupis pour être à sa hauteur, dos au marronnier.

— Tu t'appelles Ed, n'est-ce pas ? Tu es courageux de ne pas avoir pleuré.

Il darde sur moi ses yeux marron, immenses et graves.

— J'ai trouvé que tu courais très bien. Tu es rapide.

— Je suis le plus rapide de ma classe.

Il dit cela comme un fait, pas pour se vanter. Il a la même façon de parler qu'Art. Mon cœur bat plus vite.

— Ça va ?

Le garçon fait la moue. Il se demande clairement s'il a le droit de discuter avec moi. Puis il promène son regard autour de lui, sur les mères, les enfants, le soleil, s'attardant un moment sur une brèche dans le grillage qui sépare les deux cours de récréation. Je retiens mon souffle, espérant qu'il se sente suffisamment à l'aise dans cet environnement familier pour ne pas appeler au secours.

Il finit par décider que oui.

— J'aurais gagné si je n'étais pas tombé, affirme-t-il.

— J'ai vu, oui… Tu t'appelles Ed comment ?

Il est aussitôt sur ses gardes.

— Je ne dois pas parler aux inconnus.

— Bien sûr.

La fille m'a repérée. Lorcan lui parle toujours, mais elle se dirige vers nous. Leurs voix me parviennent à présent – Lorcan dit que son fils vient d'entrer à l'école.

— C'est ta maman ?

J'ai les paumes moites.

— Non, répond-il en plissant le nez. Pas du tout, c'est juste Kelly. Elle me garde.

Eh bien, c'est déjà quelque chose. Au moins, la mystérieuse maîtresse d'Art n'est pas une enfant elle-même. Je passe de nouveau en revue les options possibles. Il y a Sandrine, bien sûr. Et Hen, encore que je voie mal comment. Charlotte West, mais elle est plus âgée que je ne l'aurais imaginé. Ou peut-être quelqu'un qu'Art a connu par le biais de son travail, comme Siena, sa secrétaire, ou Camilla à la réception. Ou la femme d'un autre client.

Ed m'observe.

— Où habites-tu ?

— Un peu loin, me dit-il gravement.

— Juste une dernière chose.

La voix de Lorcan est toute proche maintenant. Kelly est presque là. Je n'ai pas beaucoup de temps.

Ed m'observe. Je ne peux détacher mon regard de lui, je m'imprègne de son petit visage innocent et de ses yeux sombres, et mon cœur déborde d'émotion. Je sais que je devrais le laisser tranquille. Je connais son prénom et l'endroit où il va à l'école… je ne ferai que l'effrayer si j'essaie d'en savoir davantage… Lorcan ne peut plus détourner l'attention de la nounou plus longtemps… Je sors mon téléphone, priant pour qu'aucun adulte ne remarque ce que je suis en train de faire.

— Souris !

Ed fronce les sourcils. Je me hâte de prendre la photo.

— Merci.

Il me fixe sans rien dire. C'est mon enfant. Mon bébé. C'est comme si on venait d'appuyer sur un interrupteur dans mon cœur et je comprends maintenant combien mes rêves étaient vides et abstraits. Cet enfant devant moi est réel – un être de chair et d'os, un mélange du sang d'Art et du mien. L'amour m'étreint, m'enserre comme un poing. Il me retient prisonnière, aussi réel que l'enfant devant moi.

Un amour pour lequel je donnerais ma vie.

— Il faut qu'on rentre, Ed.

Kelly me dépasse d'un pas rapide, attrape l'enfant par le poignet. Elle me jette un coup d'œil au passage avant de l'entraîner, les yeux écarquillés d'horreur. Ainsi, tout comme Bob, elle sait qui je suis. On l'a mise en garde contre moi.

— Viens, Ed !

La panique me tord l'estomac. Connaître le nom d'Ed et son école ne suffit pas. Art pourrait l'emmener loin d'ici cet après-midi. Ils pourraient s'évanouir dans la nature, disparaître à jamais.

Le petit garçon se laisse emmener en grommelant. Kelly est pratiquement en train de courir à présent.

Je leur emboîte le pas.

— Il faut qu'on les suive.

Il y a foule autour des grilles et je les perds de vue plusieurs fois, mais Lorcan se fraie un chemin à travers les gens, et quelques secondes plus tard nous arrivons à la voiture.

Kelly et Ed sont visibles un peu plus loin. Ed semble se rebiffer contre la manière dont Kelly le tire. Au bout d'un moment, elle ouvre la portière d'un gros 4 × 4 et Ed s'engouffre à l'arrière.

Je baisse les yeux sur la photo que j'ai prise. Si son expression est celle d'Art, sa bouche et la courbe de son nez me rappellent indéniablement mon père.

Mon fils. Les mots se gravent dans mon esprit, prennent corps à mesure que je les pense. Mon fils.

Je l'ai trouvé. Il est hors de question que je le perde à nouveau.

20

Lorcan démarre. Nous restons derrière le 4 × 4 un petit moment. Mon corps entier est tendu, redoute de perdre la voiture de vue.

— Qu'a dit la nounou ?

— Rien. Elle n'arrêtait pas de regarder dans votre direction. J'ai raconté que j'avais un enfant qui venait d'entrer à l'école, mais elle ne m'écoutait pas vraiment.

Je me penche en avant sur mon siège, m'efforçant d'apercevoir Ed. Au bout de quelques minutes, la grosse voiture s'immobilise devant une vaste propriété fermée par un portail en fer forgé.

Les grilles s'ouvrent pour laisser entrer la voiture, puis se referment derrière elle. Lorcan continue de rouler lentement.

— Bien. Nous avons une adresse, commente-t-il en se tournant vers moi. Ça va ?

Je hoche la tête. J'essaie de m'en convaincre, autant que Lorcan. Je pourrais si facilement m'effondrer, mais je ne peux pas me le permettre. Je dois rester forte pour Ed. Je regarde la maison où il habite avec la femme qu'il croit être sa mère… où Art lui rend visite quand il le peut. À l'évidence, ils ont beaucoup d'argent.

Et Ed semblait en bonne santé et content. Un enfant heureux. Au moins est-ce une consolation.

Pour la première fois, il me vient à l'esprit que ce n'est pas un enfant désespéré qui attend d'être secouru, mais un garçon ordinaire, enraciné dans une vie normale, confortable. La maison est individuelle, en brique, à deux étages. Il y a une pelouse devant, des rosiers, des chênes. Et une grande grille verrouillée.

Je contemple mes ongles rongés. Toute ma vie, je me suis sentie en dehors des choses. Petite, je dissimulais à mes camarades les longues absences de mon père ; adolescente, je refusais d'admettre qu'il était mort, pour ne pas révéler que j'étais différente des autres enfants. Et ainsi de suite. Toujours en dehors. Et là, maintenant, je suis en dehors de la vie d'Ed. Je n'ai aucun rôle à jouer. Personne n'a besoin de moi. Et si je lui faisais plus de mal que de bien en m'imposant dans son existence ?

— Gen ?

Lorcan me parle. Je me tourne vers lui, en m'efforçant d'ignorer la douleur qui me noue l'estomac.

— Je crois que nous en savons assez maintenant pour avertir la police. Tout ce qu'il nous faut, c'est un échantillon d'ADN, et quand ils nous auront entendus, ils seront obligés de demander une analyse. Ça ne prendra que quelques jours et…

— Nous ne pouvons pas attendre quelques jours. D'ici là, Art risque d'avoir fait sortir Ed du pays.

Lorcan met la main sur mon bras.

— Ne t'affole pas. La police peut les en empêcher. Il nous suffira d'expliquer ce que nous avons découvert.

Je jette un coup d'œil en direction de la maison.

— Je ne veux pas le laisser.

— Bon, soupire-t-il, les sourcils froncés. Dans ce cas, voici ce que je te propose : on appelle un taxi, tu vas trouver la police, tu leur expliques tout. J'attends ici. Si quelqu'un emmène l'enfant, je le suis.

Je réfléchis. C'est logique. La seule autre possibilité serait que je reste et que Lorcan aille parler à la police, mais c'est mon histoire. Elle devrait venir de moi.

— C'est la meilleure chose à faire, Gen, crois-moi. Même si c'est difficile.

— D'accord.

Mon téléphone sonne. Je m'attends à voir s'afficher le nom d'Art, pourtant c'est celui de Hen qui apparaît. Après une brève hésitation, je prends l'appel.

— Allô ?

— Oh ! Gen.

Sa voix est tendue à se briser, pleine de larmes.

— Je me fais tellement de souci pour toi. Art téléphone toutes les cinq minutes. Il est fou d'inquiétude. Pourquoi t'es-tu enfuie ? Je n'arrête pas de penser à ce que tu as dit quand j'ai parlé d'Art et j'ai pleuré toute la journée à l'idée que tu aies pu imaginer que… Art et moi…

Elle s'interrompt une seconde pour reprendre haleine et je l'entends renifler.

— Oh ! Gen, je t'en prie, dis-moi que tu me crois. Je t'en prie.

Je regarde la vitre, comme engourdie, tentée de lui révéler ce que je sais rien que pour entendre sa réaction… de lui dire qu'Ed existe… qu'Art mène une double vie… que des gens ont été assassinés pour que cette information reste secrète… mais il est difficile de prononcer les mots.

— Gen ? Je t'en prie, parle-moi, supplie-t-elle, au bord des larmes.

Je repense à la certitude avec laquelle elle m'a affirmé que MDO signifiait Manage Debt Online. Elle en sait plus qu'elle ne me l'a avoué jusqu'ici. J'en suis sûre.

— Qu'est-ce que tu sais, Hen ? Si tu veux que je te fasse confiance, il faut que tu sois honnête avec moi. Qu'est-ce que tu sais à propos de cet argent ? À propos des dettes qu'Art a réglées ?

— Il n'a pas... Il n'avait pas..., sanglote-t-elle. Oh ! Gen, non.

— Non quoi ?

— Rien, renifle-t-elle. Rien.

Elle cache quelque chose, c'est évident. Je l'entends à sa voix.

— Bon, eh bien ! si tu n'as rien à me dire...

J'attends.

Il y a un silence pesant, puis Hen reprend d'une voix étranglée.

— C'était... c'est, oh, Gen, je ne voulais pas que tu le saches...

— Que je sache quoi ?

Elle prend une profonde inspiration.

— Art a payé cette somme pour moi, avoue-t-elle. J'étais fauchée, Nat venait de naître et j'étais endettée jusqu'au cou, bien plus que je ne te l'ai jamais dit. J'avais contracté un emprunt chez MDO parce que je croyais que ce serait clair et simple et que tout se ferait sur Internet, mais ces gens-là sont de vrais requins. Quand je n'ai pas pu les rembourser, ils ont ajouté des intérêts et puis ils sont venus me menacer... et Nat...

Je me reporte en arrière. Depuis que je la connais et

jusqu'à son mariage avec Rob, Hen a toujours eu des dettes. Sa situation pouvait-elle réellement être aussi grave sans que je n'en sache rien ?

— Pourquoi ne m'en as-tu pas parlé ?

— Au début, parce que j'étais gênée… j'avais honte, presque… je veux dire, tu étais si organisée pour tout. Tu avais publié tes livres, trouvé Art… je n'avais rien. Pas de boulot, pas d'homme.

Elle marque une pause.

— Et puis tu as perdu ton bébé et mes soucis semblaient insignifiants à côté de ça, alors…

Elle n'achève pas.

— Mais tu l'as dit à Art et il t'a donné cinquante briques ?

Elle invente tout ça, forcément.

— Il m'a prêté cet argent, rectifie-t-elle. Il m'a trouvée en pleurs un jour que j'étais venue te voir après le mort de Beth… Je lui ai tout avoué et il a proposé de m'aider. Bon sang, Gen, je l'ai remboursé. Par-ci, par-là, pendant des années. Et Rob lui a rendu ce qui restait l'an dernier, alors tout est fini, Gen. C'est du passé.

Des pensées terrifiantes me traversent l'esprit. Mon mari et ma meilleure amie se livrant à des conciliabules secrets dans mon dos. Des secrets. Et puis de fil en aiguille…

D'autres secrets.

— Vous étiez… vous avez… ?

— Non ! gémit Hen. Gen, comment peux-tu imaginer une chose pareille ? J'avais de grosses dettes et Art m'a aidée. Tu sais bien que j'étais toujours à court d'argent.

— Oui, mais pourquoi ne pas m'avouer tout ça quand je t'en ai parlé l'autre jour ?

— Parce que je ne t'en avais rien dit il y a huit ans. Et je ne t'ai rien dit il y a huit ans parce que…

Elle hésite.

— Pourquoi ?

Je me redresse sur mon siège, tremblante.

— Explique-moi pourquoi tu ne m'as pas avoué que tu avais des dettes aussi importantes, alors que j'étais ta meilleure amie ?

— Ce n'est pas évident ?

— Qu'est-ce que c'est censé vouloir dire ? Je ne…

— Pour l'amour du ciel, Gen. Ton bébé venait de mourir, enfin ! Tu ne pouvais pas regarder le mien sans te mettre à pleurer.

— Tu aurais pu m'en parler quand même.

— Vraiment ? rétorque-t-elle, d'une voix plus dure. Si mes souvenirs sont bons, personne d'autre n'avait le droit d'avoir des problèmes à l'époque.

— Tu es injuste !

— Non. Tu sais à quel point c'était difficile pour moi d'élever mon enfant seule… mon premier enfant… alors que ma meilleure amie avait coupé les ponts avec moi ?

— Je sais que je n'ai pas été là pour toi, mais…

— Je ne te fais pas de reproches, bon sang !

Hen se met à sangloter, et sa voix s'adoucit de nouveau.

— Je sais combien ç'a été dur pour toi et combien ça te faisait souffrir de voir Nat. J'essaie seulement de t'expliquer que je ne savais plus quoi faire et qu'Art m'a proposé de m'aider. C'est tout.

— Non.

Je me refuse à la croire. Hen m'a trahie, exactement comme Art. Et maintenant, je ne peux plus rien croire de ce qu'elle me dit. Il est possible que son histoire soit vraie. Mais n'est-il pas également possible qu'Art lui ait versé de l'argent pour une autre raison ? Aurait-elle pu découvrir qu'il avait volé notre bébé ? Était-elle au courant de l'existence de l'autre famille d'Art ?

— Tu le faisais chanter ?

— Non ! Oh ! Gen, je t'en prie. Il y a huit ans, c'était comme si tu étais morte, toi. Art était effondré, oui, mais il a continué à vivre. Toi… tu as arrêté. Pour être franche, je ne crois pas que tu aies recommencé. Pas comme il faut.

Un instant, je perçois la vérité que contiennent ses propos : le poids écrasant de ces dernières années ; non seulement la perte de mon bébé, mais tout ce qui a été abîmé ou détruit en conséquence.

— Il faut que j'y aille.

L'air dans l'habitacle me paraît lourd. Il ne sert à rien de parler à Hen. Je ne peux pas me fier à elle.

— Gen ?

— Au revoir.

Je coupe la communication et ferme les yeux. Comment en suis-je arrivée là ? Mon mari et ma meilleure amie ont des secrets pour moi ; je ne peux pas croire un mot de ce que l'un ou l'autre me raconte ; et l'être qui est à mes côtés à ce moment décisif de mon existence est un homme que je connais depuis moins d'une semaine.

— Qu'y a-t-il ?

— Ça n'a plus d'importance à présent.

Lorcan me regarde d'un air soucieux, son téléphone à la main.

— Tu as localisé le commissariat le plus proche ?

— Oui. Il est à Enshott, à environ huit kilomètres d'ici. Je t'ai appelé un taxi.

Je fixe la fenêtre de la maison où vit mon enfant. Je suis encore si loin de connaître toute la vérité.

Quelques minutes plus tard, le taxi arrive. Je lance un dernier coup d'œil à la maison derrière les grilles. Personne n'est entré ni sorti. Je me penche vers Lorcan et l'embrasse sur la joue.

— Sois prudent.

— Gen ?

— Je t'appellerai du commissariat.

En route pour Enshott, j'entends mon téléphone sonner de nouveau. Le nom de Bernard O'Donnell s'affiche à l'écran. Nous ne nous sommes pas parlé depuis que Lorcan et moi sommes partis pour Shepton Longchamp. La découverte d'Ed a éclipsé tout le reste.

— Bernard ? Je suis désolée de ne pas vous avoir rappelé. Nous sommes à Shepton Longchamp et…

— Moi aussi, coupe-t-il.

Je me tais, stupéfaite, redoutant aussitôt de nouvelles révélations.

— Votre mari est retourné au *Wardingham Arms* en début d'après-midi. Je l'ai vu en sortir pour se rendre, à pied, dans un autre pub, le… *Princess Alice*.

Art a dû arriver juste après notre départ pour le Somerset. Bernard parle précipitamment, si vite que les mots se télescopent.

— Il est monté dans une Volkswagen et je l'ai filé jusqu'ici. Il s'est arrêté devant des garages à la sortie de la ville. On dirait qu'il attend.

J'ai le vertige. Je jette un regard en arrière, mais déjà le taxi tourne au coin de la rue.

— Oh ! Mon Dieu, Bernard.

— Vous avez trouvé le magasin ?

— Oui, et…

Je baisse la voix pour que le chauffeur ne puisse pas m'entendre.

— Et nous avons trouvé mon petit garçon. Bernard, c'est un garçon, pas une fille. Votre femme... Lucy... elle le savait ?

Bernard prend une brève inspiration. À l'évidence, la nouvelle est un choc pour lui.

— Non. Mary avait seulement parlé d'un bébé. C'est seulement après, en regardant sur Internet, que nous avons vu qu'elle s'appelait Beth. Vous êtes sûre que c'est un garçon ?

— Oui.

J'essaie de me concentrer.

— Ces garages, où sont-ils ?

— Rushdown Road. Devant une sorte de petit bois. De l'extérieur, l'endroit a l'air plutôt délabré...

Il s'interrompt brusquement.

— Une minute. Une femme vient d'arriver – elle descend d'un taxi. Elle va vers M. Loxley.

En moi, la peur se mêle à une furieuse curiosité.

— Qui est-ce ? De quoi a-t-elle l'air ?

— Je ne sais pas. Elle porte un bonnet ou une casquette, quelque chose de bleu. Ça lui cache le visage. Elle a les cheveux blonds. Votre mari est sorti de sa voiture. Ils parlent.

J'ai la main crispée sur mon portable. Le chauffeur de taxi me regarde d'un drôle d'air dans son rétroviseur. Je me détourne, tenant l'appareil plus près de ma bouche.

— Y a-t-il un enfant avec eux ?

— Non. Ils vont entrer dans un des garages.

Mon pouls s'accélère. Est-il possible qu'Art soit avec celle qu'il fait passer pour son épouse – et qu'Ed soit sur le point de leur être amené ? Mais s'il avait quitté la maison, Lorcan s'en serait aperçu. Sauf que… mes pensées se bousculent. Lorcan surveille la rue. Il pourrait facilement y avoir une sortie derrière… et si elle menait au petit bois ? et qu'Ed soit passé par là… et qu'Art et la femme attendent son arrivée pour s'enfuir ?

Et si Lorcan, d'une manière ou d'une autre, était impliqué ? Je refoule cette idée. Je ne peux pas m'autoriser à douter de lui aussi.

— J'arrive.

Je coupe la communication et donne au chauffeur l'adresse de Rushdown Road.

— C'est loin d'ici ?

Il me jette un coup d'œil par-dessus son épaule.

— À cinq minutes.

— Faites le plus vite possible.

Le taxi atteint le petit bois dont Bernard a parlé et ralentit. Mon cœur se met à cogner quand j'aperçois l'endroit. Une voiture est garée juste un peu plus loin. Ce n'est pas la Volkswagen d'Art. Pourtant, je n'ai pas mis longtemps. Art et sa maîtresse doivent être là. Je les tiens enfin. Des images de violence me traversent la tête. J'imagine des gestes reflétant la fureur qui me consume… mes ongles qui labourent le visage de la femme… mes pieds qui la piétinent…

Et soudain, je revois les traits d'Ed. Mon bébé est le petit garçon de cette femme. Du moins, au bout de huit ans, c'est ce qu'il est devenu.

J'en ai la nausée, mais faire du mal à cette femme reviendrait à lui en faire à lui aussi. Une lutte âpre se livre en moi alors que le taxi s'arrête. Quand Ed n'était qu'un concept, c'était facile… c'était mon enfant et j'avais le droit de le reprendre. Maintenant que j'ai vu son école, sa maison et sa nounou, et surtout, que je l'ai vu, lui, tout est différent. C'est un être de chair et d'os, qui a une vie stable. Peut-être pas la vie qu'il devrait avoir, mais la sienne, celle à laquelle il est habitué. Et je suis sur le point de la faire voler en éclats. Je serre les dents. Il faudra que je résolve ça plus tard. Je suis sa mère. Il a le droit de me connaître… d'être avec moi, tout comme j'ai le droit d'être avec lui.

Le chauffeur se tourne vers moi.

— Quatre livres cinquante, s'il vous plaît.

— Ça vous ennuierait de m'attendre un instant ?

Tout en parlant, je cherche des yeux mon sac sur la banquette arrière et me rends compte avec horreur que je l'ai laissé dans la voiture de Lorcan. Je croise le regard de l'homme. Il paraît furieux.

— Quoi, vous alliez vous sauver sans payer ?

— Non. Ce n'est pas ça… oh, zut. Je suis désolée, écoutez, attendez-moi, s'il vous plaît. Je dois retrouver quelqu'un ici. Je suis sûre qu'il me dépannera.

Le chauffeur désigne la route.

— Dans ce cas, où est-il ? demande-t-il d'un ton agressif.

Je suis son geste. La rangée de garages commence à quelques mètres de nous, exactement comme Bernard l'a décrit. Cependant, il est invisible. Des voitures passent sur la route, mais une seule est garée – en face et, à l'évidence, inoccupée.

— Je ne sais pas…

Je plonge les mains dans mes poches dans l'espoir d'y trouver quelques pièces, mais n'en sors qu'un mouchoir en papier froissé.

— Dégagez, ordonne le chauffeur d'un ton brutal.

— Non, s'il vous plaît… attendez… comment vais-je aller au commissariat ? Il faut que…

— Foutez-moi le camp.

Je n'ai pas d'autre choix que d'obéir. En ouvrant la portière, je saisis le reflet de mon visage pâle et crispé dans le rétroviseur de côté. Quoi d'étonnant à ce que le chauffeur se méfie ? J'ai l'air d'une folle.

Je claque la portière, la voiture démarre aussitôt. Je me hâte d'avancer, cherchant Bernard des yeux. Rien. J'atteins les garages. Il y en a trois contigus, tous fermés par un rideau métallique mangé par la rouille. La moitié du mur de côté du premier s'est écroulée. Les lieux sont visiblement désaffectés.

Je reste immobile, pendant que deux voitures me dépassent à toute allure. Le soleil cogne. Où est passé Bernard, bon sang ?

Je regarde à gauche et à droite. La voiture en stationnement doit être la sienne. Pourquoi n'est-il pas resté à l'intérieur ? Et où est la Volkswagen d'Art ? J'essaie d'appeler Bernard et tombe sur sa boîte vocale.

Bon sang ! Je laisse un message lui disant que je suis arrivée et attends une minute, en espérant qu'il va rappeler.

Mon cœur bat à se rompre. Je continue à patienter, déchirée par l'indécision. Des secondes s'écoulent, qui me semblent être des minutes. Toujours aucun signe de Bernard. Diverses hypothèses m'assaillent, me paralysent.

Et si Bernard était parti ?

Et si Art et la femme aussi étaient partis ?

Et si, en fait, toute cette histoire n'avait été qu'une ruse visant à m'éloigner de la maison pour que je ne puisse pas voir Art emmener Ed ? Ou un piège pour m'attirer ici ?

Sauf que… la voiture garée est un véhicule de location. Bernard est forcément ici. Peut-être est-il tout bêtement en train de jeter un coup d'œil dans un de ces garages. Si Art et la femme sont bel et bien partis, il se peut qu'il ait décidé de fouiner un peu. Il faut que j'en aie le cœur net. Ça ne prendra qu'une seconde, et puis je m'en irai.

J'inspire à fond et m'avance jusqu'au premier garage à l'abandon. Je vois tout de suite qu'il n'y a personne dedans : le mur écroulé laisse apparaître les arbres à l'arrière-plan. Le bois est dense et entoure les bâtiments sur trois côtés. Faire entrer ou sortir quelqu'un par-derrière serait un jeu d'enfant. Le deuxième local est condamné par des planches clouées. Il me semble impossible de venir à bout du cadenas et de la chaîne qui protègent l'entrée.

Je m'arrête devant le troisième et dernier. La porte en métal a été tirée, mais pas complètement fermée. Une poignée rouillée pend mollement à la hauteur de ma taille. Le silence règne, ponctué par le seul bruissement du vent dans les branches. Je pousse le battant qui grince et s'ouvre à moitié. Retenant mon souffle, je scrute la pénombre.

— Bernard ?

Pas de réponse.

Un véhicule passe à vive allure sur la route derrière moi. J'hésite une seconde avant de m'aventurer à l'intérieur. Suis-je d'une stupidité sans nom ? Si c'est un piège… que Bernard fait partie de tout le complot, et qu'Art et cette maudite femme s'apprêtent à s'emparer de moi et…

Il faut que je sache. Je n'ai pas le temps de me perdre en conjectures. Je ramasse un gros bâton qui traîne par terre. Il est lourd, solide et rassurant entre mes mains. Ce n'est pas une arme géniale, mais c'est mieux que rien. Le cœur battant, j'ouvre la porte en grand et franchis le seuil.

L'endroit est vide. Je suis sûre qu'il est vide. Il n'y a pas beaucoup de lumière et je ne distingue pas les coins, mais la porte à l'autre bout est grande ouverte et laisse passer assez de soleil pour que j'aperçoive des piles de cageots poussiéreux contre les murs. Les doigts serrés autour du bâton, je marche sur la pointe des pieds, à l'affût du moindre son, les nerfs tendus à craquer.

J'atteins la sortie. Devant moi s'étend un pan d'herbe aplatie qui scintille au soleil, et puis le bois. Une chaussure gît sur le sol, juste derrière la porte.

Il me faut un moment pour assimiler ce que je vois. Le sang tambourine à mes oreilles.

Pas seulement une chaussure. Un pied.

La sueur perle sur mon front. Un instant, je suis trop terrifiée pour bouger. Enfin, l'estomac noué, je fais un nouveau pas en avant. Le reste du corps apparaît.

C'est celui d'un homme : face contre terre, légèrement recroquevillé sur lui-même, les doigts crispés autour de quelque chose. Je m'approche tout doucement, sors du garage, marchant sur l'herbe, au soleil. Les oiseaux chantent dans les bois. Il n'y a personne alentour.

Hébétée, je m'accroupis et regarde le visage livide de Bernard O'Donnell.

Je pose deux doigts tremblants sur son cou, cherche son pouls. Rien. La tiédeur de sa peau, le regard fixe et absent de ses yeux ouverts me confirment ce qui est déjà évident.

Il est mort.

Au bout de quelques instants, je tends la main et lui ferme les paupières. Bizarrement, je me sens plutôt calme. Je l'observe. Sa chemise est tendue sur son estomac, un des boutons pend par un fil. Le sang s'écoule d'un trou dans sa veste. J'ignore tout de ces choses-là, mais on dirait qu'il a été fait par une balle. Les doigts de sa main droite sont refermés autour d'un petit objet noir. Je les ouvre soigneusement et prends le téléphone qu'il tenait. Je recule d'un pas et essaie d'aviser. Je suis toujours étrangement calme, mais je n'arrive pas à réfléchir d'une manière constructive.

Bernard O'Donnell est mort. C'est tout ce que mon cerveau semble capable de me renvoyer. Pourquoi est-il entré dans ce garage ? Pour suivre Art et la femme ? Je baisse les yeux sur le téléphone. Mon appel de tout à l'heure doit y être enregistré. Une idée me vient : et si Bernard avait pris une photo de la femme avec qui Art avait rendez-vous ?

J'appuie sur les touches, sélectionne en tremblant l'album d'images. Les photos les plus récentes sont de Lucy O'Donnell. Il n'y a rien là qui date d'aujourd'hui.

Un frottement – comme celui d'un cageot qu'on pousse sur le ciment – me parvient.

Il y a quelqu'un dans le garage.

Je recule, les yeux rivés sur la porte.

Des pas traversent le local. Ils se dirigent vers moi.

La terreur jaillit en moi, m'étrangle. Mes pieds semblent bouger d'eux-mêmes, et avant de savoir ce que je fais, je me suis retournée et je cours le plus vite que je peux, vers le bois derrière.

Je plonge dans la futaie. Les arbres sont proches les uns des autres, les branches basses se rejoignent au-dessus de ma tête. Je piétine le sol jonché de brindilles, encore boueux après la pluie. Hors d'haleine, je tends l'oreille, guettant le son d'un poursuivant. Je me jette derrière un gros arbre, m'aplatis contre le tronc.

J'écoute de nouveau. Aucun son, hormis le gazouillis des oiseaux, le murmure du vent, le bourdonnement lointain de la circulation.

Mon cerveau est en chute libre – c'est un tourbillon chaotique d'images et de pensées. Je vois Ed qu'on entraîne sur la route, le sourire de Lorcan, le corps disloqué de Bernard.

La nausée monte en moi, reflue et, enfin, une pensée claire et cohérente me vient. Il faut que j'appelle la police. 999. Le numéro d'urgence mémorisé depuis si longtemps. Le filet de sécurité de la nation.

Je baisse les yeux. Dans ma précipitation, j'ai lâché non seulement le bâton mais le téléphone de Bernard. Par chance, mon propre téléphone est toujours dans ma poche. Je plonge la main dans mon jean. Avant que j'aie le temps de l'en sortir, une brindille craque sur ma droite, je lève la tête et il est là.

Art.

Maman me disait tout le temps de faire attention aux Méchants. Mais ce jour-là, quand ils sont venus, je ne savais pas que c'étaient des Méchants, alors ce n'était pas juste que Maman soit fâchée quand je suis rentré à la maison. J'ai essayé de lui dire que je ne savais pas, mais elle criait trop fort pour m'écouter. Elle a dit que je devais toujours me méfier des inconnus surtout quand elle n'était pas là et que cette dame était une inconnue et donc pourquoi est-ce que je l'avais laissée me prendre en photo ? Après, Papa est arrivé et il lui a dit d'arrêter de crier et alors elle s'est mise à crier sur Papa en disant qu'il n'était Presque Jamais là et que Tout était sa Faute, et ils m'ont envoyé dans ma chambre.

Je me suis assis sur mon lit et j'ai regardé la robe de chambre que j'avais prise pour une Méchante Dame avant et puis Maman est venue et elle a dit ce que j'avais déjà deviné, que la dame devant l'école était une Méchante Dame dans la vraie vie, c'est pour ça que Kelly m'a tiré comme ça et que Maman était fâchée.

Maman a dit que Papa et elle s'occuperaient de la Méchante Dame, mais que, si jamais elle revenait, il faudrait que je sois son preux chevalier et que je sois vraiment malin. C'était une manière de parler un peu bébé, parce que les chevaliers comme ça n'existent que dans les contes de fées, mais j'étais encore petit. Maman a dit que la Méchante Dame me raconterait des mensonges et essaierait d'Empoisonner Mon Esprit contre elle et qu'il fallait que je me rappelle qu'elle est ma vraie maman, même si quelqu'un disait autre chose ou essayait de me tromper.

Et ensuite elle m'a expliqué son Plan spécial.

21

Art et moi sommes face à face. Il est pâle et semble atterré.

— Gen ?

Il fait un pas vers moi à travers la futaie. Les brindilles craquent sous ses chaussures. Il s'arrête et pose la main sur un tronc d'arbre tout près de moi.

Le corps de Bernard surgit dans mon esprit. Je l'accuse dans un souffle.

— Tu l'as tué.

— Non.

Il secoue la tête.

— Non, Gen. Non, je n'ai pas fait ça.

— Si, tu as menti, tu as pris notre bébé et maintenant tu es un assassin.

Les yeux d'Art sont empreints de souffrance.

— Non, ce n'est pas ça. Oh ! Gen…

Il s'approche davantage. Le soleil disparaît derrière sa tête. Je tremble de tous mes membres.

— Écoute, supplie-t-il. S'il te plaît. Je sais que j'ai menti et que c'est impardonnable et…

Il prend une profonde inspiration.

— Ce qui compte, c'est maintenant. Je vais te dire la vérité. Écoute, c'est tout.

Je ne le crois pas. Je veux courir, mais mes jambes me clouent sur place.

— Bernard O'Donnell savait ce que tu faisais et tu l'as tué et…

La panique me submerge.

— Tu es là pour me tuer ? C'est ça ? Tu vas me tuer, moi aussi ?

— Non, Gen.

La détresse d'Art se lit sur les plis de son front, dans le tassement de ses épaules. Il porte une chemise que je lui ai offerte. Celle qui a un minuscule accroc sous le col. Comment puis-je connaître un détail aussi insignifiant de sa vie et ne pas savoir s'il s'apprête à essayer de me tuer ?

— Qu'est-ce que tu as fait, Art, bon sang ?

Il se frotte la tempe. C'est un geste familier et, pourtant, cet homme est désormais un inconnu pour moi.

— Je t'en prie, Gen, écoute-moi. Ce n'est pas moi. Je n'ai pas tué O'Donnell.

Je le dévisage.

— Mais tu sais qui l'a fait ?

— Oui.

Il doit parler de la femme avec qui il est… la garce qui a mon bébé.

— Qui est-ce ?

Art secoue la tête de nouveau.

— Je n'ai pas le temps.

— Je croyais que tu allais me dire la vérité.

J'ai conscience de m'être redressée. Art est peut-être changé, mais moi aussi, et je me sens forte face à son impuissance.

— Dis-moi pour qui tu as trahi absolument tout ce qu'il y avait entre nous ?

J'ai haussé le ton. Je crie presque. Je m'écarte de l'arbre contre lequel j'étais adossée. La lumière paraît comme argentée. Les nuages s'accumulent autour du soleil. L'air sent vaguement la pluie. Je le toise froidement.

— Tu as pris notre bébé. Tu as soudoyé le médecin et les autres pour qu'ils disent que c'était une fille et qu'elle était mort-née. Tu m'as menti sans état d'âme des années durant. Et tu as fait tout ça pour une autre femme.

Le vent tombe et les arbres se taisent. Art garde les yeux rivés sur moi. Ils sont pleins de honte.

— Oui, admet-il. C'est vrai.

J'attends qu'il se défende, j'attends l'inévitable « mais » à la fin de sa phrase. Il se contente de baisser la tête.

Un calme dévastateur s'installe en moi. Art a enfin avoué. Je ne suis pas devenue folle. Et pourtant il ne m'a toujours pas fourni d'explication à cette trahison, si absolue qu'elle en est à peine concevable.

— Qui est cette femme ?

— Peu importe.

Il se masse le front. Les premières gouttes de pluie tombent.

— Quoi ? Que veux-tu dire par « peu importe » ? Qui est-ce ? Sandrine ?

Je crie pour de bon à présent.

— Gen, je t'en prie.

— Charlotte West ?

— Je ne sais même pas de qui tu parles.

— La femme qui assiste à mes cours. Celle qui t'a

appelé douze fois en une seule journée avant de débarquer chez nous. Tu as prétendu ne pas la connaître.

Art fronce les sourcils.

— C'était la vérité. Je reçois des tas de coups de fil, mais ça arrive de temps en temps depuis *Jugement*. Si elle a essayé de m'appeler, je ne m'en souviens pas. La seule fois que j'ai parlé à cette femme, c'est quand elle a sonné à la porte.

Je le fixe, presque sûre qu'il ment de nouveau. Je ne vais pas lui dire que Charlotte West m'a téléphoné tout à l'heure. Répondre reviendrait à discuter avec lui – il commencerait à penser que je crois ce qu'il me dit. Et je m'y refuse.

— Je veux la voir.

— Quoi ?

— La femme. Charlotte ou qui que ce soit. Ta maîtresse.

— Non, Gen. C'est de la folie.

— Comment oses-tu me dire ça alors que tu as voulu me faire croire que je devenais folle à cause de Beth ? Et maintenant, je découvre qu'elle est un garçon, pour l'amour du ciel ! J'ai le droit de savoir…

— Tu ne peux pas.

— Pourquoi ? Je la connais ?

Une autre option possible me vient à l'esprit. Elle me paraît impossible à formuler, mais il faut que je sache.

— C'est Hen ?

— Non, non !

— Mais elle sait qui c'est ?

— Gen, je t'en prie.

— Alors, si Hen ne sait rien, pourquoi as-tu réglé toutes ses dettes sans me le dire ?

Les yeux d'Art s'écarquillent de surprise.

— Parce qu'elle était au désespoir et que la dernière chose dont tu avais besoin, c'était de te préoccuper des problèmes de quelqu'un d'autre.

Je scrute son visage. Est-il sincère ?

— La vérité est bien différente de ce que tu t'imagines, Gen, insiste-t-il. Tu ne peux pas comprendre.

— Dans ce cas, explique-toi, bordel ! Parce que je crois avoir le droit de savoir qui elle est, cette femme que mon fils appelle « maman ».

— Je ne peux pas... mais nous ne sommes pas... Ça n'a jamais été... C'est... Tu es la seule femme qui compte pour moi.

La poitrine d'Art se soulève. Hormis le jour où sa mère est morte, je ne l'ai jamais vu si proche des larmes.

— Oh, Gen, je t'aime tant.

— Tu me mens depuis huit ans, tu as donné mon bébé à une autre femme et tu t'attends à ce que je te croie ?

Ma voix est aigre tant elle est méprisante.

— Je ne m'attends à rien du tout. J'essaie seulement d'expliquer que tout ce que j'ai fait, je l'ai fait pour te protéger.

— Quoi ?

Il pleut plus fort maintenant, le clapotis des gouttes sur les feuilles étouffe le bruit lointain de la circulation.

— Comment tout cela peut-il me protéger ?

— Je ne peux pas t'expliquer sans t'exposer davantage au danger. Les Renner, Bitsy et Bob... elle les a mis en garde contre toi. Et Kelly aussi.

— Ils savent que je suis ta femme ?

L'air honteux, il prend une profonde inspiration.

— On leur a fait croire que tu es mentalement instable, potentiellement dangereuse.

— Quoi ?

Je n'en crois pas mes oreilles.

— Quand on a su que tu avais vu le film, elle a eu peur que tu découvres l'existence d'Ed. Elle a montré ta photo à Bitsy et à Bob en leur demandant de l'avertir immédiatement s'ils te voyaient fouiner dans les environs de Shepton.

Je le regarde, abasourdie. Pour quelle raison Art a-t-il accepté d'entrer dans ce jeu ?

— Tu ne comprends pas ce que ça veut dire ? insiste-t-il. Elle sait que tu es là. Il faut que tu partes. Que tu retournes à Londres.

— Épargne-toi le mélo, s'il te plaît. Tu ne penses quand même pas sérieusement que je vais m'en aller sans rien faire ?

À le voir là, le visage défait et dégoulinant de pluie, j'ai peine à reconnaître mon mari, cet homme si fier, si ambitieux, qui a si bien réussi. Je frissonne. Une goutte d'eau coule le long de mon dos.

— Allons, Art. Si tu ne vas pas me tuer, pourquoi serais-je en danger ?

Après un silence, il jette un coup d'œil en direction du garage.

— Tu as raison. Elle… c'est elle qui a fait ça…

Malgré moi, je revois le corps tordu de Bernard. Nous nous taisons un instant. Un moteur de voiture résonne au loin. La pluie crépite autour de nous.

— Tu veux dire qu'elle me tuerait, moi ?

— C'est possible, Gen.

Il me supplie du regard.

Le chagrin et la fureur me submergent.

— Tu crois qu'elle pourrait me tuer et tu refuses quand même de m'avouer son nom.

— Je ne suis pas sûr de ce qu'elle fera, avoue-t-il. Mais plus tu te rapproches de la vérité plus tu es en danger. Je l'ai vue tuer O'Donnell. Elle a deviné qu'il allait peut-être essayer de nous suivre. C'est pourquoi elle m'a donné rendez-vous au garage et non à la maison. En arrivant, elle était dans tous ses états parce qu'il l'avait vue… Elle s'est affolée et elle avait le revolver à la main… Écoute, Gen, c'est simple. Si tu continues dans cette voie, je ne pourrai plus te protéger.

— Art, il faut que tu ailles à la police.

Il ouvre grands les yeux, alarmé.

— Non.

— Il n'y a pas que Bernard O'Donnell, n'est-ce pas ? Cette garce a aussi tué Lucy, sa femme, et l'anesthésiste, Gary Bloode, c'est ça ? Et c'est elle qui a envoyé ce type m'agresser… pour me voler la clé qui contenait le film ?

— Je ne sais rien de Bloode ou de Lucy O'Donnell, affirme-t-il dans un murmure. Mais oui, elle s'est débrouillée pour récupérer le film. Je n'ai appris qu'après coup que Rodriguez l'avait avertie du vol et…

— Et maintenant, tu dis qu'elle va me tuer ?

— Elle est terrifiée à l'idée de tout perdre…

— Et prête à faire n'importe quoi pour m'empêcher de le reprendre ? De reprendre notre fils ?

Ces deux mots me percutent avec une violence inouïe. Notre fils. Ç'aurait dû être à Art et moi de l'emmener faire des courses le samedi, en le tenant par la main, d'aller le chercher à l'école. Au lieu de quoi une autre femme est devenue sa mère… m'a volé des années de sa vie. J'ai peine à digérer tout cela.

— Pourquoi as-tu fait ça, Art ?

Ma voix se brise, un raz de marée d'images déferle en moi : les lis aux obsèques de Beth, ma dispute avec ma mère au sujet des cendres – je voulais qu'elles soient répandues sur la côte sud, comme nous l'avions fait pour mon père ; elle voulait une messe au crématorium –, le saule que je voyais à travers la fenêtre de Fair Angel, la petite grenouillère blanche, douce et vide entre mes mains. Tout n'était qu'illusion – les lis pour une mort qui était une naissance, les cendres qui n'étaient que du bois et de la poussière, la douleur et les souvenirs. Tout cela pour rien.

— Comment as-tu pu me faire ça ? Je ne comprends pas… Pourquoi lui as-tu donné notre bébé ?

— J'y ai été forcé.

Sa voix est à peine audible.

La pluie a cessé à présent, mais nos vêtements sont détrempés.

— Pourquoi ? Qu'est-ce qui pourrait justifier le fait de prendre un enfant à sa mère ?

Je marque une pause.

— Justifier de détruire ma vie ?

— Je ne peux pas t'expliquer, Gen. Tu seras plus en sécurité si tu ne le sais pas.

Art se frotte les bras. Il ne porte qu'un mince pull-over par-dessus sa chemise. Il est sale autant que trempé.

— Je serai « plus » en sécurité ? Si je cours un si grave danger, pourquoi ne peux-tu pas l'empêcher ? Pourquoi ne peux-tu pas tout simplement alerter la police ?

— Ça ne marchera pas.

— Mais Art, c'est complètement dingue. Tu parles

de cette femme comme si elle était au-dessus des lois. Tu viens d'admettre l'avoir vue tuer Bernard O'Donnell. Allons trouver la police et racontons-leur tout ça.

— Tu ne comprends pas. Ma parole n'aura aucune valeur une fois que les gens seront au courant pour Ed et tout le reste.

— Dans ce cas, il faut que tu expliques ça à la police aussi. Que tu leur dises comment elle t'a forcé à renoncer à notre bébé. Que tu me le dises, à moi.

Il y a un long silence tandis qu'une brise agite les branches au-dessus de nous, projetant une poignée de gouttes sur notre tête.

— Payer Rodriguez et les autres était le prix de ta sécurité. Mentir au sujet d'Ed l'est toujours.

— Que veux-tu dire ?

— À l'époque, quand Ed est né… elle a menacé de te tuer si je n'obéissais pas à ses ordres. J'ai dû choisir, dit-il lentement. Choisir entre Ed et toi, tout simplement. Je t'ai choisie, toi. J'ai décidé de te garder en vie et de renoncer à Ed, en sachant qu'il serait en sécurité, bien traité et que je pourrais venir ici, comme je le fais une semaine sur deux, passer quelques heures avec lui et quand même être son père.

— Mais moi, je ne serais pas sa mère ?

J'ai presque craché ces mots tant je suis en colère.

— À ce moment-là, je pensais que toi et moi pourrions avoir un autre bébé, répond-il. Je l'ai toujours pensé. Je n'ai jamais imaginé une seconde que tu ne retombes pas enceinte.

La douleur me tord l'estomac.

— Sauf que ça n'est plus arrivé, n'est-ce pas, Art ? Je ne suis jamais retombée enceinte. Je ne suis pas devenue mère. De toute manière, comment savais-tu que ta maîtresse – à qui tu étais tellement prêt à tout donner – n'exigerait pas le bébé d'après ou celui d'après encore ?

— C'était une expiation, murmure-t-il. J'avais une dette envers elle. Le bébé était le remboursement.

— Ce que tu dis n'a aucun sens. Le remboursement de quoi ?

Je tire mon téléphone de ma poche.

— Si toi, tu ne veux pas le faire, c'est moi qui vais appeler la police.

— Non, Gen. Je t'en prie, réfléchis. Si tu le fais, tu ne reverras jamais Ed.

— Tu dis n'importe quoi. Je sais où il habite… où il va à l'école.

— Elle l'emmènera loin d'ici. Elle t'empêchera de le voir, insiste Art. Écoute, elle et moi venons de nous disputer à ce sujet. J'ai dit que j'essaierais de te convaincre de renoncer. Que si tu acceptais, il n'y aurait aucun besoin de… de pousser les choses plus loin.

— Et qu'est-ce qu'elle a répondu ?

Les mots jaillissent de ma bouche, furieux.

— Elle ne s'est engagée à rien, mais je peux la persuader de te laisser tranquille. Ça peut s'arrêter là, si tu renonces.

— Sinon, elle va me tuer ?

— Je crois sincèrement que c'est une possibilité. Au début, j'ai cru que je pourrais la contrôler, mais maintenant, après O'Donnell… Je t'en prie, Gen, Ed va bien. On s'occupe de lui. Il a une vie stable. Il n'est pas maltraité, il ne manque pas d'amour. Je vais le voir quand je peux. Laisse tomber.

— Est-ce que tu entends ce que tu dis ?

J'élève la voix, les larmes me suffoquent.

— Tu me demandes d'oublier mon fils… de m'en aller. C'est impossible.

— C'est la seule solution qui garantisse ta sécurité. Si tu renonces, tout pourra continuer comme avant. La société marche à fond : je conseille le Premier Ministre sur sa politique et il m'écoute. Je fais partie de ses proches, Gen…

— Quel rapport ton travail a-t-il avec ça ?

Je suis écœurée. Cette femme est-elle d'une manière ou d'une autre liée à Loxley Benson et au contrat d'Art avec le gouvernement ? Je songe aussitôt à la jolie Sandrine.

— C'est elle, hein ? C'est Sandrine. Elle est venue à la soirée avec son mari…

— Non, martèle Art. Mon travail n'a rien à voir avec tout ça, mais il y a des raisons… Si tu persistes à vouloir pousser les choses plus loin, il faudra que j'arrête…

— Je ne pousse rien du tout. Et je me fiche complètement de ton travail ! Je viens d'apprendre que…

— Il faut que tu partes. Que tu rentres à la maison ou… même que tu ailles à l'étranger. Juste pour le moment, le temps que tout se calme un peu.

— Tu as perdu la tête.

J'appuie sur le 9 une première fois.

— J'appelle la police.

— Lorcan peut t'aider à partir d'ici.

Mon doigt reste en suspens au-dessus du 9. Je lève les yeux, le cœur battant.

— Lorcan ?

— Je sais que tu es avec lui, grogne-t-il. Je sais qu'il t'a déjà aidée, alors autant qu'il te fasse sortir du pays.

Son expression devient farouche.

— C'est tout ce que tu devrais lui permettre de faire. Pour tout le reste, il n'est pas assez bien pour toi.

— Pourquoi ? Parce qu'il a couché avec la femme d'un client ? Je sais la vérité là-dessus maintenant, Art. C'est toi qui l'as fait.

Il rougit.

— C'était il y a longtemps.

— C'était un mensonge. Un mensonge de plus. Bon sang, Art, je ne sais plus qui tu es.

Il y a un long silence.

— Quoi qu'il soit arrivé par le passé, Lorcan n'est pas assez bien pour toi. Bon Dieu, je ne peux pas supporter de t'imaginer avec un autre homme, n'importe qui. Surtout lui. Mais l'important, c'est que tu t'éloignes. Deux semaines seulement… le temps de prouver que tu as renoncé à Ed. Je t'en prie, Gen. Si tu ne pars pas tout de suite, je ne pourrai pas garantir ta sécurité. Ni celle de Lorcan, d'ailleurs.

— Tu veux dire qu'elle pourrait s'en prendre à lui aussi ?

Il acquiesce.

— Il est en danger lui aussi.

J'ignore complètement dans quelle mesure Art me dit la vérité, mais je ne peux pas prendre le risque d'exposer Lorcan au danger. Et si elle l'avait déjà repéré ? J'annule le numéro à moitié composé et cherche le nom de Lorcan dans mes contacts.

Il répond à la première sonnerie.

— Gen ? J'étais sur le point de t'appeler. Tu es au commissariat ?

— Lorcan ? Ça va ?

Art recule.

— Va-t'en, murmure-t-il. Fais attention à toi.

Je presse l'appareil contre mon oreille, mais mon regard suit Art.

— Qu'y a-t-il ? demande Lorcan. La police ne t'a pas crue ?

— Tu es sûr que ça va ?

La pluie recommence à tomber – une bruine légère. Art regarde le ciel et se détourne.

— Oui, répond Lorcan, la voix empreinte d'inquiétude. Que s'est-il passé ?

— Tu es toujours devant la maison ?

Art disparaît derrière un arbre. Je fais un pas de côté pour ne pas le perdre de vue, en vain.

— Oui. Aucun signe du garçon ni de la nounou.

— D'accord.

Je m'avance jusqu'à l'orée du bois, mais Art est parti. Sans doute a-t-il traversé le garage désaffecté pour regagner la route.

— Bernard m'a appelée. Il m'a expliqué qu'il avait suivi Art jusqu'à Shepton ce matin et qu'il l'avait vu retrouver une blonde. Je suis venue le rejoindre et Art était là…

— Art ? répète Lorcan alarmé. Ça va ?

— Oui. Il a tout avoué, mais oh ! Lorcan, Bernard…

Je m'approche du garage, et le corps devient visible. Je m'arrête, envahie par la nausée.

— Quoi, Bernard ?

— Elle l'a tué. Art dit que la femme avec qui il est l'a tué.

Lorcan prend une brusque inspiration.

— Où es-tu exactement ?

Je lui donne l'adresse.

— C'est à deux pas de là où tu es. Je vais appeler la police.

— Non. Pas maintenant. Art et cette femme risquent de revenir à tout moment.

— Non, ça n'aurait aucun sens. Art affirme que c'est elle qui a tué Bernard. Elle est partie et Art veut que je m'en aille. Il a dit que tout ira bien si je renonce... que je m'éloigne pendant quelque temps. Mais je ne peux pas laisser Ed.

— Écoute-moi, Gen, ordonne Lorcan d'une voix tendue. Sois logique. Si Art t'a averti de garder tes distances, alors cette femme et lui vont vérifier que tu leur as obéi. Ils ne vont pas tout abandonner et disparaître avec ton fils à moins d'y être absolument forcés. Art a beaucoup trop à perdre en lâchant Loxley Benson. Par conséquent, la première chose à faire, c'est de t'éloigner de l'endroit où tu te trouves.

— S'il avait voulu me tuer, je serais déjà morte. Il veut seulement que je m'en aille.

— Dans ce cas, va-t'en. S'il te plaît, Gen. Je démarre. J'arrive.

— Et Ed ?

— Nous irons le chercher quand tu seras dans la voiture avec moi.

— D'accord.

Je fais demi-tour, et me dirige vers le garage. Je m'approche du corps de Bernard. Son téléphone doit toujours être là où je l'ai laissé tomber quand Art m'a fait sursauter. Peut-être y a-t-il des informations utiles stockées dessus. Je me raidis et baisse les yeux. Mais je ne le vois pas.

Je frissonne. Lorcan a raison. Art pourrait être caché à proximité, en train de m'observer.

J'ai toujours mon propre téléphone à la main.

— OK, dis-je à voix haute. Pas de police. À tout à l'heure.

Sans savoir au juste comment, je parviens à retraverser le local obscur et à ressortir de l'autre côté. Le soleil a percé et réchauffe mon dos à travers ma veste, mais j'ai les cheveux mouillés, et mon jean humide me colle aux jambes.

Deux minutes plus tard, Lorcan s'arrête dans un crissement de pneus, laissant tourner le moteur pendant que je monte. Nous démarrons en trombe et retournons aussitôt sur nos pas. Je suis soulagée de voir que la grosse voiture est toujours garée dans la cour. Je scrute les fenêtres de la maison dans l'espoir d'apercevoir Ed, en vain.

— L'arrière donne sur d'autres maisons, explique Lorcan en se garant un peu plus loin. Je ne crois pas qu'il y ait un accès au petit bois. Si quelqu'un sort, il ou elle devra passer par le portail.

Je me laisse aller contre le dossier, songeuse. Les paroles d'Art se résument à ceci : il veut que je fasse comme s'il ne s'était rien passé. Que je rentre à la maison et recolle les morceaux de notre vie – ou que je le quitte et reparte de zéro, seule ou avec Lorcan.

— Comment peut-il croire que je vais m'en aller ?

— D'après ce que tu dis, il est aux abois. Acculé.

Je ferme les yeux. Pourquoi cette femme a-t-elle tant de pouvoir sur lui ? Que voulait-il dire en parlant d'« expiation » ?

Que faire à présent ? Je suis tentée de m'introduire dans la maison et d'enlever Ed. Tout de suite.

Et pourtant, je sais que ce n'est pas une bonne idée. Si nous l'emmenons contre son gré, il sera inévitablement effrayé. De plus, même en admettant qu'Art ait dramatisé, agir par la force risque de nous mettre tous en danger – Ed, Lorcan et moi. En grand danger.

— On pourrait appeler la police, suggère Lorcan. Leur parler de Bernard… leur répéter ce que t'a dit Art.

— Dans ce cas, la police viendra fouiner autour de ce garage et Art saura que je les ai prévenus. Il emmènera Ed et elle « s'occupera de moi » avant que j'aie eu le temps de témoigner.

Je scrute la route et la maison d'Art. La maison de cette femme.

— Qui peut-elle être, Lorcan ?

— Bernard l'a décrite ?

— D'après lui, elle était blonde et mince. Ça ressemble à Charlotte West mais Art a nié qu'elle soit impliquée.

— Ça ne prouve rien.

Je prends une profonde inspiration.

— Bon. Tu as raison, il est temps d'alerter la police. Mais, en même temps, il faudrait qu'on fasse croire à Art que je me montre raisonnable et que je me plie à ses désirs.

— Comment comptes-tu y parvenir ?

En guise de réponse, je prends mon téléphone et appelle Art. Il répond à la première sonnerie.

— Gen, ça va ?

Il chuchote. J'ai la brusque certitude qu'il est de nouveau avec cette femme. Je tends l'oreille, à l'affût d'un bruit de voix, mais c'est comme s'il parlait dans le vide.

La fureur m'envahit. Un poing noué dans mes entrailles.

— Retrouve-moi quelque part, Art, dis-je, en me forçant à parler doucement.

À côté de moi, Lorcan hausse des sourcils interrogateurs.

— Retrouve-moi au pub, au *Dog and Duck*. Il faut qu'on parle. Je ne te poserai pas d'autres questions sur elle. Mais je ne comprends pas, Art. Je sais que tu veux que je m'en aille, mais je ne le ferai pas si je ne comprends pas ce qui se passe.

Il y a un long silence.

— D'accord, dit-il enfin. J'y serai dans dix minutes.

— Disons quinze. Il me faut du temps pour m'éloigner de Lorcan. Je ne veux pas qu'il sache que je vais te voir.

Un autre long silence.

— D'accord. Mais dépêche-toi.

La communication terminée, je me tourne vers Lorcan. Dehors, le ciel se couvre de nouveau. Le jour baisse.

— Ça, c'est vraiment une très mauvaise idée, commente Lorcan, incrédule. Tu ne peux pas…

— Je ne vais pas y aller. Je voulais juste gagner du temps, pour qu'il croie que j'ai accepté de renoncer… je ne veux pas qu'il s'affole… et qu'Ed soit emmené ailleurs.

— Et qu'est-ce que tu vas lui dire quand il t'appellera pour te demander où tu es ?

— Il ne le fera pas. On va persuader la police de nous accompagner. Il sera arrêté et ils le feront parler avant qu'il ait eu le temps de me recontacter.

— Bon. Dans ce cas, on ferait mieux de se dépêcher.

Il démarre.

C'est un déchirement pour moi de m'éloigner de

cette maison qui abrite mon fils, mais je veux croire que la police va m'aider.

Dix minutes plus tard, nous arrivons à Enshott. Impossible de trouver une place de parking. Le commissariat est situé au milieu d'une rue commerçante fréquentée, et déjà remplie à ras bord de voitures en stationnement.

Je consulte ma montre. Je suis censée retrouver Art au pub dans quelques minutes. Il n'y a pas de temps à perdre.

— Laisse-moi ici. Je peux commencer pendant que tu cherches une place.

À regret, Lorcan s'exécute. Je me hâte vers le commissariat, à gauche d'un centre commercial. Cette fois, je n'ai pas oublié mon sac et, avant d'entrer, je jette un coup d'œil dans mon miroir de poche. Mes cheveux sont encore mouillés, et mon maquillage a coulé. Je passe quelques secondes à réparer les dégâts du mieux que je peux. Il faut que je persuade les policiers de me croire. Il ne faut pas qu'ils puissent douter que je suis aussi saine d'esprit qu'eux.

Le commissariat est exactement tel que je m'y attendais. Des murs en béton, des lumières crues, un comptoir sur la droite, quelques sièges en face. À l'accueil, un agent parle à mi-voix au téléphone. Il lève les yeux vers moi.

Je m'avance et attends qu'il ait terminé.

Deux femmes en uniforme apparaissent derrière lui. L'une d'elles tient une liasse de documents dans sa main.

— On vient de recevoir l'appel. Le corps a été retrouvé dans un petit bois à la sortie de Shepton Longchamp, dit la plus jeune.

Je lève les yeux, stupéfaite. Parlent-elles de Bernard O'Donnell ?

— Et cette femme est le suspect principal ? demande l'autre en désignant le papier. Ç'a été rapide.

Mon cœur manque un battement. Pourrait-il s'agir de la maîtresse d'Art ?

La plus jeune hausse les épaules.

— D'après un informateur anonyme, elle était sur place et a donné son nom, explique-t-elle en épinglant la feuille au panneau d'affichage.

J'aperçois une photo couleurs, et quelques lignes imprimées à côté. Comme l'agent est toujours au téléphone, je m'approche et saisis les derniers mots des policières alors qu'elles franchissent les portes battantes.

— Ils sont déjà à sa recherche.

Je regarde le document, et la terreur me noue le ventre. Je connais bien cette photo – c'est celle de mon permis de conduire.

Je la fixe et la fixe encore, me forçant à assimiler la réalité.

La femme recherchée par la police pour le meurtre de Bernard O'Donnell, c'est moi.

22

Je me détourne en hâte. Tête baissée, je fuis le commissariat et débouche dans la rue, à deux doigts de m'évanouir. J'ignore de quelle direction Lorcan va venir, si bien que je reste adossée au mur, jetant des regards furtifs d'un côté et de l'autre. Jamais je n'ai éprouvé une telle frayeur. Elle me consume… me dévore de l'intérieur.

Je me force à réfléchir. La police a reçu un coup de fil affirmant que j'étais l'auteur du meurtre, qu'on m'avait vue sur les lieux du crime. Et j'y étais bel et bien. Mes empreintes sont sur les affaires de Bernard. Si les policiers récupèrent son téléphone portable, ils trouveront mon message.

Ils sont déjà à sa recherche.

Les paroles de la policière résonnent à mes oreilles. Mon cerveau trébuche, s'emballe jusqu'à imaginer que je suis arrêtée, inculpée.

Toujours aucun signe de Lorcan. Vite. Vite.

La panique me prend à la gorge. Je me force à la refouler. Quand Lorcan apparaît, je me précipite vers lui et le saisis par le bras.

— Allons-nous-en ! Tout de suite !

— Quoi ?

Je lui explique la situation en deux mots, debout dans la rue.

— Art a raconté à la police que j'avais tué Bernard. Lui ou la femme qui est avec lui.

Lorcan fronce les sourcils.

— Mais tu dois aller t'expliquer. Donner ta version des faits.

— Ils vont trouver mes empreintes sur toutes ses affaires… Je l'ai appelé de devant le garage. J'ai dû arriver quelques minutes à peine après sa mort.

— Et alors ? Ça ne fait pas de toi une coupable. D'ailleurs, comment saura-t-on qu'il s'agit de tes empreintes ?

— Si je vais au commissariat, ils les relèveront. Et même si je n'y vais pas, ils pourront les obtenir chez Loxley Benson. Elles sont archivées là-bas… pour le système d'ouverture des portes.

— Mais…

— J'ai vu une affiche qui dit que je suis recherchée, avec ma photo dessus !

— Bon Dieu, Art est un vrai salopard, rugit Lorcan. Je me doutais bien qu'il te menait en bateau en te conseillant de « t'éloigner ».

— Je ne sais pas. Il a dit que cette femme et lui s'étaient disputés… qu'il essayait de la convaincre de me laisser en paix si je m'en allais. Peut-être qu'il ne l'a pas convaincue. Qu'elle a agi dans son dos.

— Ou peut-être qu'il t'a menti, Gen. Une fois de plus.

Il hésite une seconde.

— Je crois quand même qu'on devrait tout dire à la police. Quand ça sortira au grand jour, il sera évident qu'Art et cette femme avaient un mobile pour le meurtre de Bernard O'Donnell…

Je jette un coup d'œil vers le commissariat, la gorge nouée. J'ai tellement peur que je m'attends à moitié à voir une meute d'agents surgir vers moi.

Mon téléphone sonne. C'est Art.

— Où es-tu ? demande-t-il, d'un ton désespéré. Je ne peux pas m'attarder. Elle ne sait pas où je suis. Je t'en prie, Gen, nous n'avons pas le temps de…

— Tu m'as menti.

Ma voix est rauque.

— Tu as dit qu'elle allait me tuer. Mais tu m'as tendu un piège. La police croit que c'est moi qui ai tué Bernard et…

— Non, Gen. Je n'ai rien fait. Je ne sais rien de tout ça.

Tout s'embrouille dans mon esprit. Je ne sais que penser.

— Gen, écoute-moi. J'ai vingt minutes, max. Il faut que je retourne à… à la maison. Elle me croit là-bas. Je… Je l'ai persuadée de sortir, d'aller régler certaines choses, d'aller voir Bitsy avant de s'en aller pour de bon. Mais elle sera de retour dans une demi-heure au grand maximum et il faudra que je sois présent, que je puisse lui confirmer que tu as accepté de lâcher prise… Ils vont quitter le pays, alors il ne nous reste pas beaucoup de temps.

Ils.

— Elle emmène Ed ? À l'étranger ?

Ma voix s'étrangle. Non. Pas après avoir réussi à le retrouver. Je ne peux pas perdre mon enfant de nouveau.

— Elle l'emmène pour de bon ? Non, Art, je t'en prie.

— C'est la meilleure solution, murmure-t-il d'une voix abattue. Je t'en prie, Gen, tu ne sais pas combien j'ai dû me battre pour qu'elle accepte de quitter Shepton au lieu de s'en prendre à toi.

— Mais elle l'a fait ! Elle a téléphoné à la police…

— La police ne trouvera aucune preuve contre toi, Gen. Si tu veux qu'on se voie, il faut que ça soit tout de suite. Si je ne suis pas là dans une demi-heure, quand elle rentrera, elle va s'affoler – et elle risque de changer d'avis. Il faut que tu comprennes que j'essaie de te protéger. De te garder en sécurité. Où es-tu ?

— J'arrive. S'il te plaît, attends-moi.

— D'accord, mais fais vite.

Je coupe la communication et me retourne vers Lorcan.

— Elle s'en va. Avec Ed.

— Raison de plus pour retourner au commissariat.

— Non.

Une seconde passe. Lorcan a raison, bien sûr. Nous devrions tout raconter à la police. Mais la question n'est pas là.

— Ça prendra trop longtemps de les convaincre que je suis innocente du meurtre de Bernard – à supposer que j'y parvienne. Cette femme aura pu emmener Ed n'importe où…

— Mais…

— C'est en train d'arriver en ce moment même. D'après Art, ils doivent se rejoindre à la maison dans une demi-heure et partir pour l'étranger dans la foulée.

Des voitures passent toujours autour de nous à vive allure, la rue est toujours pleine de gens qui font leurs courses. C'est un décor bruyant, où l'effervescence règne, pourtant, pour la première fois depuis que j'ai quitté la maison hier, je vois clairement ce que je dois faire.

Lorcan me dévisage.

— Qu'est-ce que tu es en train de me dire, alors ? demande-t-il, incertain. Tu veux t'en aller aussi, suivre les consignes d'Art ?

— Pas si ça signifie vivre en cavale en sachant que je ne reverrai jamais Ed.

Je ferme les yeux un instant, imaginant un tel avenir… le bouleversement que serait l'abandon de toute ma vie… la souffrance de savoir que mon enfant est là, quelque part, en train de grandir sans moi.

— Non. Pas question. Je ne prendrai pas la fuite.

— Alors ?

— Je suis vraiment désolée de t'avoir entraîné là-dedans. Si tu veux t'en aller, je comprendrai parfaitement.

— Pas question. Dis-moi seulement ce que tu veux faire.

Je l'étreins rapidement, sa barbe naissante frotte, rugueuse, contre ma joue. Puis nous remontons en voiture et je lui expose mon plan.

Lorcan roule à tombeau ouvert pour regagner la maison de Shepton Longchamp. Il se gare devant et je vérifie l'heure. Art devrait toujours être en train de m'attendre au *Dog and Duck*. Je l'imagine faisant les cent pas devant la porte en me cherchant des yeux.

— Tu es sûre de vouloir faire ça ? demande Lorcan.

Je regarde la grande maison en brique derrière

les grilles. Il fait presque nuit maintenant et la lumière est allumée dans plusieurs pièces au rez-de-chaussée. Ed est à l'intérieur. Il faut que je le trouve et que je l'emmène à la police. C'est la seule solution pour empêcher qu'il me soit enlevé pour toujours. Dès que la police aura procédé aux tests ADN et qu'elle aura la preuve qu'il est mon fils, toutes les autres pièces du puzzle se mettront en place. Je sais que ce sera effrayant pour lui. Pourtant, comment pourrais-je jamais me pardonner de n'avoir rien tenté ?

Et si un jour Ed apprenait mon existence ? S'il se mettait à ma recherche et me demandait pourquoi je ne me suis pas battue.

— Art doit toujours être au pub et elle est sortie aussi. Par conséquent, Ed est seul avec la fille qui est venue le chercher à l'école.

— Il y a peut-être un système d'alarme, objecte Lorcan. Et Art et cette femme sont peut-être déjà rentrés…

— Non, dis-je, essayant de m'en persuader. De toute façon, ils ne s'attendront pas à nous voir.

— Bon. Fais attention, d'accord ?

— Promis. Allons-y.

Alors que nous descendons de voiture, un sourire amusé se dessine sur les lèvres de Lorcan.

— Quoi ?

— Rien. C'est juste que, quand je t'ai vue pour la première fois, chez toi, tu avais l'air tellement perdue. Je veux dire… sûre de toi en apparence mais désespérément triste aussi, comme vaincue par la vie. Et maintenant, regarde-toi, tout feu tout flamme !

Je lui rends son sourire. Une flamme m'anime jusqu'à la moelle, c'est vrai – je brûle de détermination.

Nous nous approchons du portail et j'étudie la demeure avec plus d'attention. Elle est ancienne, dotée d'un perron flanqué de deux piliers. Il y a deux étages, un large bow-window de part et d'autre de la porte d'entrée. Devant, un élégant jardin se compose d'une pelouse à gauche de l'allée, et de parterres bien entretenus. Deux jolis ficus en pot agrémentent le perron. C'est tout à fait le genre d'endroit où Charlotte West pourrait habiter.

Nous contournons la grille. Elle s'étend jusqu'au bosquet qui sépare la propriété de la route. Je m'égratigne la main en l'escaladant. Lorcan fait un accroc à sa chemise. Quelques secondes plus tard, nous avons atterri sur le sol meuble, à l'ombre des arbres. Dissimulée sous le couvert des branches basses, j'observe Lorcan qui s'avance sur le gravier en direction de la porte. Je retiens mon souffle alors qu'il presse la sonnette. Les secondes s'écoulent. L'air est doux en ce début de soirée. Pas de brise. Un chien aboie au loin.

La porte s'entrebâille, retenue par une chaîne de sécurité.

— Oui ?

C'est Kelly, la fille qui est venue chercher Ed à l'école. Sa voix est soupçonneuse.

— Bonsoir, dit Lorcan tranquillement. Je suis désolé de vous déranger. Nous nous sommes vus tout à l'heure, dans la cour. Euh... mon fils a rapporté une console de jeux à la maison. Je crois qu'elle appartient à Ed. Je suis vraiment gêné, je crois que Sammy a dû la lui prendre par inadvertance. Excusez-moi de ne pas avoir téléphoné à l'avance, mais on n'arrivait pas à trouver le numéro et ma femme m'a dit qu'elle vous avait vue entrer ici avec Ed.

— Je ne crois pas qu'elle soit à Ed, dit Kelly d'un ton incertain.

— Vous êtes sûre ? Ça vous ennuierait de lui poser la question ?

— Je ne…

Avant que la jeune femme ait eu le temps de terminer sa phrase, Lorcan se jette contre la porte avec tant de force que la chaîne se brise. En une fraction de seconde il a franchi le seuil, attrapé Kelly par le bras et l'a fait pivoter, une main plaquée sur sa bouche. Elle se débat, essaie de crier, mais Lorcan la repousse dans le couloir. Je me rue en avant et me faufile à sa suite. Un vase sur la table de l'entrée retient mon regard. Il m'est vaguement familier, mais je n'ai pas le temps de me demander où je l'ai déjà vu. Quand j'arrive au pied de l'escalier, Kelly me voit. Ses yeux s'écarquillent d'inquiétude. Le cœur battant à tout rompre, je monte quatre à quatre les marches du premier étage.

Je suis aussi silencieuse que possible. Aucun son ne me parvient. Tout est ultra-moderne, excessivement ordonné, luxueusement aménagé. Élégant, stylé. À présent que je suis à l'intérieur, le décor me paraît plus jeune, plus frais que celui que choisirait Charlotte West. Je passe devant un bibelot en porcelaine – abstrait, une forme incurvée qui ressemble à une vague. Brusquement, tout cela me semble très français. Il y a indéniablement un parfum international dans ces meubles, ces tableaux. Plus Sandrine que Charlotte.

Je marche sur la pointe des pieds sur le revêtement

en chanvre, remarque une rangée de disques en bois sur le rebord de la fenêtre qui donne sur le jardin à l'arrière. La première porte du couloir s'ouvre sur une salle de bains à carreaux bleus et blancs. La pièce suivante doit être une chambre d'amis. Les rideaux jaune pâle sont assortis à la couette. Une des vestes d'Art traîne sur le lit. Un sac de voyage qui vient de chez nous se trouve à côté. Cela signifie-t-il qu'Art dort ici ? Ou seulement qu'il y range ses affaires ? Je continue. Une autre chambre d'amis, beaucoup plus grande, avec salle de bains contiguë. Toujours aucune trace d'Ed.

Je retourne sur le palier. Plus que trois portes. J'essaie la première et découvre un petit bureau équipé d'un ordinateur. Quelques jouets – un train et deux ours en peluche – traînent par terre. Ce sont les seules choses qui suggèrent la présence d'un enfant dans cette maison.

Je tente la porte suivante. Dès que je la pousse, je sais que je l'ai trouvé. C'est une chambre d'enfant, avec une bibliothèque remplie à craquer, une énorme corbeille pleine de jouets, un lit contre le mur du fond. Les rideaux sont tirés et une veilleuse tourne sur la table de chevet, projetant des ombres qui dansent autour de la pièce. Je m'avance sans faire de bruit, le cœur battant. Il paraît si paisible, une mèche de cheveux bruns qui barre son petit visage. Je le contemple un instant. Une fois de plus, je vois mon père. J'essaie de définir la ressemblance… il y a la bouche, oui, mais quoi encore ? La forme de son menton ? La courbe de sa joue ? Et puis je me rends compte qu'elle tient à l'espace qui sépare ses traits : au dessin de ses yeux, à l'écart entre son nez et sa bouche.

Je me baisse et effleure son bras. La veilleuse donne assez de lumière pour que je distingue le motif de la couette, un personnage de dessin animé. Je ne sais pas lequel. Pour une étrange raison, cela me rappelle combien je suis en dehors de la vie d'Ed et me fait plus mal que tout le reste.

La peau d'Ed est douce. Je soulève son bras – un poids mort. Il dort profondément. Je le secoue doucement, mais il ne se réveille pas. Un fracas soudain me fait tressaillir – le bruit d'une chaise qui s'est renversée. Est-ce Lorcan qui a fait ça ? Kelly a-t-elle tenté de s'enfuir ?

À moins qu'Art ne soit revenu ? Je vérifie l'heure. Il m'a promis d'attendre vingt minutes au pub et quinze seulement se sont écoulées. Il est sûrement toujours là-bas.

J'essaie de redresser Ed, mais il continue à dormir. Il est lourd. Je ne suis pas sûre de pouvoir le porter jusqu'en bas de l'escalier toute seule. Je lui secoue le bras de nouveau. Pas de réaction. Un autre bruit me parvient – celui d'une porte qui claque.

Je repose Ed sur le lit. Il faut que j'aille chercher Lorcan. Il pourra m'aider à le porter. Je me rue hors de la chambre, en direction des marches. Au rez-de-chaussée, tout est redevenu silencieux.

Je fais de mon mieux pour me rassurer, me dire qu'il n'y a personne dans la maison, et me faufile vers l'endroit où j'ai vu Lorcan pour la dernière fois. Il allait vers la porte au bout du couloir. Kelly et lui ont dû passer par là.

Je pousse le battant avec précaution. Une table

en poirier trône au milieu d'une grande cuisine qui, comme le reste de la maison, est minimaliste et bien rangée, tout en chrome étincelant et crédence vert Nil. Seule une chaise qui gît sur le côté vient rompre l'ordre parfait qui règne dans la pièce. Il y a deux portes, une à chaque extrémité. Celle du fond, grande ouverte, laisse entrer un air froid et mordant. Elle doit conduire au garage que nous avons vu dehors. Est-ce là que Lorcan a emmené Kelly ?

Je n'ose pas appeler au cas où il y aurait quelqu'un d'autre dans les parages. Je traverse la cuisine à pas de loup, assaillie par un flash-back soudain du garage abandonné que j'ai traversé dans le noir pour atteindre le terrain vague… et le corps de Bernard.

Je n'entends rien hormis les battements de mon propre cœur. Une goutte de sueur dégouline le long de ma nuque alors que j'atteins la porte. Au-delà, le garage est obscur. Je distingue tout juste des rayonnages et un carton de bouteilles. Je cherche à tâtons un interrupteur, mais il n'est pas là où je m'attends à le trouver. Je fais un pas dans le noir, laissant mes yeux s'accoutumer à la pénombre.

À l'autre bout de la pièce, derrière une étagère pleine d'outils, une silhouette est affaissée sur une chaise.

Lorcan.

L'espace d'une seconde, je n'arrive pas à comprendre ce que je vois. Il a été ligoté ; il a un bâillon autour de la bouche et le visage tuméfié. Ses yeux, cependant, étincellent de fureur.

Figée sur place, je prends conscience d'une autre présence. Le colosse qui m'a agressée est là, lui aussi. Il porte un manteau foncé, dont la capuche lui dissimule presque tout le visage. Quand il relève la tête, je le vois nettement pour la première fois : des pommettes rondes, slaves, des cheveux coupés ras. C'est vraiment un géant. Large d'épaules et très grand. Il a un revolver entre les mains. Je regarde le canon en métal. Va-t-il tirer sur moi ? Cette pensée filtre à travers mon esprit avec une absolue clarté.

— Qui êtes-vous ?

Il agite son arme, me fait signe d'approcher.

— Par ici, grogne-t-il.

Je n'ai guère le choix. Tremblante de froid et de peur, j'obtempère. Lorcan tape des pieds, tente de me crier quelque chose à travers son bâillon.

— Donnez-moi votre téléphone, gronde l'homme d'une voix sourde, menaçante.

Là non plus, je n'ai pas le choix. À regret, je lui tends mon unique moyen de contact avec le monde extérieur, les yeux rivés sur le revolver. Il retire la carte SIM et l'empoche séparément du téléphone, puis me bouscule, gagne la porte et s'engouffre dans la cuisine. Je le suis du regard, perplexe. Il nous laisse seuls ? Je me souviens de Kelly et la cherche des yeux. Elle est invisible.

— Hmm !

La voix de Lorcan est toujours étouffée, pourtant on dirait qu'il essaie de prononcer mon nom. Qu'il cherche à m'avertir. Je me précipite vers lui, palpant le nœud qui le retient à la chaise. Lorcan jette des coups d'œil anxieux vers le fond du garage. Une fois de plus, il semble vouloir m'avertir, mais je ne vois rien dans l'obscurité.

Je tâtonne en vain pour défaire le lien.

Le son léger d'un pas me fait lever la tête. Je scrute les ténèbres. Une silhouette se tient à côté de l'entrée. Je ne distingue que ses chaussures crème à petits talons.

— Qui est là ?

Ma voix est incertaine.

Et puis, elle fait un nouveau pas en avant et sort de l'ombre.

23

Morgan.

Bouche bée, je vois ma belle-sœur s'avancer dans le faisceau de lumière. Un lent sourire se dessine sur ses lèvres. Elle est élégante, comme toujours, vêtue d'un long manteau beige qui lui va à merveille, coiffée d'une casquette en cuir bleu clair, d'où s'échappent les boucles ondulantes d'une perruque blonde. Tout devient clair, brusquement : cette maison, c'est elle – cette modernité froide, respirant le design sobre et en fin de compte plutôt stérile.

— Tu as toujours été trop stupide pour Art, assène-t-elle.

Son visage est pincé, son regard sombre et dur. Et c'est à ce moment-là que je comprends.

— Toi ?

Mon cerveau a du mal à accepter ce qui doit être la vérité.

— C'est toi qui as pris mon bébé ?

— Bravo, Geniver, répond-elle, sarcastique.

Elle porte des gants assortis à sa casquette. En un éclair, je comprends aussi que c'est elle que Bernard O'Donnell a vue entrer dans le garage avec Art.

Que c'est elle qui l'a tué.

Je la fixe, totalement abasourdie.

Lorcan tape des pieds et s'agite sur sa chaise. Je recommence à tâtonner, cette fois avec le nœud de son bâillon. Il est trop serré pour que je le défasse. Je me rabats sur la corde et tire dessus de nouveau, sans quitter Morgan des yeux. Elle m'observe avec mépris.

— Laisse-le tranquille, ordonne-t-elle. Sinon, j'appelle Jared pour qu'il te force à obéir.

La porte de la cuisine s'est ouverte à demi et je devine tout juste le profil imposant du colosse. Il a la posture d'un soldat, les mains derrière le dos, les jambes légèrement écartées. Il a l'air d'une brute. Je lâche les liens de Lorcan, que je n'ai pas réussi à desserrer d'un millimètre.

— Mais enfin, Morgan, qu'est-ce que tout ça veut dire, bon sang ? Qu'est-ce que je t'ai fait ?

— Il ne s'agit pas de toi, rétorque-t-elle avec dédain. Mais d'Art et de moi.

— Comment ça ?

Les paroles d'Art me reviennent en mémoire. Une… expiation.

— En quoi notre enfant peut-il te concerner ?

Morgan incline la tête de côté.

— De quel droit oses-tu t'introduire chez moi et exiger quoi que ce soit ?

— Moi ? Exiger quoi que ce soit ?

Je ne comprends rien à ce qu'elle dit.

— Tu… Tu m'as volé mon bébé !

— Je l'ai eu avant même que tu saches qui il était, riposte-t-elle.

Je n'en crois pas mes oreilles. Qu'est-ce qu'elle raconte ?

— Art s'est complètement trompé sur ton compte, ricane-t-elle. Il disait que tu renoncerais, que tu faisais toujours ce qu'il voulait. Moi, je savais que tu en serais incapable. Et j'avais raison. Tu es allée droit à la police après l'avoir vu, n'est-ce pas ? Il ne voulait pas croire non plus que tu serais prête à foutre toute sa carrière en l'air… jusqu'à ce que Jared rapporte le film de Rodriguez.

Le colosse monte toujours la garde devant la porte, obstruant l'essentiel de la lumière qui vient de la cuisine.

— C'est toi qui l'as envoyé le récupérer ?

Morgan acquiesce.

— Jared était le chauffeur de mon père. Après sa mort, il est resté à notre service. Il me connaît depuis ma plus tendre enfance. Il ferait n'importe quoi pour moi.

Les yeux durs du géant sont rivés sur le visage de Morgan. Je ne doute pas une seconde de sa loyauté.

— Pourquoi voulais-tu ce film ?

— Parce qu'il est compromettant pour Art, répond-elle doucement. Quand Rodriguez m'a prévenue que tu l'avais volé, il a fallu que je le récupère pour le protéger.

— Pour protéger Art ?

Je secoue la tête.

— Je n'y comprends rien, Morgan. Art est ton frère. Qu'est-ce que tu as à voir avec notre… notre bébé ?

Morgan tape du pied avec impatience, l'air songeur.

— Je t'aurais bien volontiers épargné cela, Geniver, mais franchement, je suis tellement en colère contre toi que je m'en moque.

— Épargné quoi ?

Elle désigne la porte.

— Par ici. Je vais te montrer.

Je me tourne vers Lorcan qui s'agite de plus belle sur sa chaise, voulant visiblement que je reste. En réalité, je ne pense pas avoir le choix. Morgan n'est peut-être pas armée, mais Jared si.

De toute manière, je veux des réponses.

Dans la cuisine, Morgan retire sa casquette et sa perruque blonde et les pose sur le plan de travail, puis me fait signe de la suivre et enfile le couloir pour gagner le salon. C'est une grande pièce carrée, dont le mobilier est en poirier lui aussi. Un grand écran de télévision est placé dans un coin, en face d'un canapé en cuir flanqué de deux fauteuils élégants. Cet espace semble plus habité que le reste de la maison. Des livres et des revues sont étalés sur la table basse et une pile de DVD pour enfants est posée sur le sol.

Morgan traverse la pièce, écarte les DVD et ouvre le placard sous le téléviseur. Elle sort de sa poche un DVD qu'elle introduit dans le lecteur.

— C'est une copie, avertit-elle. L'original était sur cassette VHS.

— L'original de quoi ?

— Tu vas voir.

Elle fixe l'écran.

— Voici qui est vraiment ton mari, Geniver.

J'ai soudain l'impression que Morgan est dans son élément. Qu'en dépit de ce qu'elle affirme, elle mourait d'envie de me montrer ce qu'il y a sur ce DVD. Une image apparaît. Elle est granuleuse… en couleurs mais de mauvaise qualité – on y voit une chambre, une chambre de fille, avec des rideaux en dentelle blanche autour du lit et une rangée de poupées alignées sur l'étagère peinte en rose au-dessus. La lampe de chevet diffuse une lumière rose.

— Qu'est-ce que c'est ?

— Ma chambre à Édimbourg. J'étais rentrée à la maison pour les vacances de Pâques. J'avais presque vingt ans.

Les battements de mon cœur s'accélèrent. Que suis-je donc sur le point de voir ?

Une Morgan toute jeune crève l'écran, reculant vers le lit. Mince et bronzée, elle est superbe, vêtue d'une minijupe et d'un haut rose à bretelles fines. Il émane d'elle une douceur que je ne lui ai jamais connue. Elle sourit à quelqu'un d'invisible, rejette ses cheveux bruns – plus longs qu'ils ne le sont à présent – derrière son épaule.

Elle s'assied sur le lit et tend les mains. Art entre dans le cadre. Il porte un jean et un tee-shirt et a l'air incroyablement jeune. Je fronce les sourcils, cherchant à comprendre. Si Morgan avait presque vingt ans, Art devait en avoir dix-huit. Il la rejoint sur le lit de sorte qu'ils sont tous les deux de profil par rapport à la caméra. Ni l'un ni l'autre ne la regarde. Je suis certaine qu'Art ignore totalement qu'elle est là. Il aurait détesté l'idée d'être filmé. Il se penche et attire Morgan à lui. Ils s'embrassent.

Prise d'un haut-le-cœur, je détourne les yeux.

— Qu'est-ce que c'est que ça ? Pourquoi me… ?

— Regarde !

À regret, je m'exécute. Art retire le haut de Morgan, sa bouche se referme sur un sein, sa main libre tâtonne sous la jupe. Morgan a rejeté la tête en arrière, ses cheveux retombent sur le dessus-de-lit blanc. Elle a l'air aux anges.

Un mélange de douleur, de jalousie et de dégoût me submerge.

Morgan m'observe, un petit sourire mesquin sur les lèvres.

— C'est ça que tu voulais me montrer. C'est répugnant.

— Ce n'était pas répugnant, dit-elle, tandis que son sourire s'efface. Certainement moins répugnant que tes escapades avec Lorcan dans des hôtels sordides. Art et moi nous aimions.

— Quoi ?

L'expression extatique du visage de Morgan s'impose de nouveau à mon esprit.

— Tu t'étais peut-être entichée de lui, mais il devait être trop ivre pour…

J'essaie de ne pas regarder l'écran. Je ne veux pas voir ce film, mais je ne peux pas résister à la tentation d'y jeter un dernier coup d'œil. C'est suffisant pour confirmer ce que j'avais déjà imaginé. Je me détourne de nouveau, très vite, mais la vision s'est gravée au fer rouge dans ma mémoire.

— Il n'était pas ivre, rétorque-t-elle d'un ton sec. Et ce n'était pas la première fois qu'on faisait l'amour. On le faisait chaque fois que mes parents étaient sortis. On ne pouvait pas s'en empêcher.

— Mais c'était ton frère !

— On venait tout juste de se rencontrer, réplique Morgan avec impatience. Art avait débarqué chez nous la semaine précédente. Papa a refusé de lui parler, mais j'ai tout entendu. Quand Art est parti, j'ai couru après lui pour le rattraper.

Elle marque une pause.

— Je t'ai raconté tout ça. Tu t'en souviens, non ?

C'est vrai, bien sûr. Morgan me l'a dit en effet – son récit était tellement vivant que je n'avais eu aucun mal à imaginer la scène : l'adolescente se ruant au-dehors, en larmes, pour offrir à Art son soutien et son amitié. La sœur qu'Art n'avait jamais connue. Et je n'oublierai jamais le visage défait d'Art lorsque je l'avais enfin convaincu de me raconter cet incident, et qu'il avait décrit la froideur de son père, et combien il s'était senti rejeté…

Il ne m'était pas venu à l'esprit une seconde que l'histoire ne se limitait pas à l'alliance de deux enfants contre un père tyrannique.

— On a parlé un peu et puis on s'est revus, poursuit-elle. On s'est rapprochés… c'était chimique. Inévitable.

— Et mal.

J'ai la nausée.

— De quel droit nous juges-tu ? rétorque-t-elle avec mépris. De quel droit quiconque peut-il nous juger ?

— Pourquoi as-tu enregistré ça ? Art ne savait pas que tu filmais cette scène, n'est-ce pas ?

Morgan hausse les épaules.

— On s'est vus chaque jour pendant près d'une semaine. Quand Art a dû repartir, j'ai compris que je voulais avoir un vrai souvenir de lui.

Une rougeur colore ses joues.

Je la dévisage, comprenant ce qu'elle veut dire. Un frisson me parcourt.

— Tu étais vraiment amoureuse de lui, dis-je, horrifiée. Oh ! Mon Dieu, tu…

— Je suis tombée enceinte.

Les paroles de Morgan claquent dans l'air comme un fouet.

— Enceinte d'Art. Il m'a dit qu'il m'aimait aussi,

mais qu'on ne pouvait pas garder le bébé. Que personne ne l'accepterait.

Mon cœur se serre. Un instant, j'ai si mal que je ne peux penser à rien d'autre.

— Que s'est-il passé ?

Morgan continue à me regarder froidement.

— J'ai fait ce qu'il voulait. J'ai avorté. Il y a eu des complications – un problème rarissime, imprévisible, qui n'arrive qu'une fois sur un million – et le médecin m'a dit que je ne pourrais plus jamais avoir d'enfant.

Je suis accablée.

— Un avortement.

Le mot m'échappe dans un soupir.

— Morgan.

Elle grimace.

— Ç'a été affreux. Je ne l'ai dit à personne sauf à Art. Mais j'ai su. J'ai tout de suite su que ç'avait été l'erreur de ma vie.

— Oh ! Mon Dieu.

C'est un cauchemar. Dans une seconde, je vais me réveiller, sûrement.

— Il m'a fallu du temps pour m'en remettre, reprend-elle, d'une voix sourde et empreinte de tristesse. Je n'ai revu Art que quatre ans plus tard – quand Lorcan et lui sont venus aux États-Unis. Je leur avais proposé de séjourner à Martha's Vineyard – et je me suis débrouillée pour être là aussi. Lorsqu'ils sont arrivés, je n'en croyais pas mes yeux. Art se droguait. N'allait nulle part. On aurait dit une épave. Et Lorcan était un tel raté…

Elle se tait un instant.

— J'ai supplié Art de se reprendre en main. Je lui ai offert de l'argent, tant qu'il en voulait. Il était trop fier pour accepter, mais, par la suite, il a réussi à retourner la situation. Deux ou trois ans après, il a créé Loxley Benson. Il parlait constamment de toi… de cette fille qu'il avait rencontrée… Pourtant je savais, même si Art ne pouvait pas formuler ça avec des mots, que nos sentiments l'un pour l'autre n'avaient pas changé. Et dès que j'ai appris que tu étais enceinte, j'ai su qu'Art nous devait ce bébé.

Le souffle coupé, je comprends enfin ce qu'Art a voulu dire en parlant d'« expiation ». Une nouvelle vie pour remplacer une vie perdue.

— Mais c'était notre bébé ! Le mien et celui d'Art.

Je cherche frénétiquement à appréhender ce qu'on me demande de croire. Comment Art a-t-il pu renoncer à Ed comme il l'a fait ? Au nom de l'amour ? Non, il nous aimait, nous. Il voulait que nous ayons un bébé… il veut toujours que nous ayons un bébé.

— Art était d'accord.

L'expression de Morgan est empreinte de fierté, de défi.

— Il m'a aidée à tout arranger. Il t'a même administré un médicament pour endormir le bébé le jour de la césarienne. Il te l'a fait prendre avec tes vitamines.

Interdite, je fouille fiévreusement mes souvenirs. Voilà pourquoi je m'étais sentie assommée, étourdie, toute la journée. Art m'avait droguée, trompée. Cette pensée est insoutenable.

— Il a fait tout ça pour moi, continue-t-elle. Il savait que je serais une mère fantastique.

— Et moi ? Tu n'as pas pensé une seconde que c'était cruel de me laisser croire que mon bébé était mort ? Que c'était inhumain ? Injuste ?

Morgan sourit.

— Quand on était enfants, mon père nous disait toujours : « Qui t'a dit que la vie était juste ? » Elle ne l'est pas. On prend ce qu'on peut, quand on peut. C'est une question de survie. Et la seule chose qui nous permet d'obtenir ce qu'on veut, c'est l'argent.

— Tu dis n'importe quoi.

— Vraiment ? Et comment avons-nous obtenu un faux certificat de décès ? Comment avons-nous pu garantir le silence du personnel de la clinique et de l'établissement de pompes funèbres ? Comment avons-nous eu les papiers prouvant qu'Ed était à moi ? Et tout garder secret jusqu'au moment où cet imbécile d'O'Donnell nous a suivis à Shepton Longchamp ?

La vision du corps sans vie de Bernard surgit devant mes yeux.

— Je sais que tu l'as tué. Et que tu as tué sa femme, Lucy.

— Ne sois pas ridicule. O'Donnell était un accident. J'ai... J'ai paniqué et appuyé sur la détente. La mort de sa femme n'a rien à voir avec moi.

— Pas directement, dis-je lentement. Mais tu as envoyé Jared, n'est-ce pas ? Tu as envoyé ton chauffeur la renverser.

Morgan me fixe. Ses yeux ne trahissent rien.

— Comment as-tu pu faire ça, Morgan ? Les O'Donnell étaient de braves gens. Ils essayaient seulement de m'aider à retrouver mon enfant.

— De braves gens ?

Elle croise les bras avec mépris.

— C'est surtout l'argent d'Art qui les intéressait.

— Non. Non, pas du tout.

— Tu en es sûre, Geniver ? Réfléchis. Es-tu sérieusement en train de me dire qu'il n'a jamais été question d'argent entre eux et toi ? Tu crois qu'ils auraient pris la peine de te rapporter la confession faite par Mary Duncan sur son lit de mort s'ils n'avaient pas su qu'Art était un riche homme d'affaires ?

Je songe au visage anxieux de Lucy, à sa rougeur quand elle m'a avoué leurs soucis financiers, au soulagement embarrassé de Bernard quand j'ai transféré les vingt mille livres sur son compte.

— Ça ne justifie pas le meurtre, dis-je calmement. Et Gary Bloode, l'anesthésiste ? Tu l'as fait tuer, lui aussi, n'est-ce pas ? Pourquoi ? Il menaçait de te dénoncer ?

— Bloode est devenu trop gourmand, rétorque-t-elle. Il exigeait plus d'argent que je n'étais prête à lui en donner. Tu vois, Geniver ? Aucun d'entre eux n'était innocent. Et seuls les véritables innocents devraient être protégés.

— Comme les enfants, tu veux dire ?

La colère m'envahit de nouveau.

— En quoi as-tu protégé mon enfant en l'empêchant de vivre avec sa vraie mère ?

— Je suis sa mère.

Elle me toise d'un regard d'acier.

— Ed ne manque de rien.

— Qui d'autre est au courant ?

— Personne à part Art.

— Alors, l'argent t'a permis de tout acheter, dis-je, sarcastique.

— Presque tout, répond-elle sans ironie. Art vient nous voir quand il peut. C'est ça, l'amour.

La fureur bouillonne en moi.

— Ed était mon bébé, Morgan. Mon bébé et celui d'Art. Comment peux-tu vivre avec ça ?

— J'ai vécu avec bien pire.

Un long silence s'abat sur la pièce. Il pleut – la nuit tombe derrière les fenêtres nues. Je frissonne, bien qu'il ne fasse pas froid dans le salon. Je ne crois pas qu'Art aime Morgan. Pas comme elle le prétend. Pourquoi l'a-t-il laissée prendre notre bébé ? Morgan s'approche du lecteur DVD et retire le disque. Une image du film me transperce brusquement.

— Tu l'as menacé, c'est ça ?

Je balbutie, cherchant à comprendre.

— Tu lui as dit que tu montrerais ce film aux gens s'il ne renonçait pas à notre bébé.

— Ce n'était pas aussi simple.

— Si. Tu t'es servie de ce film pour le faire chanter.

Le visage de Morgan est glacial.

— Tu ne sais pas de quoi tu parles.

— Si.

J'insiste, car je sens que j'ai raison.

— Tu t'en es servie pour punir Art parce qu'il... parce qu'il ne t'aimait pas autant que tu l'aimais.

Elle garde le silence, mais je sais que j'ai vu juste. Elle remet le DVD dans sa poche et me désigne la porte. Je réfléchis à ce que m'a dit Art dans le bois. Y avait-il une part de vérité ? Il n'a pas mentionné de film.

— Et... quand j'étais enceinte, tu as menacé de me faire du mal s'il ne renonçait pas à notre bébé ?

— C'est ce qu'il t'a raconté ? dit-elle en reniflant. Pauvre Art. Non. Art m'a donné Ed parce qu'il m'aimait.

— Pas parce que tu as menacé de t'en prendre à moi ? Pas parce que tu menaçais de montrer ce film de vous deux ?

— Il n'était pas question de toi. Et la cassette vidéo n'était pas le problème principal. C'était seulement… une assurance, comme les images d'Art sur la caméra de surveillance de Fair Angel étaient l'assurance contre Rodriguez. Mais c'est vrai, Art ne voulait pas que les gens soient au courant… de ce que nous avions fait. Pas même moi.

— Mais si Art me l'avait dit, j'aurais compris !

Les mots ont jailli d'eux-mêmes, pourtant je ne suis pas sûre que ce soit la vérité.

Morgan éclate d'un rire dédaigneux.

— Écoute-toi, Geniver ! Tu penses vraiment que c'est ta réaction qui l'inquiétait ? Tu étais beaucoup plus bas sur la liste, je t'assure. Art dirige une société qui est fondée sur des principes éthiques. Si ce film de nous deux était sorti au grand jour, il aurait été ruiné.

Je la fixe, terrassée. Voilà la raison de la conduite d'Art. Quoi qu'elle en dise, il n'a pas agi par amour pour elle ni, quoi qu'il en dise, davantage pour me protéger. Je vois d'ici la manière dont la presse aurait présenté le scandale il y a huit ans, à l'époque de la naissance d'Ed. Les journalistes auraient souligné l'hypocrisie de sa prise de position publique et insisté sur les détails sordides enregistrés sur la cassette vidéo. Sa carrière aurait été stoppée net alors même qu'elle prenait son essor.

Mes genoux menacent de se dérober sous moi. Tous ces mensonges. Toute cette souffrance. Pour permettre à Art de conserver son image d'homme d'affaires éthique… pour que rien ne vienne entraver son ambition inébranlable, sa soif de réussite. Je voudrais hurler à Morgan qu'elle ment. Mais je connais trop bien Art pour ça.

Quelque chose en moi se déchire.

— Tout ça pour le pouvoir et l'argent…

Les mots m'échappent dans un souffle.

— Évidemment, c'est moi qui me suis occupée du côté financier, dit Morgan, se méprenant sur le sens de mes paroles. Art m'a aidée. Nous avons payé tout le monde en espèces. Plus d'un million au total.

J'ai le vertige. Les cinquante mille livres qu'Art a versées à MDO semblent subitement insignifiantes. Et innocentes. *Oh ! Hen, je suis tellement désolée.*

— Tu ne le comprends pas, voilà tout, continue Morgan, les lèvres pincées. Pas comme moi. Il est comme notre père – c'est quelqu'un d'immense, d'immense, qu'on ne peut pas soumettre aux conventions. Il m'aime avec une force que tu ne peux même pas soupçonner. Nous nous aimons.

Je secoue la tête. Morgan indique la porte du couloir.

— Tu sais comment tout a commencé. Il est temps d'en finir à présent.

La peur me comprime la gorge.

— Que veux-tu dire ?

— Jared ?

Au cri de Morgan, le garde apparaît sur le seuil. Son visage est encore à moitié caché par sa capuche, mais je vois sa mâchoire crispée. Sévère et résolue.

— Fais monter Lorcan dans la voiture. On y va.

Elle me fait signe d'avancer.

— Allez, Geniver.

Je regarde autour de moi, cherchant désespérément quelque chose… n'importe quoi… qui puisse me servir d'arme. Il n'y a rien.

Dans le couloir, Morgan passe devant moi. Dans la cuisine, j'entends Jared grogner, et les cris étouffés de Lorcan.

D'instinct, je me rue vers Morgan, la bouscule, traverse le couloir en courant et ouvre la porte d'entrée à la volée. Il fait complètement nuit à présent. Je me précipite dans l'allée, me jette contre la grille. Si seulement je pouvais l'escalader, faire signe à une voiture de s'arrêter…

— Geniver !

La voix de Morgan résonne sur le perron.

— Ne fais pas l'idiote.

Je m'immobilise. Me tourne à demi. Adossée à l'un des piliers, elle m'observe, ses cheveux bruns et soyeux brillant dans la lueur provenant du couloir.

— Jared a une arme braquée sur la tempe de Lorcan. Si tu ne reviens pas immédiatement, je lui dirai de tirer. Lorcan sera mort avant que tu atteignes la rue. Je compte jusqu'à trois… un…

J'hésite. Morgan elle-même n'est pas armée. Il n'y a qu'un seul revolver. Mais je ne doute pas une seconde qu'elle soit capable de donner l'ordre d'abattre Lorcan.

— … deux…

Si je rebrousse chemin, aurons-nous encore une chance de nous en sortir tous les deux ?

— Geniver ?

La voix de Morgan est froide et posée.

— Qu'est-ce que tu choisis ?

Quand je me suis réveillé et que j'ai regardé par la fenêtre, la Méchante Dame était là – dans notre allée ! J'étais fâché contre elle parce que Maman avait été très en colère que je me sois laissé prendre en photo et elle m'avait envoyé au lit. Je me suis souvenu que j'étais un preux chevalier et j'ai pris mon épée, ce qui était vraiment idiot parce que, même alors, quand j'étais petit, je savais que ce n'était qu'un jouet et qu'elle ne ferait de mal à personne.

Bon, j'avais peur mais j'étais prêt à suivre le Plan spécial, comme je l'avais promis à Maman. J'ai regardé dehors encore une fois et j'ai vu la Méchante Dame remonter l'allée en direction de la maison. Maman était là aussi et, pour la première fois, j'ai compris qu'elle allait avoir besoin de mon aide.

J'ai révisé le Plan spécial. Je n'avais que deux choses à faire.

Tout bas, je lui ai promis que je réussirais.

24

— Trois.

— D'accord ! D'accord, j'arrive.

En retournant vers la maison, une seule pensée m'obsède : prendre ce revolver à Jared – même si cela veut dire le tuer avec. J'ignore totalement comment m'en servir – à part évidemment qu'il faut appuyer sur la détente –, je n'en ai jamais eu entre les mains. Mais il est clair que Morgan va aller jusqu'au bout – que ma vie et celle de Lorcan constituent à ses yeux un obstacle à sa liberté.

Pour le moment, elle a toutes les cartes en main. Lorcan est ligoté, Jared armé. Même si je parvenais à m'enfuir et à avertir la police, la situation serait contre moi. Je serais accusée du meurtre de Bernard O'Donnell. Morgan disparaîtrait avant que j'aie pu convaincre quiconque de mon innocence. Et mon fils avec elle.

Elle me saisit les bras, me ligote les poignets et me fait contourner la maison en direction de la voiture. Les phares du 4 × 4 sont allumés. Jared est au volant. Lorcan a déjà été poussé à l'arrière, encore ligoté et bâillonné. Son regard farouche apaise ma propre peur, me redonne espoir.

Et une idée.

Morgan ouvre le hayon et me pousse à l'intérieur, à côté de Lorcan, avant de s'installer à l'avant.

— On devrait retirer le bâillon, grommelle Jared. Si nous croisons quelqu'un sur la route, on risque de le remarquer.

Elle hésite une seconde avant d'acquiescer. Jared se penche vers Lorcan et, à l'aide d'un grand couteau en acier, tranche la bande de tissu.

Je suis d'un calme glacial. Certes, il y a un couteau à gérer en plus du revolver. Je prends note tout en me rapprochant de Lorcan, prête à mettre mon idée en application.

Je jette un coup d'œil par-dessus mon épaule, en direction de mes mains, et remue les doigts, essayant d'imiter le mouvement de scie d'un canif.

Lorcan fronce les sourcils un instant, puis comprend et baisse les yeux sur sa poche de pantalon. Sans cesser de surveiller Morgan, je me tourne discrètement pour l'atteindre.

Jared franchit le portail et s'engage sur la route alors que je glisse les doigts à l'intérieur de la poche de Lorcan. Plusieurs voitures nous croisent. Je fixe la vitre, espérant attirer l'attention de quelqu'un, en vain.

Mes doigts effleurent du métal froid. Lisse et rond. Des pièces. Quand la voiture se redresse, je plonge de nouveau la main dans la poche, plus profond cette fois. Là. Je touche le manche du couteau suisse, le serre entre le pouce et l'index.

Il faut un petit moment pour libérer la lame, et un autre pour la mettre en position.

Devant moi, Morgan scrute le pare-brise.

— Si nécessaire, marmonne-t-elle à Jared, tu pourras demander l'argent à Bitsy.

De quoi parle-t-elle ? Peu importe. Ce qui compte c'est de nous libérer, Lorcan et moi. Je commence à cisailler la corde. Pas facile alors que j'ai les mains liées, mais c'est notre seule chance.

À côté de moi, Lorcan est tendu. Il respire à petits coups, sans pouvoir s'empêcher de jeter de furtifs regards vers moi pour voir où j'en suis.

Nous roulons pendant quelques minutes. La corde s'effiloche peu à peu. Soudain, nous quittons la route pour emprunter un chemin de terre et Morgan se retourne. Je me fige.

A-t-elle remarqué quelque chose ?

Elle me lance un regard méprisant, puis pivote de nouveau.

Bien. Morgan a la conviction qu'elle est plus intelligente que moi – qu'elle a toujours eu et qu'elle aura toujours le dessus… Peut-être cette arrogance est-elle mon meilleur atout.

Je me remets à la tâche, d'autant plus ardue sur ce chemin creusé d'ornières, terriblement cahoteux. Morgan se tient à la poignée au-dessus de sa vitre. Lorcan et moi sommes ballottés d'un côté et de l'autre sur la banquette. Une secousse particulièrement violente me projette en avant et je manque de laisser échapper le couteau. La moitié des fils ont dû céder maintenant, mais le lien est toujours serré autour de mes poignets et le temps presse.

Morgan indique une allée sur la droite.

— Par ici.

Jared ralentit et engage le 4 × 4 sur une piste encore plus étroite et plus irrégulière. Les phares dessinent des formes inquiétantes sur les haies qui bordent les deux côtés.

— Le « chemin des amoureux », ricane Morgan. Ça tombe bien, non ?

Jared continue à rouler lentement. Enfin, je tranche le dernier fil. Mes mains sont libres. Sans changer de position, je fais passer le couteau derrière Lorcan. La lame m'entaille le doigt. Retenant une grimace de douleur, je cherche la corde et commence à couper. L'angle est inconfortable, mais mes mouvements sont plus aisés maintenant que mes propres poignets sont dégagés. Le premier lien cède en quelques secondes. Le suivant est moins serré.

— Ça ira, déclare Morgan, scrutant le pare-brise.

Un dernier effort, et la corde lâche au moment même où Jared se gare. Morgan se retourne. Je colle mes poignets l'un contre l'autre pour qu'elle ne s'aperçoive de rien, mais mon geste est un peu trop brusque. Le couteau glisse et tombe sans bruit sur le plancher. Je retiens un juron.

Jared coupe le contact, laissant les pleins phares.

— Fais-les descendre, ordonne Morgan.

Ils ouvrent leurs portières. Les yeux de Lorcan se posent sur moi, résolus.

— Je m'occupe du type, souffle-t-il. Et toi de Morgan. À mon signal, d'accord ?

Je hoche la tête, le cœur cognant dans ma poitrine. Je n'aurai droit qu'à une tentative pour prendre Morgan par surprise, je le sais. Tandis que Jared tire Lorcan hors de la voiture, je plonge en avant.

— Allons, Geniver, aboie Morgan.

Je tâtonne sur le plancher, cherchant désespérément le couteau.

Là. Je saisis le manche, le serre dans ma paume moite.

— Descends !

J'obéis, priant pour qu'elle ne voie pas que la corde pend mollement à mes poignets.

Morgan scrute le chemin désert.

— Vas-y ! crie Lorcan.

J'entends l'impact sourd d'un coup de poing. Morgan fait volte-face, bouche bée.

En une seconde, je suis sur elle. Je l'attrape par le bras… le tords dans son dos… approche la lame de sa gorge.

Je n'ai qu'à pousser la pointe contre sa peau.

Lorcan lâche un cri. J'hésite. Troublée. Incertaine.

En un éclair, Morgan se tortille et se dégage. Le couteau tombe par terre. Dans la seconde qu'il me faut pour le ramasser, la situation s'est inversée. Le revolver de Jared est dans la main de Morgan et le canon pressé contre mon cou.

— Espèce de garce, siffle-t-elle à mon oreille.

— Arrête ! crie Lorcan. Laisse-la tranquille.

Je jette un coup d'œil vers lui. Il est en train de reculer, les mains en l'air.

Non. Il renonce pour me sauver. Mais je ne serai pas sauvée. Morgan va mettre son plan à exécution. Elle va nous tuer tous les deux. C'est pourquoi elle nous a amenés ici. J'ai beau le supplier du regard, il a les yeux rivés sur le revolver.

Jared lui saisit les mains et entreprend de le ligoter de nouveau. Morgan empoche le couteau suisse, son arme toujours braquée sur moi. La panique m'envahit.

— Je ne sais pas ce que tu as en tête, mais ça ne va pas marcher, dis-je à toute allure. Réfléchis, Morgan.

Comment expliquer que Lorcan et moi avons été victimes d'une fusillade en pleine campagne ?

— Ce n'est pas ce qu'on va penser, répond-elle sans s'émouvoir. Personne ne vous croira morts.

— Mais alors… ?

— Lorcan et toi êtes amants. Il paraîtra logique que tu aies décidé de t'enfuir avec lui. Sauf qu'en réalité, bien sûr, vous serez enterrés là, conclut-elle en désignant la terre meuble à ses pieds.

Un frisson me parcourt malgré moi.

— J'allais demander à Jared de se servir de son couteau, un revolver fait tant de bruit – mais ça…, ajoute-t-elle en tapotant la poche qui contient le couteau suisse, c'est encore mieux. C'est ta propre arme, qui ne peut pas être associée à moi au cas où on vous retrouverait un jour, ce qui est fort improbable.

Je la dévisage, le souffle coupé. Cette scène ne peut pas être réellement en train de se dérouler.

— Et comment sommes-nous censés avoir pris la fuite ? demande Lorcan.

— Dans ta voiture, Lorcan. Celle qui est garée chez moi.

Elle sourit en voyant son air surpris.

— Quoi ? Tu croyais que je ne l'avais pas remarquée ? Jared va la laisser à la gare tout à l'heure pendant que j'achèterai deux billets avec ta carte de crédit.

Je déglutis avec peine. On dirait qu'elle a pensé à tout. Sauf…

— Mais pourquoi aurions-nous décidé de nous enfuir ? Ça ne tient pas debout.

— Ah non ? rétorque Morgan, dédaigneuse. Vous couchez ensemble. Ça rend tout le reste crédible, même pour Art.

Je retiens un cri, saisissant enfin toute l'habileté de son plan. Art ne m'a-t-il pas précisément suggéré de m'enfuir avec Lorcan ? Cela ne lui plaira guère, mais il y croira.

— Mais ça va paraître bizarre que nous soyons partis sans dire au revoir à personne.

— Pas vraiment, ricane Morgan. Tous ceux qui te connaissent pensent que tu es déséquilibrée.

Je la foudroie du regard.

— Ce n'est pas vrai.

— Si. Tout le monde. À commencer par ta meilleure amie qui pense que tu fais une fixation sur ton bébé mort. Et même des gens qui n'ont fait qu'entendre parler de toi ou qui ne t'ont rencontrée qu'une seule fois, comme Bitsy et Bob.

— Et O'Donnell ? Personne ne voudra croire que je suis capable de meurtre.

— Oh ! Je t'en prie ! Tes empreintes sont sur son téléphone et ses vêtements. La police n'avait même pas besoin de mon tuyau. Le chauffeur de taxi se souviendra de t'avoir déposée là-bas…

Elle se tait, presse le canon du revolver contre ma peau.

— Alors, tu vois, on ne comprendra peut-être pas ton mobile, mais Lorcan et toi, vous faites des coupables parfaits.

Elle se tourne vers Jared et pointe le bras vers d'épais fourrés.

— On va passer par là.

La brute pousse Lorcan devant lui. Morgan me traîne à sa suite.

J'ai le vertige. Ma vue se brouille. Que faire ?

Nous approchons des buissons. Lorcan tente de se retourner… de me voir.

Soudain, de minuscules points lumineux apparaissent au bout du chemin. Ils se dirigent vers nous. Mon cœur fait un bond. Ce doit être une autre voiture. Quelqu'un va nous voir.

Nous serons sauvés.

Morgan émet un juron. Sans lâcher mon bras, elle fait face à Jared.

— Vite, cache-le !

Les phares grossissent. On dirait les yeux brillants d'un animal en maraude. Jared entraîne Lorcan derrière le plus touffu des buissons. Morgan m'enfonce le canon de son revolver entre les côtes et me pousse hors de vue, derrière un arbuste. Elle plaque une main sur ma bouche.

Je songe à résister. Je pourrais me dégager, m'emparer du revolver, me jeter devant le véhicule…

Mon cœur bat à toute allure. Ai-je assez de courage pour agir avec ce revolver pressé contre moi ?

La voiture avance lentement et c'est tant mieux. Ça veut dire que le conducteur me verra forcément…

Les phares ne cessent de grossir. Le 4 × 4 est garé d'un côté du chemin, si bien que l'automobiliste devra manœuvrer avec précaution pour le contourner. Il doit s'en être rendu compte, car il semble avoir encore ralenti.

— Baisse-toi, ordonne Morgan, en me tirant avec elle.

Je suis penchée en avant, les genoux enfoncés dans la boue. Si je veux agir, je n'ai pas beaucoup de temps. Mon pouls résonne dans mes oreilles. Comment m'éloigner de Morgan sans qu'elle m'abatte ? Son revolver est tout contre mon ventre.

Et pourtant, cet automobiliste est notre dernière

chance. Les phares ressemblent à deux lunes à présent. La voiture roule au pas. Incroyablement lentement.

Et puis elle s'arrête, juste devant le 4 × 4.

Génial. Le conducteur a-t-il flairé quelque chose de suspect ? À moins qu'il n'ait pas la place de passer ? Peu importe. S'il descend, tout est possible.

À côté de moi, Morgan s'est raidie. Je plisse les yeux, aveuglée par la lumière vive. Je suis incapable de discerner la forme du véhicule, sans parler de voir ses occupants.

La portière s'ouvre. Le moteur continue à tourner. Un signal sonore s'élève, brisant le silence nocturne. Une silhouette émerge dans le faisceau lumineux des phares. Je m'apprête à bondir… à crier un avertissement… à écarter Morgan de mon chemin… et puis je le vois…

Art.

Morgan se lève aussitôt, m'entraînant dans son mouvement. Son revolver est bien visible, pressé contre mes côtes. Art s'avance vers nous.

— Art ? demande Morgan d'une voix nerveuse. Qu'est-ce que tu fais ?

— J'ai deviné que tu étais ici. Je suis venu t'aider, ajoute-t-il, les yeux rivés sur l'arme. Tu avais raison.

Je le fixe, atterrée.

Morgan fronce les sourcils. Hésite-t-elle à lui faire confiance ?

— Il est temps, dit-elle enfin. Nous ne pouvons plus attendre.

Je veux hurler à Art de nous sauver, mais j'ai la gorge trop nouée pour ça.

— Donne-moi le revolver, répond-il. Je vais la tuer moi-même.

25

C'est du bluff… C'est sûrement du bluff.

Morgan paraît sceptique.

— Tu es prêt à l'abattre, tout d'un coup ? Ça m'étonnerait.

Art garde les yeux sur le revolver.

— Je n'ai plus le choix, dit-il calmement. Cela dit, nous devrions éliminer Lorcan d'abord ; il sera plus difficile à maîtriser.

Morgan le dévisage. Elle ne le croit pas.

— Jared va s'en charger. Attends ici.

Une sueur froide me coule le long du dos. Jared et Lorcan sont encore derrière les buissons.

— Très bien. Je vais surveiller Gen pendant que tu lui donnes un coup de main.

— Tu ne peux pas faire ça !

— Tais-toi ! siffle Morgan.

Elle me pousse brutalement en avant. Je titube, mais Art fait un pas et m'empêche de tomber. Morgan s'est déjà tournée vers les buissons.

— Non.

Le mot est étranglé, comme si mon dernier souffle m'échappait. Et puis je trouve ma voix et hurle.

— Non !

— Fais-la taire, Art, ordonne Morgan.

Il plaque une main sur ma bouche.

— Non !

Mon cri n'est plus qu'un gémissement sourd. Inaudible. Une peur terrible me submerge. Pas Lorcan. Je ne peux pas le perdre. C'est ma faute s'il est là.

— Non !

Art me tire contre lui, et me retient fermement pendant que Morgan se dirige vers Lorcan, le revolver braqué sur son torse. J'essaie de me dégager, en vain. Art tient bon.

— Arrête ! siffle-t-il à mon oreille.

Je donne un coup de pied au hasard et le frappe au tibia. Il lâche un juron étouffé avant de se pencher plus près.

— Bon sang, Gen ! Fais-moi confiance.

Quoi ? Tandis que Morgan fouille dans sa poche, Art, me serrant toujours fermement, fait un pas en arrière.

Que mijote-t-il ? Incapable de réfléchir, je regarde, horrifiée, Morgan tendre le couteau suisse à Jared.

Art, la main encore sur ma bouche, continue à reculer. Nous avons atteint sa voiture, mais j'en ai à peine conscience. Toute mon attention est fixée sur Lorcan. Morgan ne peut pas ordonner à Jared de le tuer. Elle ne peut pas…

Art ouvre la portière.

— Monte, dit-il dans un souffle.

Morgan se retourne.

— Art ! rugit-elle. Qu'est-ce que tu fabriques ?

Elle dirige l'arme sur moi.

— Monte ! répète Art.

J'obéis tant bien que mal. Un déclic retentit. A-t-elle

tiré ? Elle s'élance vers nous. Je claque la portière alors qu'Art plonge sur le siège conducteur. Morgan nous a presque rejoints. Une fraction de seconde passe qui dure une éternité, puis Art met le contact et la voiture s'ébranle.

Morgan reste debout au milieu du chemin, le visage déformé par la rage. Je me cramponne aux bords du siège, sous le choc.

Et Lorcan ?

— J'ai enlevé les balles qui étaient dans son revolver après O'Donnell, explique Art d'une voix sourde, les mains crispées sur le volant.

Il se tourne vers moi.

— Gen, je suis tellement désolé. Je ne savais pas que les choses… en arriveraient là.

La voiture roule déjà à vive allure, beaucoup trop vite pour le chemin en piteux état. Ma respiration est saccadée.

— Il faut qu'on fasse demi-tour.

Art m'ignore et s'engage sur la route principale.

— S'il te plaît, Art ! Elle va tuer Lorcan.

Je jette un coup d'œil derrière moi. Les phares du 4 × 4 sont visibles au loin.

— Morgan ne fera pas de mal à Lorcan. Pas avant de t'avoir récupérée, affirme-t-il. Sa première priorité sera de t'empêcher de t'échapper.

Je me retourne de nouveau. Les lumières se rapprochent un peu, mais, à en juger par leur mouvement heurté, la voiture n'a pas débouché sur la route.

— Où allons-nous ?

— Chez Morgan. Chercher Ed.

Comment ? Mon cerveau bouillonne, un million d'idées et de sentiments se télescopent.

— Chercher Ed ?

— Il va falloir que tu l'emmènes.

Une douleur poignante se lit dans ses yeux.

— J'ai tout foutu en l'air, Gen. C'est la seule solution maintenant. Je m'en rends compte. J'aurais dû faire quelque chose plus tôt au sujet de Morgan mais… c'était impossible.

Art m'emmène-t-il réellement à Ed ? Mon esprit n'est qu'angoisse et chaos. Et pourtant, bizarrement, il y a quelque chose de familier à être avec lui dans cette voiture. Ce pourrait être n'importe quelle soirée ordinaire parmi les milliers de soirées que nous avons passées ensemble.

— Bon sang, Art, comment as-tu pu… faire ce que tu as fait avec Morgan ? Comment as-tu pu la laisser voler notre bébé ?

Il m'adresse un regard lugubre.

— Morgan m'a menacé. Obligé à choisir entre perdre Ed ou te perdre, toi, pour toujours.

Je ne le crois pas. Je ne le crois plus.

— J'ai vu le film de Morgan et toi.

Je baisse les yeux. Pour une raison qui me dépasse, je me sens totalement humiliée. C'est Art qui a mal agi, me dis-je. Art et Morgan. Et pourtant j'ai honte de ce qu'ils ont fait – comme si j'avais mal agi, moi aussi. Comme si leurs ténèbres étaient aussi les miennes.

— Morgan me l'a montré et… enfin, c'est évident qu'elle te faisait chanter. Tu l'as laissée faire pour te protéger, toi, et non moi… n'est-ce pas ?

Art m'ignore, les yeux sur le rétroviseur.

— Bon Dieu, Art ! C'était ta sœur, pour l'amour du ciel !

— Je sais, murmure-t-il d'un ton à la fois gêné et

empreint de défi. Mais il faut aussi que tu comprennes qu'elle était belle et disponible et que je n'avais pas l'impression qu'elle était ma sœur. Je ne la connaissais même pas, souviens-toi !

Il marque une pause.

— J'ai beaucoup réfléchi à tout ça, et je crois qu'au fond, c'était une façon de me venger.

— De te venger ?

— Je me vengeais de Brandon, explique-t-il. De mon père. De notre père. Il m'avait fallu tout mon courage pour aller frapper à sa porte. Je savais qu'il penserait que je voulais de l'argent, et j'ai dit tout de suite que ce n'était pas ce que j'étais venu chercher auprès de lui… mais il n'a rien voulu savoir.

Il hésite.

— La vérité, c'est que j'avais fait de lui un héros. Je pensais que c'était un grand homme… un capitaine d'industrie… un type génial qui serait ravi de rencontrer son fils perdu de vue. Tu sais, comme dans un conte de fées. J'étais si stupide, si naïf. Et après, quand il m'a rejeté, j'étais tellement en colère. Tu ne peux pas savoir, Gen – jamais je n'ai haï quelqu'un autant que lui. J'avais déjà mal tourné, ma mère s'arrachait les cheveux parce que je faisais les quatre cents coups, et sans Kyle et sa famille, j'aurais échoué en prison à dix-sept ans… bref j'avais perdu les pédales mais je me prenais vraiment pour quelqu'un… quand Brandon m'a traité comme un moins que rien, ça a fini de me démolir. J'ai traîné pendant des années… jusqu'au moment où j'ai commencé à travailler à la City… et finalement c'est la création de Loxley Benson qui m'a remis sur pied, et, à ce moment-là, j'avais presque oublié Morgan et l'avortement…

— Mais elle non.

— Elle m'a annoncé qu'elle voulait notre bébé quand elle est venue nous rendre visite à Oxford. D'abord, j'ai cru qu'elle ne parlait pas sérieusement, mais elle m'a dit qu'elle avait déjà soudoyé Rodriguez, qu'elle lui avait offert de quoi prendre sa retraite. Et que Rodriguez et elle avaient trouvé une infirmière et un anesthésiste pour participer au plan.

Art rejoint une route beaucoup plus fréquentée que la précédente. Brusquement, le paysage est illuminé. Des arbres bordent les deux côtés de la route. Des voitures sont visibles devant et derrière. Je vérifie le rétroviseur. Le 4 × 4 qui transporte Morgan, Jared et Lorcan n'est qu'à quelques véhicules d'écart.

— Je te l'ai dit, Lorcan ne risque rien tant que tu es en vie.

Sa voix répond sèchement à la question que je n'ai pas eu besoin de poser. Nous nous connaissons si bien. Et pourtant cela a si peu compté… J'ai été si aisément dupée…

— Ce type n'est qu'un opportuniste, Gen, marmonne Art.

Je vois rouge.

— De quel droit le juges-tu ? Quel hypocrite tu fais !

Il se masse la tempe.

— Tu es toujours ma femme, Gen. Il a vu qu'on avait des problèmes et il s'est jeté à pieds joints dans…

— Des problèmes ? Tu ne peux pas honnêtement…

— Je veux dire que c'est ce que Lorcan a vu… à la soirée. C'est un prédateur.

— Comme avec la femme du client il y a déjà si longtemps ? Non, Art. Là, c'était toi.

Il se détourne. Les haies se succèdent comme autant d'ombres floues. C'est comme si le monde continuait ailleurs et que, dans cette voiture, à cet instant précis, Art et moi avions été enfermés ensemble en enfer.

— Je n'ai pas obligé Lorcan à mentir, dit Art doucement. Il a accepté. Je l'ai payé et…

— Mon Dieu, tu es exactement comme Morgan. L'argent ci, l'argent ça.

Art secoue la tête. Je me tais. Je sais qu'au fond, l'argent ne l'intéresse pas. Il ne l'admettra jamais mais Morgan avait raison. S'il a renoncé à notre fils, c'était pour sauver les apparences, garder sa situation, réussir brillamment sa carrière d'homme d'affaires.

Voilà ses priorités.

Voilà l'homme que j'ai épousé.

Voilà notre vérité.

Je me laisse aller contre le dossier et contemple le ciel nocturne, traversé de nuages. Pas d'étoiles. Un panneau annonce que nous approchons de Shepton Longchamp.

— Comment comptes-tu procéder, au juste ? Morgan ne va pas rester les bras ballants pendant que j'emmène Ed – et que va-t-il se passer pour Lorcan ?

— Je vais t'aider à partir avec Ed… et puis j'aiderai Lorcan à s'enfuir aussi. Il faut que tu t'en ailles quelque temps, que tu me laisses régler les choses ici.

Je le dévisage. Comment peut-il espérer accomplir tout cela ?

— Tu parles sérieusement ?

— On ne peut plus sérieusement. Je me rends compte à présent que c'est la seule manière d'en finir.

Il marque une pause.

— Tu es amoureuse de Lorcan ?

Je garde le silence. Les doigts d'Art se crispent sur le volant mais il ne dit rien et nous continuons à rouler.

— Si j'emmène Ed, Morgan va envoyer ce type à mes trousses.

— Jared ? Oui. C'est pour ça que tu dois quitter le pays jusqu'à ce que je m'en sois occupé.

— Et si tu n'y arrives pas ?

— J'y arriverai.

Sa bouche prend le pli résolu que je connais si bien. Celui dont Ed a hérité.

Il tourne à droite, puis à gauche. Nous y sommes presque.

— Je n'ai jamais voulu te faire de mal, Gen. Je ne voyais Ed qu'une fois de temps en temps. Nous n'allions nulle part en public sauf à Shepton Longchamp – dans les petits magasins ou au jardin public. Ce n'était pas ce que tu t'imagines… pas comme si j'avais une double vie…

Je me mords la lèvre. Nous passons devant une rangée de maisons mitoyennes. Une série de salons douillets défile sous mes yeux… une famille réunie autour d'une table… deux petits enfants sautant sur un canapé… un couple assis dans deux fauteuils assortis devant la télévision.

La vie ordinaire.

C'est sûrement fini pour moi, quoi qu'il arrive.

Si j'emmène Ed et qu'Art ne parvienne pas à neutraliser Jared, je serai en cavale jusqu'à la fin de mes jours. Même si je peux convaincre la police qu'Ed est mon fils et que je suis innocente du meurtre de Bernard, je perdrai tout ce que j'ai jamais aimé… mon foyer, ma famille, mes amis.

Et Lorcan… à supposer qu'il survive à tout cela lui

aussi, serait-il prêt à tout abandonner pour venir avec moi et un enfant avec lequel il n'a absolument aucun lien ? Nous nous connaissons à peine. Et sa vie ? Son fils ? Non, c'est impossible.

Je suis encore perdue dans mes pensées quand nous arrivons. Art ralentit et actionne l'ouverture des grilles à l'aide d'une télécommande. Nous nous garons dans la cour. Je le suis à l'intérieur. En passant devant le vase posé sur la table du couloir, je comprends pourquoi il m'a paru si familier tout à l'heure. Il est identique à celui que Morgan m'avait envoyé à Oxford, quand j'étais enceinte jusqu'aux yeux. Il était arrivé avec un magnifique bouquet de roses blanches et j'avais été vraiment touchée par son attention, comme l'autre jour quand elle m'a offert le bracelet. Je secoue la tête, songeant aux années qui se sont écoulées entre ces deux instants, à tous les mensonges qu'Art a dû me raconter…

Il ouvre des portes sur son passage, appelle Ed et sa nourrice, Kelly.

Elle sort de la cuisine. Ses cheveux sont tirés en arrière et rassemblés en queue-de-cheval. Elle sourit en voyant Art.

— Salut, lance-t-elle. C'était un peu chaud tout à l'heure. Ed s'est réveillé et je n'ai pas pu le rendormir. Il est dans la…

Elle m'aperçoit et son sourire s'évanouit.

— Que… ?

— Il faut que tu partes, dit Art en lui donnant une épaisse liasse de billets. Prends ton sac et va-t'en. Il y a quelqu'un d'autre ici ?

Elle le dévisage, interdite.

— Kelly ?

— Non, il n'y a personne d'autre ici. Seulement Ed et moi. J'attendais Morg…

— Vas-y, Kelly.

Il l'encourage d'une légère poussée.

— Va-t'en. Maintenant.

— Mais je ne suis pas…

— Va-t'en ! rugit Art.

Kelly cille et recule de quelques pas. Elle attrape ses affaires au pied de l'escalier, puis, regardant toujours Art bouche bée, se hâte vers la porte.

Dans la cuisine, la perruque blonde de Morgan est posée sur le plan de travail, là où elle l'a laissée tout à l'heure. Je pense soudain à Charlotte West et à mes soupçons à son encontre. Mon Dieu, je n'aurais pas pu me tromper davantage. Pauvre Charlotte, qui aspirait à avoir ma vie – mes livres, mes cheveux et mon sac à main, et même mon mari. Comme moi, elle ignorait qui il est réellement.

Art pousse la porte située en face du garage et je le suis dans la salle de jeux.

C'est une grande pièce – très différente du reste de la maison, avec des murs peints en bleu vif et des rideaux à motifs de petits soldats autour de la porte-fenêtre. Le sol est jonché de jouets – il y a un train électrique, une grande caisse pleine de figurines Action Man et de robots en plastique et un mur entier d'étagères qui croulent sous les jeux et les puzzles. Une énorme télévision se trouve dans un coin, en face d'une maison miniature en bois, avec fenêtres et porte d'entrée.

Art se dirige droit vers celle-ci.

— Ed ?

— À l'attaque !

Ed se rue au-dehors. Sa petite main est crispée sur une épée en plastique. Il ne me voit pas.

— Papa !

Ses traits se détendent. Il laisse tomber son arme et se jette dans les bras ouverts d'Art, qui le soulève et le serre étroitement contre lui.

— Hé, bonhomme. Tu devrais être au lit.

— Maman m'a obligé à y aller trop tôt. Je me suis réveillé.

Ses doigts potelés s'agrippent aux cheveux d'Art, il enfouit le visage dans son cou. Une fois de plus, je suis submergée par un amour que je n'aurais pas cru possible. Je suis prête à renoncer à tout sauf à Ed.

Soudain il se tourne et me voit.

— Papa, c'est elle, chuchote-t-il à voix haute, les yeux écarquillés par la peur.

— C'est…

La voix d'Art s'éteint.

— Je vais t'emmener en voyage, Ed, dis-je.

Ed fait non de la tête. Un bruit de pneus sur le gravier nous parvient de l'extérieur. Morgan est arrivée. Art désigne la porte-fenêtre.

— Tu peux passer par là. Prends Ed. Tout de suite.

Je m'avance vers eux, mais l'enfant se cramponne plus étroitement à Art.

— Non.

Sa bouche dessine le trait résolu que j'ai vu dans la cour de l'école. La ressemblance entre Art et lui est encore plus frappante qu'avant.

— Non !

— Chut, murmure Art, visiblement désemparé.

Morgan sera là dans une seconde. Le temps presse. Je tends la main vers Ed. Il me donne un coup de son pied nu, qu'il enroule ensuite autour de la taille de son père. Art essaie de se dégager, en vain. Chaque fois qu'il parvient à libérer un membre, Ed s'accroche à un autre. Je recule d'un pas, anéantie.

Une seconde, je nous vois comme si j'étais à l'autre bout de la pièce – une parodie de famille.

— Je veux maman ! gémit Ed.

— Maman est là, mon bébé.

La porte s'est ouverte à la volée, Morgan se tient sur le seuil. Elle sourit à Ed, mais son regard est glacial. Ed se débat pour quitter l'étreinte d'Art à présent. À regret, ce dernier le dépose par terre, tout en le retenant par le poignet.

— Gen, emmène-le dehors.

— Non.

Morgan tapote la poche de son manteau crème, où le contour du revolver est visible.

— Je viens de le charger, Art. Ne m'oblige pas à m'en servir devant l'enfant.

Mon cœur se serre.

— Où est Lorcan ?

Morgan m'ignore. Après une seconde d'hésitation, Art lâche prise. Ed se précipite vers Morgan et se cache derrière ses jambes, d'où il me jette un coup d'œil en biais.

— Va dans la cuisine, Ed, ordonne Morgan. Tu es mon preux chevalier, d'accord ? Souviens-toi de tout ce que je t'ai dit. Tout ce que tu dois faire.

— Mais, maman…, proteste Ed, la lèvre inférieure tremblante.

Morgan élève la voix.

— Va. Laisse papa et maman se charger de la méchante dame.

Je la regarde, envahie par une haine totale, absolue.

— Tout de suite, Ed, s'il te plaît, reprend-elle, d'un ton dur et froid. Ne me déçois pas.

Le petit garçon ramasse son épée en plastique et sort à grands pas, donnant au passage un coup de pied dans un ours en peluche.

Pour la première fois de ma vie, l'idée surgit brusquement dans ma tête que je suis capable de tuer. En fait, à cet instant précis, la mort par balle me semble trop rapide et trop douce pour Morgan.

Une fois Ed disparu, elle tire le revolver de sa poche.

— Il n'y a pas de balles dedans, intervient Art.

Morgan hausse un sourcil méprisant.

— Je viens de te dire que je l'ai chargé. Tu crois que je n'ai pas de munitions à la maison ?

— Où est Lorcan ?

— Dans la voiture. Et tu ferais mieux d'aller le rejoindre, Geniver.

— Quoi, pour que vous puissiez nous ramener là-bas et nous tuer tranquillement à l'abri des regards ?

Je fais un pas en avant. Je meurs d'envie de me jeter sur elle, de lui arracher le revolver qu'elle tient. Peut-être bluffe-t-elle à propos de ces balles, et, de toute façon, je suis prête à prendre le risque.

— Morgan, je t'en prie.

Art m'a rejointe, mais s'arrête quand elle braque l'arme sur lui.

— Reste où tu es.

Elle se redresse et me lance un coup d'œil.

— La place d'Art est avec moi, Geniver. Il essaie de t'aider parce qu'il a pitié de toi. Mais son cœur est ici, avec Ed et moi.

— Tu délires.

— Pour l'amour du ciel, Morgan, plaide Art. Il n'est pas trop tard. J'étais là, avec O'Donnell. Je peux dire à la police que c'était un accident. Mais tu ne peux pas faire ça. Pas à Gen.

— Je ne peux pas la laisser partir avec Ed non plus, rétorque-t-elle avec hargne. Pourquoi l'as-tu amenée ici, Art ? C'est notre maison. Elle n'a rien à y faire.

— Cesse de parler ainsi, Morgan. J'ai fait mon choix, tu le sais. Je vis avec Gen.

J'ai le vertige. Comment Art peut-il parler ainsi à sa sœur ? Comment Morgan peut-elle nourrir de tels sentiments ? Comment est-il possible que je les connaisse depuis si longtemps et que je ne me sois jamais doutée de rien, enfin ?

— Oh ! Art…

La bouche de Morgan tremble légèrement. J'ai la nette impression qu'elle a presque oublié ma présence.

— Nous ne pouvons pas laisser Geniver sortir d'ici maintenant qu'elle sait… ce qu'elle sait.

— Je croyais que ça n'avait pas d'importance que je sorte d'ici ou non. Tu as déjà dit que tu enverrais Jared à mes trousses.

En entendant ma voix, Morgan se retourne. Elle se raidit. Ses yeux n'expriment que mépris.

— Je n'ai pas dit ça. Tu ne comprends pas, Geniver. Tu ne comprends rien au véritable amour. À la véritable loyauté. Au véritable sacrifice.

— Bien sûr que si.

La conversation de Morgan avec Jared me revient brusquement en mémoire.

— Je t'ai même entendu parler de ça avec Jared tout à l'heure, dans la voiture. Tu as dit que, si ça se révélait nécessaire, il pourrait demander de l'argent à Bitsy. C'est de cela que vous me parliez – de me tuer.

Morgan secoue la tête.

— Peu importe, intervient Art. Allons, Morgan, regarde la réalité en face. Ça ne peut pas marcher. La vérité est connue à présent.

— Elle n'est pas « connue », réplique-t-elle d'un ton cassant. Seuls Geniver et Lorcan sont au courant. De toute façon, si Ed n'est pas mon fils biologique, il l'est de tous les autres points de vue. Il faudrait peut-être que je me batte pour qu'un tribunal l'admette mais je suis sa mère. Personne ne peut nous retirer cela.

Je m'adosse au mur de la salle de jeux. Là, au milieu des jouets d'Ed, il semble surréaliste de parler de procès et de biologie. J'ai beau haïr Morgan, je dois reconnaître que le foyer d'Ed est ici.

— Il doit y avoir une solution, dis-je.

— Tais-toi, assène Morgan.

— Je t'en prie, écoute-moi.

Ma voix tremble.

— Peut-être que, si tout le monde se calme, nous pouvons trouver une solution qui permette à Ed d'être avec nous tous.

— Je refuse de le partager. Maintenant, pour la dernière fois, j'emmène Geniver et…

— Non.

Art et moi avons parlé d'une même voix.

Morgan arme le revolver. Derrière elle, Ed a réapparu. Il a passé la tête dans l'encadrement de la porte de la cuisine et regarde la scène. Art le voit aussi. Une terrible expression traverse ses traits, un mélange de peur et de remords.

— Va dans ta chambre, Ed, ordonne-t-il.

Les yeux du petit garçon sont écarquillés de stupeur mais il s'éclipse.

Morgan lève le bras et braque l'arme sur moi.

— S'il le faut, je t'abattrai ici.

Je ne vois que le canon du revolver. J'ai les jambes flageolantes mais je ne bouge pas. Un moment, je crois sincèrement que je suis sur le point de mourir. Et puis Art vient se placer devant moi.

— Tu devras me tuer d'abord.

— Écarte-toi, Art.

— Non.

Il est sérieux. Il ne me laissera pas mourir. Je pose une main sur son épaule. Quoi qu'il ait fait et quoi qu'il arrive, je veux qu'il sache que cela compte.

Mes yeux sont fixés sur Morgan.

Avec un rugissement, une silhouette fait irruption dans la pièce. Avant que j'aie eu le temps de comprendre ce qui se passe, Lorcan, armé d'un grand couteau de cuisine, saisit le poignet de Morgan.

Art se rue dans la mêlée, tente de lui prendre le revolver, mais elle se dérobe. L'espace d'une seconde, tout ralentit. Le cœur battant à tout rompre, j'essaie de courir vers eux, Art tend le bras, Morgan se jette en avant, Lorcan recule, le couteau encore à la main.

Et soudain, le coup part.

26

Le temps s'arrête. Morgan esquisse un geste vers Art. Il recule, le revolver pend à ses doigts. Les bras de Morgan retombent. Ses yeux se ferment, elle se recroqueville et s'effondre sur le sol avec un bruit sourd.

Elle est parfaitement immobile. Du sang coule sur sa poitrine… rouge vif sur la moquette bleue.

Je me précipite vers elle.

— Morgan ?

Ses paupières frémissent, s'ouvrent et elle pose sur moi un regard de triomphe.

— Il vous aura, murmure-t-elle. J'y ai veillé. Il vous aura tous les deux.

Un instant encore, elle me regarde – agitée et furieuse – et puis ses yeux se voilent, s'éteignent et soudain son corps n'est plus qu'une coquille vide. C'est fini.

Art se laisse tomber à genoux, le revolver encore à la main. Quand je lève la tête, Ed est debout sur le seuil. Quelques secondes s'écoulent. Elles semblent durer une éternité. Brusquement, Ed prend une énorme inspiration et lâche un hurlement de désespoir.

Je l'atteins avant même d'avoir su que j'allais bouger. Je l'attire à moi mais il se tortille pour m'échapper et traverse la cuisine en courant. J'entends ses pas précipités dans l'entrée, dans les marches de l'escalier.

Art me retient par le bras alors que je m'apprête à le suivre.

— Attends une minute, s'il te plaît.

Lorcan s'est agenouillé à côté de Morgan. Il palpe son poignet à la recherche d'un pouls. Met la main devant sa bouche pour sentir sa respiration. Il y a du sang partout.

— Elle est morte.

Une bouffée de nausée monte en moi. Je ferme les yeux.

Art me secoue.

— Gen ?

Je me rends compte qu'il m'a parlé. Je n'ai rien entendu de ce qu'il a dit.

— Quoi ?

Il pose le revolver sur le sol à ses pieds.

— Je vais laisser ça ici. Il y a mes empreintes dessus. N'y touche pas.

Ensuite, il se tourne vers Lorcan. Les deux hommes se considèrent avec une franche hostilité.

— Où est Jared ? Comment t'es-tu échappé ? demande Art.

— Je l'ai assommé. Il est dehors, dans l'allée.

Art s'approche de la porte-fenêtre. Comme il fait mine de sortir, Lorcan intervient.

— Où vas-tu ?

— Il risque de se réveiller. Il faut qu'on l'empêche de s'enfuir. Je vais le ligoter.

— Sûrement pas. Il est hors de question que tu sortes de cette pièce.

— Il faut qu'on mette Jared hors d'état de nuire, insiste Art.

Une douleur terrible se lit dans ses yeux mais je reconnais sa mâchoire crispée… la détermination de sa bouche pincée.

— Reste ici, ordonne Lorcan. Je m'en occupe.

— Non, écoute. Je sais où est la corde. Je reviens tout de suite.

— Je ne te crois pas.

Lorcan s'avance vers lui. Ils s'affrontent du regard, les poings serrés.

— Je me fiche de ce que tu crois. Je fais ça pour Gen.

— Il me semble que tu as perdu tout droit de faire quoi que ce soit pour elle.

— Arrêtez ! Il faut avertir la police. Tout de suite. Et Ed ?

Je songe avec horreur au petit garçon qui se terre quelque part en haut, seul et terrifié.

Lorcan décoche à Art un dernier regard assassin.

— Très bien. Je reste avec Gen.

Art lève les mains en l'air, un geste qui évoque à la fois la défaite et le mépris de lui-même.

— Appelle la police, Gen. Montre-leur tout ça. Explique-leur ce qui s'est passé. Sauf qu'il y a une chose dont tu ne devrais pas parler.

— Ah oui ? Et laquelle ? demande Lorcan.

Art pointe le doigt vers le couteau qui gît sur le sol.

— À ta place, j'effacerais les empreintes et je le remettrais dans le tiroir.

Lorcan cille, visiblement pris au dépourvu.

— Bien.

Il se lève, ramasse le couteau et se rend dans la cuisine. Une seconde plus tard, j'entends couler l'eau du robinet.

— Oh ! Gen…, murmure Art. S'il faut que ce soit lui, fais en sorte qu'il veille toujours sur toi. Je sais que je n'ai pas le droit de te demander quoi que ce soit, mais je t'en prie, sois prudente.

Jamais je ne l'ai vu aussi malheureux, aussi hanté, et pourtant je perçois dans ses yeux un vestige de la chaleur d'Art, de sa personnalité.

Je voudrais lui dire quelque chose, mais mes sentiments sont trop forts et trop compliqués pour que je puisse les exprimer par des mots. Une partie de moi l'aime encore. Une partie de moi l'aimera toujours.

Tant de vies ont été gâchées.

— Je regrette tellement, Gen. S'il te plaît, dis à Ed que je l'aime.

Sa voix se brise. Sans me donner le temps de répondre, il tourne les talons, ouvre la porte-fenêtre à la volée et sort dans le noir.

Je regarde Morgan de nouveau… la flaque de sang sombre qui l'entoure. Puis je traverse la pièce et compose le 999. Je suis toujours en train de répondre aux questions du standardiste quand Lorcan revient. Il passe un bras autour de mes épaules et je le laisse me serrer contre lui un instant. Je voudrais fermer les yeux, ne plus voir le corps de Morgan… l'expression désespérée d'Art… la terreur du petit garçon qui se cache en haut… mais je sais que rien de tout cela ne va disparaître comme par magie.

Je ne peux pas me dérober.

Je me dégage et pars à la recherche de mon fils.

Un jour passe. Un autre. Avant que je m'en sois rendu compte, une semaine s'est écoulée. Un mois. Deux. Six. Et ma vie entière a été bouleversée.

Art a tenu parole. Après avoir ligoté Jared, il est revenu à la maison, juste avant l'arrivée de la police. Nous avons été interrogés séparément, bien sûr, mais j'ai appris par la suite qu'il avait tout avoué sur-le-champ : l'enlèvement d'Ed – et le meurtre de Bernard O'Donnell par Morgan. Le Dr Rodriguez est parvenu à se volatiliser et n'a jusqu'ici pas été retrouvé. Sans doute vit-il confortablement quelque part au bout du monde – mais j'espère qu'il passera le reste de ses jours à redouter d'avoir à rendre des comptes à la justice.

Jared a admis sa culpabilité dès qu'il a appris la mort de Morgan. Au tribunal, il était trop anéanti pour essayer de se disculper. Il a plaidé coupable pour le meurtre de Lucy O'Donnell et celui de Gary Bloode. La seule chose qu'il a refusé d'admettre c'est que Morgan lui avait donné l'ordre de nous tuer, Lorcan et moi, si elle venait à mourir.

Longtemps, les dernières paroles de Morgan – « Il vous aura tous les deux » – m'ont hantée, s'immisçant dans mes rêves pour me réveiller en sursaut, le cœur battant. Mais six mois ont passé, aucun tueur à gages n'est sorti de l'ombre et Jared lui-même est derrière les barreaux pour un bout de temps.

Art a été arrêté et d'abord inculpé de meurtre, puis d'homicide volontaire. La déposition de Lorcan et la mienne ont corroboré sa version des faits, de sorte que sa peine est moins lourde qu'elle n'aurait pu l'être. Il est devenu quelqu'un d'autre depuis son incarcération

– pas seulement à cause de sa résignation stoïque. Il semble diminué dans son uniforme de prisonnier, plus petit sans ses complets élégants et son iPhone.

En dépit de ma colère, je ne peux m'empêcher d'éprouver de la compassion pour lui. Art a presque tout perdu… sa liberté, son mariage, son foyer, sa société et sa réputation. Loxley Benson a été rachetée par le conseil d'administration et Kyle continue à la faire tourner, mais la survie de l'entreprise est menacée. L'existence d'Ed et de la liaison incestueuse entre Morgan et Art n'ont jamais été officiellement rapportées à la presse. Dans l'intérêt d'Ed, je ne voulais pas qu'Art soit poursuivi pour son enlèvement, ce qui signifie que nombre de détails n'ont jamais été mentionnés au tribunal. Cependant, il y a eu des fuites qui, associées à la condamnation d'Art pour homicide volontaire, ont déjà fait perdre à Loxley Benson la moitié de ses clients.

Kyle rend visite à Art chaque semaine. De leur côté, Tris et Perry sont allés le voir deux fois, mais la plupart de ses anciens collaborateurs lui ont tourné le dos. Ce n'est guère étonnant, je suppose. Pourtant, Art l'a mal pris. Bien sûr, il mérite sa sentence – et une bonne partie du temps, je suis encore furieuse contre lui. Mais il est difficile de rester fâché contre quelqu'un dont la déchéance est si totale et le remords si dévorant. Art est un homme brisé. Les seules fois où je le vois sourire, c'est quand j'emmène Ed le voir en prison.

Ed lui-même a été mon plus grand souci – et mon plus grand réconfort – au cours de ces six derniers mois. En ce moment, il joue avec un bâton dans le jardin, et fait semblant de tirer sur les fleurs. Je m'inquiète qu'il joue si souvent au revolver. Certes, il n'a pas vu la scène elle-même, mais il a entendu la détonation et vu le corps, et il sait que Morgan – qui a été sa mère pendant près de huit ans – est morte. D'après la psychologue pour enfants, son obsession pour les revolvers n'est sans doute qu'une phase normale de son développement. Nous n'avons pas révélé à Ed que c'était son père qui avait tué Morgan. Il est inutile qu'il le sache pour le moment mais j'ai peur qu'il ne soit impossible de le lui cacher indéfiniment. Beaucoup de détails – y compris des informations erronées – figurent sur Internet. Tous les articles de journaux citent Art comme l'auteur du crime, avec des gros titres tels que : « Le gourou de *Jugement* jugé pour homicide ». Ed a déjà dû affronter tant d'épreuves. Il a perdu sa mère, son père est en prison, et il a aussi été hébergé temporairement dans une famille d'accueil.

Au bout de quelques jours, le temps que les tests ADN confirment mon récit, les services sociaux m'ont autorisée à le ramener à la maison. Il n'a pas parlé pendant une semaine entière et il lui arrive encore de se recroqueviller sous la couette et de refuser d'en sortir. J'ai peur qu'en plus d'être marqué par la mort de Morgan, il n'ait hérité aussi de la nature obsessionnelle et dépressive de mon père. La psychologue est optimiste. Ed la voit depuis quelques mois à présent. Elle recommande de lui faire reprendre l'école le plus tôt possible. Cependant, ce sera une nouvelle école, exactement comme cette maison est un nouveau foyer. J'y ai longuement réfléchi, mais, ayant pesé les avantages et les inconvénients de le laisser à Shepton Longchamp ou de prendre un nouveau départ ici, j'ai conclu que sa vie devait être ici.

Une des premières questions qu'Ed m'a posées était

de savoir comment il devait m'appeler. La psychologue lui a expliqué – en ma présence – que j'étais sa maman de naissance, pourtant jusqu'ici Ed n'a pas utilisé ce mot. Ce que j'accepte. Je ne veux pas le bousculer.

Pour ce qui est de Hen, je m'efforce de recoller les morceaux. Je regrette toujours qu'Art et elle ne m'aient pas dit plus tôt qu'il lui avait prêté tout cet argent, mais à côté de ce que j'ai appris depuis, cela ne semble plus si important. Hen est occupée avec son nouveau bébé, bien sûr, mais la plupart de mes autres amies ont été géniales. Elles amènent leurs enfants jouer avec Ed – non qu'il s'intéresse vraiment à eux pour l'instant, il est toujours si absorbé par ses propres pensées – et puis, une fois les enfants couchés, elles restent m'écouter parler autour d'une bouteille de vin rouge.

J'ai renoncé à enseigner afin de rester à la maison avec Ed. Charlotte West a appelé plusieurs fois pour me demander à nouveau de lui donner des cours particuliers, et laisser entendre qu'elle aimerait aller voir Art en prison. J'ai pris le parti d'ignorer ses appels et ses textos, et elle a fini par se lasser.

Au moins n'ai-je pas de problèmes financiers, grâce à Art. Il m'a transféré tous ses biens et ne s'oppose pas à la demande de divorce que j'ai engagée.

Je me redresse, ferme mon ordinateur portable. Par la fenêtre de la cuisine, je vois Ed piquer son bâton dans le sol, transperçant quelque chose au bout, son petit visage plissé par la concentration.

L'avoir avec moi est un million de fois plus difficile que je n'aurais pu l'imaginer. Et pourtant, sa présence donne un sens à tout – comme si rien n'était à sa place depuis que je l'avais perdu. Et maintenant que je l'ai trouvé, je me suis retrouvée, moi aussi.

La meilleure preuve de cela, à mes yeux, c'est que j'ai recommencé à écrire. Je raconte notre histoire – j'éprouve le besoin de m'en libérer… J'espère que, ce récit terminé, je pourrai recommencer à écrire de la fiction.

Lorcan en est persuadé. Nous nous sommes beaucoup vus récemment, mais pas ici – et pas avec Ed dans les parages. Nous aurons tout le temps de le faire plus tard. De toute façon, pour le moment, Lorcan est retourné en Irlande. J'aurais pu emmener Ed et partir aussi, mais ç'aurait été injuste. Ed a besoin de s'habituer à vivre avec moi, tout comme Lorcan et moi avons besoin de réfléchir à notre avenir ensemble. Nous savons l'un et l'autre qu'entamer notre liaison dans ces circonstances particulières a tout biaisé. C'est drôle… une relation qui commence de cette façon est en général vouée à l'échec mais je ne peux m'empêcher de croire que la nôtre fera exception à cette règle.

Ed est toujours dehors. Je me lève pour lui préparer une boisson. Désormais, à l'endroit où je rangeais autrefois la porcelaine Arts and Crafts d'Art, j'ai une pile de tasses et de bols en plastique. J'ai encore du mal à y croire. Mais, en fin de compte, j'ai ce que je voulais.

Mon fils, mon enfant, mon graal.

Debout devant l'évier, je fais couler l'eau, laisse cette pensée devenir réalité.

Aujourd'hui, il y a exactement trois ans que Maman est morte. Ils ne savent pas que je le sais, pas plus qu'ils ne savent que j'ai tout vu.

J'ai presque onze ans. Bientôt, j'irai au collège. J'ai vu mon papa hier à l'heure des visites. Il était content parce qu'il ne va pas tarder à sortir de prison et j'ai fait semblant de lui sourire comme d'habitude mais, au fond de moi, je suis toujours le Plan spécial de Maman. Je sais même où trouver le revolver. Le frère aîné de Darren Matthews m'a expliqué. Il connaît un gang à Archway qui peut m'équiper pour quelques centaines de livres. Je piquerai l'argent à Geniver sans problème. Ouais, Geniver. Elle veut que je l'appelle « Maman ». Comme tous les assistants sociaux et les psys, je m'en rends compte. Mais c'est sa faute si Maman est morte. Alors, elle est seulement Geniver. Que ça lui plaise ou non, je m'en fiche.

Tout ce qui compte, c'est ce que Maman m'a dit avant de mourir. Parce que tout s'est réalisé. Elle a dit que la Méchante Dame allait venir et c'était vrai. Elle a dit que la Méchante Dame raconterait qu'elle était ma vraie maman et qu'elle aurait des papiers et des résultats de tests et des avocats qui auraient l'air de le prouver, mais que, quoi qu'il arrive, je ne devrais jamais oublier que Maman était ma vraie maman parce qu'elle m'aimait le plus.

J'attends juste que Papa soit sorti de prison. Personne à l'école ne sait qu'il y est, je ne sais même pas si les maîtresses sont au courant. Ça n'a pas d'importance. Quand il sera libre, je l'aurai. Et je l'aurai, elle. Maman verra. Je sais qu'elle m'observe. Qu'elle m'observe en ce moment même. Qu'elle attend.

Maman m'a dit d'être son preux chevalier. Elle a dit que s'il arrivait quelque chose à un de nous deux, il faudrait trouver le moyen de faire payer le responsable.

C'était la première chose. Elle a dit que je ne devais pas oublier.

La deuxième chose, c'était que je ne devais pas la décevoir.

Je ne la décevrai pas. J'irai bientôt chercher l'arme. Je le promets à Maman chaque soir avant de m'endormir.

Je serai ton preux chevalier.

Je les ferai payer.

Je ne te décevrai pas, Maman. Je ne te décevrai pas.

Remerciements

On compare souvent l'écriture d'un livre à un accouchement, et de nombreuses sages-femmes se sont penchées sur le berceau de *Je ne t'oublierai pas.*

Je voudrais donc remercier les lecteurs de la première heure, Dana Bate – qui est aussi un remarquable auteur –, Roger Bate, Philippa Makepeace, Eoin McCarthy et Jodie Marsh. Tous m'ont aidée alors que ce livre n'était encore qu'un petit embryon.

Un grand merci à Susan Ballard de chez United, qui n'a jamais cessé de croire en cette histoire, et aussi à l'équipe de chez Simon and Schuster UK, pour leur aide précieuse tout au long du chemin.

Merci également à Zoe Pagnamenta et à toute l'équipe de St Martin's Press aux États-Unis d'avoir accueilli ce livre avec un tel enthousiasme. Je suis particulièrement reconnaissante à Jennifer Weis qui a posé un regard neuf sur ce roman et m'a offert ses excellents conseils au moment où nous achevions le travail.

Et enfin, un immense merci à Maxine Hitchcock, qui non seulement a d'excellentes intuitions, mais les transmet ensuite de la manière la plus encourageante qui soit.

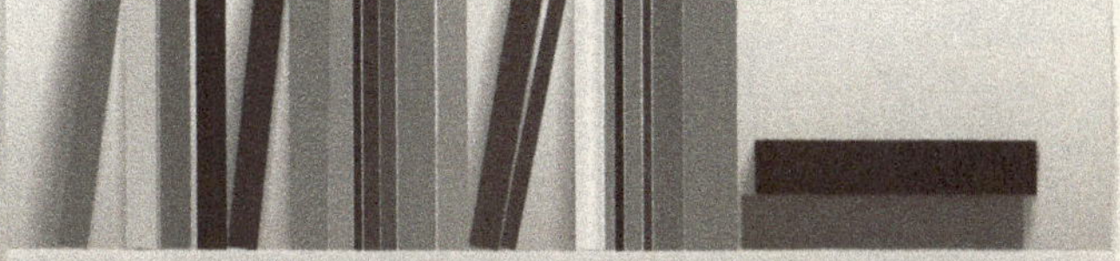

Composition et mise en pages
Nord Compo à Villeneuve-d'Ascq

Imprimé en France par CPI
en juin 2016

POCKET - 12, avenue d'Italie - 75627 Paris Cedex 13

N° d'impression : 2023576
Dépôt légal : juin 2016
S26019/02